KB165458

대사의 정치

대사大使의 정치

초판 1쇄 2014년 4월 22일 발행

지 은 이 | 송영오
펴 낸 곳 | 해누리
고　　문 | 이동진
펴 낸 이 | 김진용

편집주간 | 조종순
마 케 팅 | 김진용 · 유재영

등록 | 1998년 9월 9일 (제16-1732호)
등록 변경 | 2013년 12월 9일 (제2002-000398호)

주소 | 121-151 서울시 마포구 성미산로 60(성산동, 성진빌딩)
전화 | (02)335-0414　팩스 | (02)335-0416
E-mail | haenuri0414@naver.com

ISBN 978-89-6226-043-4 (03810)

국민의 대사大使 새로운 길을 가다

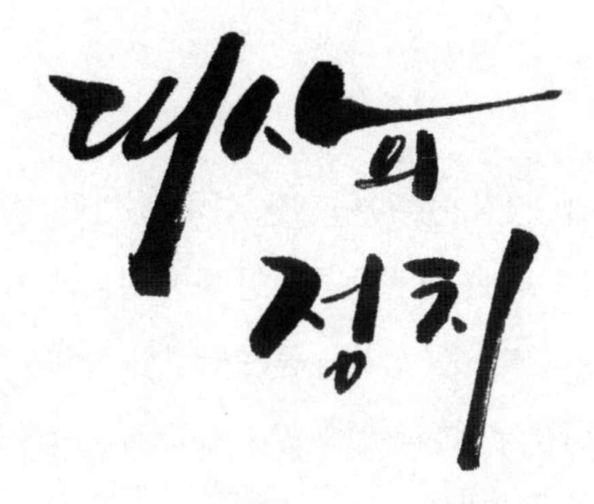

글 · 송영오

해누리

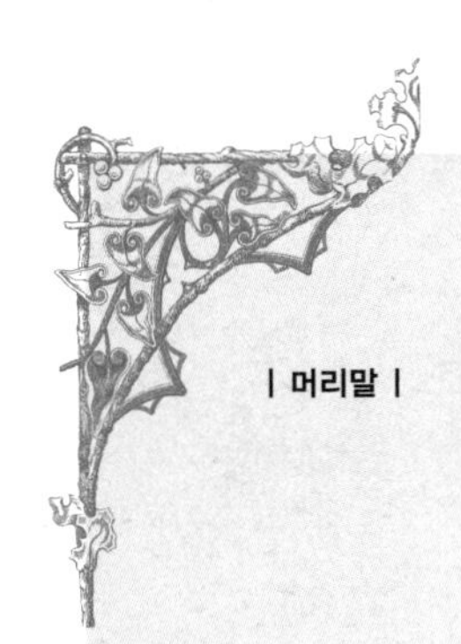

| 머리말 |

꿈과 명예의 뒤안길에서

젊은 시절 '정직, 정확, 냉정함, 인내, 원만한 성격, 겸손, 충성심'은 외교관이 특히 가져야 할 자질일 뿐만 아니라 지식, 통찰력, 신중, 인자함, 매력, 근면, 용기, 지략 등은 당연히 지니고 있어야 한다고 배운 이래, 34년간의 세월을 알게 모르게 그러한 것들을 유념하며 살아왔다. 땀과 명예와 더불어 'sophisticated_복잡하고 세련된' 한 삶이었다.

정치에 입문하여 이념, 지역, 계층을 초월한 제 3의 길을 추구하는 정당을 이끌고자 하였고, 아울러 '좋은 사회' 를 건설하고자 하였다. 소수와 약자를 보호하고 서민, 중산층, 노동자의 삶의 질을 높이고자 하였다. 보편적 복지와 행복추구의 권리 보장, 사회정의 실현, 민주적 절차와 과정의 존중, 사회질서와 나라 안전의 보장과 평화가 공존하는 그러한 공동체 건설이 목표였다.

그간 많은 사랑을 주고받으며 살아왔다. 하느님과 어머니의 사랑이 아니더라도 사랑은 위대하다. 사랑은 힘이고, 환희며, 치유이다.

사랑은 오늘의 태양을 어제의 태양과 다르게 하고, 나뭇잎의 이슬을 영롱하게 반짝이는 옥구슬로 만들며, 온 세상을 아름답게 변화시키는 기적이다. 그러나 그리움과 외로움, 아픔과 후회, 쓰라린 상처를 동반한다.

어느 연구조사에 의하면, 혼자서 하는 연설이나 이야기 속에 '나'라는 단어를 가장 자주 사용하는 사람은 배우 등 연예인, 정치인이었다고 한다. 연예인과 정치인은 끊임없이 인기와 지지를 필요로 하는 직업이기 때문에 늘 자신을 알리고 홍보하는데 습관이 되어 있다. 나이가 들어 은퇴한 사람들도 자신에 관한 이야기를 많이 한다. 이는 지나간 세월을 반추하기 때문이다.

나도 이제 육십 중반에 들어서니 과거를 돌아볼 시간과 여유가 생겼다. 꿈과 명예를 좇아 숨 가쁘게 달려온 길속에서 무엇인가 하고 싶은 말이 있었다.

첫째는 무엇보다도 그 길을 걸어온 도중에 만나고 부딪치고 헤어졌던 사람들에 대한 마음이다. 내게 사랑과 도움을 준 사람들에게 감사하고 또 이에 보답하지 못한데 대하여 미안함을 전하고 싶다. 아울러 내가 상처주고 마음 아프게 한 사람들에게 미안하고 고맙다는 말을 하고 싶다.

다음으로, 그간 성인이 된 내 아들과 무릎을 맞대고 속 이야기를 할 겨를이 없었는데, 이 기회에 내 아들과 그 또래의 젊은이들에게 아버지의 잔소리를 중단 없이 계속할 수 있기를 바란다.

그리고 보다 더 절실한 것은, "이 세상은 어지러울 정도로 아름다웠다" 고 감격하기 전에, 또는 중세 수도사들이 "메멘토 모리_Memento mori" 즉, 자신의 "죽음을 기억하라" 고 외쳤던 뜻을 깨닫지 못하더라도, 나 자신을 돌아보고 새로운 삶을 생각해보고 싶기 때문이다.

새로운 삶이란 이 지구가 나를 중심으로 돌지 않는다는 것을 알고, 나 아닌 다른 사람들을 밝혀주는 등불 역할을 해보는 것이다. 그리고 "표현하지 않는 사랑은 진정한 사랑이 아니다" 라는 것을 뒤늦게 깨닫고 앞으로는 마음으로만이 아니라 행동으로 많은 사람들을 바라보고 그들을 위하여 일하고 싶다.

이 책은 숨가쁘게 살아온 개인적인 삶을 엮어 2012년《사랑과 명예》로 선보였던 책을, 정치의 길을 걸으면서 느낀 점 등을 추가로 보완하여《대사의 정치》로 재출간하였다.

이 글에 나오는 사람들은 때로는 실명으로, 때로는 가명으로 언급하였다. 혹시라도 실명으로 거론된 분들에게 본의 아니게 결례를 하였다면 너그러운 양해를 부탁드린다. 그간 때로 자리를 같이 하여 지적 대화를 나누었던 분들, 특히 김용운_金容雲 교수님과 최성홍 전 외교통상부장관께 감사드리며, 악필 원고를 책으로 만들어 준 해누리출판사의 이동진 사장과 조종순 편집 주간에게도 고마움을 전한다.

Contents

PART 2_ 나라의 얼굴이 되어

PART 3_ 또 다른 삶 정치인으로

PART 4_ 인생에 대하여

PART 1

외교관이 되다

아들이 자기보다 더 고결하게 되기를 바라는 아버지는
자신이 먼저 고결해야만 한다 _ 플라우투스

아버지와 아들

"에엥~~" 하며 밤 12시 통행금지 사이렌이 불기 시작하자마자 현관 초인종이 찌르릉 울린다. 이 시각에 벨을 누를 사람은 아버지뿐이다. 막 자려던 나는 눈을 재빨리 부비며 뛰어나가 문을 연다. 아버지였다. 별일 없는지 몇 마디 물어보던 아버지가 잠자리에 드실 때까지 나는 책을 뒤적거리다가 잠이 든다. 아버지는 다음날 새벽 6시면 어김없이 일어나 "흠, 흠" 하며 우리가 일어나서 공부를 시작하도록 무언의 압력을 넣는다. 이제 갓 중학생이 된 내가 행여 제때에 일어나지 않으면 가장 위인 사촌형에게 야단을 친다.

"네가 안 일어나니 동생들도 늦잠을 자지 않느냐? 형이 모범을 보이거라!"

아버지는 낮에 과수원에서 농부들을 지도, 감독하면서 하루 종일 일을 한 후, 초저녁에 목욕과 저녁식사를 급히 하고 7시쯤 막차를 타고 22km거리의 국도를 한 시간에 달려 광주에 도착해서 자정이 다 될 때까지 일부러 시간을 보낸 다음, 통행금지 시간에 딱 맞춰 우리가 살고 있는 집에 들어오신다. 새벽에 우리를 깨워놓은 아버지는 첫 버스를 타고 나주 본가에 내려가서 아침식사를 하고 다시 과수원과 논에서 일하는 몇 십 명의 농부들에게 돌아가신다. 아버지는 이렇게 한 달에 두 차례 정도 예고 없이 불심 검문을 하곤 했다.

나는 나주군 금천면에서 십남매 가운데 위로 형과 누이를 두고 셋째로 태어났다. 내가 출생한 집은 이층보다 높은 함석지붕의 일식 가옥으로 정원과 과수원으로 둘러싸인 저택이었다. 할아버지의 고조할아버지가 대전에서 혈혈단신으로 이주해 와서 정착하였고, 3남인 아버지는 가난한 할아버지로부터 논 몇 마지기를 물려받고 결혼하여 밭을 일구고 일찍이 과수원에 매달려 자수성가를 이루었다. 나는 빛바랜 사진첩에서 아버지가 중학교 교모를 쓰고 찍은 사진을 보았지만 아버지는 가난 때문에 학업은 계속하지 못했다고 들었다. 아버지의 교육열이 자식에게 유난한 것도 아마 당신이 충분히 공부하지 못한 탓일지도 모른다. 나는 아무런 문제나 부족함 없이 성장했다. 물론 6 · 25 동란이 터져 남쪽까지 그 영향은 미쳤다. 갑자기 북한 전투기가 지상에 총을 쏘고 지나갈 때 창고 지하실까지 갈 겨를이 없으면 가정부 등에 업혀 배나무 밑으로 뛰어가 숨기도 하였고, 가끔 이상한 사람들이 들이닥쳐 아버지가 집안 도처에 있는 오시레_벽장 가운데 하나에 숨는 것도 보았다. 그러나 우리 집은 무사히 전쟁을 잘 넘기고 농사와 과수원으로 점차 부를 축적해갔다. 당시 농촌의 대부분이 논밭 농사에 매달려 살던 때라 과수업은 대단한 수익을 남겼고 나주 배는 특산물로 점점 명성을 높여갔다. 나는 농부의 아들로 농촌 촌놈으로 자연 속에서 자유롭게 자랐지만 그 속내는 그렇지도 않았다. 우리 집은 광주에서 목포로 가는 1번 국도에서 백여 미터 들어간 곳에 외따로 서 있었다. 그런데 우리 집 앞으로 나있는 길을 지나 조그만 야산을 넘어야만 본촌 마을이 나오고, 그 곳에서부터 마을이 북쪽으로 영산강까지 이어져 있었다. 그래서 사람들은 모두 걸어서, 또는 자전거나 수레로 이 길을 지났고, 아이들도 책보를 등에 두르고 이 길을 지나 학교에 다녔다. 나는 그 곳에서 4학년 1학기까지 학교를 다녔다. 학교 수업이 끝나고 집에 돌아와서는 가끔 친구 한두 명과 우리 집 앞마당에서 구슬치기, 딱지놀이를 하곤 했지만 아이들은 곧 자기네 동네로 돌아갔다. 아이들은 자기네 동네에서 마음껏 놀았기 때문에 나는 진짜 구슬 따먹기, 딱지 따먹기 놀이를 즐기지 못했다. 다섯 살 위인 형도 그런 놀이를 해주지 않아서 가끔 머슴 셋 가운데 막내와 같이 놀았다. 비록 농촌에서 농촌 아이들과 무리지어 놀지는 못했지만 나는 자연의 혜택을 만끽하며 성장하였다.

봄이면 하얀 배꽃 지붕 밑에, 분홍색 복숭아꽃 아래 벌들이 붕붕거리는 소리를 들으며 놀았다. 발밑에서 개구리가 놀라 뛰면 나를 따라 달려오던 복슬이가 개구리를 발로 차기도 했다. 어린나이였지만 정원 가장자리에 만발한 꽃과 나무들의 이름을 모두 외우고 있었다. 논둑길에 쭈그리고 앉아 못줄에 맞춰 모내기를 하는 농부들을 구경하다가 거머리가 내 다리에 붙어 올라있는 것을 보면 손으로 떼어 멀리 던지기도 하였다. 김매기 때에는 농부들이 저수지에서 수로를 따라 내려오는 물을 "하나요, 둘이요, 어기어차!" 하면서 끝없이 논으로 퍼 올리는 것을 논두렁에 선 채 신기한 듯 구경했고, 머슴들이 논과 논 사이에 물꼬를 터서 논물을 이동시키다가 메기나 미꾸라지를 잡아 작은 내 손에 쥐어주면, 제대로 꼭 쥐고 있지를 못해 그것들이 펄떡하면서 내 손에서 튀어나가 도망쳐 버리는 것을 아쉬워하곤 했다.

한여름 8월이면 매미들이 과수원 밭 이곳저곳에서 서로 화답하듯이 요란스럽게 울어댔다. 그것들은 오전에 한참 울어대다가 점심 때부터 한낮 더울 동안에는 잠을 자는지 울지 않고 휴식을 취한다. 더위가 한풀 꺾인 오후 네 시쯤이면 또 다시 요란스럽게 포문을 연다. 오후 쯤 심심해지면 나는 매미사냥을 나간다. 비록 매미채는 여름방학 책에서만 보았지만 맨손으로 매미사냥을 해도 즐거웠다. 매미가 우는 배나무 밑으로 살금살금 소리 없이 다가가기만하면 된다. 내가 매미 곁으로 다가가면 매미도 눈치를 채고 소리를 멈춘다. 매미 색깔은 배나무 줄기와 똑같이 거무스름하여 여간 숙달된 눈이 아니면 쉽게 찾아내지 못한다. 그러나 나는 쉽게 매미를 발견하고는 매미를 잡을 수 있는 위치에 서서 빈손을 반쯤 모으고 매미 머리보다 15도 각도 위에서 겨냥하고 있다가 순식간에 매미를 감싸 쥔다. 나의 실력은 열 번에 아홉 번은 틀림없이 성공한다. 잠깐 사이에 내 바지 주머니에서는 손쉽게 포로가 된 매미들이 엉키어 퍼덕거린다. 나는 집으로 돌아와 과수원 쪽으로 향한 다다미방에 앉아 커다란 유리문을 열어젖히고 하나씩 하나씩 날려 보낸다. 나한테 포획당하는 동안 다친 매미는 거의 없어서 모두 후다닥 잘들 날아간다. 아마도 한번 잡힌 매미가 또

잡힌 경우도 더러 있었을 것이다.

8월 말쯤에는 날개가 투명하고 잘생긴 쓰름매미가 오동나무, 감나무에서 "쓰르람 쓰르람~" 하며 참매미보다 더 요란하게 울어댄다. 또 그즈음부터 아주 높은 나무 꼭대기에서는 매미 왕초인 말매미가 목에 힘을 주고 "찌르르~" 하며 거만하고 길게 운다. 이놈은 계속 울지는 않고 한참을 뜸 들였다가 운다. 아이들은 이 매미를 무척 잡아보고 싶어 한다. 그런데 워낙 높은 곳에 있어 쉽지 않다. 우리 집 창고는 2층인데 지붕 끝은 3층 높이이다. 그 옆 공터에 오래된 감나무가 있는데 꼭대기가 창고 지붕 끝보다 더 높았다. 내가 초등학교 4학년 때 한번은 그 매미 울음소리에 매료되어 빈손과 맨발로 그 감나무를 올라갔다. 나는 작은 몸에 가벼워서 아주 높은 나무도 아프리카 원주민처럼 잘 기어오르고 이층 정도의 높이에서 뛰어내리는 것은 문제가 아니었다. 꼭대기 가까이 가면 감나무 가지가 내 손가락 굵기보다 가늘었다. 이놈이 나무 끝 꼭대기에서 뻗어나간 거의 마지막 가지에 붙어 울다가 내가 그 밑에까지 다가가니 울음을 멈추고 내 움직임을 내려 보는 듯 했다. 나는 한 손으로 굵지도 않은 나무기둥을 꼭 잡고 한 발을 가지 위에 올려놓은 동시에 다른 팔을 뻗쳐 그놈을 덮쳤다. 그놈이 내 손에 들어왔다고 느끼는 순간, 발을 디딘 가지가 내 체중을 이겨내지 못하고 우지끈 부러져서 정신을 잃었다. 얼마나 시간이 지났는지 모르지만, 내가 눈을 떴을 때엔 이미 의사가 왕진을 다녀간 뒤로 부모님들도 볼일 보러 가시고 나만 홀로 남겨져 있었다. 그런데 내가 꼭 쥔 오른손엔 그 왕매미가 포로가 되어 얌전히 숨을 고르고 있지 않은가! 기적처럼 나는 멀쩡했고 어느 한 군데 상처도 없었다. 꼭대기에서 떨어지는 동안 나뭇가지들이 얼마간의 충격을 흡수해주었고, 다행히 땅바닥은 맨 바닥이 아니라 짚 썩은 것, 나뭇잎 등으로 덮여 있었다. 저녁 때 어머니에게 한 말씀 듣는 걸로 그 일은 지나갔다. "제발 높은 나무에 그만 올라 댕겨라 잉!"

그 후 감나무는 오래 전에 파헤쳐졌고, 80년이 넘은 창고는 그간 사라호, 매미호 태풍에도 끔쩍하지 않다가 두 해 전 볼라벤 태풍에 의해 백 여 평의 강판 지붕이 한꺼번에 훌러덩 날아가 버려 형은 새 창고를 짓기 위해서 그 건물을 허물었다. 어릴 때 뛰어 놀던 곳, 동네 처녀 총각이 몰래 밀담을 나누던 곳, 아버지가 항상 드나드셨던 곳의 추억이 사라졌다. 본채도 이미 오래 전에 이층 현대식으로 건축되어 남아 있는 것이라고는 그네를 매고 놀았던 백년 묵은 단풍나무 한 그루뿐이다.

가을은 매우 바쁜 계절이다. 우리 집은 봄부터 가을까지 항상 바쁘지만 가을에는 추수 계절이라 특히 더 바빴다. 8월에 복숭아 철이 끝나갈 즈음 이른 배가 나온다. 우리가 20세기라고 불렀던 하얗고 보드라운 신종배가 먼저 나오고, 다음으로 조생종, 신고, 금촌추가 차례로 나온 다음, 마지막으로 저장하여 겨울을 날 수 있는 만삼길을 9~10월 중에 수확한다. 한 무리의 농부들은 배밭에서 배를 따고, 넓은 마당에서는 따드린 배를 잘 분류하여 며칠 전부터 못을 박아 만들어 둔 나무상자에 종류별로 품질에 따라 넣은 다음 창고에 쌓아올리고, 어떤 종류는 온도가 낮은 지하 창고에 저장한다. 한 일주일을 그렇게 부산하게 움직이고 나면 나머지 일은 머슴들이 아버지 지시에 따라 처리한다.

한가위 추석을 지내고 나면 새삼 들판의 황금빛 물결이 눈에 확 들어온다. 농부들의 일손이 바쁘게 움직이고 나는 논두렁에 나가 메뚜기들을 쫓아다니며 한웅큼 잡았다가 닭장 속에 던져준다. 저녁 해가 지기 시작하면 마당 한쪽은 고추잠자리 떼가 무리를 지어 춤을 추는 곳으로 변한다. 빗자루를 들어 가볍게 후려쳐도 몇 마리가 잡힌다. 그 가운데 충격으로 비실대는 놈이 있으면 양쪽 날개를 펴고 그 가운데 몸뚱이에 '후우' 하고 입김을 불어 넣어준다. 그러면 금방 생기를 찾아 퍼덕거린다. 다시 잠자리들을 놓아 날려 보내노라면 황갈색의 약간 까칠한 날개가 내 입술에 닿는다. 그때는 몰랐지만 지금 생각해 보니 그 느낌이 자연과의 대화였던 것이다. 또한 돼지우리 지붕 위에서는 하얀 박이 몸집을 다 불리고 기다리고 있을 때, 마당에는 다시 논에서 베어온 볏단들이 쌓이고 탈곡기가 요란스레 돌아가면 인부들은 부산하게 나락을 볏가마니에 채워 섬을 만들어 창고에 차곡차곡 쌓는다. 이것들 중 일부는 가을 끝에 협동조합을 통하여 공판장으로 나가고, 일부는 다음 해 봄 춘궁기에 방출된다.

겨울 농촌은 조용하다. 눈이 오면 과수원은 하얀 꽃밭으로 변하고 대지는 숨소리도 내지 않고 침묵한다. 참새들이 가끔 마당 귀퉁이까지 찾아와 쫑알대거나 갑자기 배 밭에서 '푸드득' 하고 꿩이 하늘로 치솟으면 하얀 눈가루들이 파란 하늘을 배경으로 사방으로 흩어진다. 나는 가끔 형과 함께 머슴 형이 가져온 팽이를 치거나 얼어붙은 우리 집 연못에서 썰매를 탄다. 어쩌다 한 번 연을 날려보기도 하지만 대부분 집안에서 책을 보며 뒹굴었다. 어린 시절 농촌과 자연은 내게 많은 것을 베풀어주었다. 건강한 몸에 민첩함을 만들어 주어 운동신경을 발달시켰다. 중학교 때까지는 작은 키에도 불구하고 반대표로 릴레이에 나가고 높이뛰기에도 출전했다. 나는 자연의 법칙을 몸으로 느끼고 배웠다. 상상력과 창의적 사고가 그곳을 토대로 길러졌고, 이웃에 대한 너그러움과 관용이 내 몸에 배어들었다. 물론 나중에 도시화, 국제화가 되면서 또 다르게 변해갔지만….

아버지는 엄격하고 언제나 바른 생활을 하셨다. 어르신들을 잘 공경하고 당신 자신에게는 철저하며 절약, 검소했으나, 이웃과 약자들에게는 항상 베풀며 도움을 주었다. 학식이 높지 않았으나 자존 · 자립의식이 강했고, 치밀한 성격에 기억력이 아주 뛰어났다. 또 깔끔한 성격에 멋과 문화생활도 즐길 줄 알았다. 이런 바른 생활이었지만 우리 식구들은 그 엄격함에 늘 긴장하고 불만이 많았다. 어머니는 그 긴장을 완화해주고 자식들을 감싸주었다. 우리네 모든 부모들이 그렇듯이, 특히 많이 배우지 못한 농촌의 부모들이 더욱 그렇듯이 아버지는 교육열이 대단하였고, 실제로 그 교육열을 자식들에게 불붙일 수 있는 재정적 뒷받침을 할 수 있었다. 그때쯤 아버지는 3만여 평의 과수원을 소유하고 이곳저곳에 논밭을 불려나갔으며, 당시에는 농촌의 부의 상징인 주조장과 정미소 중 정미소를 사들였다. 주조장은 술이니까 안 된다는 근엄한 할아버지 말씀을 따라 손을 대지 않았다.

내가 4학년 1학기를 맞은 해, 아버지는 설을 두 번 쉰 후 어느 날 오후 어머니와 함께 나를 데리고 광주시로 영화구경을 나갔다. 그때는 정부 당국에서 양력 과세 캠페인을 하고 있어서 우리 집은 새해와 설날 두 차례 잔칫상을 차려 사람들을 대접했다. 마침 광주 시내 개봉 극장에서 〈춘향전〉의 인기가 높았다. 아버지는 입장권을 산 후 어머니를 극장에 남겨두고, 나에게 갈 곳이 있다면서 시내 어느 곳으로 나를 데리고 갔다. 빨간 벽돌담이 길게 늘어진 안쪽으로 큰 학교 건물이 보였다. 아버지가 그 학교를 손가락으로 가리키며 말했다.

"이 학교가 '광주서중' 이라는 학교다. 군에서 한 명이나 갈까 말까 하는 최고의 명문이다. 이 학교가 바로 네가 앞으로 다녀야 할 학교다. 잘 봐두어라!"

나는 아무 말 없이 그저 학교구경을 했다. 그리고 몇 달 뒤 아버지는 광주 시내 고급 주택가에 집을 한 채 구입하신 후, 형제 · 자매들을 하나씩 올려 보내기 시작했다. 나는 4학년 2학기에 맞춰 광주에서 가장 크고 역사가 깊은 광주 서석초등학교에 전학했다. 광주 집에는 여러 명이 함께 살았다. 대학에 가지 않고 고시 공부하는 막내 삼촌, 대학 다니는 사촌 형, 나와 형, 누나가 살았고, 큰 집에서 할머니가 올라와 살림을 해주셨다. 할머니는 화순군 동복면에서 시집오셨는데 단아하고 예뻤으며 손자, 손녀들을 어머니처럼 돌봐주셨다. 사실 아버지는 6 · 25사변이 끝난 후 모든 것이 안정되지 않던 시기에 막내 삼촌과 큰 집 사촌형을 광주서중에 편입시켜 주었다. 그런데 그 학업 성취도에 만족스럽지 못했던 아버지는 당신의 아들인 형과 나를 광주로 올라오도록 했다. 전학 온 후, 나는 토요일 오후에는 수업을 마치고 형이나 누나와 함께, 때로는 혼자 버스를 타고 부모님한테 가서 주말을 지냈다. 일요일 오후에는 일주일 먹을 반찬과 쌀, 생활비와 용돈 등을 받아 광주로 올라왔다. 그러던 와중에 아버지는 가끔 밤중에 불심 검문을 나오셨던 것이다.

어쨌든 나는 시골 촌놈이 광주 대처로 전학을 와서 별 탈 없이 아버지가 찍어놓은 중학교에 진학하여 부모님을 만족시켜 드렸다. 그러나 아버지는 고삐를 풀지 않았다. 형과 나, 나중에는 동생까지 당근과 채찍으로 훈련시켰다. 내가 중학교 1학년 2학기가 되었을 때, 그러니까 여름이 끝나고 가을이 시작된 어느 날 아버지가 이번에는 대낮에 불심 검문을 나왔다. 형과 내가 모두 학교에서 돌아오자 아버지는 우리들에게 일장 훈계를 하더니 네모난 두 개의 보석상자 같은 것을 꺼내며 한 개씩 나누어 주었다. 상자를 열어보니 스위스제 손목시계가 투명하게 반짝거렸다. "선물이다. 공부에 더 열심히 매진하거라!" 당시 형은 고등학교 2학년이었다. 그렇게 해서 나는 우리 반에서 손목시계를 가장 먼저 차게 된 선망의 대상이 되었다.

아버지는 늘 우리에게 연로한 어르신들, 가난한 사람들, 공부를 많이 하지 못한 사람들을 무시하지 말고 존중해주며 필요할 때 물질적으로도 도와주고 살아야 한다고 당부하였다. 그리고 그것을 철저히 실천하였다. 전쟁이 끝난 후의 농촌은 궁핍하였고, 봄에는 어김없이 춘궁기가 찾아와 많은 사람들이 굶주렸다. 매년 설날이 가까우면 아버지는 동네 어려운 사람들을 불러서 창고 문을 열고 식구 수에 맞춰 몇 되의 쌀을 나누어 주었다. 어떤 춘궁기에는 사람들이 창고에서 역기 원반 모양의 콩깻묵 찌꺼기로 만든 과수원용 비료를 한 개씩 받아가는 것도 나는 목격했다. 우리 집은 동네로 들어가는 길목이라 상이군인, 거지, 전쟁 통에 약간 정신이 이상한 사람 등이 지나가다 밥 때가 되면 늘상 들리는데, 어머니는 가정부를 시켜 일인용 상을 차려 배를 채우게 했다. 내가 고등학교 1학년 때쯤인가?

극심한 흉년이 들어 사람들이 전국적으로 식량을 구하느라 전전긍긍하고 쌀값이 폭등한 해가 있었다. 그때를 타서 매점매석이 곳곳에서 일어났다. 정부는 이를 단속하고 비밀 거래도 막기 위해 경찰과 사복 형사들을 풀어 불심 검문을 하였다. 새벽에 학원에 가기 위해 책 한권을 들고 나섰는데, 사복 형사가 나를 세우더니 어디 가느냐고 묻고 내 책을 뺏어 책갈피까지 조사를 하였다. 정말 인심이 흉흉해지고 있었다. 그 시기에 아버지는 시골집에서 창고 문을 열고 사람들에게 값이 오르지 않았을 때의 가격으로 쌀을 방출하고 있었다. 나는 그 후로도 내가 목격했던 그 장면을 두고두고 떠올리곤 했다. 아버지의 어른 공경과 이웃에 대한 배려, 그리고 부지런함은 형에게 전수되었다. 몇몇 생존한 동네 어르신들이 물리치료를 받으러 옛날 정미소 자리에 형이 설립한 회사와 공장 건물 앞을 지나가다가 형과 마주치면, 형은 그 때마다 택시타고 다녀오시라고 만 원권 한 장씩 쥐어주고 있다는 것이다.

나는 아버지로부터 기억력과 치밀함, 깔끔함과 자존심을 이어받았다. 아버지는 복숭아, 배 등을 몇 군데 경로를 통해서 대량 방출하였지만 중간 상인들이 와서 사가기도 했다. 아주머니들 같은 영세 상인들은 물건을 미리 받아가서 팔고 난 후에 그 대금을 치르는 경우도 많았다. 아버지는 그런 수량이나 대금들에 대하여 따로 기록하지 않고 머리로 기억하고 있었는데 하나도 틀림이 없었다. 사람들이 급하다고 돈을 빌려간 경우에도 따로 차용증이나 장부가 없었다. 이런 아버지의 유전적인 기억력과 암기력을 나는 이어받아 나중에 대학교에서 학점도 잘 받고 외무고시에서도 유용하게 잘 활용하였다. 나는 수학은 싫어했지만 숫자를 기억하는 것은 남달랐다. 30대 후반까지는 수첩에 다른 사람들의 전화번호를 기록할 필요가 없었다. 필요한 전화번호는 모두 기억하였고, 한번 들은 전화번호는 일주일간 유효했으며, 이 기간 내에 한번 사용하면 일개월간 유효했다. 그러나 지금 내가 머릿속에 기억하는 전화번호는 열 손가락도 되지 않는다.

갓 고등학생이 되어 어느 주말 시골집에 내려갔다. 마침 큰 집의 할아버지가 와 계시고 인근 외삼촌도 와서 다 같이 저녁식사를 하고 안방에 모여 과일을 먹으며 이야기를 나누었다. 할아버지가 물으셨다.

"너는 나중에 무엇이 되고 싶으냐?"

"정치를 하고 싶은데요…"

"정치가들은 말로가 좋지 않은데…"

아버지가 말꼬리를 흐리셨다. 해방 후 우리 정치사는 사람들에게 암살과 테러, 감옥, 부정부패 등 부정적인 면을 많이 보여주었기 때문이었다. 나중에 알게 되었지만 그 뒤 아버지는 틈나는 대로 자전거를 타고 군내 여러 면 소재지를 방문하여 사람들에게 술도 사면서 교제의 폭을 넓히고 어려운 사람들에게는 계속 베푸는 일을 하였다. 말하자면 장래 언젠가에 대비하여 아들의 사전 선거운동을 한 셈이다. 만약 아버지가 살아계셨더라면 나는 30대 초반에 정치에 입문했을지도 모른다. 그랬더라면 어떻게 되었을까? 정계에서 무엇인가를 이루어냈을까, 아니면 국회의원 몇 차례 하고 아버지 말씀대로 시원치 않은 끝을 내고 말았을까….

나는 학교 성적은 좋았으나 서울 법대 진학에는 실패하고, 다음 해 서울 문리대 독문학과에 들어갔다. 1969년, 대학의 마지막 여름방학 두 달을 나주 시골집에서 빈둥거리며 지냈다. 과수원의 여름은 원두막을 떠올리고 낭만적으로 생각할지 모르지만, 실제로는 촘촘한 복숭아 나무나 포도나무 숲속에 들어가면 덥고 숨이 답답해져서 우리 형제들은 어지간해서는 들어가지 않았고, 과일을 먹고 싶으면 창고에 들어가 탐스럽고 맛있는 것을 골라 먹었다. 원래 우리 부모님은 모든 과일 중 최상품은 자식들을 위해 그리고 선물용으로 따로 보관하여 두곤 하였다. 우리 열 형제, 자매가 매일 먹어대는 과일량을 상상해보라! 당시 나는 취직보다는 행정대학원에 가겠다는 생각이어서 방학을 여유롭게 즐겼던 것 같다.

어쨌든 방학을 끝내고 학교에 돌아가서 짝꿍이나 다름없는 가까운 친구를 만났더니 나하고는 완전히 다른 생활을 한 것을 알았다. 2개월 내내 도서관에서 외무고시_외무직 3급 공채 준비를 하였다는 것이다. 친구는 9월 초 외무고시 1차시험 원서를 받으러 중앙청에 간다며 같이 가자고 해서 친구 따라 강남 간다는 기분으로 동반을 했다. 친구는 원서 값을 따로 받지도 않는다면서 한 부를 더 받아 내게 주었다. 그때부터 나는 관련된 기본 서적들을 구입하여 사설 도서관에서 열심히 공부를 하여 10월 어느 날 시험을 치렀다. 그리고 얼마 후 친구가 내게 "야, 너도 합격했다!"라고 말해 주었다. 당시 시험과목이 객관식으로 국사, 헌법, 경제학, 영어 등이었기 때문에 일단 내용을 이해한다면 나머지 암기하는 것은 내게 문제가 되지 않았던 것이다. 본 시험인 2차 고사는 1차 후 2개월쯤이어서 12월 초에 있었다. 따라서 1개월 정도의 시간만 남아 있었다. 아직 시험과목도 다 파악하지 못했을 뿐만 아니라 국제법이나 행정학, 행정법 책도 제대로 구입하지 않은 상태여서, 경험삼아 한 번 보라는 권유도 있었지만, 아무런 지식도 없이 시험을 본다는 것은 도리가 아닌 것 같고, 또 시험에 떨어졌다는 소리도 듣고 싶지가 않아 시험장에 나가지도 않았다.

졸업을 하자마자 곧 바로 나는 3월 중순부터 남산도서관에 나가 따로 개인 방을 내서 본격적으로 고시공부에 들어갔다. 하루 8시간을 보내고 귀가하면 저녁을 먹고 내가 사는 집의 아이들과 놀거나 가끔 공부도 봐주면서 쉬었다. 나는 워낙 고도 근시라 밤에 형광등 불빛 아래 책 보는 것이 싫었다. 그러나 이 시절 하루 8시간 공부는 내 일생 동안 가장 집중하고 몰입한 시기였다. 당시 '13당 14락'_13시간 공부하면 떨어지고 14시간 하면 합격이 고시생들의 유행어였는데, 나의 8시간은 그야말로 안광이 지면을 꿰뚫는 피투성이 나는 투쟁이었다. 내가 공부하던 남산 도서관에는 법대 출신 그룹 네다섯 명이 각각 방을 얻어 공부하는데 모두 사법고시 또는 행정고시를 몇 년째 치르고 있었다. 그들은 나와 차원이 달랐다. 그들은 기본 서적들은 더 이상 손도 대지 않고 전문서적이나 나름대로 어려운 문제를 만들어 공부했다. 나는 기본 서적을 읽으면서 그들에게 찾아가 하찮은 기본용어나 '가', '는', '이' 등 조사의 위치에 대해서 문의했다. 그들은 잘 가르쳐주었다. 그러나 마음속으로는 한심하다고 흉을 보았음에 틀림없었다. 그렇지만 나는 나대로 그들이 고도의 수준에 올라 있지만 기본을 잊어버리고 매너리즘에 빠져있다는 것을 느꼈다.

1970년 가을 다시 1차 시험을 거친 후 12월 초에 2차 시험을 닷새간에 걸쳐 치렀다. 그리고 나는 12월 말이 되어 시골집에 내려가 한 달 가량 방에 처박혀 시간을 죽였다. 새해가 되어 1월 어느 날 형으로부터 서울에서 전화가 왔다. '합격!' 이라고…. 그러나 당시 아버지는 외무고시가 어떤 것인지 사전 지식이 별로 없었다. 그러다가 3차 면접시험을 치른 후 최종 합격자 명단이 신문에 기사화되고 주위에서 축하 전화가 쇄도하자 그제서야 이것이 고시 가운데 하나라는 것과 외교관이 되는 것이라는 것을 알게 되고, 아버지가 꿈꾸어 왔던 즐거움을 마음껏 누릴 수 있게 되었다. 돌이켜보면 짧은 기간에 첫 번 시도로 합격했던 것은 운이 좋았고, 배수진을 치고 정말 집중적으로 그리고 기본 서적에 충실했으며, 내가 갖고 있던 암기력, 기억력, 문장력, 비교분석력 그리고 약간의 창의력을 십분 활용하였기 때문인 것으로 보인다. 그러나 21세기의 외교관은 예전의 과거시험 같은 것이 아니라 인성과 자질을 관찰하며 타인과의 교류능력, 외국어 능력, 애국심 등을 종합적으로 평가하여 선발하여야 할 것이다. 이런 의미에서 새로이 국립외교원을 설립하여 외교관을 양성하는 것은 바람직한 방향일 것이다.

호사다마_好事多魔라고 나와 우리 가족에게 곧 비극이 몰아닥쳤다. 외무고시에 합격하고 1971년 4월 외무부에 입부하여 연수를 마친 후 우리 15명의 합격자들은 외교연구원의 교수부장 지도 하에 지방 연수여행을 떠났는데, 부산을 시작으로 남해안과 광주를 거쳐 서울로 돌아오는 일정이었다. 나의 제의로 여수에서 광주로 가는 도중에 나주 우리 집에 들러 식사를 함께 하는 일정이 포함되었다. 아버지와 어머니는 잔치 준비를 하느라 반나절 동안 시장을 보고 음식을 마련한 다음, 손님용으로 새로 지은 행랑채에서 기온이 낮고 습하다고 어머니가 연탄불을 지핀 다음 두 분이 같이 잠자리에 들었다. 그런데 그 새집의 온돌방이 아직 완전치 못해 연탄가스의 흡입으로 아버지는 돌아가시고 어머니는 의식을 잃었다. 새벽에 여동생이 학교에 가기 위해 들러 발견하였다. 잔치음식은 곧 장례음식으로 변했다. 여수에서 집으로 가는 길에 통보를 받은 나는 도저히 믿을 수 없어 말도 못하고 눈물도 흘리지 못했다. 아버지의 굳은 얼굴에 손을 대보았지만 실감이 나지 않았고 또 무섭기까지 했다. 얼마나 얼이 빠졌든지 우리 여행길에 내가 총무를 맡아 경비를 모아서 가지고 있었는데 그것을 돌려주었는지 기억도 없다. 여러 해가 흐른 후에야 그때 생각을 해보았는데 하얗게 아무런 기억도 나지 않았다. 아버지의 장례식에는 멀리서 소식을 듣고 아버지와 친교를 맺은 분들도 찾아왔다. 조사를 써온 분, 시조를 써온 분들도 있었는데 우리 식구들이 모르는 분들이 많았다. 어머니는 다행히 병원에서 깨어났지만 충격을 받을까 봐 아버지에 관해서는 함구했다. 나로 인해서 우리 형제, 자매에게 큰 불행이 초래되었다. 이들은 아버지를 일찍 잃은 슬픔과 상처를 떠안고 일생을 살게 되었다. 형이 재산을 관리하게 되었는데 아버지와 형 또는 오빠와는 다른 문제가 아니겠는가? 이들에게 내가 죄스럽고 고마운 것은 이들이 살아가면서 어려운 순간을 겪으면서도 아무도 나에게 원망을 표시하지 않는다는 것이다. 나는 이들에게 힘도 되지 못하고 오랜 세월을 살아왔다.

아버지는 어떻게 그렇게 바른 생활로 살아오셨을까? 아버지의 기본적 품성이 있었겠지만, 가난 속에서도 노력하여 자수성가를 한 성장 과정, 주위의 많은 어렵고 힘든 사람들을 겪으며 스스로의 인생 수칙을 세웠을 것이다. 또한 아버지는 조상을 숭배하고 어르신들을 공경하며 주위에 은혜를 베풀면 그 보답이 반드시 있을 것이라는 믿음을 갖고 계셨던 것은 아닐까? 자식을 열이나 둔 아버지로서 당신의 선행이 자식들에게 돌아가기를 희망했으며 그만큼 자식들에 대한 지극한 사랑이 깃들어 있었다고 여겨진다. 아버지가 돌아가신지 43년, 그리고 어머니가 돌아가신지 14년이 지난 요즈음에도 나는 가끔 두 분을 꿈속에서 뵙는다. 나는 두 분을 사랑하고 존경한다.

외교관이란 가장 더러운 일을 가장 멋있게 말하고
행동하는 사람이다 _ I. 골드버그

아름다운 비엔나에서

1974년 7월 25일 외교관으로서 첫 임지인 오스트리아를 향하여 아내와 함께 홍콩행 대한항공에 올랐다. 5월에 결혼했으니 부임 여정은 신혼여행이나 다름없었다. 홍콩에서 하룻밤을 지내고, 다음날 아테네에 도착했다. 대사관 직원의 안내로 파르테논 신전을 비롯하여 관광 명소를 감탄의 눈으로 구경하고 남쪽으로 차를 달려 오렌지 과수원을 지나 지중해 앞쪽까지 가보았다. 잉크색처럼 짙은 파란 바다 위 8월의 태양이 이글거리는 것을 눈으로 느낄 수 있었다. 아테네의 여름 태양은 아스팔트 도로까지 찐득찐득 녹이는 듯했고, 자유로운 복장으로 거리를 활보하는 젊은 남녀들을 보면서 비로소 서양에 들어왔구나 하는 느낌을 가졌다. 다음 경유지는 로마. 아테네 공항에서 이탈리아 국적기 알리탈리아에 탑승하는데 승객들이 게이트를 통과하자마자 모두 항공기로 달려가기 시작했다. 우리도 엉겁결에 뒤따라 달려 탑승했는데 알고 보니 좌석이 따로 지정되어 있지 않아 원하는 자리에 마음대로 앉을 수 있기 때문이었다. 유럽 사람들은 그때 벌써 이웃나라 여행을 국내여행으로 간주하고 있었다. 겨우 뒤쪽에 자리를 잡고 앉았는데, 예정 시간을 한참 지나 출발을 하더니 남자 승무원 혼자 왔다 갔다 하다가 비행기가 이륙하자 내 앞좌석의 금발 여인 좌석에 비스듬히 기대고 서서 로마 공항에 도착하기 직전까지 쉴새없이 이탈리아 말로 떠들어 댔다. 알리탈리아가 시간 안 지키기로 소문이 나있는데 승무원까지 저 모양이구나 하는 생각과 함께 앞으로 다시는 알리탈리아를 이용하지 않겠다고 마음먹었다. 그러나 세월이 많이 흐른 뒤 수없이 알리탈리아를 타게 될 줄이야. 로마에서는 3박 4일을 지냈다. 관광버스로 시내 투어를 하루 종일 한 다음, 몇몇 곳은 택시로 다시 가서 사진을 찍고 꼼꼼히 구경을 했다. '로마의 휴일' 에서처럼 스페인 광장을 거닐고 애천에 가서 동전을 던지고 아이스크림을 사먹었다. 콜로세움에서 '스파르타쿠스' 를 상상하고, 대전차 경기장을 내려다보며 '벤허' 를 회상한 다음, 그 옆 성당의 '진실의 입' 에 약간은 두려운 마음으로 주먹을 집어넣기도 하였다. 바티칸 성당과 박물관에서 서양문화에 대한 감동과 관심을 갖기 시작했고 공항으로 가는 길에 베네치아 광장 앞 눈부시게 하얀 대리석의 비토리오 에마누엘레 기념관을 스치면서 마음속으로 언젠가 이곳 로마에서 근무를 한 번 해봐야겠다고 마음을 먹었다. 그 생각은 결국 28년 후 대사로 부임하여 이루어졌다.

일주일의 여정 끝에 드디어 7월 30일 임지인 오스트리아 비엔나에 도착하였다. 조그만 호텔에 임시로 숙소를 정하고 첫 아침식사를 하는데 우유 한 잔, 커피 한 잔, 그리고 젬멜_하드롤보다 약간 큰 사이즈로 아주 딱딱한 빵바구니가 전부였다. 빵은 딱딱하고 맛이 없어서 버터는 물론 달콤한 잼을 잔뜩 발라서 겨우 목구멍을 넘겼다. 그러나 이 젬멜은 후에 늘 그리워하는 맛있는 빵이 되었다. 부임하자마자 업무 인수를 받고 낯설지만 바로 총무와 영사 업무를 시작하였는데 영사로서 첫 번째 대규모 행사는 8.15 광복절 경축식을 대사 관저에서 거행하는 일이었다. 그런데 우리가 오전 11시에 관저 정원에 교민들과 함께 모였을 때는 서울에서 육영수 여사가 이미 문세광의 저격으로 서거한 후였다. 기념식은 결국 추모행사가 되어 버렸다. 나중에 밝혀진 일이지만 그 날 국경일 휴일이라 골프를 나간 대사들이 상당수 있었는데 그 가운데 비보를 접한 시점이 다르겠지만 그 소식을 접하고 골프를 중단하고 귀가하거나 골프를 마저 끝낸 사람, 또는 골프를 시작한 사람들이 있었다 한다. 이와 관련하여 골프를 계속했던 한두 분이 인사발령에 반영되어 좌천되거나 귀국한 것으로 알려졌다.

골프라면 우리나라에서는 참 할 말이 많다. 골프란 무엇인가? 답은 간단하다. 스포츠 가운데 하나다. 선진국이건 부자나라건 가난한 나라건 전 세계에서 다 즐기는 스포츠다. 다만 시간이 좀 많이 걸리고 돈이 좀 더 소모되는 스포츠다. 따라서 가족적인 여가를 즐기는 유럽에서는 더디게 발전하고 골프 인구도 많지 않다. 미국, 일본, 한국, 휘지 및 동남아 사람들이 매우 즐기지만 유럽이나 아프리카 사람들에게는 대중적인 인기가 없다. 한국에서는 골프에 대한 인기가 높아가고 대중화되어 가고 있지만 아직도 사치스러운 운동으로 여겨진다. 특히 공무원에게는 스포츠이다가 갑자기 금기 운동이 되어 독약으로 변하기도 한다. 김영삼 정부 시절에는 대통령의 지시로 골프가 전면 중지 되어 수시로 골프장에 대해 비밀 감사가 실시되고, 발각되면 어떤 조치가 취해지기도 했다. 골프가 사치스럽고 돈이 많이 들어 공무원들이 향응 받아 부정부패와 연루될 수 있다는 것이다. 또 기업인들도 하루 종일 골프장에서 시간을 소비하면 공장을 근로자에게만 맡게 하고 어떻게 기업 활동을 잘 할 수 있겠느냐는 우려에서 나온 발상이다. 그래서 당시엔 기업인들도 골프를 자제했고 골프를 좋아했던 공무원들은 눈 감고 혼자 이미지 골프를 해보거나 동네 연습장에 나가 연습 공을 후려치는 것으로 만족해야 했다. 요즘 같은 스크린 골프도 없었을 때이니까. 더러는 가명으로 등록하여 서울 외곽으로 나가 몰래 도둑 골프를 치기도 했다. 그런데 그 다음 정부에서도 때에 따라 정부기관이 자체적으로 골프 자제를 지시하거나 권장하는 일이 거듭되어 내려오고 있다. 더군다나 기관장 및 고위 공직자들이 홍수, 태풍 등 재난 상황이나 어떤 국가 비상사태가 발생할 즈음 골프장에 있다가 나중에 언론, 여론 및 국회로부터 혼쭐이 나는 경우가 끊이지 않고 발생했다. 총리가 태풍이 불었는데 골프장에 있었다고 여론의 비난을 받고 나중에 자리를 물러나는 경우도 생겼다. 공직자가 골프를 치는 것이 사치스럽고 금기시해야 할 것인가? 재난 상황을 모른 채 공직자가 골프를 친 것이 사과해야 할 만큼 부도덕한 것인가? 민주사회에서는 공직자를 포함해서 누구에게나 골프는 오로지 스포츠로만 받아들여야 한다. 시간과 돈이 허용하는 한 말이다. 골프 접대를 받아 비리에 연루된다면 그것은 그 사람 개인의 문제이고 자신이 책임져야 할 일이다. 요즘처럼 비밀이 없는 사회에서 그러한 일을 벌인다면 언젠가 그 죄 값을 치르게 마련이다. 그러면 홍수, 태풍이나 위기 상황에서 골프라는 것은 어떻게 보아야 할 것인가? 그러한 상황을 인지했을 때 본인이 책임 있는 대처를 해야 할 위치에 있다면 그에 상응하는 조치를 당연히 취해야 한다. 그렇지 않은 위치나 입장에 있을 경우에는 본인이 알아서 할 일이다. 이 지구상에 어느 특정 스포츠가 이러저러한 이유로 금기시되는 곳이 있다는 말인가? 골프는 그냥 골프이고 스포츠일 뿐이다. 대부분의 스포츠가 그렇지만 골프는 특히 연령이 높은 사람들에게 좋은 운동이고, 겸손과 인내, 변화와 도전을 요구하는 스포츠다. 영국의 유명한 골프 평론가 헨리 롱허스트의 말이다. "골프는 보면 볼수록 인생을 생각하고, 인생은 보면 볼수록 골프를 생각하게 한다." 꽤 많은 나라들이 일 년에 하루 메모리얼데이 또는 현충일 같은 날에 유흥을 삼가고 엄숙하게 보내고 있다. 태국처럼 한때 섹스 관광국이라 지칭되는 나라도 일 년에 한 번 현충일에는 유흥가가 대부분 문을 닫고 모든 음식점 등에서 주류를 제공하지 않고 엄숙하게 하루를 지낸다. 우리가 골프를 자제한다면 현충일 같은 날에 모두 골프채를 내려놓고 순국 선열을 기리는 것은 어떻겠는가?

부임한 지 보름쯤 지나 아직 동서남북도 가리지 못하고 갓 구입한 승용차로 대사관과 자택 사이만 겨우 조심스레 운행하고 있는 처지인데 어려운 일거리가 생겼다. 서울에서 검찰 차장 일행이 회의 참석차 방문하는데 하루 비엔나 문화관광을 시켜주는 일이 신참이며 말단인 나에게 떨어진 것이다. 왜냐하면 상사나 선배들이 모두 국제회의 참석이나 다른 공무 때문에 가능치 않았기 때문이다. 모두들 걱정하면서도 나에게 눈을 돌릴 수밖에 없는 상황이었다. 나 자신도 시내 구경을 아직 하지 못한 상태였으나, 하루 전 선배들로부터 관광명소를 설명 받아 지도에 표시를 하고, 그날 밤 아내를 옆에 태우고 지정 받은 모든 명소를 자동차로 답사하였다. 다음날 나는 손님 일행을 차에 태우고 아침부터 저녁까지 관광명소를 찾았고 어설프지만 설명도 곁들여 실수 없이 임무를 마쳤다. 물론 내가 부임한 지 2주일밖에 되지 않았다거나 여기 와서 자동차 운전을 처음 시작했다는 이야기는 생략하였다.

예나 지금이나 대사관 직원들이 본국에서 고위 인사가 왔을 때 차량 제공과 관광안내를 하는 일은 항용 있는 일이다 고위 인사의 신변보호와 문화탐방 지원이라는 면에서 필요한 일이다. 다만 안내가 너무 빈번하여 본연의 외교업무를 크게 방해받을 경우를 방지하기 위한 조치가 필요하다. 공관에 따라서는 특별한 고위 인사가 아닌 경우에는 행정요원을 배치하거나 민간 안내원을 제공하는 방법을 택하기도 한다. 외교관이 임지에 부임하면 공적으로 사적으로 우선 할 일이 있다. 그 가운데 현실적으로 필요한 일은 지리를 익히는 일이다. 외무성과 공항을 스스로 찾아다닐 수 있어야 하고, 문화적 명소와 주요 건물 및 호텔의 위치를 빨리 숙지하고 호텔 안 식당 또는 로비 화장실은 어디에 있는지 등 시시콜콜한 장소도 필히 숙지해야만 혹시 고위 인사를 안내해야 할 경우 버벅거리지 않게 하기 위해서다. 외교관이 안내를 서투르게 한다는 것이 외교업무 능력과 관계는 없겠으나, 방문객의 입장에서는 서투른 안내를 외교업무 능력과 연계하는 착각을 할 수도 있다. 어쨌든 안내든 무슨 사소한 일이든 일단 맡은 일에는 완벽하게 해 낼 수 있는 능력과 부지런함을 길러야 할 일이다.

당시 내가 모셨던 대사는 한표욱 박사였다. 그는 정부수립 이전 이승만 박사가 미국에 체류하는 오랫동안 이 박사를 수행하는 비서관 역할을 했던 분으로 영어를 아주 잘하는 신사였다. 부인은 미국 인류학 박사인데 그 당시 드문 부부 박사로서 상당히 까다로운 여성으로 소문나 있었다. 한 대사는 오랜 미국생활로 매너와 에티켓 등 의전이 몸에 익었고 유머 감각을 지녔으며 즉석 연설도 능숙한 훌륭한 외교관이었다. 오스트리아는 유럽에서도 보수적인 나라인데다가 "외교관에 관한 비엔나 협약"도 체결된 곳이라 전통 외교관행과 형식이 아직 존중되고 있었다. 한 대사는 이를 잘 받아드려 관저에서 연회를 주최할 때도 턱시도를 드레스 코드로 선택하는 경우가 많았다. 나는 3등 서기관 총무로서 파티 준비 끝에 말석에 앉아 연회에 참석하게 되는 경우가 많았는데, 그 때마다 한 대사가 턱시도를 빌려주어서 입곤 하였다. 다행히 그 복장에 내 치수가 잘 맞았다. 이런 업무야 모든 외교관이 다 익혀야 하는 업무였지만, 특히 그 당시 한 대사 내외로부터 배웠던 의전은 그 후 나의 외교관 생활에 바탕이 되었고 훗날 의전장_Chief of Protocol이 되어 국가 의전을 맡게 되는 밑거름이 되었다. 지금은 다 돌아가셨지만 잊을 수 없는 분들이다.

나는 3등 서기관 및 부영사로서 총무와 영사 업무를 맡아서 눈 코 뜰 새 없이 바빴다. 평일에는 주로 유학생과 간호원으로 구성된 교민들의 문제와 여권 등 영사업무로 시간을 모두 보냈고, 주말 중 토요일에는 일주일 동안 조치한 예산·결산 등 총무 업무와 서류 처리 등을 하였다. 토요일 아침에는 너무 피곤해서 늦잠을 자고 점심때 쯤 겨우 일어나 재래시장 나 슈마르크트에 아내와 같이 나가 야채, 과일, 생선 등 일주일 먹을 식품을 사오고, 오후에는 사무실에 나가 밤늦게까지 잔무 처리를 하였다. 일요일에는 아내와 함께 근처 공원을 산책하거나 비엔나 숲_Wiener Wald을 찾았고, 때로는 좀 멀리 도나우 강변을 따라 드라이브하였다. 파란 숲을 왼쪽으로 하고 오른쪽으로 유유히 흘러가는 도나우 강을 바라보면 저절로 요한 슈트라우스의 숲속의 왈츠가 귓전에 울리는 듯 하였다. 숲이 끝나는 곳에 마을이 있고, 간간히 중세 건물이 보존되어 있는 마을에 들어서면 길모퉁이에서 갑옷과 투구를 쓴 기사들이 실제로 말을 타고 나타날 것 같은 기분이 들었다. 사실 계획을 잘 세우면 유럽에서는 금요일 저녁부터 일요일 저녁까지 2박 3일간 국내여행은 물론 이웃나라에도 쉽게 다녀올 수 있었지만, 바쁜 일정에 또 게으른 탓에 한 번도 그렇게 해 보지 못했다. 유감이다.

1970년대 중반 당시 유럽에는 독일에 파견된 광부와 간호원, 오스트리아에 파견된 간호원 그리고 곳곳의 유학생들이 교포 사회의 주축을 이루었고 한국인들이 그다지 많이 진출해 있지 않았다. 오스트리아인들은 순박하고 쾌활한 사람들이라 흔치 않은 동양인들에게 친절하였지만, 더러 젊은 애들은 “칭총챙” 하고 놀리기도 하였다. 사람들은 우리를 만나면 일본인이냐고 물었다. 아니라고 대답하면 중국인이냐고 물었다. 또 아니라고 대답하면 그럼 어디서 왔느냐고 물어 보았다. 일본은 선진국으로 잘 사는 나라이고 또 2차 대전의 추축국으로서 일본인에 대한 좋은 인상을 갖고 있었지만 중국인에게는 그렇지 못했다. 한국인은 그 중간의 대접을 받는 셈이었다. 나는 근무기간 내내 교포들을 집에 많이 초대하였다. 궁극적으로 교민 보호와 선도의 목적이겠지만 가난한 유학생들을 초대하여 한국 음식을 제공하고 유학생들과 떠들고 놀며 그들의 애로사항을 청취하고 격려하는 일이었다. 유학생이나 간호원이나 고국에서 멀리 떠나 낯선 문화와 사람들 속에서 겪어야 하는 외로움과 서러움을 모두 다 느끼고 있었다. 내 나이 아직 20대였지만 영사로서 이들에 대한 어버이 노릇을 해야 했다. 개방적이고 사교적인 미국 사회보다 조용하고 폐쇄적인 유럽 사회의 생활이 더욱 힘들었다. 학생들도 미국에서는 아르바이트 기회도 많이 있지만 오스트리아에는 흔치 않았으며 여학생들의 경우에는 더더구나 어려웠다. 가정집에서 서투른 솜씨로 청소부 노릇을 하는 경우도 마다하지 않았다. 학생이나 간호원들의 고민이나 장래를 상담해 주는 일은 다반사이고, 이혼 서류 써 가지고 와서 확인해달라는 부부를 달래서 화해시키는 일, 각종 사건이나 사고 처리 등등…. 우리나라 영사의 업무 범위는 지금도 공과 사의 구별이 없는 것으로 보인다. 그 당시 그래도 운이 좋았던 것은 우리 국민이 사망하는 일이 발생하지 않아 사체를 처리하거나 사건을 조사하는 일 같은 것은 하지 않았다. 요즘처럼 우리 국민이 해외여행과 해외 체류가 많을 때는 곳곳에서 수시로 불의의 사고가 발생하여 영사들이 직접 처리해야 하는 경우가 많다. 사고로 사망한 사체를 확인하고 수습하며 뒤늦게 도착한 가족들과 함께 마무리 하는 일 등등…. 닥치면 다 할 일이지만, 그런 일이 발생하지 않은 것을 다행으로 생각했다.

부임한 해가 지나고 새해가 시작되자, 작고 큰 사고가 연이어 발생했다. 1960년대 중반 약 백여 명의 간호원이 오스트리아에 취업해서 대부분

비엔나의 3개 병원에서 근무하고 있었다. 부임 후 병원을 각각 방문하여 책임자들을 만나 영사로서 우리 간호원들을 잘 살펴줄 것을 당부했을 때 그들은 모두 우리 간호원들이 친절하고 열심히 일해서 병원에서 평판이 좋았다고 칭찬했다. 간호원들은 거의 대부분이 미혼으로서 우리 유학생이나 현지 오스트리아 청년과 사귀는 경우도 더러 있었다. 각자의 사생활에 대하여 알 수는 없으나 문제가 발생하면 모른 체 할 수 없게 된다. 연초에 한 간호원이 음독 자살을 기도하였다. 사귀던 오스트리아 청년이 변심하고 떠나버려 상심하고 우울증에 빠져 있다가 일을 저지른 것이다. 다행히 병원에서 발견되어 응급조치를 취하여 무사하게 되었다. 그냥 지나칠 일이었지만, 다른 간호원들의 걱정도 있고 해서 그 병원을 찾아가 행정 책임자를 만나 사고를 낸 간호원을 잘 배려해줄 것을 부탁하였다. 얼마 후 그 간호원이 대사관으로 찾아왔다. 그 간호원은 감사를 표하며 정상적으로 대화하였지만 상당히 심란한 듯 했다. 결국 식당으로 옮겨 저녁을 사주며 그녀의 하소연을 들어주고 위로의 말을 건넸다. 그녀는 예쁘고 똑똑했다. 그러나 아직도 상처가 전혀 치유되지 않은 듯 했다. 포도주도 한 잔 사주며 달래서 겨우 병원에 데려다 주었다. 그녀는 한 번 더 찾아왔다. 그래서 똑같이 몇 시간 대화의 상대가 되어 주었다. 그러나 이번에는 홀로서기를 할 것을 분명히 다짐시켰다. 그 뒤 그녀는 찾아오지 않았고 별일 없이 지낸다고 들었다. 집에 들어가면 미리 아내에게 알렸던 대로 자살 시도한 간호원을 만나서 식사한다고 이야기했지만, 단 둘이가 아닌 다른 간호원도 같이 식사한다고 거짓말을 했다.

몇 달 뒤 이번에는 남자 간호원이 일을 저질렀다. 그는 30대 초반 총각으로 독일에서 넘어왔는데 우리 간호원 가운데 유일한 남자 간호원으로서 환자 이송이나 의약품 운반 등 다양한 일을 맡고 있었다. 그 남자 간호원은 희귀성 때문인지 한국 여자 간호원들 사이에서 꽤 인기가 있었다. 어느 날 아침 일간 신문 크로네짜이퉁 1면에 "중무기 불법 소지한 한국 간호원 체포" 제하에 사진과 함께 톱 기사가 올라 대사관 직원들을 포함한 한국 동포 모두를 깜짝 놀라게 했다. 나는 영사로서 부랴부랴 수사기관을 찾아가 상황을 설명 듣고 피의자 김경환을 면회하여 전후 사정을 파악하였다. 김경환은 어느 때부터인지 취미로 총기를 하나씩 사들여 기숙사 방 벽장 속의 벽에 차례차례 진열하여 두었다. 칼빈, M-1 소총, 무반동 소총 등 6~7점이 되었다. 김경환의 기숙사 방에는 여성 간호원들이 들락거렸는데 그 총기들을 우연히 보거나 때로는 보여주기도 했지만 아무 일 없이 지냈다. 그러던 중 누군가 한 간호원이 김에 대한 불만으로 기숙사 책임자에게 고자질을 하였고, 그 책임자는 경찰에 신고하여 삽시간에 대형사건이 되었다. 조용하고 보수적인 비엔나에서 한 병원의 동양 남자 간호원이 불법 총기를 다수 소지하고 있다는 것은 언론의 센세이셔널리즘을 자극하기에 충분했다. 그로 인해 불법 총기 소지 사건은 대서특필되고 불법 소지의 동기 및 의도 등에 관하여 추측 기사를 계속 올렸다. 또한 간호원 증명서의 위조 가능성도 제기되었고, 검찰 조사를 거쳐 법정에서 재판을 하게 되었는데 중형이 우려되었다. 첫 번째 심리가 끝난 며칠 후 나는 재판장을 찾아갔다. 피의자가 단지 무지해서 총기 신고를 하지 않았을 뿐 총기를 취미로 수집했고, 기숙사 방 밖으로 총기를 유출한 바도 없고, 아무런 행위도 하거나 기획된 바도 없으며, 전과도 없는 사람이라는 것을 강조하며 한국인에 대한 배려와 선처를 요청했다. 체포일로부터 선고까지 6개월이 소요되는 기간 동안 나는 재판장을 세 차례 만났다. 재판장은 징역 180일과 해외 추방을 선고하였다. 따라서 김은 선고로부터 이틀 후 형을 다 마치고 석방되어 제 3국으로 추방되었다. 최선의 결과였다. 재판장의 선처 결과였다. 당시만 해도 비엔나에는 터키와 동구권 국가에서 온 근로자들의 범죄는 있었지만 아시아인 특히 한국인의 범죄는 없었다. 대사관의 적극 개입으로 외국인에 대한 배려를 한 것으로서 지금 같은 국제화 시대에는 어림없는 처분이었다. 나는 그 재판장을 우리 대사관의 초청리스트에 올리고 국경일 리셉션 등 공식 행사에 초청토록 했다. 그 해 10월 3일 국경일 행사에 그 재판장은 참석해 주었고 친한파가 되었다.

근무한지 1년 남짓 되어 나는 비엔나를 꽤 돌아다녔고 국내 인사들에게 문화적 명소를 안내하면서 관광 가이드가 다 되었다. 하루 코스로서 시내 복판 원형 도로인 링을 한 바퀴 돌면서 호프부르크 국립미술관, 쉔부른 궁전, 케른트너 슈트라세와 스테판 돔, 국립오페라좌를 구경하고 비엔나의 숲을 한 바퀴 드라이브한 후, 숲 기슭에 있는 그린찡에 들러 늙은 악사들의 깽깽이 반주를 즐기며 호이리거_그 해 포도로 담근 포도주에 식사를 하는 것으로 바쁜 일정을 마쳤다. 다소 시간적 여유가 있는 사람들에게는 다음날 호프부르크 궁전 안의 승마장에서 잘 훈련된 말 무리떼들을 행진시키는 '호스라이딩' 공연을 보게 하고 국립오페라좌 앞의 사허호텔에 들러 특산물인 초콜릿케익 사허토테를 맛보게도 했다. '사허토테'는 18세기 말 오스트리아 · 헝가리 제국 황제 프란츠 요셉의 신하들이 궁전 연회가 끝난 후 배가 고파서 사허호텔에 고급 식당을 차려 놓고 다시 저녁식사를 하고 후식으로 즐겼다고 한다. 요셉 황제가 식사를 너무 빨리 끝내버려 신하들은 주 요리를 시작하자마자 곧 포크와 나이프를 내려놓아야 했다는 것이다. 3등 서기관인 나도 가끔 그 식당에서 식사를 했다. 그것은 한표욱 대사가 주재국 고위 관리들을 가끔 그곳에 초청하여 오찬을 하곤 했는데 나도 수행해서 참석한 덕택이었으며 사슴과 엘프나 산록들의 뿌리들이 벽에 그림들과 함께 장식되어 있어서 오스트리아 고풍을 자아냈다.

오스트리아는 바다가 없는 내륙 국가로 다소 답답한 느낌을 주지만 곳곳에 아름다운 호수가 있고 산천이 너무 아름답고 깨끗하여 지방여행을 즐길 수 있다. 숲은 푸르고 울창하며 시골 풍경은 아름답고 평화롭다. 조그만 여관인 '펜션' 의 침대는 하얗게 까슬까슬하고 깨끗하다. 예약 없이 지나다가 '찜머프라이_Zimmer frei' 라는 표지가 걸려 있으면 방이 있다는 뜻이니 들어가면 된다. 남쪽으로 내려가면 산업도시 그라쯔가 있고 아름다운 잘츠부르크가 나온다. 여섯 개의 아름다운 바다처럼 큰 호수를 방문하여 바람을 맞으며 백조처럼 떠가는 하얀 요트를 바라보면 정말 숨이 트이고 아름다운 그림 그 자체였다. 잘츠부르크 언덕 위 영화 '왕과 나' 를 촬영한 성은 중세의 도시와 생활을 상상시켜 준다. 더 남쪽으로는 티롤과 인스부르크가 스위스와 이탈리아를 경계 짓고 일 년 내내 하얀 설봉을 자랑하고 있다.

부임한 다음 해 나는 운 좋게도 '잘츠부르크 페스티벌' 에 초청받아 카라얀이 지휘하는 오페라 '마술 피리' 를 감상하였다. 페스티벌은 여름 2개월간 열리는데 보통 1년 전에 예약을 해야 한다. 아내는 나와 결혼할 때까지 잠깐 포항제철 박태준 사장의 영어 통역 겸 비서로 일을 했었는데 박 사장이 오스트리아의 뵈스트알피네 철강회사와의 계약 업무 차 방문했다. 포항제철은 이 회사로부터 플랜트 건설을 제공받고 있었다. 박 사장은 이 회사의 최고 귀빈으로서 페스티벌에 초청받았고 우리 부부도 덩달아 초청을 받게 된 것이다. 음악을 잘 모르는 나였지만 꽤 감명 깊었고 그 뒤 비엔나에서 오페라나 콘서트를 감상하러 가는 계기가 되었다.

비엔나의 생활은 막내 외교관이라 이리저리 뛰어다니고 또 관광 안내도 많이 했지만 업무에 쫓기다 보니 아내와 함께 차분히 박물관 등 문화 탐방을 할 겨를이 없었다. 그래서 우스꽝스럽게도 발령을 받고 나서 불과 일주일 전에야 아내와 함께 여러 명소를 찾아 증명사진을 찍고 미술관이나 궁전에서 아내에게 그동안 닦은 안내 실력을 발휘하였다. 당시에는 나 말고도 다른 직원들도 막판에야 증명사진 찍으러 돌아다니는 경우가 흔했으니 그만큼 우리가 여유를 갖지 못했던 시대였다.

아프리카인들을 위한 아프리카란 외국의 야망을 위한 사냥터가 된
아프리카를 말하는 것은 아니다 _A. E. 스티븐슨

잃어버린 대륙 아프리카

1976년 8월 30일 오후 런던의 게트윅 공항에서 서부 아프리카 시에라리온 프리타운으로 가는 브리티쉬 칼라도니아 비행기에 아내와 함께 올랐다. 선반에 짐을 올리고 착석하여 벨트를 메고 미지의 세계를 향하여 이륙하기만을 기다렸다. 그때 기내방송이 흘러 나왔다. "비행기가 정비관계로 연착 예정입니다. 6시간 가까이 소요될 예정이오니 모두 좌석에서 일어나 공항 대합실로 돌아가서 다음 방송 때까지 대기하여 주십시오." 우리가 간단한 손가방만 들고 좌석에서 일어나 몇 발자국 움직였을 때 다시 기내방송이 흘러나왔다. "여러분 다시 착석하고 기내에서 기다려 주십시오. 이륙시간을 다소 단축시킬 가능성이 있습니다." 그리고 우리는 기다렸다. 마냥 기다렸다. 더 이상 기내방송은 없었다. 비행기 안은 백인과 흑인들로 꽉 차 있었다. 사람들뿐만 아니라 흑

인 승객들에게 꼭 잡힌 채 푸드득거리는 닭들도 같은 승객이었다. 그 광경은 마치 대륙을 건너 하늘을 나는 비행기가 아니라 시골 장을 보고 가는 버스 속 풍경 같았다. 그렇게 어수선한 가운데도 백인이건 흑인이건 누구 하나 언제 출발하느냐고 항의하는 사람은 한 명도 없었다. 오히려 우리가 안달이 날 지경이었다. 그러나 남들도 조용히 기다리고 있으니 나도 외교관 체면에 참고 있을 수밖에. 드디어 기내방송이 울렸다. "여러분, 의자 벨트를 꽉 메어 주십시오. 비행기가 곧 이륙하겠습니다." 시계를 보니 정확하게 6시간 지연되었다. 처음 예고했던 그대로 비행기 안에서 꼼짝없이 묶여 있었다. 이것이 나의 아프리카 생활의 첫 시작이었다.

일 개월 전 일요일 아침. 외신관으로부터 뜬금없는 연락을 받았다. 본국 정부로부터 시에라리온으로 전근 발령이 났다는 것이다. 그 당시 나는 아내와의 관계도 여의치 않았고, 무엇보다도 어머니와 형제 자매, 친구들이 보고 싶어서 서울로 돌아가고 싶었다. 그러나 보통 한 곳에서 3년 근무하는 관례가 있어서 2년밖에 되지 않은 나로서는 귀국하겠다고 요청할 염치가 없었기에, 6개월만 더 근무하고 돌아가겠다고 마음을 다잡았다. 그런데 다른 나라로 발령이라니! 그렇게 되면 또 최소 2년을 더 해외체류 해야 되는데…. 앞이 캄캄했다. 아프리카 오지로 가는 것이 문제가 아니라 집에 못 간다는 생각이었다. 어머니나 친척들은 내가 외교관으로 외국에서 나라를 대표해서 일하는 것을 자랑스럽게 생각하고 있으나, 자식을 못 보는 것은 군대 보낸 것보다 더 마음이 아파 마치 귀양간 것 같다고 말씀하셨다. 하지만 정부의 명령인데 어떻게 할 것인가! 그 순간 이상하게도 금방 마음이 편안해졌다. 어차피 귀국 못 할 바에야 새로운 나라에서 모험을 해 보자는 생각, 언젠가는 아프리카 오지에서 한번쯤 근무해 볼 필요가 있다는 사명감이 발동한 것이다.

1970년대 당시에는 선진국과 후진국 간의 순환근무제라는 것도 아직 제도화되지 않아 선진국 근무하고 귀국하였다고 해서 다음에 꼭 후진국에 의무적으로 가라는 법은 없었다. 그런데 그 해 1976년 여름 발령에 유럽에 근무하는 젊은 외교관들을 모두 아프리카로 발령냈던 것이다. 그전 해 1975년 페루 리마에서 남북한이 동시에 비동맹 그룹에 가입을 신청하였다가 북한은 가입되고 한국은 가입이 받아들여지지 않았다. 한국에 외국군이 주둔하고 있어서 비동맹 자격이 없다는 것이다. 그러나 이것은 우리 외교의 결정적 실패이고 제3 세계 외교 경쟁에서 패배한 것이었다. 또한 1975년 가을 유엔 총회에서는 매년 남북한이 경쟁적으로 제출하는 총회의 결의안이 최초로 동시에 통과된 것이다. 남한 입장을 지지하는 결의안과 북한을 지지하는 결의안, 즉 내용이 상반되는 결의안이 동시에 채택되는 아이러니가 발생한 것이다. 그전 해까지만 해도 지난 20년간 남한 지지 결의안만 채택되고 북한 지지 결의안은 부결되었었는데…. 이러한 외교적 실패는 우리가 회원국 수가 많은 아프리카 외교에 실패한 것이 직접적 요인이었다. 당시 사하라 이남 아프리카에는 북한 대사관이 한국 대사관보다 숫자가 많았으며 상당수의 국가에서 '코리아' 하면 북한을 의미할 정도로 대 아프리카 외교에 있어서 한국보다 북한이 한 수 위였다. 또 김일성에 대한 홍보가 대단했고, 국회의사당이나 스테디엄을 건설해 주는 등 원조도 활발했으니 당연한 결과라 하겠다. 시에라리온만 하더라도 한국은 1972년에서야 공관을 창설하였고, 북한은 그 전부터 대사관을 유지해 왔다. 그로 인해 한국의 첫 번째 대사가 대통령에게 신임장을 제정하는데 북한의 방해 공작으로 6개월이나 지연되는 어려움을 겪어야 했다. 또한 북한 외교관들의 날카로운 감시 눈초리와 위세 때문에 한국 외교관과 그 가족들은 위축되어 지냈다. 우리 정부가 뒤늦게 아프리카 등 제3 세계 외교에 활성화 정책을 정립하게 되자, 우선 아프리카 공관에 우수 인력을 공급할 필요를 느꼈다. 그래서 거리상 가까운 선진지역 유럽에서 근무하는 소위 고시 출신 젊은 외교관들을 차출하여 아프리카로 보내기로 결정하였고, 나도 그 대열에 포함된 것이다. 전근 발령 전문을 받아 쥐었을 때, 외교관으로서 창피한 노릇이었지만, 솔직히 말해서 시에라리온이 아프리카 어디쯤 있는지, 수도가 어딘지 알지 못해 지도를 펼쳐 시에라리온의 위치를 파악하고 아프리카 공부를 시작했다.

시에라리온_Sierra Leone은 대서양에 면한 아프리카 서해안에 위치하고 라이베리아와 기니에 접해 있으며, 인구는 약 5백만 명, 면적은 한반도의 3분의 1 정도로 400km의 해안선을 끼고 비옥한 땅과 아름다운 자연을 갖고 있는 나라이다. '시에라리온' 이라는 이름은 원래 포르투갈 탐험가가 이 땅을 발견하고 '사자산' 이라는 뜻으로 명명한 것이며, 1961년 영국으로부터 독립하였다. 스티븐스 대통령이 장기 집권하고 있으며 정치적으로 안정되고 국민들도 온순한 편이다. 경제적으로는 유엔이 지정한 최빈국에 속하나 다이아몬드가 수출의 45%를 차지하고 코코아와 야자 생산을 주로 하고 있다. 기후는 열대기후로서 우기와 건기의 두 절기로 나뉜다. 이상이 내가 조사한, 비엔나를 떠나기 전 새 임지에 대한 정보의 요지였다.

시골 버스 풍경의 국제선은 칠흑 같은 대서양 위를 비행하여 세네갈 다카에 잠시 쉬었다가 프리타운 공항에 도착하였다. 새벽 3시였다. 공항에는 대사관의 참사관과 공보관이 밤 8시부터 기다리고 있었다. 조명도 어두운 낯설은 공항 대합실에서 얼굴이 그을린 두 선배들의 지친 환영을 받았다. 이들은 도착 예정시간에 마중 나왔다가 비행기가 계속 연착되는 바람에 딱히 공항 밖에 어디 갈 데도 없어 소위 귀빈실에서 마냥 기다렸던 것이다. 한 시간 두 시간 장장 6시간 이상을…. 우리 부부는 캄캄한 이역만리에서 반갑기도 하고 죄송하기도 해서 어정쩡한 채로 차에 몸을 실었다. 어두운 밤길을 차가 한 시간쯤 계속 달리더니 갑자기 멈춰서, 내려보니 선착장이었다. 페리 선박이 우리를 기다리고 있었다. 강을 건너는데 또 한 시간, 배에서 내려 또 삼십 분 가량을 달리더니, 어느 집 마당에 우리를 내려놓고 현관문을 열어 우리를 거실과 침실로 안내해준 다음, 밤이 늦었으니 일단 잠을 자라 하고 떠나갔다. 우리는 그야말로 생판 모르는 황야에 외로이 남겨진 기분이었다. 어떻게 잠을 자는 둥 마는 둥 다음날 아침에 일어나 집 안팎을 둘러보았다. 이 집은 바다가 가까운 저지대에 수산협회의 사옥으로 쓰인 단층 주택으로서 공관을 개설한 내 전임자가 총각으로 임시 살았던 집이다. 부엌 살림에는 그릇 몇 개만 덩그라니 엎어져 있고 냉장고는 텅 비어 있으며, 쌀 한 포대가 전부였다. 나중에 안 일이었지만 쌀 한 포대는 전임자가 크게 배려한 덕분이었다. 마침 일요일이라 우선 점심을 해먹는데 있는 것이라고는 쌀과 비엔나 공항에서 동료직원이 건네준 된장에 절인 고추 단지가 전부였다. 좀 황당했지만 우리는 대수롭지 않게 여겼다. 오후에 대사 내외를 관저로 찾아뵙고 인사를 올리고 저녁에는 환영 식사를 맛있게 대접받았다. 다음날에는 참사관댁, 그리고 유일한 교포인 정부 파견 의사댁 순으로 저녁을 대접받았다. 통상 재외공관에서는 새로 직원이 부임하면 식사대접을 하곤 했는데, 가족끼리 인사도 하고 주택을 구하고 살림살이를 준비하는 동안 생활 안정에 여러 가지 도움이 되었다. 공보관 가족만 제외하고는 사흘 만에 모든 한국 가족을 만난 셈이었다. 며칠이 지난 후 하루는 공보관이 슬그머니 내게 다가와서 아주 미안해하면서 말을 꺼냈다.

"송형, 우리가 아직 저녁식사에 초대를 못하고 있는데, 사실은…. 우리가 쌀이 없어서 그래요. 조금만 기다려 주세요."

당시 시에라리온에는 쌀이 수입되지 않고 현지 사람들이 재배한 재래식 쌀, 안남미처럼 알이 반쪽만 나고 부슬부슬한 쌀밖에 재배되지 않았다. 우리 한국 사람들은 라스팔마스에 기지를 두고 참치나 새우잡이를 하는 한국 원양어선이 몇 달에 한 번 급수 급유 차 프리타운 항구에 들어와서 배달해주는 스페인 쌀을 사먹고 또 김치나 냉동참치 등을 공급받아 살고 있었다. 공보관네는 그 쌀이 다 떨어져 원양어선 들어오는 날만을 기다리고 있었다. 자신들은 현지 쌀로 그럭저럭 버티고 있어서 차마 우리에게 식사 대접을 못하고 있었던 안타까운 실정이었다. 우리가 살림을 차리고 집안을 가꾸는 동안 대사와 참사관 댁에서 양배추로 담근 김치와 한국에서 가져온 귀한 반찬들을 나누어줘서 아주 고맙게 먹으면서 아프리카 생활을 시작한 것이다. 다행히도 그 후 내가 근무하는 동안에 현지 상인들이 라스팔마스에서 유럽 쌀을 수입하여 판매하기 시작하였고, 대만 사람들이 농장을 가꾸어 우리가 잘 먹는 배추를 팔기 시작하여 연중 한 3개월은 배추김치를 담가먹을 수 있었다. 배추 농장에서는 남북한 대사관 가족들이 서로 마주치고 어색하게 피하기도 하곤 했다. 음식에 대해서는 대충 적응할 수밖에 없었다.

다음으로는 도마뱀과 각종 벌레에 적응해야 했다. 집이 저지대의 단층집이라 유난히 벌레들이 근처에 들끓었다. 밤이면 문 밖에 켜놓은 전깃불 주위로 모기며 나방, 각종 벌레들이 새까맣게 몰려들어 한 발자국도 나갈 수 없었다. 낮에는 기어 다니는 동물들의 집안 침투를 막기 위하여 항상 문을 걸어 잠그고 살았다. 그러나 집안 실내에는 초청받지 않은 손님 도마뱀이 곳곳에 우리와 같이 상주하고 있었다. 처음에 거실이나 침실 바닥에서 발견하면 빗자루로 쫓아내느라 야단법석을 떨었지만 눈앞에서 어디론가 잠시 사라져버릴 뿐이었다. 천장에 붙어서 내려다보고 있는 도둑놈 같은 도마뱀 처리는 참으로 힘들다. 긴 빗자루를 들고 쫓아낼라 치면 눈만 껌벅껌벅 거리다가 빗자루가 자신에게 미칠 것 같으면 얼른 자리를 피해 다른 쪽 구석으로 도망가서 나를 놀리 듯 눈을 껌벅거리면서 내려다본다. 도마뱀은 멀리 도망 갈 생각도 않고 있어서 얄밉기 짝이 없었다. 아무리 쫓아내봐야 멀리 도망가지 않으니 결국 헛수고였다. 나중에는 포기하고 저놈들이 천장을 기어 다니다가 우리 침대 위 모기장에 떨어지지 않기만을 바랬다. 어느 날 밤에는 아내가 먼저 침대로 들어가기 위해 이불을 들추자 갑자기 무엇이 '확' 튀어 얼굴 앞으로 떨어졌다. 이 도둑 도마뱀이 우리 침대 이불 속에서 취침을 하던 참이었다. 아내는 놀라서 '악'

소리를 지르고 거의 까무러칠 뻔하였다. 그날 저녁 나는 그 녀석을 끝까지 쫓고 쫓아 기어이 붙들어서 신문지로 싸 문밖으로 던져 버리고야 직성이 풀렸다. 아내는 그 후 한 동안 침대 이불을 들춰내지 못하고 내가 먼저 침대 이불 속을 샅샅이 뒤진 다음 침대에 올라가곤 했다. 도마뱀이라는 것이 원래 모기 등 해충을 먹고 살고 사람을 해치지는 않기에, 결국 참고 이들과 익숙해지는 수밖에 없었다. 우리는 그 시간이 오래 걸렸고 또 그 생긴 모습이 흉측하고 피부에 닿기라도 하면 그 음습하고 차가운 느낌 때문에 끝내 좋아할 수는 없었다.

의식주에 적응하는 방법을 배우는 것과 동시에 우리는 건강을 유지하는데 각별히 신경을 쓰도록 주의 받았다. 아프리카에는 여러 종류의 풍토병이 만연하고 그 가운데 생명을 앗아가는 병들도 많이 있다. 가장 흔한 것으로는 말라리아가 있고 댕기열병, 체체파리병, 텀블플라이 기생충병, 코끼리다리병 등이다. 코끼리다리병은 흐르지 않고 고인 웅덩이 물속에서 기생충이 인체에 파고들면 무릎 아래 다리가 코끼리 다리처럼 붓고 하지 정맥이 발생하는 것이다. 텀블플라이는 밖에 널어놓은 빨래에 알을 낳고 그 옷이 피부에 접촉하는 동안 알이 사람의 피부 속으로 파고 들어가 애벌레가 되어 사마귀처럼 돋아나고 나중에는 살갗을 뚫고 굼뱅이 같은 벌레가 기어 나오는 병이다. 생명에 지장을 주는 것은 아니지만, 자신의 몸에서 벌레가 기어 나오는 것을 상상해보라. 자칫하면 부녀자나 어린애들은 까무러칠 일이다. 더군다나 살아있는 굼뱅이가 손가락이나 옆구리 또는 머리통 아니면 여성의 생식기에서 꿈틀거리며 기어 나온다는 것을…. 그래서 우리는 빨래를 가능한 한 밖에서 말리지 않았고 또 속옷까지도 다리미로 다려 입었다. 특히 팬티의 허리 고무줄 부분은 가장 경계해야할 장소였다.

아프리카 사람들도 댕기열병이나 말라리아로 많이 사망한다. 말라리아는 잘 알려지고 흔한 병이지만 제때에 치료받지 못하면 죽는 병이다. 가난한 아프리카인들은 영양 상태가 부실해서 더욱 치명적일 수도 있었다. 특히 아프리카 이슬람 교도들이 라마단을 지내고 나면 말라리아에 걸리는 사람들이 많았다. 몸에 영양분을 축적도 해놓지 않은 사람들이 하루 종일 굶고 지냈으니 그 말라이아균에 저항할 힘이 없었던 것이다. 말라리아에는 원래 예방약이 없고 치료약만 있다. 사람이 말라리아 지역에 살게 되면 예외 없이 말라리아 모기에 물린다고 여기고 평소에 정기적으로 약을 먹어두면 그 잠재된 균을 억누르고 치유하는 효과를 갖게 되는 것이다. 따라서 약을 먹지 않는다든가 약을 먹더라고 과로하게 되면 여지없이 말라리아 증세가 나타난다. 당시 말라리아 약으로는 매일 한 알씩 먹는 약과 일주일에 한 알씩 먹는 약이 있었는데 나는 후자를 택했다. 후자는 매일 복용해야 하는 번거로움을 피하는 대신에 약의 강도가 처음에는 강했다가 차츰 약해지는 약점이 있었다. 나는 시에라리온에 근무하는 동안 철저하게 단 한 차례도 거르지 않고 약을 복용하였으나, 그럼에도 말라리아를 여러 차례 앓았다. 말라리아 증상으로는 감기와 몸살, 설사와 복통, 발열과 오한, 두통, 온몸 쑤심 등의 여러 증상이 있다. 한두 가지 증상을 앓을 수도 있고 또는 여러 증상이 한꺼번에 오는 경우도 있다. 아내가 발열과 오한을 내면서 헛소리 하는 때도 있었다. 이웃나라에서 근무하는 내 동료는 말라리아를 심히 앓다가 정신이상을 일으켜 이층에서 뛰어내린 경우도 있었다. 말라리아를 앓게 되면 빨리 병원에 가서 강도 높게 치료를 받으면 며칠 후 회복할 수 있다. 나는 당시 업무상 과로와 좋지 않은 주택 환경으로 여러 번 병치레를 하였지만 아직 이십대 후반의 건강한 청년으로서 잘 이겨냈다. 대사나 참사관 같은 분들이 말라리아를 한번 앓게 되면 며칠씩 꼼짝 못하고 집에 누워있어야 했다. 나는 아무리 아파도 매일 병원에 가서 주사 맞고 사무실에 들러 두 세 시간씩 일상 업무를 처리하고는 귀가하였다. 말라리아 약의 장기복용은 후유증을 유발하였다. 시력을 약화시키고 위나 장기에 부담을 주는 것이다. 영국의 한 의학자는 외국인이 아프리카에 살면 5년당 1개월의 수명이 단축된다고 말했다. 내가 1년 반 아프리카에 살면서 빠짐없이 복용한 말라리아 약의 후유증은 귀국한 지 2주 후 약의 복용을 종료했을 때 심한 설사가 시작되어 의사 처방으로는 치유가 되지 않아 결국 종합병원에 일주일간 입원하게 되었다. 또한 약한 시력이 더욱 나빠졌고 위와 장도 약화되어 그 때부터 음식 조심을 시작하게 되었다.

시에라리온에서 내 직위는 2등 서기관 겸 영사이었지만 4인 공관에서 제일 막내였다. 내 업무는 총무, 영사, 외신 업무였고 나중에 공보관이 철수한 이후로는 공보 업무까지 모두 다 맡았다. 총무는 공관의 운영, 예산, 고용원 관리 등 살림살이 일체를 맡는다. 따라서 외교문서를 담은 외교행낭, 즉 파우치 수발도 책임진다. 우리는 아프리카 오지라서 일주일에 한 번 서울에서 외교행낭을 받고 2주에 한 번 본국에 외교행낭을 보낸다. 외교행낭은 그 중요성 때문에 외교관이 직접 공항에서 접수하고 발송한다.

매주 화요일이면 오전 근무를 마치고 집에 돌아가 이른 점심을 먹고 운전 기사와 함께 공항으로 향한다. 차를 달려 선착장에 가서 카페리를 타고 강을 건너는데 첫 날은 파란 강물을 바라보며 아주 기분이 상쾌하고 낭만적이었다. 공항에 도착하여 항공 화물의 수령을 위한 세관 수속을 마치고 비행기를 기다려 외교행낭을 찾아 이상이 없는지 확인하고 다시 왔던 길을 거꾸로 돌아오면 오후 7시경이다. 결국 공항 다녀오는데 7시간 정도 소요된 셈인데 이것은 페리가 정상 운영하고 항공기도 예정대로 도착했을 때 예상되는 시간이다. 공항 가는 길의 페리는 2차 대전 때 독일군이 사용하였던 함선을 개조하여 도입한 것인데, 딱 두 척이 있어서 양 안에서 왔다 갔다 한다. 만약 한 척이 고장 났다든지 대통령이 외국 나들이를 하기 위해 전용하는 경우에는 한 척으로 왕복 운행했다. 그럴 경우에는 한밤중 또는 새벽에 집으로 돌아온다. 거기에 항공기가 연착했을 경우를 상상해 보라. 처음 몇 차례 페리에 올랐을 때는 사무실에서 해방되어 강바람을 쏘이니 다소 낭만적이었는데, 몇 차례 가지 않아 페리에 오르면 엔진 소리와 연료 냄새에 금방 머리가 아프고 강 냄새가 역하게 느껴지기 시작했다. 근무를 마치고 이곳을 떠날 때까지 이런 고통을 겪어야 한다고 생각하니 한심스러웠다. 그래서 나중에는 공항으로 나갈 때는 페리에서 책을 읽고 돌아올 때는 외교행낭을 개봉하여 서울에서 보내준 지난 일주일간의 신문 뭉치를 읽는 것으로 시간을 보냄으로써 머리 아픈 고충은 해결하였다. 가끔 외교행낭이 예정대로 도착하지 않으면 그것을 추적하느라 몇 배의 골치를 썩었다. 우리가 워낙 서울에서 멀리 떨어지고 오지인지라 보통 행낭이 두 차례 환적되어 2~3일에 걸쳐 들어오는데 환적지에서 가끔 예정된 항공편에 연결되지 않는 경우가 발생한다.

아프리카 사람들도 상류층과 깨어있는 사람들은 대부분 영국이나 프랑스에서 유학하고 온 사람들이다. 제대로 공부도 하였고 또 영민하였다. 정치 지도자, 고위 관리, 외교관, 기업인들 가운데 아주 똑똑한 사람들이 많았다. 그러나 충분히 교육을 받지 못했거나 중산층 이하 사람들은 게으르고 시간을 잘 지키지 않으며, 무계획적이고 거짓말하거나 좀도둑질하는 사람들이 많았다. 대사관에 근무하는 고용원들은 그런 대로 교육을 받고 훈련이 되어 있어서 큰 문제가 없지만, 집에서 고용하는 운전기사, 가정부, 경비원 등을 다루기는 쉽지 않았다. 경비원은 야간에 도둑과 치안을 지켜주는 역할을 하므로 잠을 자지 않아야 하는데 어쩌다 주인이 밖에 나가 잠을 자고 있는 경비원을 깨우면 "아, 노 슬립_I no sleep" 하고 벌떡 일어나서는 계속 잠자지 않았다고 우긴다. 현지 가정부들은 모두 남자 가정부다. 여자들은 집에서 아이들을 키우고 살림하며, 남편들이 밖에 나가서 일한다. 한국 사람들은 남자 가정부에게 밥이나 음식 만드는 것을 시키지 않고 주로 청소와 빨래만 시킨다. 그런데 이들은 주인 모르게 냉장고에서 설탕, 커피, 쌀 등을 조금씩 조금씩 훔쳐간다. 때로는 호주머니 속 돈도 훔쳐간다. 훔칠 수 있는 것은 다 훔쳐간다. 그래서 외국인들은 냉장고에 자물통을 설치하여 잠그고 살기도 한다. 그렇지 않으면 주인과 가정부 사이의 실랑이로 스트레스가 말이 아니다. 물론 정직한 가정부들도 꽤 있다. 아내가 먼저 귀국하고 6개월을 혼자 지냈다. 나는 냉장고에 자물쇠도 설치하지 않고 하루 종일 사무실에 나가서 일을 하기 때문에 가정부를 감시할 수도 없어서, 아예 포기하고 가정부 마음대로 하라고 했다. 밥과 음식도 할 수 있는 것으로 준비하라고 모두 맡겼다. 가져가고 싶으면 가져가라는 식이었다. 그리고 점검도 하지 않고 살았더니 마음도 편하고 또 실제로 뭐 없어지는 것이 있는지도 알 수 없을 정도였다. 그는 아내에게 배운 대로 스테이크 굽는 것과 미역국 끓이는 것을 열심히 해댔다. 스테이크는 다 먹지 않고 남겨서 가정부에게 주니까 이 녀석은 틈만 나면 스테이크를 구워댔다. 어쨌든 그 녀석은 내게 많은 도움이 되었다.

아프리카하면 대개 사파리를 생각하고 사자, 코끼리, 기린 등 야생동물을 떠올린다. 우리도 런던을 경유했을 때 사파리 자켓을 준비하였다. 그러나 우리는 그곳에 살면서 한 번도 야생동물을 본 적이 없다. 오직 한 군데 골프장에 가면 원숭이 한 가족이 살고 가끔 페워웨이를 가로지르는 꽃뱀 정도가 전부였다. 물론 북쪽 산악지대에 가면 야생동물을 볼 수 있겠지만 그곳이야 사냥꾼이나 가는 곳이지 우리가 갈 곳은 아니었다. 시내 마을에는 비쩍 마른 개들이 먹이를 찾아 거리를 비실거리는 것을 쉽게 볼 수 있었다. 사람도 하루 한 끼 먹는 판에 개들은 별수 있겠는가? 아주 드문 일이지만 한 번은 프리타운 교외 해변가에 피크닉을 간 적이 있었다. 밥과 바비큐 불고기로 점심을 하고 있는데 음식 냄새 때문에 개 한 마리가 주위를 어슬렁거렸다. 누군가가 밥과 불고기를 던져주자 밥은 깨끗이 해치웠는데 불고기는 킁킁거리다가 맛도 보지 않고 사라져버렸다. 결국 이 동네의 개는 곡물은 먹어봤지만 쇠고기에는 익숙하지 않다는 것을 말해준 것이었다. 지방이나 내륙지 마을에서 사는 상당수의 아프리카인들의 처지도 다를 것이 없었다. 이들은 헐벗고 굶주리고 제대로 교육을 받거나 의료혜택을 누리거나 하지 못하고 인류가 발명한 문명의 혜택도 받지 못한 채 우물 안 개구리 삶을 살다가 마는 것 아니겠는가? 그들은 먼 곳의 사람들과 통화하는 법도 모르고, 기차나 비행기를 본 적도 없이 살다가 죽는다. 하늘 아래 같은 인간으로서 어떻게 미국인과 아프리카인의 삶이 이렇게 다를 수 있다는 말인가! 인간이 하느님의 창조물이라면 어찌 이렇게 인종과 문화의 차별을 줄 수 있다는 말인가!

앞서 오스트리아에서 외교관 초년생으로서 정통 선진국 외교를 잘 배웠다면 나는 이 새카만 아프리카에서 또 다른 외교방식을 습득했다. 우선 아프리카 많은 나라들의 외교정책은 비동맹 노선을 걷고 국가 지도자들은 유엔 및 선진 외국으로부터의 원조를 얻어내는데 외교의 중점을 두었다. 따라서 그들은 동서 냉전의 가운데서 좌우 양쪽 어느 진영에든지 손을 내밀었고, 어느 진영에서 원조를 준다 해도 마다하지 않고 받아들였다. 미국과 소련, 또는 영국, 프랑스 등 어느 나라든 가리지 않았다. 따라서 남한과 북한의 정책이나 이데올로기에도 큰 관심이 없었다. 남북한은 유엔총회 등에서 이들의 지지를 얻기 위하여 경쟁적으로 총력을 다하여 외교 역량을 경주하여야 했다. 한 마디로 소모전이었다. 남북한 대사들은 주재국 외교부 장·차관실을 교대로 들락거리며 외교교섭을 했고, 장·차관들은 이들을 천연덕스럽게 맞으며 우호를 표하곤 했다. 따라서 우리의 대 아프리카 외교는 이러한 아프리카 국가들의 속성을 잘 파악하고 이용하는 수밖에 없었다. 외교관들은 통상 주재국 관리를 방문할 때는 사전 약속을 하고 그 시간에 맞춰 찾아가서 외교교섭을 한다. 그 약속은 빠르면 2, 3일 후도 되지만 1주일이 소요되는 경우도 허다하다. 면담 신청을 하면 며칠 후로 시간을 준다. 그러나 후진국에서 그렇게 격식을 갖추어 외교를 했다가는 손해다. 본국으로부터의 훈령은 항상 급하다. 훈령에 대한 결과는 24시간 내 또는 이틀 내 보고하라는 경우가 대부분이다. 그냥 약속 일자를 기다리고 있다간 아무 것도 할 수 없다. 비서를 통하여 상대방이 사무실에 있는 지를 확인한 후 곧바로 몇 분 내에 그 사무실에 들이닥쳐 방문을 밀고 들어간다. 다짜고짜 그 또는 그녀를 껴안고 볼을 비비고 어깨를 툭툭 치면서 "헬로우, 마이 브라더!"를 외치고 때로는 "롱 타임 노 씨_Long time no see"를 덧붙인다. 그리고 소파에 같이 주저앉는다. 이로써 무단 침입 결례는 잊게 하고 자연스럽게 외교업무를 꺼내어 협의한다.

흔히 아프리카를 '잃어버린 대륙', '포기한 대륙' 또는 저주받은 곳이라고 규정한다. 비옥한 땅과 풍부한 천연자원에 선진국들의 그치지 않는 원조에도 불구하고 대부분의 국가들이 저개발, 저성장에 삶의 질은 향상되지 않고 있기 때문이다. 도리어 1960년대 식민지로부터 독립하여 국가 건설을 하고 1970년대를 지낸 이후 성장이 후퇴한 사례가 허다하다. 사하라 이남 아프리카 지역은 어두운 과거시절에 연간 1.6퍼센트 성장했던 것이 1980년에서 2009년 사이에는 0.2퍼센트로 떨어졌다. 또한 1인당 국민소득은 1980년대와 거의 같은 수준이다. 예컨대 내가 살았던 1976~1978년의 시에라리온은 다이아몬드와 코코아를 수출하고 외국 원조와 자본을 적극 유치하여 사회 간접자본과 관광산업에 투자하면서 경제발전에 대한 꿈을 가지고 있었으며 정치, 사회도 안정된 상태였다. 그러나 벌써 1980년대에 들어서서 상황은 바뀌었다. 내가 살던 때에는 통신망도 적절히 잘 유지되어 이웃 아프리카 및 유럽 사람들과 통화는 쉽게 할 수 있었고 한국의 어머니와도 국제전화로 통화할 수 있었다. 물론 프리타운-파리-서울-나주로 어렵사리 통해 연결되고 말 소리는 지구 저 끝처럼 메아리쳐 들렸지만 의사소통은 충분히 가능했다. 그러나 1980년 초내 후임 외교관들은 벌써 한국과의 통화는 물론, 점점 통신망이 나빠져서 이웃나라와의 통화도 불가능하였다. 그런가 하면 1981년부터 11년간 반군과의 전쟁으로 '아프리카의 킬링필드' 로 불리면서 사회와 경제가 극도로 황폐해졌다. 내전 기간 동안 무려 200만 명이 난민으로 내몰렸고 35만 명 이상이 사망하였다. 반군은 정부의 부패와 빈부 격차를 해소하기 위하여 반기를 들었다고 명분을 세웠으나, 사실상 다이아몬드 채굴권을 둘러싼 이권 전쟁의 양상을 띠게 되었다. 이러한 내전은 콩고, 수단, 소말리아, 알제리, 중앙아프리카 공화국, 세네갈, 르완다, 우간다, 부룬디, 라이베리아 등 아프리카 전역에서 끊이지 않았으며 주로 인종, 부족 간 갈등과 천연자원 채굴을 둘러싼 이권 싸움 때문에 발생하였다. 이 과정에서 죄 없는 아프리카 민간인들이 수없이 학살당하고 납치, 강간, 신체 절단의 만행을 당하였다.

그렇다면 아프리카의 성장 후퇴는 전쟁이나 천연자원 때문인가? 그간 아프리카의 문제는 구조적 요인으로 설명되어 왔다. 즉 열악한 자연 및 기후 조건, 다양한 민족 갈등을 내포한 역사, 비계획적이고 나태하며 비협력적인 문화적 배경, 부정부패의 정치 권력 또는 풍부한 천연자원까지도 아프리카의 성장을 가로막는 장애요인으로 열거되었다. 그러나 최근 캠브리지 대학의 장하준 교수는 《그들이 말하지 않는 23가지》에서 아프리카의 성장이 멈춘 것은 구조적 문제 때문이 아니라 자유무역 정책 때문이라고 진단하였다. 1960년대와 1970년대에 잘 성장하고 있던 아프리카 경제가 1980년대에 와서 갑자기 성장을 멈춘 것은 1979년부터 자유 시장, 세계은행과 부자나라들이 제시한 자유무역 정책을 추진함으로써 제조업의 부실과 1차 상품의 국제 수출가격 하락 등으로 1980년대와 1990년대에 사하라 이남 아프리카 국가들의 1인당 국민소득이 해마다 0.7퍼센트 정도 떨어졌다는 것이다. 또한 지금의 선진국들도 과거에 개발과정에서 구조적 문제를 다 극복하면서 성장하였다는 것이다. 1991년과 1992년 사이에 나는 하버드 대학 국제문제연구소에 연구원 자격으로 고급 외교과정에 참여한 적이 있었는데, 그 때 카메룬에서 온 신문사 편집국장과 아프리카 빈곤에 관하여 진지하게 토의를 한 바 있었다. 그는 아프리카의 빈곤과 저개발의 주원인은 국가 원수 등 정치 지도자의 부패에 있다고 단언하였다. 국가 수출의 상당 부분을 착복하여 해외에 도피, 은닉시킴으로써 나라의 국민소득 총생산을 감축시켰다는 것이다. 나는 내가 관찰했던 몇 가지 요인을 들춰냈다. 첫째, 선진기술 이전과 숙련 노동력의 양성이 제대로 이루어지지 않은 것이다. 1960년대 많은 아프리카 국가들이 종주국에서 독립하고 기존 산업시설을 물려받았으나 기술이전을 받지 못하고 경제 원칙을 지키지 못한 채 운영하다가 결국 시설 낙후와 적자 운영으로 실패하고 만 것이다. 또한 해외 원조나 플랜트 수출의 경우에도 충분한 기술이전 없이 턴키 베이스_turn-key base로 받아 제대로 유지 운영하지 못한 것이다. 장하준 교수가 언급한 1960년대 및 1970년대 성장은 기술한 바와 같이 종주국에서 이전 받은 기간 산업과 사회 간접자본의 혜택을 일

정기간 누린 결과라 하겠다. 둘째, 각국의 자원과 여건에 적합한 장기 경제개발 계획을 수립하고 집행하는 단일된 정부조직과 그 일관성 및 지속성이 결여되어 있다. 셋째, 교육과 정보 확산을 통하여 튼튼한 중산층을 구성하여 이들이 정부에 대해 권리를 요구하고 산업발전에 조직적으로 참여케 하는 지도력의 부재이다. 이러한 과정에서 국민들의 근면, 자주, 협력 정신도 배양될 수 있는 것이다. 나는 지금도 이러한 생각을 견지하고 있다. 물론 21세기 들어 세계화의 양극화 심화의 폐해가 후발 개도국에게 떨어지고 특히 사하라 이남 아프리카 국가들이 희생당하고 있다는 점에 동감한다. 그들이 제조업이나 기간 산업을 튼튼히 하면서 경제개발을 추진하였다면 그들이 한때 무기로 여겼던 천연자원의 가격 하락을 악화시키는 결과를 초래하지 않았을 수도 있을 것이다. 그러나 한편으로는 자유무역 정책을 수용하였다 하더라도 앞서 언급한 제반 여건을 충족하였다면 성공할 수 있었을 것으로 생각된다. 빈곤은 갈등을 낳고 전쟁을 유발하며, 전쟁은 성장을 저해하는 악순환을 초래한다. 국제사회는 21세기 초반에 아프리카 대륙을 살려내어야만 돌이킬 수 없는 세계화의 목표를 선순환적으로 달성할 수 있을 것이다.

문화는 우리가 세상의 최고 수준의 산물과 지식에 정통하여
인간 정신의 역사를 잘 이해하는 것이다 _M. 아널드

문화적 간극을 극복하며

1994년 여름 싱가포르에서 18세의 한 미국 청소년이 구속 수감되어 곤장 5대의 형벌을 선고받았다. 그는 주차되어 있는 차량에 낙서를 하다가 붙잡혔는데 미국에서는 곳곳에서 흔히 볼 수 있는 일이었다. 그러나 담배꽁초를 버리거나 껌을 씹는 것조차 엄격히 금지하고 있던 싱가포르의 법정은 그 청년에게 벌금도 아니고 태형_canning을 내렸던 것이다. 그러니 미국이, 좀 과장해서, 발칵 뒤집어졌다. 미국인들의 문화적 사고로서는 매 때리는 형벌을 이해할 수 없었다. 그 청년의 고향인 샌프란시스코 인근 마을 주민들은 물론 미국 언론과 정부가 나서서 태형은 비문화적 야만행위라고 비난하고 서구 인권단체는 인권침해라고 이구동성으로 규탄하는 등 여론이 들끓었으며, 미 · 싱가포르 관계도 미묘해졌다. 이런 와중에 나는 방콕의 국제회의에 참석하러 가는 도중 싱

가포르에서 하룻밤 머무르게 되었다. 그곳의 미국대사 대리는 과거에 방콕에서 참사관으로 같이 근무하면서 매월 한 차례씩 정기적으로 오찬 협의도 하고 가족끼리도 왕래하던 사이라 나의 사전 연락을 받고 오찬을 준비해 놓고 있었다. 오찬 중에 자연히 태형 맞을 청년의 이야기가 화제가 되었다. 본국 정부로부터 태형을 막으라는 엄중한 훈령이 와 있는데 싱가포르 외무차관이 일부러 만나주지 않는다면서 외무차관을 만나면 미국 입장을 비공식으로 전달해달라고 부탁하였다. 당시 외무차관은 키쇼 마부바니로서 인도계인데 아주 똑똑하고 유능해서 국제적으로도 알려져 있는 외교관이었다. 나와는 수년 전 하버드대학교에서 일 년간 연구 프로그램과정을 같이 했던 가까운 사이였다. 마침 그날 밤 각자 만찬이 끝난 후 나와 마부바니 차관은 호텔 로비 바에서 칵테일과 함께 근황을 이야기하며 회포를 풀었다. 대화 말미에 나는 오찬 때 미국대사 대리의 이야기를 꺼내며 미국 입장을 비공식적으로 전달했다. 그랬더니 키쇼는 정색을 하며 말하였다. 싱가포르는 고유의 문화가 있으며 그 문화를 바탕으로 법치주의를 엄격히 시행하는 주권국가인데 미국이 이를 존중하지 않고 강압적으로 싱가포르의 사법절차에 간여하려는 것은 용납할 수 없다는 것이었다. 나는 키쇼에게 일단 미국대사 대리를 만나 잘 설명해주고 협의하라고 권유하는 수밖에 없었고, 다음날 싱가포르를 떠나면서 미국대사 대리에게 싱가포르 정부의 불편한 감정을 넌지시 알려주고 마부바니 차관을 만나 요구가 아니라 협조를 구하라고 일러주었다. 그 뒤 미국은 클린턴 대통령까지 나서서 싱가포르 총리에게 전화를 하였는데 그 전화 값으로 결국 곤장 두 대를 감해주었다는 후문을 들었다.

곤장은 과거 우리 왕조시대에도 흔히 볼 수 있었던 형벌인데 싱가포르의 곤장은 그보다 훨씬 무서운 모양이다. 곤장은 등나무를 말려서 특별히 만들어 아주 딱딱하고 강하다. 복면을 쓴 거구의 사나이가 곤장을 때리는데 한 대 맞으면 엉덩이 살이 피와 함께 튀며 정신을 잃는다고 한다. 문제는 다음 번 곤장을 맞기 위해서는 엉덩이 상처가 나을 때까지 기다려야 하는데 기다리는 한 달 정도의 기간에 엄습하는 공포감이다. 처음 맞을 때는 잘 몰랐지만 차츰 너무나 아파서 다시 맞을 생각을 하면 공포감이 커진다는 것이다. 그런데 이 사건에 대한 후문이 있었다. 태형사건 이후 그 청년의 고향마을에서 미국 청소년들의 비행을 바로잡기 위한 방안으로서 태형제도를 도입하자는 의견이 나왔는데, 그 의견이 분분하다가 주민투표를 하자 태형제도를 찬성하는 쪽으로 결론이 났다는 것이다. 이 소식은 내가 미국 언론을 통해서 알게 된 것이다. 그러나 그 후 실제 태형제도를 실시했는지에 관해서는 계속 추적해 보지 않아 모를 일이다.

인류학자 타일러_Edward B. Tyler는 문화를 지식, 신앙, 예술, 법률, 도덕, 풍속 등 사회구성원으로서 인간이 획득한 능력과 습관의 총체, 즉 인간 생활양식의 총체라고 정의하였다. 인간의 생활양식은 그것이 행동이든 사고든 지역을 막론하고 유사한 것이 있을 수 있고, 지역에 따라 인종에 따라 서로 다를 수도 있다. 전자의 경우는 문화의 보편성이라 하고, 후자의 경우는 문화의 고유성 또는 특수성이라고 구분할 수 있다. 인간에게 의식주는 매우 중요하다. 사람들은 몸을 보호하고 가리기 위한 의복을 착용하고, 하루 세끼 식사를 하며 여러 형태의 주거지에서 살고 있는데, 이러한 생활양식은 인류 대부분에 의하여 공통적으로 취해지고 있으므로 보편적 문화양식이다. 그러나 지역과 인종에 따라 의복을 착용하지 않거나 원시적 의복을 걸치고 산다면, 또는 주거를 땅 위가 아니라 물 위나 나무 위 아니면 절벽에 만들어 놓고 산다면, 이것은 일부 사람들의 고유하고 특수한 생활문화 형태인 것이다. 인도에서 소를 숭배한다거나 이슬람교도와 유대인들이 돼지고기를 먹지 않는다든지 또는 한국 등 일부 아시아 국가 사람들이 개고기를 먹는다든지 하는 것은 그들만의 특수한 문화이다. 지구상 대부분의 사람들에게 받아들여져 통용되는 문화는 보편적 문화요, 특정한 사람들에게만 통용되는 문화는 특수문화이다. 보편적 문화는 정보가 교환되지 않은 고대에도 인간의 본성 때문에 지구 반대편에서도 각각 유사한 문화가 생성 발전되었고, 근대에 와서는 정보와 교통의 발달로 문화의 전파 또는 전이가 이루어져 문화의 보편성이 쉽게 확장되고 있다. 특히 정보화 세계화 과정에서 문화의 교류와 협력이 이루어져 서구문화와 동양문화의 교류, 선진문화와 후진문화의 접촉을 통하여 문화공존 또는 보편적 문화의 수요현상을 볼 수 있다. 과거에는 기독교 정신과 문화를 바탕으로 한 서구문화가 선진문화로서 동양과 아프리카 등에 전파되고 후진문화를 압도해왔다. 16세기 이래 서양이 세계사를 주도하고 선진된 문명사회를 발전시켰기 때문이다. 기독교가 급속히 전파되고 양복을 입고 악수를 하며 서양에서 만들어진 스포츠가 세계적으로 보급되었다. 새로운 서구 과학기술로 인한 문화적 현상, 맥도널드, 프렌치 프라이 등 간편 음식의 보편화 현상 등이 바로 그런 것이다. 그러나 근대에 들어와서는 반대 현상도 잦아지고 있다. 동양의 선_zen 문화나 다도가 보편화 과정에 있고 일본의 가라오케나 스시, 한국의 김치나 불고기 음식은 이미 세계화되어 언젠가는 보편화될 가능성 있는 문화이다. 서양의 목욕탕 바닥에는 물이 빠지는 하수구가 없어서 샤워라도 할라치면 욕실 커텐을 바로 하고 물이 바닥으로 나가지 않도록 조심해야 한다. 우리의 경우는 바닥 구석에 하수구를 만들고 타일 바닥을 약간 경사지게 만들어 물청소를 시원히 해가면서 위생적으로 깨끗이 목욕탕 또는 화장실을 유지할 수 있다. 일부 미국의 건축은 요즘 우리식 목욕탕 설계를 받아들이고 있다. 이제는 미국과 유럽의 상당수의 주택에서도 신발을 벗고 슬리퍼 또는 맨발로 거실과 침실을 다니는 것을 볼 수 있다. 앞서 싱가포르 태형의 경우 현대사회에서 곤장 형벌은 서구의 관점에서 분명 후진 문화에 속한 것이며 특수한 문화이다 그럼에도 불구하고 일부 미국인들이 그 태형제도를 도입하려는 시도를 했다는 것 자체가 이제 더 이상 서구 문화만이 우월하다는 고정관념은 버려야 할 때이며, 실제로 많은 문화적 교류와 공존이 계속 이루어 질 것이라고 본다. 그러나 상이한 문화의 접촉과정에서는 문화적 충격_cultural shock과 문화적 충돌_cultural clash을 겪을 수밖에 없다. 전자는 개인이 새로운 문화를 접촉했을 때 겪는 상황이라면 후자는 커다란 문화현상 간의 대립상태를 의미한다. 예컨대 내가 한국사회에서만 살다가 처음으로 서구사회에서 생활할 때 겪는 문화적 생소함과 불편이 전자라면 새뮤엘 헌팅턴이 말한 문명의 충돌_clash of civilization은 후자이다. 헌팅턴교수는 물론 문화와 문명을 구분하여 문화적 그룹의 시대적, 지역적 광역화를 문명이라 규정짓고 이를 주로 종교적인 관점에서 지역 그룹화하였다. 탈냉전 이후 공산주의의 멸망과 프란시스 후쿠야마_Francis

Fukuyama가 '역사의 종말'을 내세우면서 많은 학자들이 향후 역사를 전망하는 시간을 가졌는데, 특히 새뮤엘 헌팅턴의 문명의 충돌론은 전 세계적으로 반향을 일으키고 미래에 대한 토론의 광장을 제공하였다. 헌팅턴의 충돌론에 대하여 많은 반론이 제기되었으며 독일의 하랄트 뮐러_Harald Müller의 '문화공존_Das Zusammenleben der Kulturen'이 대표적이었다. 상이한 문화군 간의 접촉과 교류를 통하여 문화가 공존할 수 있다는 것이다.

38년 전 역사와 전통의 나라 오스트리아에 도착하였을 때 나는 26세의 청년 외교관으로서, 비록 시골 농촌에서 태어났으나 부모 덕택에 유복하고 불편 없이 자라 초등학교부터 대학교까지 소위 명문학교를 졸업하고 외무고시에 합격하였으며, 어렸을 때부터 책을 많이 읽고 예의 바르고 모범적으로 성장한, 그리고 서구문화에 개방되고 진취적인 야망에 찬 젊은이였다. 객관적 조건으로 보아 우리 사회에서는 충분히 국제화되고 교양 있는 엘리트로 보였다. 그러한 한국의 젊은 외교관이 서구생활과 문화에 접했을 때 이에 쉽게 익숙할 수 없었다. 불편한 것이 한두 가지가 아니었다.

첫째, 아주 당연하고 쉬운 일인데 익숙해지는데 시간이 오래 걸린 것은 감사의 표시였다. 상대방의 호의나 어떤 조치에 "감사합니다_Thank you"라고 즉각 표현하고 상대방이 감사하다고 했을 때는 "천만에요_You're welcome"라고 대응해주는 것인데, 독일어로는 "Danke schoen"과 "Bitte sehr"이었다. 이 사람들은 눈에 띌만한 배려나 조치뿐만 아니라 아주 사소한 제스처까지도 감사를 입에 달고 살았다. 우리 사회에서는 무표정하게 그냥 받아들이고 지나치는 모든 일들에 대하여 그들은 감사표시를 하였다. 그러나 감사표시에 서툰 나로서는 즉각 즉각 현장에서 감사표시를 하기까지에는 상당한 시간과 애를 먹었다. 이러한 현상은 한국인 누구나 겪는 일이다. 어느 날 한 유학생 부인이 익숙해지는 방법을 가르쳐주었다. 기차소리 "칙칙폭폭 칙칙폭폭" 하듯이 "당케 쉔, 비테 세어, 당케 쉔, 비테 세어"를 계속 중얼거리며 연습하라는 것이다. 그래서 우리 부부는 열심히 연습했다. 그랬더니 효과가 좀 있어서 응용할 수 있었지만, 그 뒤로도 그 사람들만큼 완벽하게 입에서 자연스럽게 흘러나오지는 않았다. 한때 우리 입에서는 왜 "고맙다"는 표현이 자동적으로 튀어나오지 않는가를 곰곰이 생각해 본 적도 있다. 우리는 유교적인 관습에 따라 말수가 적고 근엄한 표정을 짓고 살아와서, 또 어지간한 것은 마음으로 서로 주고받기 때문에 좀살스럽게 일일이 감사하다는 표현을 하지 않고 살아서인가? 서양 사람들은 언제부터 감사표시를 잘하고 살았을까? 유태인의 율법이나 기독교 성경은 하느님에 대한 감사와 사랑으로 꽉 차 있어서 기독교 사상을 근간으로 한 서구문화에서 감사의 문화가 나온 것인가?

둘째, 여성 존중의 문화, 즉 '레이디 퍼스트_lady first'의 문화이다. 여성을 앞세우고 여성을 우선 배려하고 보호하는 일이다. 모든 일상생활에서 자연스럽게 이루어져야 하는데 역시 쉽게 익숙해지지 않았다. 당시만 해도 한국사회는 남성위주의 사회였고, 사회생활도 주로 남성들 위주로 전개되었으며, 담배, 술 같은 것은 공개석상에서 여성들은 삼가는 옛 문화가 남아 있었다. 따라서 연회나 행사장에서 여성에게 외투를 입혀주는 일, 더군다나 여성에게 담뱃불을 붙여주는 일은 도대체 우리 한국 남성들에게는 낯설은 일이라 서양사회에서도 그 일에 익숙할 수 없었다. 리셉션장에서 나와 마주서서 대화하고 있는 여성이 핸드백에서 담배를 꺼내는 순간을 나는 의식적 · 무의식적으로 알 수 없었고, 또 바로 라이터를 켜는 반사행동으로 이어지질 않았다. 그때마다 번번이 주위의 다른 남성이 한 걸음에 다가와 불을 붙여주는 상황이 발생하곤 하였다. 내가 상대하는 여성에게 즉각 라이터를 켜주는 습관이 배는데 꼬박 6개월이 소요되었다.

셋째, 사회제도와 규칙들에 적응하는 일이다. 모든 상점, 구멍가게, 백화점들이 오후 6시가 되면 정확하게 문을 닫기 때문에 시간을 맞추지 못하면 생필품을 살 곳이 없었다. 동네 푸줏간에 들르기 위하여 부리나케 퇴근을 하였는데도 6시가 땡 쳐서 푸줏간 문 닫는 것을 보면서 주인에게 고기 팔아달라고 사정해도 주인은 절대 물건을 팔지 않았다. 토요일 정오까지 우유, 빵 등을 장만하지 않으면 주말 내내 굶어야 될 판이다. 마지막 비상으로 기차역 구내매점에서 사는 방법 외에는…. 특히 독일계통 사람들의 정확한 시간 관념에 빨리 익숙하지 않으면 생활하는데 지장이 많았다. 이 사람들은 밤 9시가 넘으면 또 지키는 게 있다. 설거지 안 하는 것, 목욕탕 샤워기 안 쓰는 것, 크게 소리 내어 이야기하지 않는 것 등등…. 이웃 간에 지켜야 할 게 한두 가지가 아니다. 내가 영사업무를 하는 동안 유학생 등 교포들이 찾아와 저녁을 같이 먹고 왁자지껄 대화하고 놀려고 하면 9시만 넘으면 어김없이 옆집 아파트에서 벽을 쿵쿵치는 것이었다. 이 사람들은 참을 수 없을 때는 곧잘 경찰을 부르기도 한다. 독일에서는 토요일에 정오까지는 쓰레기를 버릴 수 없다. 동네마다 곳곳에 재생 철제 쓰레기통이 비치되어 있고 일반, 플라스틱, 유리제품 등으로 분리수거토록 한다. 그들은 유리제품의 경우 재활용을 생각해서 일부러 쓰레기통 속에 요란스럽게 깨뜨리면서 버린다. 이 소리는 닷새 열심히 일하고 토요일 오전에 늦잠자면서 휴식을 취하는 사람들에게 크게 귀에 거슬리는 소리다. 그래서 토요일 오전에는 아예 쓰레기를 버리지 못하도록 제도화되어 있다. 살다보니 참으로 합리적인 생각이었다. 우리와 다른 사회제도와 규칙에 적응하는 일은 처음에는 불편하고 쉽지 않으나 익숙해지면 우리도 편리하고 방해받지 않는 일상을 누릴 수 있었다. 사회 구성원이 서로 약속한 규칙을 잘 지키면 모두가 편안한 일상을 서로 배려하는 삶을 즐길 수 있는 것이다.

넷째, 사회적 약자에 대한 배려이다. 어린이, 장애인, 노인 그리고 여성에 대한 관심과 우대가 분명하였다. 유럽과 미국사회에서는 어린이에 대한 보호, 장애인 우대, 노인에 대한 예우, 그리고 앞서 언급한 여성에 대한 배려가 우리 사회와는 비교할 수 없이 확연이 눈에 띄었다. 이들은 사회적 약자를 위한 법과 제도가 잘 갖추어져 있고 일상생활에서도 잘 지켜지고 있었다. 우리가 동방예의지국이라고 자찬하고 장유유서라는 말은 알고 있었으나 당시만 해도 약자를 위한 법과 제도가 충분히 정비되지 않았다. 요즘에는 법과 제도가 마련되어 있지만 일상생활에서 약자에 대한 배려 정신은 서양보다 훨씬 뒤떨어져 있다.

우리가 동양과 서양, 선진과 후진 간의 문화적 간극을 좁히는 길은 교양인이 되고 세계시민이 되는 것이다. 우리의 생각과 행동양식이 보편화되고 국제적 표준에 합당하게 되는 경우 우리는 문화적 충돌 없이 세계인으로서 행세하고 거기에 우리 고유의 문화적 특수성을 보존 발전시킨다면 금상첨화일 것이다.

과연 우리는 어떻게 교양인이 되고 세계시민이 되는 것일까? 첫째, 에티켓과 매너를 갖추고 정치, 경제, 사회 등 모든 분야에서 국제적 표준은 받아들이며 법과 질서, 도덕과 상식에 따라 행동하여야 한다. 이러한 모든 행동과 관습은 상대방의 인격을 존중하고 이해하며 피해와 불쾌감을 주지 않으려는 마음을 갖는 것으로부터 시작한다. 둘째. 문화적이어야 한다. 문화에 대한 호기심과 관심을 갖고 문화생활을 풍요롭게 즐길 수 있어야 한다. 디트리히 슈바니츠_Dietrich Schwanitz는 교양이 있다는 말은 "교육을 잘 받은, 예절이 바른, 문화적"이라는 뜻이라고 풀이하였다. "문화가 사람이라면 그 이름은 교양이다"라고 문화와 교양과의 관계를 표현하였다. 셋째, 문학, 미술, 음악, 역사, 철학 등에 관한 일반적 지식을 지니고 또 이를 일상에서 활용할 수 있어야 한다. 이는 꾸준한 독서를 통해서 얻을 수 있다. 좀 더 바란다면 외국인과 접촉 및 교류를 할 수 있는 수준의 외국어를 익히는 일이다. 넷째, 세계시민 의식을 갖고 행동하여야 한다. 이를 기반으로 인류의 보편적 가치를 존중하여야 한다. 인간이 누려야 할 자유와 행동, 인권과 기본권에 대한 존중, 민주주의와 법치주의에 길들여진 일상생활을 가져야 한다. 다수결 원칙과 소수의견을 존중하고 대화와 타협을 일상화하여야 한다. 세계화 과정에서 나타나는 환경, 개발, 빈곤, 질병 등 여러 지구적 문제에 대처하는 '글로벌 거버넌스'에 참여하는 시민이 되어야 한다.

"가장 한국적인 것이 세계적인 것이다."라는 말이 있다. 이것은 한국 고유의 것이 세계의 으뜸이거나 세계적으로 보편화되었다는 뜻이 아니라 남들이 갖지 않은 특수한 것으로서 그 가치를 높이 인정받을 수 있다는 의미이다. 우리의 여러 문화적 유산이 세계문화유산으로 등재되어 가고 있는 것도 그것을 증명해주고 있다. 최근 가수 싸이의 '강남스타일'이 미국과 유럽 등에서 세계적으로 인기몰이를 하고 있다. 뮤직비디오 조횟수의 세계 기록을 세우고, 유튜브 최다 추천으로 기네스 월드 레코드에 올랐으며, 빌보드 챠트 2위에도 진입하였다. 놀라운 일이다. 이것이 바로 싸이 음악의 세계적 대중성이다. 누가 이 음악을 B급 문화라고 분류하든 말든 세계는 이 음악의 홍겨움, 코믹성, 쉬운 율동을 보편적으로 받아들이고 열광하고 있는 것이다. 그는 미국의 유명 TV 방송국 이곳저곳에 나타나고 유명 뮤직페스티벌에도 '떠오르는 월드 스타'로 특별초청을 받았다. 그는 무대에서 거리에서 주눅 들지 않고 뜬금없이 한국말도 하고 특유의 "소리 질러!"를 외치는가 하면, 옆에 있는 MC에게 "죽이지?"라고도 해본다. 어느 날 갑자기 세계적 스타로 떠오르는 상황에서 그간 한국에서 받았던 처우와 고통 그리고 옛날 미국 유학시절을 회상하며 한 번쯤 폼나고 익살스럽게 행동해보는 것은 이해할 만하다.

또 지난 9월에는 김기덕 영화감독이 베니스 국제 영화제에서 최고상인 황금사자상을 받아 세계적 감독으로 떠올랐다. 그의 영화 〈피에타〉가 추구한 특수상황에서의 인간의 내면성과 행동이 보편적으로 잘 받아들여졌기 때문이라고 생각된다. 그의 개인적 영광일 뿐만 아니라 우리 영화계의 쾌거이기도 하다. 김 감독은 초등학교 졸업자로 영화감독 공부를 하지 않고 영화를 만들기 시작하였으며, 주로 인간의 어두운 내면성을 파헤치는 작품을 만들어 왔고 그간 비주류로 대접받아 왔다고 한다. 그는 시상식 무대에 멋진 개량식 한복을 입고 올라 아리랑을 불렀다. 아주 한국적인 것을 자랑한 것이다. 아리랑을 부르게 된 것은 베니스로 떠나기 전 만약 최고상을 받으면 수상 소감으로 아리랑을 부르겠다고 공개적으로 말을 해서 그 약속을 지킨 것이라고 한다. 그럼 왜 아리랑을 택했을까? 아마도 아시아의 조그만 나라 한국 그리고 그 속에 있는 작은 자신을 세상에 알리고 싶었을 것이다. 애국심 또는 민족주의적 예술가 정신이라고도 볼 수 있겠다.

비록 많은 세계인들이 한국이 어디에 위치해 있는지를 모른다 해도 이미 한국은 고유의 문자와 훌륭한 문화를 자랑하는 선진국이며 원조를 하는 국가 반열에 속해 있는 나라이다. 여러 분야에서 세계적 수준을 보여주고 개인적으로도 세계 일인자 자리에 오르기도 한다. 이번 김기덕도 그렇고 싸이도 그렇고 많은 올림픽 금메달리스트들이 그렇다. 참으로 자랑스럽다. 그러나 그들이 세계 일인자 자리에 오를 때 애국심으로 한국적인 것을 보여주는 것은 고맙지만, 그보다 더 좋은 것은 세계 일인자로서의 모습을 유감없이 과시하는 것이다. 이제는 더 이상 힘들고 어려웠던 내 과거를 세계무대에서 치유받으려 하지 말고 또 민족주의 티를 내지 말고, 당당하게 세계 일인자의 정신과 메시지를 세상에 던지며 그들을 안아주고 힐링하는 대인으로서의 역할을 보여 달라는 것이다. 고난과 역경을 딛고 금메달을 받았을 때 그 감회와 기쁨에 빠져 자리에서 한참 동안이나 일어나지 못해 심판과 상대 선수를 멍하게 하지 말고, 패배자를 안아주고 위로 해주며 환호하는 관중에게 화답하는 진정한 달인의 모습을 보이라는 것이다. 그렇게 할 때 그 일인자는 물론 그가 대표하는 대한민국의 문화와 국격이 인정받고 승격되는 것이 아니겠는가!

여러 나라를 보기 위한 여행과
여러 나라의 사람들을 보기 위한 여행은 큰 차이가 있다 _ 루소

해외여행 자유화를 실시하다

1970년대 말까지만 해도 우리나라 국민들의 해외여행은 아주 제한되어 있었다. 해외여행자 숫자가 전체 국민의 3% 정도였으며 이 수치는 동남아의 태국, 필리핀, 말레이시아보다 더 낮은 수준이었다. 그 이유는 외화 유출을 막는다는 것과 대북경쟁관계에 있어서 우리 국민을 외국에서 북한으로부터 보호한다는 구실 등이었다. 덧붙여 당시 우리 국민의 폐쇄성과 소극성도 한 몫 하였을 것이다. 이에 맞추어 정부로서는 여권발급을 제한하였고 심사도 엄격히 하였다. 여권 발급을 신청하기 위해서는 우선 신원조회를 하여야 하는데 통상 3~4주 소요되었으며 제반 서류를 구비하여 신청하면 심사, 발급, 교부하는데 1주일이 걸렸다. 물론 서류가 부족하거나 보완하여야 할 경우에는 훨씬 긴 시간이 필요했다. 그렇게 어렵게 발급받은 여권은 한 번 목적지에 여행하

고 귀국하면 그대로 무효가 되어 폐기되고, 다음날 다시 여행하고자 할 경우 또 새로이 서류를 갖추어 여권을 신청하여야 했다. 예외적으로 일정액 이상의 수출 실적이 있는 무역업체, 문화, 스포츠 관계 유명 인사 등 빈번한 여행이 필요하다고 여겨지는 경우에는 5년 동안 사용할 수 있는 복수 여권을 발급하였다. 구비서류도 여행 목적에 따라 다르지만 보통 10여 종에 달했고 거의 모든 경우 외국으로부터 소정의 초청장을 받아야만 여권 발급을 신청할 수 있었다. 당시의 여권 발급에 대한 내용은 후술하겠지만, 요즘처럼 여권을 주민등록증 발급받듯이 거의 자동적으로 얻을 수 있는 시대의 사람들에게는 고개를 갸우뚱하며 이해할 수 없는 규제와 제한이었다. 1971년 4월 외무고시를 통하여 15명이 사무관 시보로 임용되었는데 외무부장관은 대부분을 여권과에 배치하였다. 신입 사무관들을 민원업무에 종사케 하여 친절, 공정하게 그리고 무엇보다도 민원업무에서 발생할 수 있는 비리 같은 것을 사전 방지하기 위해서였다. 장관의 의중은 그대로 작용하였다. 고시 출신의 사무관들을 민원창구에 앉혀 민원인과 직접 대담하고 서류를 접수하여 심사하는 역할을 시켰으니 우수한 인재들에게 너무 과소한 일이었지만 얼마나 엄격히 잘 처리해냈겠는가! 나도 '문화' 라는 창구를 담당 받았는데 여행 목적으로 보아 상용, 이민, 취업, 관용, 외교관을 제외한 대부분의 여행. 즉 유학, 기술습득, 연수, 문화, 스포츠, 종교, 예술, 공연, 기타 어중이떠중이들이 다 몰려들었다. 여행 목적이 다양하다 보니 그만큼 구비서류도 다양했고 심사도 어려웠다. 나는 꼼꼼히 접수방침과 원칙에 따라 유능하게 일하였다. 그 결과는 무엇이겠는가? 많은 신청자들이 자격미달로 여권을 발급받지 못하게 된 것이다.

여행 목적이 다양하고 불분명한 것들이 많다 보니 여행사나 여권 브로커들이 내 창구에 많이 모여들어 대거 신청을 하곤 했는데 내가 허술한 목적이나 완벽치 못한 구비서류의 경우 모두 거절을 하게 되니, 2개월이 넘지 않아 광화문 일대의 여행사들로부터 불만과 함께 문을 닫게 생겼다고 아우성이 터져 나왔다. 나의 뛰어난(?) 기억력도 신청인들을 애타게 했다. 당시 부부동반 여행은 금지되었다. 따라서 부부가 동시에 여권을 소지할 수 없었다. 부부가 모두 유효한 여권을 소지한 경우 어느 일방이 출국하고자 할 때에는 다른 일방이 여권을 여권과에 보관시켜야 했다. 지금으로서는 도저히 이해할 수 없는 조치다. 그런데 여권신청서에 배우자 이름을 명기하게 되어 있고, 관행상 여성이 신청할 경우 배우자의 여권소지 여부를 확인하고 남성이 신청할 경우에는 배우자의 여권소지 여부를 확인하지 않았다. 이것도 불합리하지만 여성의 해외여행이 많지 않은 그 시기에는 그런 식으로 처리했었다. 따라서 이러한 심사과정을 파악한 일부 인사들은 부부동반 여행을 하기 위하여 여성이 1개월 전쯤 먼저 여권을 발급받고, 그 후 남성이 여권을 신청하였다. 그런데 하루에 2백여 건을 심사하는 과정에서도 배우자 란을 스치면서 한두 달 전에 보았던 이름이 눈에 들어오고 여권을 발급해준 기억이 나는데 이를 눈감고 지나갈 수 없었다. 지금 같으면 컴퓨터로 모든 것을 순식간에 확인할 수 있지만 그 당시에는 모든 서류와 기록을 마이크로 필름에 저장하였기 때문에 내 기억력은 그 필름으로 확인하기 전에 이미 그 기록을 파악할 수 있었다. 그야말로 당시 나의 청렴 공정성과 유능함으로 정부시책을 잘 받들어 해외여행을 제한하는데 큰 기여를 하고 있었던 셈이다.

그로부터 10년 후 이러한 나의 입장과 정부 정책은 180도로 바뀌게 된다. 재외공관에서 영사의 업무는 여권 업무가 60~70% 정도를 차지하였다. 체류기간을 연장한다든지 체류지에서 인근 국가를 방문한다든지 또는 한국에 잠깐 다녀온다든지 등 모든 여권 상 기재된 것의 변경은 영사의 허가를 받아야 했고, 이를 위하여 대사관이나 영사관을 방문하였다. 물론 우편에 의하여 처리할 수 있었지만 대부분 직접 방문하여 그 기회에 영사와 대화도 나누고 애로사항도 토로했다. 그러나 지방에 거주하는 사람 또는 대사관이 없는 인접국에 체류하는 사람의 경우는 더욱 불편하기 짝이 없었다. 더군다나 여권에 '기재사항 변경 제한' 이란 빨간 도장이 찍혀 있는 여권 소지자의 경우에는 모든 변경사항을 본국 정부에 문의하여 지시에 따라 처리하므로 시간이 많이 소요되었고, 시간이 촉박하게 기다리는 동안 당사자는 물론 영사까지도 답답할 노릇이었다. 기다리는 동안 여권의 유효기간이 경과하게 되면 법적으로 무효가 되고 서류를 갖추어 여권을 다시 만들어야 하므로 영사들은 눈 딱 감고 소급하여 처리를 해주는 경우도 발생하였다. 또 '기재사항 변경 불허' 라는 도장이 찍혀 있는 경우에는 학업 중에 있는 유학생이나 취업자들이 직접 귀국하여 처리해야 하므로 시간과 경제적 손실이 이만저만하지 않았다. 당시 가난한 유학생들은 방학에는 낮은 임금의 아르바이트까지 해가면서 학위 취득에 노력하였고 간호원이나 다른 취업자들은 현지 생활과 제도에 적응하고 돈을 벌기 위해 피땀 흘리며 노력하였다. 가정을 이룬 동포들의 경우에는 자녀들의 현지 교육과 적응에 열성을 다하였다. 이들 모두가 절약하면서 목적한 바를 이루기 위하여 부지런히 일했다. 그들 가정에라도 방문하여 보면 거실 또는 안방 벽에 태극기를 붙여놓고 고국을 생각하며 한국인으로서 긍지와 애국심을 갖고 살고 있음을 볼 수 있었다. 외국에서 달러를 낭비하거나 나라 망신을 시킨다든지 북한 간첩에 포섭되는 해외동포나 유학생은 무시할 만큼 아주 극소수에 불과했다.

1980년 내가 여권과장으로 부임하였을 때는 전두환 장군이 국가안전보장위원회 위원장으로서 국정에 관한 전권을 행사하고 있을 때였다. 당시 내 나이 32세로서 외무부의 60여 과장 가운데 가장 어린 나이였다. 총무과장은 젊고 유능한 사람으로 여권과장을 임명하라는 특별 지침이 있었다고 나에게 설명하였지만, 사실 대부분의 외무부 직원들은 여권과를 기피하였는데 내가 나이도 제일 어렸고 또 영사국장의 요청도 있었기 때문에 여권과장에 임명되었을 뿐이다. 나는 여권과장으로 취임하면서 마음 속 한편으로는 국민을 직접 상대하는 외무부의 유일한 부서장으로서 뭔가 역할을 하는 것도 가치 있는 일이라고 내심 설레는 마음도 있었다. 나의 당면 과제는 '해외여행의 자유화' 이었다. 장기적으로 우리 국민의 해외 진출을 촉진하고 외국 여행을 자유화하자는 목적이었다. 그러나 단기적으로는 국보위 정권의 대국민 여론 환기 정책의 일환이기도 하였다. 당시 군사정권은 사회 부정부패를 척결하고 대국민 편의 봉사를 하겠다며 개혁을 앞세우고 국민들의 정권 지지를 얻기 위하여 안간힘을 다했다. 따라서 국민의 편의를 위한 각종 민원업무의 제도와 절차를 간소화하는 일은 아주 중요한 정책 중의 하나이었다. 그 가운데 여권발급을 용이하게 하여 해외여행의 제한을 푸는 일은 아주 매력적인 정책이었던 것이다.

부임하자마자 나는 곧바로 사무관 한 명, 타이피스트 한 명과 함께 휴일도 없이 불철주야 6개월 간 여권법, 여권법 시행령, 관련 내부규정 등을 완전히 뜯어 고쳤다. '해외여행 자유화' 를 위하여 법과 제도의 개정, 여권 발급 절차의 간소화가 필수적인 요체였다. 부임 전 이미 선진국의 사례 등은 조사되어 있었기 때문에 정부의 기본 방침을 유념하면서 나의 생각과 경험, 국민들의 고충 등을 모두 반영하여 내가 할 수 있는 최선의 법령 개정을 서둘렀다. 외교부에 처음 근무할 때는 여권발급을 제한하기 위하여 내 능력을 발휘했지만, 지난 수년간 나는 우리 국민이 외국에 진출하여 현지에 적응하며 잘 살아가는 모습을 보았기 때문에 우리 국민들이 해외 경험을 쌓아서 국제화할 수 있는 기회를 높이고 해외여행을 자유화하여 우리 국민의 해외 진출을 촉진 장려해야 한다고 굳게 믿었다. 개정안을 장관에게 승인받고 청와대에 올라가 국보위 외교분과 위원에게 그리고 박철언 정무비서관에게도 보고하였다. 이 개정안은 아무런 수정이나 어려움 없이 일사천리로 결재를 받았고, 곧 이어 국무회의를 거쳐 국회 의결까지 무난하게 마쳤다.

그 주요내용은 다음과 같다. 첫째, 해외여행 때마다 여권을 새로이 발급받았던 것을 5년간 계속 제한 없이 사용할 수 있는 여권을 발급했다. 과거 특정 인사만이 소지하였던 복수여권을 모든 일반인이 갖게 된 것이다. 다만 징병 해당자 등 특별한 사정이 있는 경우에는 예외로 하였다. 둘째, 여권상의 목적지와 경유지 표시를 모두 없앴다. 종래 여권 상 지정된 목적지에만 여행이 가능했던 것을 이제는 세계 어느 곳이건 자유로이 여행할 수 있도록 하였다. 다만 소련 및 동구 공산권, 쿠바, 중국 등 이십 여개 공산국가 여행은 정부의 사전허가가 필요했으므로 여행제한 국가명을 표기한 스탬프를 여권 상에 날인하였다. 셋째, 각종 여권발급 규제와 제한을 철폐하였다. 앞서 기술한 부부동반 여행 금지제도를 없애고 기혼여성의 해외여행 시 필요했던 배우자 동의서도 삭제하였다. 또 공직자 배우자의 해외여행 시 필요했던 공직자 소속 기관장의 허가서를 폐지하였다. 당시 공직자 신분이라는 명목 때문에 일병, 이병 등 군인 사병의 아내가 외국에 거주하는 부모를 방문할 경우에도 사단장 또는 국방부장관의 공문 허가서를 받아와야 할 형편이었다. 교수나 교사의 배우자가 사사로운 일로 여행하고자 할 경우에도 학교 총장, 교장 또는 문교부장관의 허가를 받아야했다. 지금 생각하면 믿지 못할 아주 전근대적인 사고에서 나온 제도들이었다. 넷째, 여권발급 절차를 간소화하였다. 구비서류를 대폭 간소화하였고 관계부처 장의 해외여행 추천 제도를 폐지하고 외국에서의 초청장 없이도 여권을 발급받을 수 있도록 하였다. 여권발급 심사과정을 담당에서 국장까지 5단계에 걸치던 것을 계장 또는 과장 즉 2단계 또는 3단계에서 최종 결재토록 간소화하였다. 종래 1주일의 여권발급 법정기일을 3일로 단축하였다. 다섯째, 여권발급 권한을 지방자치단체로 이관하기 시작하였다. 오직 중앙정부의 여권과에서만 발급했던 여권을 지방거주 국민의 편의를 위하여 우선 시범적으로 제주도청과 전남도청에서 발급하도록 하였다. 지방자치단체의 여권발급을 총괄하고 기록보존하기 위하여 컴퓨터 시스템을 도입하였는데 당시의 기술력은 IBM/IPU 설치에 창고처럼 커다란 사이즈의 방이 필요했다. 지금으로서는 모두 당연한 것이지만 그때 당시만 해도 관심 있는 국민들이 깜짝 놀랄 정도로 아주 획기적인 대변혁이었다.

청와대까지 보고를 다 마친 어느 날, 저녁식사 후 여권과 집무실에서 법령 문안을 다듬고 있는데 동아일보 출입기자가 갑자기 찾아왔다. 당시 이미 언론은 여권법령 개정작업을 대폭적으로 하고 있다는 사실을 파악하고 있었으나 구체적 내용은 알려지지 않은 상태였다. 그 기자도 내 책상에 흐트러져 있는 각종 문서를 흘낏 보면서 당연히 여권법 개정내용을 문의하였다. 나는 잠깐 망설이다가 처음부터 끝까지 그 주요내용을 브리핑해주었다. 다음날 아침 동아일보는 사회면 두 페이지를 꽉 채운 특종기사를 보도했고 그 반응은 뜨거웠다. 당시 그 출입기자는 이낙연 기자로 지금은 국회 4선 의원이며 민주당 사무총장과 농수산 분과위원장을 역임한 바 있는 훌륭한 중진 정치인이다. 요즘 같았으면 다른 신문사 출입기자들로부터 항의를 받고 문제시 될 일이었지만 그땐 별일 없이 넘어간 요순시대였다. 국회를 통과하고 1981년 3월 바로 새로운 여권법을 실시하자 여권과에는 그간 이런저런 이유로 여권을 발급받지 못한 신청인들이 입추의 여지없이 몰려들었다. 평소의 다섯 배가량의 신청인이 몰려들어 정신을 차릴 수 없는 지경이었다. 나는 마음속으로 한국 사람들의 성급성을 탓하였다. 국민들의 눈에는 교육 등 여러 부문에서 정부가 조령모개식 정책을 펼쳐왔다고 느끼고 있었기 때문에 이번에 열린 해외여행 자유화도 언제 또 바뀔지 모른다는 생각으로 우선 혜택을 받고자 했던 것이다.

해외여행의 자유화로 여권과 직원들이 눈코 뜰 새 없이 바쁠 이때 또 하나의 대단한 지시가 청와대로부터 내려왔다. 여권발급을 신청한 때부터 24시간 이내에 발급하라는 것이다. 지금처럼 컴퓨터화가 되어 있는 시대에도 24시간 이내에 발급이 되지 않는데 당시 수작업을 하는 시대에는 가능치 않은 일이었다. 국보위 외교위 간사에게 불가능하다고 보고했으나 그의 대답은 "우리는 군인입니다. 상부의 명령을 그대로 따를 수밖에 없습니다."이었다. 외무부 내에서 숙의 끝에 결국 야간근무제를 당분간 시행하기로 하였다. 제조업 공장의 2부제 근무처럼 근무시간 후 밤 10시까지 교대로 야간근무를 실시해서 억지로 24시간제를 형식적으로 맞추었다. 약 4개월 정도를 이렇게 비정상적 근무로 채워나가다가 여권발급 법정기한을 재정비하면서 야간근무도 철회하게 되었다. 당시 후문으로는 어느 날 저녁 전두환 국보위원장이 저녁식사 중 대학생 아들 재용의 친구가 놀러와 인사하다가 방학 동안에 어학연수를 나가려는데 여권이 안 나와서 기다리고 있다고 하자 바로 그 자리에서 외무부장관에게 전화를 해 "어떤 사람들은 당일에 여권발급도 받는다는데 왜 이리 일반인들은 여권발급이 오래 걸리는 겁니까? 24시간 내 발급하도록 하시오."라고 지시했다는 것이다. 당시 해외여행 자유화는 많은 파급효과를 나타내고 성공적으로 실시되었다. 당시 대부분의 자유화 조치가 취해졌기 때문에 그 후 세월이 지나면서 관광 목적의 해외여행을 허가하고, 모든 여권발급을 전산화하며 전국 지방자치단체장에게 여권발급 권한을 이관한 것들이 추가되었을 뿐이다.

해외여행은 방문지의 역사와 문화를 이해하는 중요한 문화교류의 수단이다. 또한 새롭고 선진된 문물을 접하게 됨으로써 우리를 국제화시키고 발전시킬 수 있는 기회를 제공한다. 우리 개개인의 국제경쟁력을 높여야 하는 필요성을 느끼게 한다. 19세기 후반 조선과 일본은 모두 서양세력으로부터 개국을 요구받고 "양이_洋夷"의 목소리를 높였지만, 일본은 도쿠가와 막부가 개국하여 서양과 교역을 개시하며 서구 문물을 받아들였고 우리 조선은 조정에서 '양이'를 앞세우고 쇄국을 하였다. 그러나 뒤늦게 서양의 힘에 의한 '군함 외교_gunboat diplomacy'에 굴복하여 개국하게 된 것이다. 이 시간적 차이가 오늘날 한국과 일본의 차이를 초래한 시발점이었다. 조선 말기의 국가적 폐쇄성은 백성들에게도 그대로 전이되었고 남북 분단 이후 이데올로기 싸움과 함께 자국민 보호라는 구실로 국민들의 해외 진출과 여행이 제한되어 왔던 것이다. 1970년대에 들어 세계는 냉전의 정점에 달하면서 이데올로기 싸움은 점점 변화되었고, 보호무역 가운데도 무역자유화의 바람이 일어나기 시작하였다. 1981년 초 해외여행 자유화가 실시되자 국민들의 해외 진출이 폭증하였다. 이민, 해외취업, 유학 등 장기 체류자들의 경우 일부 우려하였던 외화 유출이나 대북한 접촉 등은 무시할 정도로 극소수에 불과했다.

그러나 특히 관광 목적의 해외여행이 시작되자 세계 곳곳에서 '추악한 한국인_ugly korean'의 모습이 현지인들의 눈살을 찌푸리게 하거나 혐오감을 자아내게 하였다. 비행기 안에서, 호텔에서, 식당에서 가는 곳곳마다 에티켓에 어긋나는 행동을 하고 사원이나 사찰 등 성지를 방문하여 종교적 예를 갖추지 못하고 문란한 행동을 하기도 하였다. 섹스관광은 물론이고, 깊은 삼림지대에서 곰 사냥을 하고 생피를 마시거나 쓸개를 떼어내는 한국판 '몬도가네'를 연출하여 방문국 수사기관에 의해 체포되거나 현지 언론에 폭로되기도 하였다. 후진국에서는 돈 자랑을 하면서 그들의 생활과 문화를 얕잡아보는 언행을 서슴지 않았다. 정부나 공공기관에서 파견한 단체 여행의 경우에는 현지에서 일정을 주선한 대사관이나 영사관을 난처하게 만드는 경우도 많았다. 전두환 정부나 노태우 정부 때는 특히 초·중·고 교사, 노조 요원, 학생회 간부, 정당인, 지방자치단체 공무원 등을 해외시찰 목적으로 여행시켰다. 관련된 분야의 외국제도 및 현황을 눈으로 직접 보고 체험케 하는 좋은 의도이지만, 한편으로는 정부의 정책을 홍보하고 친정부 인사로 전환시키려는 속내도 없지 않았다. 이들의 요청에 따라 현지 대사관은 주재국 정부의 해당기관을 방문하는 일정을 어렵사리 마련해 놓았는데, 제 마음대로 사전 통보도 없이 일정을 취소해버려 해당기관으로부터 뒤늦게 문의가 와 대사관측이 당황해 하는 경우도 발생하였다. 그런가 하면 예정대로 일정을 소화해도 관심 없는 처신으로 상대측을 실망시키기도 하였다. 1986년 내가 유럽과장을 하고 있을 때 스위스 주재 우리 대사로부터 보고서를 받았다. 스위스 외무성의 항의서한이 첨부되어 있었다. 그 해 여름 한국의 중앙정부기관 국장과 일행 세 명이 스위스 베른의 민방위 책임자를 방문하여 대담 및 브리핑과 현장시찰 등을 하기로 대사관 요청에 의하여 준비하였는데, 한국의 방문객이 면담을 끝낸 직후 몸이 불편하다며 브리핑과 시찰을 취소하고 숙소로 돌아갔다는 것이다. 스위스측이 파악한 바로는 한국의 방문객 일행은 숙소로 돌아가자마자 간편복으로 갈아입고 관광 가이드를 앞세워 그날 오후 내내 관광을 즐기고 다음날 몽블랑으로 향했다는 것이다. 보통 이런 경우에는 외무성에서 대사관 관계자를 불러 구두로 항의하는 정도가 최고 수준인데 외무성의 공한으로 정식 항의했다는 것은 스위스 정부가 크게 화를 내고 불만을 표시했다는 의미이다.

1989년 내가 태국에서 참사관을 하고 있을 때이다. 정부에서 중등학교 교사 시찰단을 파견하였다. 태국 문교부는 이들을 큰 손님으로 생각하여 정중하게 맞이하고 문교부 차관이 직접 나와 브리핑 차트를 놓고 태국 교육정책과 현황에 대하여 열성적으로 설명하였다. 설명이 끝나고 질문 있으면 하라고 하니까, 30여 명의 교사들이 눈만 멀뚱멀뚱 침묵을 지키다가 마지못해 어느 교사가 손을 들고 질문하였다. "태국의 중등학교 숫자는 몇 개나 됩니까?" 답변이 끝나고 잠깐 침묵이 흐른 후 다른 교사가 질문했다. "한 반에 학생 수가 얼마나 됩니까?" 답변이 끝난 후 문교부 차관은 씁쓸한 표정으로 브리핑을 마쳤다. 그 후에도 교사 시찰단은 정기적으로 태국을 방문하였다. 그런데 태국 문교부는 브리핑하는 관리의 직급을 차츰 차츰 낮추어 차관으로 시작했던 것이 나중에는 과 직원으로 강등되어 있었다. 나는 대사관 직원들과 주재관들에게 당부하였다. 정부 시찰단이나 방문단의 주재국 정부 관계기관 방문 주선 일정은 예정대로 반드시 시행할 것, 가능한 한 담당자들이 시찰단 인솔자와 사전 접촉하여 심도 있고 실속 있는 질문이나 대화를 하도록 그 내용까지 점검할 것 등이었다. 사실 대사관 직원들이 외교업무에도 분주한데 각종 방문단들의 일정을 주선한다든지 하물며 질문 내용까지 점검한다는 것은 정말 무리한 일이었다. 해외여행이 완전 자유화돼서 지난 해 2011년에는 약 980만 명이 외국을 방문하게 되었고, 우리 국민들도 국제화되는 과정에서 과거처럼 외국에서 낯부끄러운 일을 하는 사례와 정도가 낮추어지고 있어 다행이다. 자동차 문화가 점차 정착되어 가는 것처럼 우리의 해외여행 문화도 점차 순화되어 가는 것이다.

공무원이나 공공기관 소속원들의 해외여행은 더군다나 국민의 따가운 감시가 있어서 더욱 조심스럽다. 세계 곳곳에 우리 국민이 거주하거나 여행하는 관광객들이 많기 때문에 보이지 않는 시선이 뒤를 좇는다. 그러다 보니 이들은 해외출장에 나서 공무 외의 시간을 제대로 활용하지 못한다. 국회의장이 남미를 방문하였을 때, 주말에 아마존강 유역 관광을 다녀왔다며 비난조의 기사가 신문과 방송에 크게 보도된다. 현지 교포의 제보에 따른 것이라 한다. 구청장 일행 또는 공기업 감사단 일행이 국민 혈세로 해외시찰을 나가 어디어디 관광을 하고 다닌다고 언론에 오르락 거린다. 국회 국정감사단이 이집트에 가서 룩소르를 찾아 관광했다는 특파원발 기사가 보도되어 일부 국민의 분노를 자아내는 듯하다. 2004년 6월 이라크에서 근무 중인 회사원 김선일 씨가 납치되어 피살된 사건이 발생하여 국내가 온통 들끓고 정부가 인명을 보호하지 못했다는 질타가 하늘을 치솟는 가운데 국회조사단이 이라크를 방문하고 귀국길에 항공기 환승을 위하여 로마를 경유하게 되었다. 조사단은 3개 정당의 의원 5명으로 구성되었고 오전 10시 도착하여 밤 10시 대한항공편 출발 일정이었다. 나는 대사로서 이들을 시내 한복판에 있는 이탈리아 음식 전문식당으로 정중하게 모셨다. 오찬 후 광장을 걸어 차량으로 이동하는데, 그 차량 옆에 바로 서기 27년에 아우구스투스 황제의 휘하 아그리파 장군에 의해 세워진 신전 판테온_범신전이 그 위용을 자랑하고 서 있었다. 당초의 신전은 서기 80년에 전소되어 아드리아노 황제에 의해 118년에 재건축되었다. 2천년 가까이 그 모습을 그대로 지니고, 고대 로마 건축술의 뛰어남을 보여주고 있다. 조사단 가운데 세 의원은 과거 로마를 방문하여 판테온 구경을 하였고 운동권 출신 의원과 다른 한 의원은 로마가 처음이었다. 시간도 충분하고 몇 발자국만 움직이면 판테온 내부로 들어갈 수 있었으므로 나는 자연스레 두 의원에게 안으로 들어가 구경할 것을 권유하였다. 그런데 뜻밖에도 두 의원은 구경하지 않겠다며 차에 오르려 했다. 국민들의 관심 속에 이라크에 가서 조사하고 오는 길인데 의원들이 로마에서 관광이나 하였다는 비난을 받고 싶지 않다는 것이다. 나도 그분들의 우려를 충분히 이해할 수 있었으나 그런 현실 때문에 귀중한 문화탐방의 기회를 놓치게 할 수는 없었다. 나는 대사로서 내가 책임지겠다고 호언을 하고 다른 세 의원에게도 두 의원들을 위하여 동행해 줄 것을 요청하여 모두 다 같이 판테온 내부로 들어갔다. 나는 이 신전이 로마의 수많은 신들을 모신 곳이었는데 기독교가 국교로 인정된 이후 벽에 새겨 놓은 모든 로마신들이 제거되었고, 신전의 천장 지름이 43미터로 세계에서 가장 큰 돔으로 이루어졌으며, 미켈란젤로가 이 돔을 따라 성베드로 성당의 돔을 설계하였다고 설명하였다. 신전 내부에 있는 천재화가 라파엘의 무덤, 이탈리아 통일의 아버지 빅토리오 에마누엘 2세 왕과 그 아들의 무덤 등을 소개하였다. 아울러 나는 건축에 있어 돔의 의미와 중요성을 귀동냥한 대로 설명하고 건축이라는 영어 'architecture'가 arch_아치 양식과 technique_기술의 복합어로서 그만큼 아치의 중요성이 크다는 이야기도 하였다. 한 5분가량을 판테온 내부를 둘러보고 우리는 대사관으로 갔다. 조사단이 인천공항에서 발표할 도착 발표문을 작성하기 위해서였다. 나는 오찬 때 나눈 대화로 미루어 볼 때 이라크 조사내용에 관하여 조사단원 간에 의견이 상이하지 않은 것으로 생각하고 작성시간이 오래 걸리지 않을 것으로 판단하였다. 나는 의원들에게 발표문 작성하는 대로 공항 나가는 길에 반드시 바티칸 박물관_Musei Vaticani을 방문할 것을 권유하였고 또 VIP관람을 위한 조치도 취하도록 지시하였다. 나는 중차대한 임무를 띠고 여행하는 국회조사단이라 할지라도 남은 시간을 활용하여 유럽의 역사를 느낄 수 있고 유럽의 뛰어난 회화, 조각, 건축을 감상함으로써 서구 문화와 문명에 대한 이해를 조금이라도 높일 수 있는 기회를 갖게 되기를 바랐다. 물론 의원들은 지적 수준과 경륜이 높은 분들이지만 기회가 있는 대로 여러 분야에 대한 이해와 사고의 폭을 높이면 금상첨화가 아니겠는가! 그날 조사단은 회의실에서 짧은 발표문 작성에 오후 내내 시간을 소비하고 박물관이 닫힌 후 베드로 성당 앞을 지나게 되어 수행한 직원이 "저곳이 성베드로 성당이고 그 옆으로 박물관이 있습니다."라고 소개하는 것으로 끝을 맺었다.

요즘도 가끔 공직자나 지방자치단체 및 공공기관의 임원들이 국민의 혈세로 관광 여행을 하였다는 등의 기사를 볼 수 있다. 공직자든 회사직원이든 간에 소기의 여행 목적에 충실치 않고 관광이나 하고 다닌다면 당연히 질책을 당하고 책임을 져야 하겠다. 그러나 나는 그들이 소기의 목적을 달성하고 남은 시간을 남의 눈초리가 무서워서 호텔방에서 TV나 보거나 식당에서 술이나 마시고 지낸다면 이것이야말로 국가 예산을 낭비하고 회사 자금을 축내는 일이라고 생각한다. 여가를 잘 활용하여 명승지 관광을 하거나 유적지 및 박물관이나 미술관 방문 등 역사, 문화 탐방에 적극적으로 나서야 한다. 이러한 일은 여행자의 역사와 문화에 대한 이해의 폭을 넓히고 교양의 수준을 확장해 줄 뿐만 아니라 방문국과의 인적, 문화적 교류에 기여하는 결과를 갖게 될 것이다. 우리 국민도 위장 여행을 감시하는 동시에 역사, 문화 탐방을 이해하고 권장하는 마음을 자져야 할 시대이다. 해외여행은 우리 모두의 눈과 마음을 넓고 크게 하며 국제화 과정에 기여하는 역할을 하기 때문이다.

국제적 사건들이 외교정책을 좌우해서는 안 되지만
외교정책은 국제적 사건들을 좌우해야 한다 _ 나폴레옹

유엔에 가다

"대한항공 747여객기는 23시 50분 JFK국제공항을 출발, 대한민국 김포공항으로 주 5회 정기운항하고 있습니다. 또한 많은 여타 항공사의 여객기들과 마찬가지로 대한민국 여객기는 국제적으로 공인된 항로와 오랜 기간에 걸쳐 확립된 국제적 절차에 따라 운항하고 있는 것입니다. 그 항공기들은 단지 승무원과 승객이 탑승하였고 허가된 화물을 적재하고 있을 뿐입니다. 그러나 지난 8월 31일 이미 세계에 알려진 바와 같이 대한항공 007여객기는 무사히 귀환하지 못하였습니다. 오늘, 우리는 대한항공 여객기의 전 여객과 승무원이 사망하였으며 이들은 상상할 수도 없는, 그리고 고의적인 위법행동으로 말미암아 희생이 된 것으로 믿어집니다."

1983년 9월 2일 유엔안전보장이사회가 긴급 소집되어 뉴욕의 유엔본부 안보리 회의실이 빈틈없이 꽉 차있는 가운데 유엔주재 한국의 김경원 대사가 발언을 시작하였다. 극도의 긴장으로 얼어붙은 회의장에 김 대사의 차분하고 단호한 목소리가 울려 퍼졌다. 이에 앞서 8월 31일, 그러니까 한국 시간으로 9월 1일 새벽 3시 26분경 뉴욕을 출발하여 서울로 비행 중이던 정기 민간항공기 대한항공 007호가 캄차카 반도 상공에서 소련 전투기 SU-15기가 발사한 열추적 미사일에 의해 격추되어 탑승자 269명 전원이 사망한 엄청난 사건이 발생하였다. 승무원 29명을 포함한 한국인 105명, 미국인 62명, 일본인 28명 등 총 15개국 국적의 탑승자가 졸지에 희생당한 것이다. 죄 없는 민간 항공기에 대한 소련의 미사일 격추 만행은 즉각 전 세계에 알려졌고, 우리 유엔대표부는 비상근무 체제에 들어갔으며 이날 오후 늦게 본부로부터 금일 중으로 긴급 안보리 소집요청 공한을 제출하라는 훈령을 받았다. 나는 유엔대표부 근무 3년째 고참으로서 안보리를 담당하고 있었다. 그날 밤늦게까지 다듬고 다듬은 유엔 안보리 의장 앞 김경원 대사의 안보리 소집요청 공한을 꼭 쥐고 나는 유엔대표부 건너편의 호텔 꼭대기에 있는 방을 조심스레 노크했다. 시간은 자정을 10여분 지나고 있었다. 금방 문이 열리고 안보리 의장인 가이아나의 싱클레어 대사_Noel Sinclair가 잠옷 차림으로 나타났다. 나는 너무 늦게 찾아왔음을 사과하고 공한을 전달하였으며 싱클레어 대사는 기다리고 있었다면서 공한을 받아주었다. 이로써 1950년 한국동란 이래 처음으로 우리가 유엔회원국이 아니지만 분쟁 당사국으로서 유엔안보리 회의의 소집을 요청하는 절차를 마친 것이다. 그날 자정 넘어서까지 안보리 의장이 공한을 기다려

준 것은 사실은 사무국의 안보리 담당직원 노르마의 특별한 도움과 주선이 있었기에 가능했다. 노르마는 대만 출신으로 한국인에 대한 특별한 감정을 지니고 있는 젊은 여성이었다.

그날 저녁 나는 또 대표부에서 공사 이하 직원들이 모여 작성한 우리 대표의 안보리 연설문 초안을 들고 사무실 근처의 대사 관저에 갔다. 연설문을 전달하기 위하여 서재에 들어서자 김경원 대사와 머리가 히끗거리는 미국인이 함께 앉아 있었다. 리처드 홀브룩이었다. 그는 국무부 동아태 차관보를 지내면서 미국의 아시아 태평양 정책을 총괄하고 우리나라의 10.26 사태와 12.12 사태를 지켜보면서 신군부를 견제하는 대한 정책을 펼쳤던 영향력 있는 외교관이었다. 그는 레이건 대통령이 취임하자 뉴욕으로 와서 유명한 TV 앵커우먼과 같이 지내고 있었다. 그날 밤 탁월한 영어 실력자인 김 대사는 지인 홀브룩과 함께 내가 전달해준 연설문을 기초로 한 아주 색다른 연설문을 만들었다. 이미 소개한 대로 연설문은 소설처럼 객관적인 묘사로 시작되었다. 연설은 민간 항공기가 소련 전투기에 의해 격추당한 지점과 시간 등을 낱낱이 제시하고 소련 군사 당국의 야만적 행위를 규탄하면서 소련에 대한 다섯 가지 요구사항을 제시하였다. 첫째, 이번 사건의 완전하고 상세한 경위를 밝힐 것, 둘째, 충분한 사과와 함께 희생자의 가족과 비행기 손실에 대한 완전 보상, 셋째, 사건에 책임 있는 모든 관련자를 처벌할 것, 넷째, 여객기 추락 장소에 대한 출입을 보장하고, 유해와 잔해를 돌려줄 것, 다섯째, 비무장 민간 항공기에 대한 폭력 행위가 재발되지 않도록 보장할 것이었다. 이 연설문 내용은 일종의 가이드라인을 제시한 셈이 되어 많은 대표들이 이 5개 요구사항을 지지하고 소련을 규탄하였다. 안보리 첫 회의가 끝나자 각국 대표 및 사무국 직원들이 모두 한국 대표의 연설이 내용 및 문장에 있어서 아주 훌륭했고 김 대사의 연설 방식도 절제 있게 잘했다고 입을 모아 칭찬하였다. 그러나 국내에서의 반응은 달랐다. 청와대는 269명의 무고한 생명을 빼앗아간 소련에 대하여 분노를 표하고 목소리를 높여 규탄하여도 부족한데 너무 점잖게 연설했다고 불만을 표시한 것이다. 통상 유엔 회의에서 발언자는 목소리의 높낮이를 조절하면서 흥분을 자제하며 연설을 한다. 분노가 탱천하여 주먹을 쥐고 허공에 올렸다가 단상으로 내려치지만 아슬아슬하게 마지막 순간에 멈춤으로써 실제로 단상을 치지는 않는다. 과거 소련의 후루시초프 수상이 연설 도중에 흥분하여 구두를 벗어 단상을 친 사례는 극히 전설적인 예외적인 경우였다. 학자 출신으로 합리적이고 점잖은 김 대사이지만 대통령 비서실장을 역임하고 바로 유엔 대사로 부임한 지라 그의 두 번째 연설 모습은 변했다. 9월 6일에 열린 안보리 회의에서 김경원 대사는 시종 목소리를 높여 소련의 만행을 규탄하고 소련이 범죄행위를 인정하고 우리 정부가 요구한 사항을 수용할 때까지 안보리 회의장 벽을 넘어서 끝까지 밀어붙이고 따지겠다고 경고하였다. 그리고 손가락으로 소련 대표를 겨냥하고 분노에 찬 목소리로 추궁하였다.

"묻겠다. 당신네가 비무장 대한 항공기를 격추했는가? 안했는가? 당신네가 269명의 무고한 생명을 살해했는가? 안했는가? 당신네가 항공사상 가장 극악무도한 대량학살을 저질렀는가? 하지 않았는가?"

소련 측은 항공기를 격추했음은 이미 인정하였지만, 그것이 민항기인 줄 몰랐다거나 그 항공기가 스파이 작전을 수행하고 있었다거나 미국 정찰기로 판단하였다고 변명하고 책임을 회피하는 발언을 계속 하였다. 따라서 김 대사의 질문에 대답하지도 않겠지만 김 대사는 상황을 보다 드라마틱하게 부각시키고자 한 것이다. 예상한 대로 국내반응은 좋았다. 대통령이 연설에 만족을 표시했다는 말이 들려왔다.

안보리는 9월 2일부터 12일까지 여섯 차례 회의를 가져 총 46개국이 발언하였으며, 그 가운데 폴란드, 불가리아, 동독 3개국은 소련 편을 드는 발언을 하였다. 두 번째 회의에서 미국 대표는 안보리 회의장 중앙에 오디오 스크린을 펼쳐놓고 미국과 일본이 녹취한 교신 테이프를 공개하였다. 동 테이프는 소련 전투기 조종사가 지상군 당국과 교신하여 대한 항공기에 미사일을 발사하고 "목표물이 파괴되었다."라고 보고하는 내용이 담겨져 있어서 전 세계에 소련이 저지른 만행을 확인시켜주었다. 소련은 이에 대하여 격추된 항공기가 소련 영공에서 미국의 스파이 업무를 수행하였다면서 미국이 이 사건으로 공산주의를 비난하고 핵전쟁 준비를 정당화하는 기회로 삼고자 한다고 주장하였다. 또한 금번 인명 손실은 소련 때문이 아니라 미국에 의한 냉전의 희생물이라고 적반하장격으로 우겼다. 소련은 자신들의 만행을 냉전 탓으로 돌리고 안보리를 또 다시 이데올로기화, 정치화하고 있었다. 이러한 상황은 결국 미국, 영국 및 일본 등 우방국들이 제출한 안보리 결의안의 표결 결과에 적나라하게 나타났다. 결의안은 희생 사실을 적시한 다음 이를 규탄하고, 국제사회가 관계규정에 따라 민간항공의 안전을 도모하며, 유엔사무총장으로 하여금 사건의 철저한 수사를 시행할 것을 요청하는 내용이었다. 그러나 소련을 규탄하는 안보리 결의안이 통과될 것이라고는 아무도 기대하지 않았다. 소련은 안보리 5개 상임이사국 중 하나로서 거부권을 행사할 수 있었기 때문이다. 절차사항을 제외하고는 모든 결의안이 상임이사국 5개국을 포함한 9개국 이상의 찬성이 요구되었다. 15개국 이사국의 3분의 2 찬성이 필요한 것이다. 우리와 함께 우방국들은 9개국 이상의 찬성을 얻음으로써 우리 결의안의 정당성을 증명하고 소련의 거부권 행사로 인하여 결의안이 통과되지 못하였음을 만천하에 밝히고자 하였다. 그런데 문제는 9개국의 지지를 얻을 수 있는가에 있었다. 한국, 미국, 일본, 영국, 캐나다 등의 대사들이 모여 수차례 구수회담을 하였지만 확신을 갖지 못하였고, 결국 결의안을 표결에 부칠 것인가 여부를 최종 결정하는 일은 한국 대표 김경원 대사에게 맡겨졌다. 9개국의 지지를 얻지 못할 경우 미칠 영향은 우리 국내는 물론 우방국과 국제사회에 엄청나게 크다. 이데올로기에 의해 진실이 파묻히고 공산주의의 힘에 자유진영이 패배하고 냉전에서 미국이 소련에 지는 사례를 보이게 되며, 결국 유엔은 이데올로기 싸움에 묻혀 아무런 역할도 하지 못하는 국제기구임을 증명하게 되는 것이었다. 우리 본국 정부도 미국 등 우방국과 협의하여 결의안을 표결에 부쳐 9개국 지지를 얻으라는 훈령을 보내왔다. 우방국들이 모두 나서서 이사국의 지지를 얻기 위하여 교섭을 하고 노력하였으나 워낙 이사국의 구성이 만만치가 않아서 미국, 영국, 프랑스, 네덜란드, 파키스탄, 자이르, 토고 정도가 찬성표를 던질 상황이었다.

김 대사와 우방국 대표들은 모든 것을 하늘에 맡기고 표결에 부치기로 결정하였다. 사실 안보리에서 중요한 사항을 토의하고 표결에 부치지 않는 경우는 그간 별로 없었다. 9월 12일 오후 4시 45분 드디어 결의안이 표결에 부쳐졌다. 표결에 앞서 5개국이 자신들의 찬반을 사전에 설명하는 표결 직전 발언_statement before the vote을 하였다. 프랑스, 중국에 이어 요르단 대표가 발언하였다. 요르단은 아직 찬반 입장을 밝힌바 없었기 때문에 소련과 우리 측 모두가 숨을 죽이고 경청하였다. 그의 연설은 장황하게 전개되었는데 미 · 소 냉전의 문제점과 사건의 진상이 아직 다 밝혀지지 않았다면서 결의안의 세부사항을 지적하고 수용하기 어렵다고 표명해 나갔다. 결국 반대나 기권으로 종결날 판이었다. 그런데 마지막 문장에서 요르단 대표는 찬반의 입장을 밝히지 않으면서 자신들의 입장은 오직 두 가지 사항. 즉 인도적 측면과 기술적인 사항만을 고려할 것이라는 애매모호한 말을 하여 모두를 잠시 혼돈에 빠지게 하였다. 나는 안보리 대표 뒤쪽 의석에 앉아 있었는데 바로 내 옆에 앉아 있던 안보리 직원 노르마가 자기도 모르게 내 무릎을 탁 치면서 "You got it!" 하고 낮게 외쳤다. 요르단의 찬성표를 얻었다는 것이다. 다음은 몰타 대표의 차례였다. 몰타는 사회주의 국가로 바뀌고 우리나라와 단교를 한 상태라서 우리에게 우호적일 수 없었다. 그러나 민간항공의 안전이 결의안이 제기한 대로 국제민간항공기구_ICAO회의에서 확보될 것을 기대한다면서 찬성 입장을 표명하였다. 안보리 의장인 가이아나 대사는 자국의 기권 입장을 장황하게 설명한 다음 결의안의 표결에 들어갔다. 표결은 거수로 이루어졌다. 찬성은 미국, 영국, 프랑스, 네덜란드, 자이르, 토고, 파키스탄, 요르단 몰타 등 9개국이었으며, 반대는 소련, 폴란드 2개국, 기권은 중국, 가이아나, 짐바브웨, 니카라과 4개국이었다. 안보리 의장은 표결 결과를 숫자로 발표하고 결의안은 한 상임이사국의 거부 투표로 채택되지 않았다고 결론지었다.

소련의 거부권 행사로 결의안은 채택되지 않았지만 3분의 2에 해당되는 9개국의 찬성을 확보함으로써 결국 우리 측은 반쪽 성공을 얻게 된 셈이다. 거부권이 행사되지 않았다면 결의안이 통과되는 숫자이기 때문이다. 당초 요르단은 본국 정부로부터 기권 훈령을 받았었다. 그런데 마침 요르단 국왕이 전두환 대통령의 초청으로 공식 방한하였다가 최고의 환대를 받고 표결 전날 귀국하면서 비행기에서 정부에 찬성 지시를 하달하였다. 요르단 대표는 이미 작성한 기권 연설문을 수정하지 않고 아침에 마지막 두 줄의 문장만 첨가한 것으로 파악되었다. 몰타 대표는 표결 전의 회의에서 중간에 미국 측에게 불려나갔다가 양측 간에 백지장을 놓고 한참을 숙의한 후 자리에 돌아왔다. 마지막에 아슬아슬하게 요르단과 몰타의 지지를 얻지 못하였다면 어찌 되었겠는가! 생각만 해도 아찔한 순간이었다. 269명의 무고한 생명이 희생당하고 소련 전투기에 의한 격추를 증명한 사실이 다 공개되었음에도 안보리 이사국 9개국의 지지를 얻지 못하였다면, 이는 우리나라는 물론 미국을 위시한 우방국의 정치적 패배일 뿐만 아니라 국제연합의 실패를 증명하는 또 하나의 중요한 사례를 남길 뻔했다.

국제 평화와 안전을 유지하기 위하여 창설된 국제연합은 이미 오래 전부터 동서 냉전과 이데올로기 전장으로 변하였다. 특히 평화 유지를 책임져야 할 안보리는 상임 이사국들의 상호 거부권 행사로 중요 사안은 아무것도 의결할 수 없는 상황이 되어 있었다. 또한 제3 세계 비동맹 세력들은 총회에서 수적 우위를 무기로 자신들의 이익만을 대변하고 있었다. 1980년대는 바로 이 비동맹 세력들이 큰 목소리를 내고 있었고, 미 · 소 냉전은 정점에 다다랐다. 사실 냉전으로 인한 미 · 소 대립은 1950년 한국전쟁으로 격화되었고 유엔안전보장이사회의 기능을 마비시키기 시작하였다. 한국전쟁 발발 당시 소련은 상당 기간 안보리에 불참하고 있었으므로 안보리는 한반도에서 평화의 파괴행위가 발생하였음을 규정하고 북한의 철수와 한국에 대한 유엔 회원국의 지원을 결의하였다. 또한 유엔 최초로 유엔 연합군의 파견을 결정하였다. 그러나 소련이 안보리에 돌아온 후부터는 거부권을 행사하였으므로 안보리가 더 이상 집단안보 조치를 수행할 수 없게 되었다. 그해 11월에 총회는 '평화를 위한 단결'을 채택하여 안보리를 대신하여 유엔군의 전투 활동을 지원한 것이다. 이와 같이 미·소 냉전에 의한 안보리의 기능 마비는 자국의 이해관계에 영향을 미치지 않는 극소수의 경우를 제외하고는 1980년대까지 계속되어 오고 있었다.

이러한 시기 1984년 가을 나는 유엔대표부에 1등 서기관으로 부임하게 되었다. 우리나라는 1973년 이래 남북한 유엔 동시가입을 제의하여 왔지만 북한의 반대로 유엔에 가입하지 못하고 영구 옵저버_permanent observer 자격을 지니고 있었으나 유엔에서의 근무는 외교관들이 희망하는 엘리트코스 중 하나였다. 나는 이미 아프리카 오지 시에라리온에서의 근무와 민원부서 여권과 과장으로 해외여행 자유화 조치 등의 실적이 있었으므로 워싱턴과 유엔 등 소위 제1급 근무지를 요구할 수 있는 상황이었다. 나는 유엔을 지망하였다. 귀국발령을 받고 1978년 2월 시에라리온 현지에서 나와 촌놈의 모습으로 뉴욕에 들렀을 때 맨하탄 거리와 유엔본부에 압도당해 다음 근무는 이곳에서 하겠다고 다짐했다. 당시 뉴욕에 며칠 머무는 동안 나는 다시 한 번 문화적 충격을 느끼면서 이곳저곳을 마음 놓고 기웃거렸다. 마침 반기문 씨가 1등 서기관으로 부임해 왔는데, 유엔총회가 2월에 속개되어 모두들 바빠서 아직 업무를 받지 못하고 집과 자동차를 구하러 다니고 있었다. 반기문 씨는 나보다 외무고시가 한 기수 앞이어서 잘 아는 사이였다. 우리는 한나절을 같이 보내고 저녁이 되어 헤어질 때가 되었는데 그가 자기 숙소로 같이 가보자고 하였다. 사실 거기서 헤어지고 따라가지 않았어야 했는데 나는 그만 얼떨결에 따라가고 말았다. 그의 임시 숙소는 맨하탄 서쪽 부두 근처에 있는 허름한 호텔이었다. 보통 유엔에 부임하는 우리 직원들이 집을 구하는 동안 머무는 단골 여관 같은 곳이었다. 우리가 방에 들어가자 반기문 씨의 부인이 한국에서 가져온 전기밥솥에 밥을 해놓고 기다리고 있었다. 식탁도 변변히 없는 곳에서 우리는 쭈그리고 앉아 두세 가지 반찬에 식사를 하였다. 그러나 여행 중에 얻어먹은 그 밥은 정말 꿀맛이었다. 반기문 씨 내외는 그런 사람들이었다. 그는 보여주고 싶지 않은 누추한 곳에 후배를 데리고 가 밥을 먹여주는 진실 된 사람이었고, 그 부인은 남편이 하는 일을 불평하지 않고 잘 내조해주는 사람이었다. 반기문 씨는 상사와 동료 그리고 후배 모두에게 잘하고 일에 헌신하는 사람이었다. 훗날 그가 나보다 앞서 보스톤의 하버드대학교의 행정대학원에 유학할 때 그의 직급은 국장급이었다. 그런데 그 당시 보스톤에 있었던 우리 총영사관이 폐쇄되어 유학생들이 불편을 겪기도 하였다. 한국의 상류사회 사람들이 자식들을 보스톤 또는 근교에 유학 보낼 때면 알음알음으로 반기문 씨에게 좀 돌보아주기를 요청하곤 하였다. 그는 아침이든 밤이든 아무 때라도 공항에 나가 그들을 맞아들였고 때로는 먼 곳의 대학에까지 차로 데리고 가서 등록하는 것을 도와주기도 하였다. 또한 학기 중 가끔 유학생들을 자기 집에 초청하여 밥을 먹이곤 하였다. 그러니 누가 그를 좋아하지 않겠는가? 그는 뚜렷이 운동도 하지 않고 오직 일과 남을 위하여 사는 것 같았다. 일에 있어서는 똑 부러지게 하면서도 책임 소재는 분명히 하는 사람이었다. 나 같으면 과연 보스톤에서 일요일 늦잠을 버리고 새벽부터 공항에 매번 사람들을 마중 나갈 수 있겠는가, 가족보다는 일에만 집중할 수 있겠는가, 운동도 포기하고 일만하고 살 수 있겠는가를 생각해 보았다. 결론은 그렇게 하지 않을 것이라는 것이다. 그래서 내게는 우리 외무부에서 일과 관련하여 경쟁할 수 없는 두 경이로운 사람들 가운데 한 사람이 반기문 씨였다. 지금 그는 유엔 사무총장직을 역임하고 있으며 자신의 스타일 대로 유엔 사무국을 운영하고 있다.

내가 유엔대표부에 부임한 시기는 유엔총회가 시작되기 한 달 전쯤이어서 다행히 나는 제2 위원회_경제업무를 맡게 되었다. 당시 윤석헌 대사는 제2 위원회 회의에서 경제개발 분야 의제에 관하여 발언할 준비를 하고 있었다. 그런데 이 발언은 우리 대표가 유엔총회에서 하는 최초의 연설이었다. 유엔 절차규칙에 따르면 옵저버 국가는 본회의나 실무회의가 아닌 위원회 회의에서만 위원회 승인 하에 발언을 할 수 있었으며, 그간 여러 차례 타진하다가 처음으로 금번 총회에서 제2 위원회 의장단의 사전 양해를 받게 된 것이다. 나는 제2 위원회 회의장에 비치된 발언자 리스트 끝에 "Republic of Korea"를 적어 넣었다. 오후 회의 마지막에 위원장이 옵저버 한국 대표의 발언이 있겠다고 발표하고 아무도 이의를 제기하지 않는 절차를 거친 후 윤 대사는 준비된 연설문을 낭독하였다. 내용은 한국의 경제개발과 개발도상국과의 협력에 대한 우리 정책과 입장을 소개하는 일반적인 것이었다. 그러나 우리 대표단의 감회는 남달랐다. 유엔총회의 위원회에서 최초로 발언을 했다는 것은 우리에게 역사적인 것이었다. 연설을 한 윤석헌 대사는 물론, 같이 참석한 직원들도 모두 고무된 상태였다. 정규 회원국이라면 발언자가 대사이든 2등 서기관이든 그 나라 대표로서 발언자 리스트에 나라 이름만 적어 놓으면 순서대로 발언하는 간단한 것인데…. 남북 대치 옵저버 국가로서 발언하기까지 그 많은 세월이 소요되었던 것이다. 그것도 비정치적 분야인 경제 문제부터 조심스레 시작한 것이다. 이 발언이 선례가 되어 그 후 매년 총회에서 비정치적 분야의 발언 횟수를 점차 늘려가며 회의에 적극 참여할 수 있었다.

1983년 9월 대한 항공기의 피격사건으로 우리가 갑자기 당사국으로서 안보리 토의에 참여한데 이어, 그해 12월에는 또 갑자기 제6 위원회_법률 토의에 참여하게 되었다. 1983년 10월 9일 당시 전두환 대통령의 동남아 대양주 6개국 공식 방문의 일환으로 첫 방문국인 버마_현 미얀마를 방문하여 버마 독립운동가 아웅산의 묘소 참배 과정에서 폭탄테러가 발생하였다. 전 대통령은 화를 면했지만 이 사건으로 서석준 부총리, 이범석 외무부장관, 함병춘 비서실장, 이계철 주 버마대사 등 우리 대표단 17명이 목숨을 잃었다. 전 대통령은 사건 발생 직후 나머지 일정을 모두 취소하고 급거 귀국하였다. 우리 정부는 조사단을 현지에 파견하여 버마 정부와 함께 합동조사를 벌였다. 이후 버마당국은 이 사건이 북한 김정일의 지령을 받은 특수부대원들에 의해 저질러졌다는 수사결과를 발표하고 발표 직후 버마정부는 북한과의 외교관계를 단절하고 버마 주재 북한대사관 요원들에게 즉각적인 출국명령을 내렸다. 당시 버마 정부는 초청 방문한 외국 국가원수 일행이 자국 영토 내에서 폭탄테러를 당하도록 안전을 지키지 못했다는 국가적 자존심에 큰 상처를 입고 아주 신중하고 철저하게 조사를 하고, 사건이 발생한지 한 달 가까운 11월 4일에야 공식발표를 하였다. 우리 측은 12월 초 유엔총회 제6 위원회_법률의 국제 테러방지를 위한 조치 의제 아래 토의에 참석하여 북한의 만행을 국제사회에 공개하고 규탄하였다. 당시 71개국 대표가 발언하였고, 그 가운데 45개국이 북한을 규탄하는 발언을 하였다. 국제사회에서 있을 수 없는 만행이 객관적으로 적나라하게 밝혀졌음에도 뿌리 깊은 동서 냉전의 정치적 대립이 유엔의 비정치적 토의에도 고스란히 영향을 미친 것이다. 이명박 대통령이 2012년 5월 14일 우리나라 정상으로는 아웅산 사건이 발생한지 29년 만에 미얀마를 공식 방문하였다. 그에 앞서 독재 군부에 의해 오랫동안 여성의 몸으로 투쟁을 하였던 아웅산 수치 여사는 자택 연금으로부터 풀려나고 자유의 몸으로 총선에 참여하여 국회의원이 되었다. 미얀마에도 자유와 개혁의 봄이 오는 것 같다. 독재와 빈곤 속에서 시달려온 우수하고 근면한 민족의 앞날에 희망이 비추고 역사와 국제사회에 동참하는 날이 가까워졌다.

두 차례나 연거푸 국가적 테러사건의 국제적 처리에 참여하였던 나는 그 후 한 차례 더 북한의 테러사건을 경험하였다. 내가 태국대사관에 부임한 지 두 달이 지난 1987년 11월 29일 바그다드발 서울행 KAL 858편 보잉 707기가 미얀마 서쪽 안더만 상공에서 공중 폭발하여 탑승객 115명 전원이 사망한 것이다. 정부에서는 외무부 경제차관보를 단장으로 한 관민 합동조사단을 파견하여 태국 방콕에 본부를 두고 태국 및 미얀마 정부에 협조를 구하는 한편, 태국과 미얀마 국경 산악지역과 안더만 해상을 샅샅이 수색하였다. 조사단은 12월 중순경 미얀마 동남쪽 해상에서 KAL기 부유물 일부를 발견하여 비행기가 공중 폭발하여 추락하였음을 확인하였으나 KAL기 잔해는 찾지 못한 채 40여일 만에 철수하였다. 그러나 폭파사건 이틀 후 12월 1일에 범인 두 사람이 극적으로 바레인 공항에서 체포되었고, 조사 도중 남자는 독약을 삼키고 죽고 여자 요원 마유미_김현희는 외무부 정무차관보가 바레인 정부로부터 인수받아 대통령 선거 전날 12월 15일에 입에 재갈을 물리고 두 손을 묶인 모습으로 김포공항의 비행기 트랩을 내려왔다. 정부는 범인들이 북한의 대남 공작원으로서 김정일의 사주를 받고 88올림픽 방해와 한국 대선 분위기 혼란을 목적으로 KAL기를 폭파했다고 발표했다. 선거 전날 김현희의 서울 압송은 소위 북풍 효과를 발휘하여 대통령 선거에 영향을 미쳤다.

2011년 9월 15일 김연아 선수가 유니세프 친선대사 자격으로 유엔의 '평화의 종' 타종행사에 참가하였다고 국내 언론들이 보도했다. 이 행사는 유엔이 제정한 세계평화의 날을 맞는 이벤트로서 반기문 유엔사무총장 주관 하에 가수 스티비 원더 등 저명인사들이 초청되었다. 세계평화의 날은 1981년 11월 30일 제 36차 유엔총회에서 코스타리카 대표 등이 제안한 결의안을 회원국 전원일치로 채택함으로써 총회가 열리는 9월 셋째 화요일로 제정되었다. 이 세계평화의 날 제정에는 우리나라 조영식 경희대학교 총장이 주역을 담당하였다. 당시 세계대학총장회의 회장 조영식 총장은 코스타리카 산호세에서 1981년 6월 말 개최된 제 6차 총회의 의장으로서 세계평화를 구현하기 위하여 전 세계가 평화와 비폭력의 24시간을 갖자고 제안하여 '평화의 날'과 '평화의 달' 및 '평화의 해'를 제정하자는 결의안을 채택하였다. 동 결의안은 코스타리카 외무장관에게 전달되었고 코스타리카와 여러 나라가 공동 제안국으로서 총회에 결의안을 제출하게 된 것이다. 이듬해 1982년 9월 셋째 주 화요일에 첫 번째 '세계평화의 날'이 기념되었고, 11월 16일의 총회에서 다시 1986년을 '세계평화의 해'로 결정하는 결의안이 채택된 것이며, 2001년의 유엔총회에서 평화의 날을 9월 21일로 지정하여 오늘에 이르고 있다. 당시 조영식 총장은 총회 결의안 통과를 위하여 2년간 총회 기간 중에 뉴욕에 와서 우리 대표부는 물론 코스타리카 대표 및 유엔사무국 고위층들을 접촉하며 나름대로 결의안 통과를 위하여 혼신의 노력을 하였다. 결의안이 모두 통과된 후 1982년 12월 어느 날 저녁 모임에서 조 총장은 자신의 심경을 피력하였다. "감사합니다. 이제야 세계 평화의 꿈을 이룰 수 있게 되었습니다. 총회에서 결의안이 채택된 날 사실 저는 20cm 단도를 바지 속 오른쪽 다리에 매고 총회장에 들어갔습니다. 결의안이 만약 채택되지 않으면 이준 열사처럼 그 자리에서 할복할 각오였습니다." 조 총장의 집념은 그만큼 대단하였다. 그는 '세계 평화의 날'만 채택되면 전 세계의 전쟁과 분쟁이 종식되고 평화가 찾아온다는 환상을 갖고 있는 듯 했다. 우리는 그 말을 듣고 웃었지만 속으로는 한숨을 내리쉬었다. 만약 정말 할복 같은 사태가 발생했다면…. 요즘 같으면 무기를 은닉하고 유엔본부에 출입한다는 것은 도저히 있을 수 없는 일이다. 당시에도 출입증 소지 여부를 확인하였지만 조 총장은 무슨 재주인지 출입증도 없이 유엔 건물을 출입했다.

유엔 회원국이 아닌 옵저버 국가로서 유엔에서 활동하는 것은 외롭고 힘든 일이었다. 마음대로 회의에 참여하여 토의할 수도 없고 무엇보다도 투표권이 없기 때문에 결의안 채택이나 각종 협상과정에서 우리는 협의 대상도 되지 못해 무시당하였다. 더군다나 1백여 회원국을 가진 비동맹 그룹회의가 유엔에서 수시로 열리고 그 가운데 한반도 문제도 거론되는데 북한은 회원국이고 우리는 회원국이 아니어서 북한의 획책에 대응하는 일은 여간 어려운 일이 아니었다. 물론 각 회원국의 수도에서 우리 외교관들이 교섭을 하지만 유엔에서 우리는 각국 대표와 교섭을 하고 또 회의 진행사항에 관하여 그 내용을 즉각 파악하여 본부에 보고를 하여야 했다. 회의 진행사항과 그 결과를 파악하기 위하여 우리의 우방국가 중 몇 나라를 선정하여 그들이 회의가 종료되어 회의장 밖으로 나오면 우리는 문밖에서 기다리고 있다가 각각의 협력자들을 붙들고 내용을 브리핑 받는다. 회의가 종료된 직후 회의장에 들어가 회의 참석자들이 버리고 간 회의 자료를 수집하여 나오는 일도 잦았다. 우리는 이를 쓰레기 수거작업이라고 지칭했다. 외교관으로서의 체면이나 염치를 버려야 할 때가 많았다. 오죽했으면 이범석 외무장관이 유엔총회 참석 후 귀국길에 공항에 환송 나온 고참 외교관들과 악수를 하면서 일일이 "당신은 얼굴에 철판을 더 깔아야겠어!", "아! 당신 철판은 그 정도면 되겠어!"라고 농담했겠는가.

1984년 9월 본부로 발령받아 귀국한 지 7년 후, 1991년 유엔총회에서 남북한이 동시에 유엔에 가입하게 되었다. 1973년 이래 오랫동안 우리나라가 추진하여 왔지만 북한이 두 개의 코리아로 영구 분단된다고 반대해와서 회원국이 되지 못하던 차에 이제 탈냉전의 흐름 속에 북한으로서는 자의반 타의반으로 유엔 동시가입이 불가피해지자 받아드릴 수밖에 없었다. 보스톤의 하버드대학교에 파견 연수중이던 나는 1991년 10월 4일 뉴욕으로 날아가서 유엔가입국으로 자리하고 있는 이상옥 외무장관을 만났다.

"장관님, 축하드립니다! 큰 일 해내셨습니다. 옵저버 국가 외교관으로서 유엔에서 힘들게 일했던 옛날이 생각나서 저로서도 감개무량합니다. 하버드 연수가 끝나는 대로 다시 이곳에 와서 가슴을 펴고 활동하고 싶습니다."

"아, 그렇게 하시오!"

유엔가입으로 고무된 분위기 속에서 나는 장관으로부터 다음 임지를 쉽게 약속받았다. 그러나 다음 해 가을 유엔대표부에 나에 맞는 보직이 나오지 않았다고 해서 지구 저 아래편 호주 공사로 부임하게 된다.

유엔과 우리나라와의 관계는 특별하다. 대한민국은 유엔 결의에 의하여 한반도의 유일 합법정부로 탄생하였고, 6.25 북한 남침을 유엔군의 지원으로 격파시켰으며 전후 부흥 및 개발 과정에서 유엔의 지원을 받았다. 우리 국민의 국제연합에 대한 존중과 신뢰는 절대적이다. 과거 한 동안 우리는 유엔이 창설된 10월 24일을 '유엔 데이'라고 명칭하고 공휴일로 지정할 정도였다. 우리 정부도 대유엔 외교에 큰 의미를 부여했다. 그러나 제 2차 세계대전의 참사를 다시는 겪지 않기를 바라며 창설된 유엔은 그 역할을 다하지 못했다. 유엔의 목적은 첫째, 국제간의 평화와 안전을 유지하는 것, 둘째, 인류의 경제, 사회적 발달과 인권과 기본적 자유를 증진하는 것이다. 그러나 유엔이 동서냉전의 장이 되고 강대국 특히 소련의 거부권에 의하여 안전보장이사회가 국제분쟁의 해결 임무를 제대로 수행할 수 없었다. 한국전쟁에 유엔군을 파견한 것이 유일한 강제적 집단조치이다. 1960년 이래 아시아 아프리카 제국이 유엔 회원국의 과반수 이상을 차지하고 선진국과 후진국 간의 남북문제 해결을 주장하며 제3 세계 비동맹 그룹이 수적으로 지배하였으며, 유엔은 신 국제경제 질서 개편을 내세웠으나 뚜렷한 진전을 보지 못했다. 미국은 소련의 거부권 남용과 제3 세계의 수적 지배로 인하여 자신들의 통제가 이루어지지 않음에 유엔의 역할과 존재에 회의를 표시하고 장기간 분담금 체납을 함으로써 유엔의 재정적 위기를 초래하였다. 한편 유엔 시스템의 확대, 사무국의 비대와 관료화는 유엔의 효율성 저하와 예산 낭비를 초래했다. 따라서 유엔은 실질문제의 해결보다는 총회를 통하여 크고 작은 각 회원국들이 동등하게 발언하는 '토론의 광장_forum'의 역할을 한 셈이다. 말하자면 중소국의 외침_speak out, 말의 잔치를 갖는 장소가 되었다. 그러나 그 와중에서도 유엔 평화유지군의 창설과 활동, 핵무기는 아니지만 재래식 무기에 대한 군축 노력, 인권과 민주주의 증진을 위한 역할, 특히 개도국에 대한 꾸준한 원조와 개발협력 분야에서의 기여는 유엔의 업적으로 평가받을 만하다.

1990년대 탈냉전의 시기에 들어서자 유엔의 권능과 역할이 재인식되기 시작하였다. 소련의 붕괴로 국제사회가 미국을 중심으로 단극적 다극 체제로 바뀌었다. 따라서 국제분쟁에 대처해야 하는 미국의 역할이 확대되었다, 특히 1991년 걸프전쟁 이래 미국은 다자협력 특히 유엔을 통하여 이를 해결하고자 하였으며, 신자유주의자들도 국제협력과 상호의존도의 증진으로 평화적 국제사회를 달성해야 한다며 미국의 정책을 지지하였다. 이러한 시기에 우리는 유엔에 가입하여 짧은 기간 안에 그 역할을 증대하고 있다. 가입 4년 만에 안전보장이사회 비상임이사국_1996~1997년 임기으로 당선되었고, 최근 다시 이사국_2013~2014 임기으로 선출되었다. 한승수 당시 외무장관이 제 56차 유엔총회 의장을 역임_2001~2002년 회기하였으며 한 총회의장은 노벨평화상 100주년을 맞아 유엔에 주는 평화상을 유엔을 대표하여 수상하였다. 그리고 반기문 외무장관이 2007년 제 8대 유엔사무총장으로 취임하고 2012년부터 연임에 들어갔다. 반 총장은 유엔 개혁과 '조용한 외교' 기치 아래 임무를 수행하고 있다. 그는 특히 사무국의 구조조정과 효율화를 자신의 스타일 대로 적극 추진해나가고 있는 것으로 보인다. 우리 정부의 유엔 등 다자협력기구 참여도 높아지고, 우리 국민의 국제기구 고위직 진출도 눈에 띈다. 현재 유엔은 예산과 인력의 대부분을 개도국의 경제 사회 개발협력, 지구적 범죄와 환경문제 등에 활용하고 있다. 빈곤과 재난 구조사업, 질병과 마약 퇴치, 아프리카 개발, 농업발전, 정보화 격차 해소, 민주화와 인권보장, 환경문제 등이다. 앞으로 유엔은 이러한 경제 사회 개발협력사업을 중장기적으로 지속 발전시켜 나가는 한편 인권, 환경, 질병 등 범지구적 문제에 대한 효율적 대처를 위하여 유엔이 주권국가, 다국적 기업, NGO 등 여타 행위자들과 함께 글로벌 거버넌스_global governance를 주도하여야 한다. 또한 안전보장이사회를 조속히 민주적이고 효율적으로 개혁하여 전쟁의 예방과 분쟁의 해결 등 유엔의 국제평화와 안전의 유지 권능을 제고시켜야 한다. 그렇지 않을 경우 유엔은 그 주요 권능과 역할을 지역협력기구와 NGO에게 상당 부분 넘겨주어야 할 것이다.

한편 우리 한국인은 유엔에 대한 환상을 버려야 한다. 유엔은 세계 정부도 아니고 유엔사무총장은 세계 대통령도 아니다. 유엔이 한반도 문제를 해결해주는 곳도 아니다. 유엔은 인류평화와 삶의 질을 높이기 위하여 주권 국가들이 모여 협력을 도모하는 곳이다. 후진국에서 원조국으로 위상이 바뀐 우리나라는 중견국가로서 유엔 등 국제사회에서 협력을 제공하는 능동적 역할을 하여야 한다.

법의 대부분은 바보들에 대한 관용을 배우는 것인데
대학에서는 이것을 가르쳐주지 않는다 _ D. 레싱

하버드 대학에서

"1987년 한국의 민주화 과정에서 항쟁의 주체 세력은 누구였나요? 종교는 어떤 역할을 하였나요?"

"학생들이 민중항쟁의 중심세력이었습니다. 여기에 시민단체와 중산층, 지식인과 노동자들이 가담한 것입니다. 물론 종교도 참여하였고, 정의구현사제단 같은 조직은 적극적인 역할을 하였습니다."

"민주화 과정이 잘 진행되고 있는가요?"

"교수님도 잘 아시는 것처럼 양 김 씨의 대립으로 노태우 집권당 후보가 직접 선거에서 대통령으로 당선되었으나 지난 총선에서는 야당이 다수 의석을 차지하였습니다. 초유의 여소야대 현상에 정부와 집권당이 대처를 하지 못함으로써 정국은 안정되지 못하고 있습니다."

1991년 10월 어느 날 하버드대학교 교수식당에서 나는 정치학자이며 내가 속한 국제문제연구소의 지도 교수인 새무엘 헌팅턴_Samuel P. Huntington박사와 마주앉아 점심을 하며 한국의 민주화와 경제발전에 관하여 대화를 나누었다. 창밖으로 내다보이는 하버드 야드에는 아직은 따뜻한 가을 햇살이 반짝이고 간간히 말밤나무의 마른 잎이 너풀거리며 떨어지고 있었다. 잔디밭 위로 학생들이 삼삼오오 떼를 지어 모여 있기도 하고 등에 가방을 메고 열심히 자전거 페달을 밟으며 어디론가 사라져가는 모습도 보였다. 헌팅턴 교수는 안경 속 큰 눈으로 나를 바라보며 특유의 빠른 말투로 힘을 주어 가며 말을 해나갔다.

"앞으로가 더욱 중요합니다. 민주화로 전환된 정부가 고질적인 사회문제를 해결 못하고, 민주화 진행이 원활치 못하며 정치 지도자도 시원치 않은 사례가 많이 있습니다. 이럴 때 국민들은 욕구 불만과 환멸을 느끼게 되고 과거 권위주의 시대에 대한 향수를 갖게 됩니다. 독재자에 의한 압제의 기억은 희미해져 가고 대신 그 시대에 있었던 질서와 경제 성장, 번영 같은 것을 떠올리곤 하지요. 그리고 독재자에 대한 이미지가 호전되어 갑니다. 나는 이것을 '가버린 사람에 대한 호감 효과_absence-makes-the-heart-grow-fonder effect' 라고 표현하지요."

헌팅턴 교수는 그 즈음 이미 저서 《제3의 물결-20세기 후반의 민주화_The Third Wave-Democratization in the late twentieth century》를 출간하였다. 동 저서에서 그는 1974년부터 1990년까지 세계적으로 세 번째 민주화 물결이 일어나 35개국에서 독재정권이 민주화 정부로 변화, 대체, 전환되었다고 분석하였다. 동 물결은 포르투갈, 스페인 등 남유럽에서 시작하여 중남미

지역으로, 그리고 아시아를 지나 동구권을 통과하였으며, 이제 남은 곳은 중동과 아프리카 지역이라는 것이다. 한국은 집권 권위주의 세력이 민주적 반대세력과 불가피하게 타협하여 이루어진 민주화 사례라고 평가하였다. 1986년 필리핀 마르코스의 몰락에 이어 한국에서도 김수환 추기경의 개헌과 민주주의 요구를 시작으로 민중의 힘 시위에 의하여 민주화가 성공하였고 이 여파가 주변으로 퍼져나갔다고 지적하였다. 그는 또 저서에서 민주화를 정착시키기 위해서는 정치 지도자와 엘리트 그룹의 민주적 소양, 특히 민주주의에 최우선의 가치를 부여하려는 의지와 행동이 필요하며, 민주 정부가 경제발전과 사회문제를 해결하는 능력을 보여주는 것이 요구된다고 분석하는 한편, 한 나라의 최종 민주화 정착은 선거에 의하여 집권당에서 야당으로 권력이 최초로 이양되는 시점이라고 단정하였다. 헌팅턴 교수는 국제적으로 저명한 정치학자로서 미국정치학협회 회장을 역임하고 외교정책지 'Foreign Policy' 의 창시자이며 한때 카터 행정부에서 국가안보이사회_NSC의 안보정책국장을 역임하기도 하였다. 그는 국제 안보, 민주주의, 개발 경제 분야에 관한 뛰어난 통찰력과 혜안으로 강의와 저술 작업을 하였다. 그 후 그가 1993년 여름 'Foreign Affairs' 에 기고한 글 '문명의 충돌' 은 세계적 반향을 일으켰다. 동지 편집진에 의하면, 1940년대 봉쇄정책에 관한 조지 캐넌_George Kennan의 글 이래 이렇게 많은 토론을 유발한 논문은 없었다는 것이다. 탈냉전 후 앞으로 국제분쟁은 이데올로기가 아니고 종교를 바탕으로 한 문명권 간의 분쟁이 될 것이며, 서구 문명은 중동 문명권과 중국이 연대하는 것을 경계하고 국제적 협력을 도모하여야 한다는 요지의 글이었다. 이 글이 발표되자 전 세계적으로 찬반 논란이 확산되었으며 한국의 외무부에서도 장관 주재로 부내 세미나를 개최하였고 학계, 언론계 등의 토론이 활발했다. 헌팅턴 교수는 그 후 1996년에 이 논문을 발전시켜 저서《문명의 충돌과 세계질서의 재구성_The Clash of Civilizations and the Remaking of World Order》을 출간하였다.

1991년 8월 23일 나는 가족과 함께 서울을 출발해 같은 날 보스턴에 도착하여 우리 총영사관을 통하여 임차해 놓은 주택에 입주하였다. 하버드 대학에서 자동차로 15분 거리에 있는 벨몬트라는 주택가의 벽돌과 나무로 지은 전형적 미국식 단독주택이었다. 우리 외무부의 중견간부에 대한 하버드 대학 파견 연수 프로그램에 의하여 1991년~1992년 학기를 국제문제연구소_Ceneter for International affairs에서 교직원 예우를 받으며 국제 관계를 연구하기 위한 것이었다. 말하자면 하버드 대학에서 운영하는 'Fellows 프로그램' 에 참여하여 자유로이 연구 활동에 종사하면서 머리를 재충전하는 좋은 기회가 제공된 것이다. 국제문제연구소는 1958년 하버드 대학의 헨리 키신저 교수 등이 주도하여 설립하였다. 학자는 물론 관련분야 전문가들을 참여시켜 국제관계의 제반 문제들에 대한 사회과학적 분석과 연구를 하고, 그 결과를 대내외적으로 활용하는 것을 목적으로 하였다. 그동안 각국의 많은 지도자와 엘리트들이 이곳을 거쳐 갔으며 필리핀의 아키노와 고 김대중 전 대통령도 동 시기에 이곳에 머물렀고, 고 정일권 전 총리는 내가 참여하는 프로그램의 초기 멤버였다고 한다. 9월 11일 아침 군트홀에서 오리엔테이션을 가졌다. 연구소장 조셉 나이_Joseph Nye 교수가 환영사와 함께 연구 활동 목표를 이야기하고 연구소의 집행위원회 위원들과 스텝들을 소개하였다. 소개된 위원들의 이름들은 모두 그간 사회과학 책에서 낯익게 들어본 저명학자들이었다. Stanly Hoffmann_국제정치, Samuel Huntington_정치학, Richard Cooper_국제경제, Robert Keohane_행정학, Robert Putnam_행정학, Ezra Vogel_국제정치, Susan Pharr_국제정치, Herbert Kelman_사회윤리, Roderick Macfarquhar_정치학, Jorge Domininguez_행정학 등등…. 모두가 하버드 대학 학부와 케네디 스쿨에서 강의를 맡고 있는 교수들이었다. 교수들은 이틀 간에 걸친 오리엔테이션에서 차례로 30분씩 자신의 전공분야와 연구방법 등을 소개하였다. 중간 중간에 연구소 사무국 직원이 연구소 활동 안내 및 규칙 등에 관한 설명이 있었다. 그 가운데는 비디오 영상을 동반한 성희롱_sexual harrasment에 관한 교육도 있었다. 나는 그곳에서 이 용어를 처음으로 접하였다. 교육은 성희롱을 한마디로 남녀관계에 있어서 상대방이 '원치 않는 성적 들이대기_unwanted sexual advancement' 라고 정의하였다. 그리고 비디오를 활용하여 남녀 관계에 있어서 한계를 넘는 신체적 · 언어적 성희롱 유형을 보여주고 지난 수년간 하버드 대학 내에 있었던 사례를 소개하였다. 그 당시에는 낯설고 무관심하게 지나친 이 용어는 그 뒤 미국은 물론 전 세계적으로 그리고 우리나라에서 큰 사회문제로 확산되어 갔다. 우리 '펠로우 프로그램' 은 주로 고위 외교관, 정치인, 군인, 언론인, 기업인, NGO 인사 등으로 구성되는데, 금번 91~92 학기에는 캐나다, 독일, 영국, 소련, 프랑스, 스웨덴, 핀란드, 싱가포르, 일본, 한국의 외교관, 미국의 외교관 및 육 · 해 · 공군, 콜롬비아 기업인, 카메룬 언론인 등 19명으로 구성되었다. 우리의 연구 일정은 세미나와 워크숍, 수강, 대학생 논문지도, 강

연회, 두 차례의 연구여행 등으로 꽉 차있고, 학기 말에는 자신의 연구 논문을 제출하게 되어 있었다. 연구 논문을 제외하고는 자신이 모든 일정을 자유로이 조정할 수 있었다.

나는 학부에서 우리 연구소장 조셉 나이 교수의 근세 국제분쟁 강의에 정기적으로 들어갔다. 커다란 강당에 학생 수는 족히 4백은 넘어 보였다. 나이 교수는 목에 마이크를 걸고 강의를 했다. 첫 번째 강의는 '국제관계에서의 윤리의식' 이었다.

"당신이 중남미 어느 국가를 여행하는 중에 한 육군 장교가 마을 어귀에서 간밤에 마을 농부 중 누군가가 자기 부하들을 쏘아죽였다면서 두 농부를 총살시키려할 때, 당신이 무고할지도 모를 농부를 죽이는 것은 옳지 않다고 반대한다고 가정합시다. 그러면 그 장교는 내란 중에 도덕적 선의는 허용되지 않는다고 말하고 당신에게 총을 넘겨주며 만약 당신이 한 농부를 총살하면 다른 농부는 살려주겠다고 하면, 당신은 다른 한 사람을 살리기 위해 그렇게 할 것인지, 아니면 그 장교의 추잡스런 게임을 거절하고 두 사람이 죽게 놔두어 당신의 도덕적 존엄성을 유지할 것인가?"

"그럼 무고한 사람 한 명을 죽이거나 고문하여 테러리스트의 핵무기로부터 1천만 명 인구의 도시를 지켜낼 수 있다면 어찌하겠는가?"

"만약 당신의 지인이 길이 얼어붙은 겨울 밤에 호의로 당신의 아이를 시간에 맞게 당신 집으로 데려다주기로 했다고 가정합시다. 그런데 그 사람이 속도를 위반하여 자동차가 전복했고 당신의 아이가 죽었다면 이 사람에 대한 도덕적 평가는 어떻게 내려야할까요?"

나이 교수는 이런 질문들을 계속 던져가면서 학생들의 반응과 답변을 유도하였고 결국 도덕적 판단은 이분법적이 아니라 그 동기, 수단, 결과의 세 측면에서 종합 검토하여 내려져야 한다고 잠정 결론지었다. 그는 또 이러한 윤리적 가치를 국내에 거주하는 외국인들에게 어떻게 적용할 것인가, 국제관계에서는 어느 정도 인정하여야 할 것인지에 관해서 논리를 전개해나갔다.

"저명한 중국인이 미국을 방문하는 동안 정치적 망명을 신청하자 중국정부는 만약 그 사람을 중국으로 보내지 않으면 중국 · 미국 간의 관계에 심각한 결과를 초래할 것이라고 경고하고 있다고 합시다. 망명을 허용할 경우, 아시아 세력균형과 국제질서에 작은 영향을 줄 수도 있을 것입니다. 만약 우리가 질서를 절대적 가치로 여긴다면 우리는 그 사람을 돌려보내야겠지요. 그러나 대부분의 미국인들은 그런 국제질서에서 좀 손해를 보더라도 개인의 권리 보호를 원할 것입니다. 결국 질서와 윤리의 두 가치간의 교환이 발생하는 거지요."

그는 외국인에 대해 그리고 국제관계에 있어서 윤리적 의무를 어느 수준으로 적용하는가에 대해 말했다. 첫째 현실주의적 관점에 의해 질서우선으로, 둘째 국가윤리주의 관점에서 국가주권과 자결을 전제로 한 윤리 존중, 셋째 코스모폴리탄 관점에서 인권의 존중을 우선시하는 접근을 제시하고, 결국 그는 '코스모폴리탄 현실주의' 적 조합을 선택하였다. 즉 국제사회는 아직 국가 단위로 구성되어 있다는 한계 속에서 인간 개개인에 대한 최소한의 초국가적 의무를 일응 수락하는 것이었다. 조셉 나이 교수는 국제관계에 있어서 신현실주의에 신자유주의를 접목시키려는 학파를 주도하고 있었다.

우리는 캐나다 외교통상부 초청으로 10월 17일부터 27일까지 캐나다

전 지역 순회여행을 가졌다. 캐나다 외교부가 매년 펠로우들을 초청하는데 캐나다의 정치, 외교, 경제, 사회, 문화, 역사 등을 소개하는 공공 외교의 일환이었다. 몬트리올부터 시작하여 퀘벡, 오타와, 칼거리, 밴프, 벤쿠버, 빅토리아까지 연방정부, 주정부, 경제 및 문화 단체 등과의 세미나 및 대화 등을 통하여 그들의 대내외적 입장을 잘 읽을 수 있었다. 그들은 미국과 지리적으로는 물론, 정치, 경제 등 가장 밀접한 관계를 가지면서도 미국과의 차별화와 정체성 유지를 강력히 주장하고, 그 밑바닥에는 미국에 대한 경계심과 비호감적인 감성도 깔려 있었다. 퀘벡주를 방문하였을 때는 퀘벡분리 독립문제가 심각하게 다가왔다. 프랑스계 사람들은 프랑스어와 문화적 정체성을 유지, 정치, 경제 등 각 분야에서의 영국계와의 차별 및 간격 해소를 강력히 주장하였으며 이를 실현시키기 위한 퀘벡주의 독립을 요구하는 목소리를 높이고 있었다. 이에 트뤼도 수상은 1969년에 영어와 프랑스어를 공용어로 사용토록 한 공용어법을 제정하여 연방제 유지를 위한 조용한 혁명을 전개하여 왔다. 내가 볼 때에는 시간이 지나 프랑스어만 구사하는 세대들이 지나가고 젊은 세대들이 영어, 불어를 모두 잘 구사하여 사회참여에 지장을 받지 않고 또 문화의 융합을 즐기게 되며, 사회진출에도 차별을 받지 않도록 법과 제도 그리고 관행적인 보장을 해준다면 머지않아 개선되고 해결될 문제라고 생각되었다. 이 분리 독립문제는 그 후 더욱 가열되어 결국 1995년 10월에 퀘벡주 주민투표가 실시되어 주민 92%가 투표에 참여한 결과, 독립 반대 50.6%, 찬성 49.4%로 아슬아슬하게 부결되었다. 그리고 이를 정점으로 분리 독립의 목소리는 점차 힘을 잃어갔다. 물론 지금도 퀘벡당은 분리 독립을 선거공약으로 내

세우고 그들의 정치적 세력을 넓히고자 하고 있으나, 국가 경쟁력이 더욱 요구되는 이 시대에 또 구세대들이 사라져가는 상황에서 분리 독립문제는 그 힘을 이미 잃었다 하겠다. 우리에게도 오랜 시간을 두고 지역주의가 사회전반에 깔려 국민통합과 발전에 큰 폐해를 주어왔다. 좁은 영토에 조상과 언어가 다르지도 않은데 이 문제가 쉽사리 해결되지 않는다니 안타까운 일이다. 우리 모두가 법과 제도 그리고 시민의식의 개조를 근본적으로 강구해보아야만 한다. 캐나다는 또한 유럽과 EU 및 NATO와의 협력을 통하여 국제안보에 기여를 하고 태평양 연안 국가로서 아시아와의 교역과 투자를 증대하기를 희망하였다. 국제사회에서 G-7의 일원이었지만 국제안보, 군축, 인권, 환경 등의 국제협력 분야에 주도적으로 참여하는 중견국가_middle power로서의 역할을 강조하고 있었다.

2학기가 시작되기 직전 1992년 1월에 우리는 미국 공보처의 초청으로 워싱턴 국무성과 백악관 방문을 시작하여 2주간 미국 전역을 돌아봤다. 워싱턴에서 서부로 날아가 실리콘 밸리를 방문하여 미국 첨단산업의 현장을 시찰하고 남부 미시시피강을 따라 이동하였다. 미국의 첨단산업과 남부의 낙후된 실상이 극명하게 대조되었다. 미국 정부는 우리에게 1990년대 초 미국의 실상을 솔직하고 적나라하게 보여주려 하였다. 남부지방이기는 하나 1월 22일의 밤 날씨는 싸늘하였다. 우리는 예정보다 훨씬 늦게 밤 10시경에 버스로 미시시피주 시골마을에 도착하였다. 가로등도 없는지 칠흑같이 밤길이 어두웠다. 메이어스빌_Mayersville이라는 인구 6백여 명의 아주 작은 마을이었다. 마을회관 앞에서 흑인 여성과 젊은 경찰관이 손전등을 들고 우리를 마중하였다. 마을회관 안에는 우리를 위하여 조촐한 파티가 마련되었다. 흑인 여성은 시장 유니타 블랙웰_Unita Blackwell이었고 대동한 경찰관은 마을 경찰서장이었다. 블랙웰 시장은 환영의 말을 한 뒤 마을의 현황과 주민들의 삶에 대하여 설명하였다.

"이 마을회관은 2년 전에 완공하여 한쪽 구석에 시장 집무실과 경찰서장 집무실이 있습니다. 마을의 모든 행사와 주민들의 모임은 이곳에서 갖습니다. 그간 연방 관련기관 등과의 협력을 통하여 우리 마을의 숙원사업인 도로포장, 상·하수도, 가로등 시설을 작년에 마쳤습니다. 현재 노인, 장애인, 여성들을 위한 주택조성 사업이 진행 중에 있으며 재원 조달을 위하여 다각도로 노력중이지요."

자랑스러운 표정의 58세 흑인 여성 시장의 눈빛은 정겨우면서도 그 목소리는 단호하였다.

"이러한 생활시설 확충은 남부 전역의 취약지역에서 계속 전개할 것입니다. 기본권을 향유하고 삶의 질을 향상시키기 위해서 흑인 여성들의 정치 및 사회 참여도를 높여야 합니다."

나는 설명을 들으며 시장이 말하는 생활시설 사업을 우리나라의 경우와 비교하여 보았다. 우리는 농촌의 주택개량, 상·하수도 시설, 도로 확장 및 포장 사업 등을 활발히 전개하였고 1980년 초반까지는 전국적으로 완성을 보였었다. 미국의 어두운 곳, 너무나 뚜렷한 지역적 차이, 흑백간의 간극을 직접 확인하는 기회였을 뿐만 아니라 나에게는 큰 충격이었다. 시민운동 지도자이며 미시시피주 최초로 선출된 여성 시장으로서만 알고 있었던 그녀에 대하여 나는 관심을 갖게 되었다. 그녀는 이미 전국적인 저명인사였다. 마틴 루터 킹 박사의 시민운동에 동참하여 1960년대 초부터 선거인등록 운동을 전개하여 참정권 행사를 통한 흑인들의 권익과 생활수준 향상을 도모하였다. 주위로부터의 끊임없는 핍박과 위협, 생활터전의 상실은 물론, 70차례나 감옥을 들락거리면서도 그녀는 투쟁을 계속하였다. 그 결과 1976년에 시장으로 선출되었고 1990년부터 전국 흑인시장 회의 의장을 맡고 있었다. 1973년 닉슨 대통령의 북경 방문 직후 중국을 방문하고 교류를 시작하여 시민운동 동료이며 배우인 셜리 맥레인의 요청과 지원으로 미국 · 중국 친선협회를 설립하여 1983년까지 회장직을 역임하였다. 그녀는 이 엄청난 일들을 8학년의 짧은 학력, 방 세 칸의 오두막집, 하루 3불의 노동으로 시작하여 몸을 세우고 불의와 압제에 저항하면서 이루어낸 것이다. 그녀는 1982년 50세에 마사츄세츠 대학에 들어가 석사학위를 얻게 된다. 남쪽 구석의 작고 작은 마을의 흑인 여성이 전국적인 인물이 되고 미국 전체를 대표하여 외국과의 친선협회 회장까지 맡는다. 그녀의 이러한 여정을 살펴보면서 미국이라는 나라의 어둠과 그림자 속에서도 빛과 힘을 느낄 수 있었다. 우리는 미시시피강 유역을 따라 블루스와 록엔롤 그리고 재즈의 본 고장을 들러 흑인들의 한과 소울이 배어있는 음악을 만끽하고 1월 26일에 학교로 돌아왔다.

1992년은 지난해 말 소련의 붕괴로 국제질서가 급격히 변화하면서 학교도 아주 바빠졌다. 세미나는 신국제질서의 향방과 NATO의 장래에 관하여 각각 활발한 토론을 가졌다. 먼저 소련의 붕괴로 양극체제가 무너지고 미국 주도의 다극체제 또는 미국 패권주의로 세계질서가 개편될 것이라는 전망을 시작으로, 러시아와 다른 국가들의 민주화를 어떻게 지원해야 하는지 등에 관하여 많은 학문적, 현실적 의견을 교환했다. 미국인들의 여론은 공산주의에 대한 승리를 만끽하면서 러시아가 민주주의와 시장경제 체제로 지향하도록 잘 지원해주어야 한다는데 큰 이견은 없었다. 그러나 그렇게 하기 위해서는 막대한 재정지원이 요구되는데 미국이 이를 책임지는 데는 생각이 달랐다. 어느 날 내가 택시를 타고 운전기사와 대화를 나누는 중 이 문제가 화제가 되었다.

"잘 망했어요. 우리가 이겼어요."

기사가 한 손을 흔들어가며 크게 말했다.

"그런데 러시아 민주세력들이 정권을 잘 이끌어 가도록 도와주어야 하지 않겠어요?"

"아! 그래야지요…."

"그럼 미국이 주도가 되어 재정적 도움을 주어야겠지요."

"아니, 왜 미국만이 책임을 집니까? 유엔도 있고 유럽 국가들도 다 있는데…. 러시아 민주화를 돕는 것은 좋지만 그것 때문에 정부가 세금을 더 내라한다면 나는 내 호주머니에서 한 푼도 더 낼 생각이 없습니다."

그의 목소리는 단호했다. 사실 운전기사의 이 말은 많은 미국 시민의 생각을 대변하고 있었다.

탈냉전 후 NATO의 역할에 관한 토의도 활발했다. 동서 냉전이 종식된 상황에서 과연 NATO의 존립과 향후 역할은 어떠해야 하는가가 주제였다. NATO의 역할을 조정하고 유럽 안보를 미국 주도가 아닌 유럽 주도로 전환하면서 EU의 유럽 공동 안보정책을 강화하여야 한다는 의견부터 국제 질서가 개편되는 불확실한 상황에서 지역분쟁에 대처하고 CIS국가들의 NATO 참여를 수용하여 NATO의 역할을 강화하면서 향후 방향을 모색하여야 한다는 의견이 주류를 이루었다. 우리 펠로우들은 연구소 주관의 교수 세미나에 참여하는 것 외에 매주 한 차례 우리끼리 조찬 세미나를 갖고 돌아가면서 주제를 정하여 발표하였다. 나는 한국 경제발전 전략과 기업과 정부의 역할에 관하여 주제 발표를 하였다. 우리는 또 하버드 학생회 주최 토론회에 초청되어 토론에 참석하기도 하였다. 내가 초청되어 참석한 토론은 한반도 핵무기와 동북아 안정의 전망이었다. 1991년 말 남북한 기본합의서와 불가침 선언이 서명된 직후이고 북한과 IAEA 간에 NPT 안전협정 서명을 위한 협상이 진행되고 있는 때였다. 때로는 학부 또는 대학원생이 학위 논문을 쓰는 과정에서 한반도 및 동북아 관련된 사항에 관하여 내게 코멘트를 요청해 와서 같이 심도 있는 의견을 나누기도 하였다. 보스톤 소재 고등학교들로부터 강연 요청도 있었다. 보스톤 라틴 스쿨의 요청을 받고 한국의 역사, 문화와 경제발전, 한 · 미관계에 관한 소개를 하였다. 그들은 한국에 관하여 거의 아는 것이 없었다. 나는 한국이 전쟁의 폐허에서 어떻게 경제발전을 이루었는지, 88올림픽을 어떻게 성공적으로 개최하게 되었는지 등에 관하여 설명하였다. 그들은 신기한 듯이 경청하였다. 강의와 질의 응답이 끝나고 학생들이 자리를 뜨자 한 여학생이 남아 있다가 내게로 다가왔다.

"무슨 질문이 있나요?"

"아니요, 제가 사실은 어머니가 한국 출신이고 아버지가 미국인인데요… 한국말은 물론 한국에 대해서 전혀 모르고 살았어요. 오늘 강의를 듣고 어머니 나라에 대한 관심과 자부심을 갖게 되었어요. 집에 가면 어머니께 한국에 대해 묻고 앞으로 한국에 대해서 공부도 해야겠어요. 감사합니다."

그녀의 얼굴은 상기되어 있었고 내 가슴도 뭉클해졌다. 2학기 끝 무렵 5월에 보스톤 대학의 경제학 교수로부터 한국 경제발전을 중심으로 개도국 경제발전 전략에 관한 강의를 해달라는 요청을 받았으나, 마침 내 연구논문을 촉박하게 작성하고 있던 중이라 그 강의 준비를 할 겨를이 없어 정중히 사양하였다. 나의 연구논문은 '새로운 동아시아로의 전환-1990년대의 한 · 미 · 일의 역할' 로서 한 · 미 · 일 협력과 한국의 적극적 역할을 제시하는 전망 가능하고 희망적인 평범한 작품이었다.

우리는 6월 초 교수들과 함께 수료식을 갖고 1년 동안의 하버드 대학 생활을 마치고 뿔뿔이 흩어져 각자의 위치로 돌아갔다. 캐나다의 아비는 뉴욕 총영사관에 영사 겸 수석 통상코미셔너로 부임해 갔고, 2년 후 내가 유엔총회 참석차 뉴욕에 가서 그녀 아파트에서 저녁을 먹으며 즐거운 해후의 시간을 가졌다. 독일의 울리히는 1995년 가을 내가 독일 공사로 부임했을 때 네덜란드에서 돌아와 외무성 과장으로 근무 중이어서 함께 식사하며 대화를 할 수 있었다. 필립은 1994년에 내가 제네바 NPT회의에 참석할 때 주제네바 영국 총영사를 하고 있어서 맛있는 점심 대접을 받았다. 여전히 노란 콧수염을 만지작거리며 유머러스한 대화를 즐겼다. 소련의 아프간 침공 때 그곳에서 근무하였던 미하일은 2001년 내가 주 스리랑카 대사로 재임 시 콜롬보에 러시아 대사로 부임해 와서 내가 환영 만찬을 열어주었다. 키쇼는 싱가포르 외무차관으로 부임해갔다. 나는 동남아 출장 길에 그곳에 들러 그를 만났다. 그 또한 서울에 출장을 왔었다. 내가 앞서 미국 청년에 대한 싱가포르의 태형 이야기를 했는데 그가 바로 그 친구이다. 그는 후에 싱가포르 대학 총장이 되었다. 아주 활달한 아내와 달리 얌전한 요시는 주한 일본대사관 참사관으로 갔다가 후에 외무성 조약국장으로 영전해 갔다. 우리 그룹의 또 다른 여성으로서, 활발한 아비에게 지지 않으려고 안간힘을 썼던 애교스러운 니나는 프랑스 외무성으로 돌아갔고, 콜롬비아 커피회사 사위였던 모리시오는 아내와 함께 미국 생활을 즐기다가 커다란 커피 한 봉지씩을 우리에게 선물하고 보고타로 돌아갔다. 유일하게 아프리카에서 온 에릭 편집국장은 그 뒤 소식을 듣지 못했다. 이란에서 400일 가까이 인질로 잡혀 있었던 존은 미국 국무성으로 돌아갔고, 웨인 대령은 노포크의 대서양 함대 참모본부로 발령받아 일찍 하버드를 떠났다. 그런데 무엇보다도 갑작스런 것은 밥 미 육군 대령의 소식이었다. 매사에 적극적이고 솔선 수범형이었던 밥은 자원하여 당분간 펠로우들의 소식을 종합해서 정기적으로 배포하겠다고 했는데 갑자기 소식이 끊겼다. 들려온 소식으로는 우리와 같이 지냈던 학기 중 우리 연구를 지원해준 스텝 중 한 젊은 여성과 눈이 맞아 아내와 이혼하고 곧 결혼했다는 것이다. 키 크고 좋은 체격에 머리를 찰랑이던 그 여성이 기억나지만 크리스마스 파티에서 남편 밥의 무릎에 앉아 크리스마스 선물로 빨간 자동차를 사달라고 애교 부리던 부인이 떠올랐다.

하버드 대학은 세계 최고의 대학이다. 이 대학 학사 프로그램은 2011년 미국 시사 주간지가 집계 발표한 전 미국 종합대학 순위에서 1위를 차지하였다. 대체 무엇이 하버드의 경쟁력과 평가를 높이고 있는가? 이는 세 가지로 나눌 수 있다. 무엇보다도 우수한 학생과 교수 그리고 학사 제도가 잘 어우러져 만들어 낸 결과라 하겠다.

첫째, 세계 대학이란 명성에 걸맞게 각지에서 가장 우수한 학생들이 모인다. 비공식적으로 신입생의 약 40%가 출신 고등학교의 수석 졸업자로 전해진다. 이렇게 우수한 자질과 소양을 지닌 학생들이 책과 자료에 묻혀 다른 학생들과의 경쟁을 통해 실력을 양성한다. 언젠가 케네디 스쿨의 국제정치 강좌에 들어가 학생들이 그룹별로 주제를 발표하고 토론하는 것을 보고 감탄을 금치 못했다. 국제적 이슈와 지역분쟁 등을 논하는 과정에서 발표자는 물론 충분히 사전준비를 해왔겠지만 질문자 등 토론에 참여하는 학생들의 수준도 놀라웠다. 각종 이슈에 대한 지식이 깊었을 뿐만 아니라 최근 사건이나 흐름 등을 정확히 파악하고 이를 심도 있게 분석 평가하는 수준은 중견 외교관으로 그 분야에 특히 관심을 갖고 연구하고 있는 나의 수준에 못지 않았다. 그러한 수준은 무엇보다도 풍부한 자료를 접하고 오랜 동안의 분석평가 능력의 축적 결과인 것임에 틀림없었다. 학기 초 강의가 시작할 때 교수는 학생들에게 필독서와 참고서적 및 자료 리스트를 2페이지 넘게 배포한다. 학생들에 따라 다르겠지만 그들은 도서관을 이용하여 상당 부분을 소화해내는 것으로 보였다.

둘째, 교수진도 훌륭했다. 말로만 들었던 세계적으로 저명한 학자들이 수두룩했다. 이들은 무엇보다도 학문적 연구 실적에 추가하여 현실적 감각이 뚜렷했다. 하버드 대학의 여러 분야의 교수들이 입법부와 행정부의 요청으로 워싱턴에 날아가 정책 자문에 응하고 회의나 청문회에 참석하는 일이 많고 사회 각계로부터 각종 요청에 응한다. 이렇게 정책과정에 직 · 간접적으로 참여함으로써 깊숙한 정보에 접근할 수 있으며 현실감 있는 연구를 할 수 있다. 그들은 정부의 최신 정책 입안에 대하여 이야기할 수 있고 비밀이 아닌 각종 최신 정부문서나 자료를 학생들에게 배포하기도 한다. 미국의 교수들은 자유로이 행정부로 옮겨 고위 보직을 맡고 또 임기가 끝나면 거부감 없이 원래 자리로 복귀한다. 일정 수준에서 정부와 학계 간의 교류가 이루어지는 셈이다. 교수들은 끊임없이 학생들의 지적 욕구를 자극하고 충동한다. 학생들의 연구 및 수업 참여도를 높인다. 그런데 모든 교수들이 다 그렇지는 않았다. 나는 '정치와 언론' 이란 강좌를 몇 차례 청강했는데, 교수는 가져온 노트를 펼쳐 놓고 거의 읽다시피 강의를 해나갔다. 별 토론도 없이 지루했다. 그 옛날 우리 한국의 대학에서 볼 수 있었던 모습 같아서 '아, 하버드에도 이런 교수가 있구나!' 하며 속으로 웃었다.

셋째, 잘 짜여진 학사제도이다. 학부와 대학원, 고등연구소, 펠로우십 프로그램 별로 학문과 함께 전문가들에 의한 프로젝트 및 연구를 통하여 훌륭한 실적을 만들어 내놓는다. 2만 1천 명에 달하는 전체 등록학생 가운데 학부와 대학원생 비율이 1대 2이며 학부생의 60%가 장학금을 받는다. 90여 개의 도서관에 1,700만 권의 도서가 비치되어 있다. 우수한 자질의 학생들이 모여 교수와 학교의 지원 아래 창의적인 노력으로 진실_Veritas를 탐구하는 곳의 전형이 하버드 대학이었다. 루즈벨트와 케네디 등 5명의 대통령과 33명의 노벨상 수상자 등 각계각층의 뛰어난 인물들을 배출해 내는데 손색이 없어 보였다. 고풍스런 건물을 배경으로 파란 찰스 강을 하얗게 달리는 요트 무리를 지나쳐 하버드 야드에 들어서면 젊고 싱싱한 남녀 학생들의 왁자지껄함이 싫지 않은 곳, 이곳의 낭만은 하이델베르크의 낭만과는 또 다른 것이었다.

PART 2

나라의 얼굴이 되어

대외관계는 개인관계와 마찬가지로 끝이 없다.
한 가지 문제의 해결은 대개 다른 문제로 이어진다 _ J. 레스턴

주 스리랑카 대사로 부임하다

콜롬보 한복판에 있는 한국 대사관저 근처의 도로가 전면 통제되었다. 2001년 1월 11일 저녁 관저 정원에서 '스리랑카 · 한국 의원친선협회' 구성 축하 리셉션이 개최된 것이다. 지난해 10월 총선에 따라 12월에 의원친선협회를 재조직하여 85명의 국회의원이 가입하였고 그 가운데는 10여 명의 장관과 8명의 부장관이 포함되어 있었다. 대통령의 남동생인 반다라나이케_A. Bandaranaike 국회의장, 총리, 제1야당 당수, 그리고 한국 대사인 내가 고문으로 위촉되었다. 스리랑카의 의원친선협회는 우리와는 달리 숫자에 제한 없이 의원들의 희망에 따라 자유로이 가입하는데 한 · 스 의원협회는 지난 총선 이후 가장 먼저 구성되었으며 현재로서 의원 숫자가 가장 많이 가입한 인기 높은 의원협회이다. 리셉션에는 국회의장과 10여 명의 장관, 부장관을 포함하여 50여 명의 국

회의원이 참석하고 의원협회 회장으로는 산업개발 및 헌법 장관인 페리스 교수_G.C.Peiris가 선출되었다. 그는 법학교수로서 국립대학 총장을 지낸 정치인이며 아주 신망이 높은 명사로서 나와 가깝게 지내는 사이였다. 주재국의 각계 주요인사, 외교사절, 그리고 우리 교민 등 약 400여 명이 참석하였고 국영 TV방송 미모의 앵커가 사회를 보는 가운데 한국 전통무용단의 춤을 시작으로 성대히 치러졌다. 국회의장, 나, 의원친선협회 회장 순으로 축사와 격려사가 양국관계의 발전과 강화를 강조하였다. 우리의 전통 음식 불고기, 잡채, 전, 김치 등과 스리랑카 음식 카레 등 푸짐한 뷔페 음식이 제공된 가운데 3시간가량의 리셉션은 큰 성공을 거두었다. 다음날 주요일간지 및 TV 등이 모두 사진과 함께 큰 기사로 다루었다. 아울러 정가와 외교단에서는 국회의사당 밖에서 가장 많은 국회의원이 한자리에 모여 안전하게 행사를 마쳤다고 평가하였다. 왜냐하면 정부나 주재국의 요원들은 항상 타밀 반군단체 LTTE의 테러 대상이 되고 있는데, 국회의장, 장관, 국회의원들이 50여 명 이상 한 장소에 모였다는 것은 이 나라에서는 아주 드물고 위험한 일이었기 때문이다. 나는 행사 일주일 전부터 주재국 정부에 특별 보호를 요청하였고, 이에 따라 콜롬보 경찰청장은 경찰견을 대동한 중무장 경찰을 파견하였을 뿐만 아니라 군 특공대원들까지 가담하여 관저는 물론 주변까지 철저히 감시와 보호를 받았다. 특수 요원들은 관저 주변의 이웃 건물 옥상에서 기관단총을 들고 안전을 책임졌다. 이곳에서는 사고 없이 안전하게 예정대로 행사를 치렀다는 것 자체가 성공인 셈이다.

그러나 10개월 전 상황은 여의치 않았다. 나는 주재국에 부임한 지 5개월쯤 되어 2000년 3월 경찰총장과 경찰 간부 등 10여 명을 관저 만찬에 초청하였다. 이 가운데는 일부 지방 경찰청장들도 포함되어 있었다. 아울러 스리랑카에 진출한 우리 경제인협회와 한인회 회장단을 초청하여 이들과 동석케 하였다. 주재국에는 콜롬보시 근교 그리고 지방에 140여 우리 제조업체가 투자 진출하여 많은 스리랑카 근로자들을 고용하고 있기 때문에 각종 사고와 문제가 끊임없이 발생하고 있어 경찰의 도움이 필수적이었다. 나는 이들을 초청하여 한인사회와 친분관계를 돈독히 하고 우리 업체에 대한 협조를 부탁하고자 한 것이다. 그러나 만찬은 LTTE의 도발로 성공하지 못했다. 그날 7시 30분에 만찬이 시작될 예정이었는데 지방에서 일찍 출발했던 경찰청장 일부가 도착한 가운데 경찰청에서 긴급 연락이 왔다. 시내 한복판에서 LTTE가 퇴근 시간인 6시 30분경에 버스와 차량에 폭탄을 터뜨리는 대형사고가 발생하여 경찰이 긴급 출동하였다는 것이다. 경찰총장 대신에 부총장이 비서실장과 함께 관저로 와서 내게 상황을 설명하였고 나는 이들과 함께 빈 좌석은 그대로 둔 채로 만찬을 진행하였다. 참석해 있는 경찰 간부들도 수시로 무전기로 연락을 취하느라 만찬은 어수선하였고 그들도 결국 원위치에 빨리 돌아갈 필요가 있었다. 나는 서둘러 만찬을 끝냈다. 그날 밤 확인된 바에 의하면 LTTE 테러단은 관저로부터 차량으로 10분쯤 떨어진 시내 간선도로 복판 교통이 혼잡한 곳에서 폭탄테러를 감행하였고 무고한 시민 상당수의 사상자를 내고 저녁 내내 교통이 마비되었다. 더군다나 그 장소는 우리 대사관 직원 및 한국인들이 많이 입주해 있는 고층아파트로 들어가는 길목이었다. 다행히 우리 교민들은 아무런 피해가 없었다. 그날 경찰총장 이하 주요 간부들이 한국대사관저에서 만찬을 할 즈음에 LTTE가 대형사고를 자행한 것을 두고 그들이 사전에 정보를 입수하고 꾸민 것인지, 아니면 우연의 일치인지 모르겠다는 뒷이야기가 있었다.

나는 1999년 9월 24일에 콜롬보에 도착하여 제 8대 스리랑카 대사로 부임하였다. 도착해서 보니 기후와 생활조건은 생각했던 것보다 열악하였고 북부 타밀 반군단체 LTTE의 테러위험은 아주 심각하였다. LTTE는 스리랑카의 무장 반군단체인 '타밀 엘람 해방 호랑이' 를 가리킨다. 1948년 영국으로부터 독립한 스리랑카는 인구의 74%를 차지하고 있는 불교계 싱할라 정부에 의해 통치되었다. 이에 힌두교계 타밀족은 반발하고 북동부지역에 근거를 두고 분리독립 운동을 추진해 왔다. 타밀족은 1983년 무장조직 LTTE를 결성하고 정부군과 전투를 벌였다. 이들은 인도 남부의 타밀족, 호주, 캐나다, 영국 등 해외거주 수십만 동족들로부터 지속적 자금 지원을 받아 1만여 명의 군대를 거느리고 자체 경찰력과 교도소 등을 갖췄으며 각종 현대식 무기와 해군력을 보유하였다. 정부군과 반군간의 오랜 내전으로 사회적 불안과 경제적 손실로 정세가 늘 불안하였으며, 역대 정부는 반군에 대하여 회유와 강제진압, 휴전과 전투를 교차시키는 정책을 추진하여 왔다. LTTE는 특히 자살 폭탄테러로 악명을 떨쳤다. 세계적으로 자살 폭탄테러의 원조라고 일컬어지기도 한다. 이들은 젊은 남녀를 차출하여 남은 가족의 생계보장을 대가로 무참하게 목숨을 희생시켰다. 상의 안에 폭탄 자켓을 입고 아무 때라도 순간적으로 몸을 던져 인명살상을 자행하였다. 그들은 요인 암살 리스트 소위 살생부를 만들어 놓고, 주로 수도 콜롬보에서 대통령을 비롯하여 주요 정치인들에게 대중 집회에서든 개별적 행사든 가리지 않고 폭탄테러를 수행하였다. 따라서 주재국의 주요행사에 참석하는 대사들도 항상 위험에 노출되어 있었다. 길거리에서 경찰에게 심문수색을 당하게 되면 이들은 순간적으로 폭탄단추를 눌러 폭파해버리기 때문에 단속하는 경찰들도 죽음을 각오해야만 검문을 할 수 있었다. 대통령은 그 살생부의 제 1순위였다.

내가 스리랑카에 부임하였을 때 여성 대통령 쿠마라퉁가_Chandrika Bandaranaike Kumaratunga는 조기 대통령선거를 선포하였다. 선거일을 며칠 앞두고 여야 간에 유세가 막바지에 다다른 12월 18일 토요일 오후 콜롬보에서 대통령에 대한 LTTE 테러가 발생하였다. 대통령이 유세를 마치고 막 승용차로 돌아가는 순간 한 여성 자폭테러리스트가 대통령에게 몸을 날렸으며, 경찰청장을 비롯해 15명이 죽고 100여 명이 부상을 당하는 대형사고가 터진 것이다. 대통령도 쓰러졌으나 불행 중 다행으로 한쪽 눈만을 파편에 다쳐 병원으로 긴급 후송되어 수술을 받았고, 대통령에 재선된 후 이듬 해 런던으로 가서 다시 안과수술을 받았으나 결국 오른쪽 눈은 실명하고 말았다. 스리랑카 지도자로서 혹독한 대가를 치른 것이었다. 더군다나 여성으로 그런 참사를 감당하는 것은 보통의 용기와 의지가 아니면 어려웠을 것이다. 나중에 대통령은 사석에서 "쓰러진 순간 남편과 아버지의 얼굴이 떠올랐으며, 내 자식에게는 이런 비극을 되물림해서는 안되겠다라는 생각이 퍼뜩 떠올랐었다."고 담담히 회고하였다. 쿠마라퉁가 가족사는 일찍이 영국으로부터 민주주의를 배웠으나 암살과 테러로 얼룩진 가문정치를 특징으로 하는 인도 스리랑카 등 서아시아의 비극적

정치 가족사 가운데 하나였다. 그녀의 아버지 솔로몬 반다라나이케 총리는 1959년 암살되었고, 어머니 시리마보 반다라나이케가 이를 이어받아 1960년 총선에서 승리하여 총리가 되었다. 반다라나이케 총리는 세계 최초의 여성 총리로 역사에 기록되었으며 사회주의 노선을 취하였다. 1970년 좌파연합으로 총선에서 압승하여 다시 총리에 취임하였고, 1976년 8월에는 당시 국제정치에서 위력을 발휘한 제3 세계 국가들의 모임인 비동맹 정상회의를 콜롬보에서 개최하여 비동맹국가 지도자 중의 한 사람으로 부상하였다. 쿠마라퉁가 대통령은 프랑스 파리대학교에서 정치학과 경제학을 전공한 후 1970년대 말 정계에 입문하였다. 1988년 남편 비자야 쿠마라퉁가와 함께 스리랑카 민중당_SLPP을 창설하였으나 그해 남편은 정적의 총격으로 사망하였다. 그녀는 1994년 8월 총선에서 승리하여 총리직에 오른 뒤 같은 해 11월 대통령에 당선되었다. 온건중립 노선을 견지하면서 시장경제를 지지하는 한편, 외국기업의 투자유치에도 적극적이었지만, 타밀 LTTE의 유혈분쟁은 심화되어 금번 폭탄테러로 한쪽 눈을 실명하였으며, 이듬해 2000년 10월에도 한 차례 더 폭탄테러를 당하였으나 무사하였다.

시리마보 반다라나이케 여사는 내가 스리랑카에 부임하였을 때 딸 쿠마라퉁가 대통령에 의해 임명된 총리직에 있었으나 83세 노환으로 사실상 집무는 하지 않고 있었다. 그해 12월 8일 내가 예방하였을 때 거동이 불편하여 의자에 앉은 채로 나를 맞았으며 퀭한 눈으로 나를 똑바로 주시한 채 내 말을 경청하였다. 그녀는 딱 한번 내게 질문하였다. "요즘 북한과의 관계는 어떤가요?" 사회주의 노선을 취하고 비동맹 회의를 이끌었던 정치인으로서 역시 남북한 관계에 관심을 표명한 것이었다. 예방을 마치고 떠날 때 그녀는 "행운을 빕니다!" 라고 힘을 내어 말하였다. 그리고 그녀를 다시 찾은 것은 이듬해 2000년 10월 14일 그녀의 장례식에서였다. 장례식은 콜롬보에서 한 시간 떨어진 반다라나이케 장원이 있는 호로골라_Horogolla에서 거행되었다. 나는 오전 11시 반에 출발하여 저녁 8시에 귀가하였다. 장엄하고도 화려한 스리랑카 최대의 장례식이었다.

타밀반군 LTTE와 정부 간의 내전은 마힌다 라자팍세_Mahinda Rajapakse 대통령에 의하여 종식되었다. 2009년 5월 타밀반군 지도자 프라바카란이 정부군에 의하여 사살되고 LTTE가 정부군에 항복하면서 5월 19일 정부측이 승리를 공식 선언함으로써 26년간 계속된 내전이 드디어 종식되었다. 라자팍세 대통령은 스리랑카 최남단 어촌 도시 함반토타_Hambantota에서 출생하여 독립운동가이며 국회의원인 아버지의 뒤를 이어 고향에서 25세의 나이로 최연소 국회의원에 당선되어 정치를 시작하였다. 나는 부임하여 2개월 만에 그의 고향을 방문하였다. 당시 그는 어업장관이었으며 우리 정부가 무상원조로 어선에 장착할 자동항법장치 GPS를 라자팍세 어업장관의 마을 어부들에게 기증하기 위한 것이었다. GPS 1대에 5천 미화 상당인데 1백만 불 상당의 기기를 두 차례 기증하였다. 콜롬보에서 함반토타까지는 거리상 250km정도였다. 간선도로로 연결되어 있었지만 5시간이나 소요되었다. 왕복 2차선 도로여서 추월이 어려운데다가 도로에는 달구지, 경운기뿐만 아니라 방목된 소가 길을 가로 건너기도 하였다. 마을 입구에는 라자팍세 장관을 비롯하여 시장 및 유명 인사들이 대거 마중 나왔다. 민속무용단 및 고적대가 1백여 미터를 공연해 우리를 기증식이 열리는 항구까지 인도하였다. 기증 연설을 거창하게 주고 받은 후 장관과 나는 GPS 기기를 운집한 어부들에게 일일이 나누어 주었다. 가난한 어부들에게 GPS는 자동항적의 역할을 할 뿐만 아니라 조난시에 정확한 위치를 알려줄 수 있어서 커다란 도움이 된다고 어부들은 아주 기뻐하며 고마워했다. 기증식 후 장관은 유지들과 함께 나를 앞장세워 시내 한복판 버스터미널 착공행사에 참석하여 땅을 파고 벽돌을 까는 시공행사를 하였다. 많은 시민과 언론이 보는 가운데 라자팍세 장관은 선진국 한국의 대사를 초청하여 원조를 얻어냈음을 과시하는 그의 정치적 역량을 선거 주민에게 유감없이 발휘하였다. 터미널 행사는 우리 정부와는 아무런 관계도 없었고, 내가 사전에 알지도 못한 것이었다. 장관의 권유로 나도 벽돌 한 장을 까는 시위를 짐짓 함으로써 그의 정치적 제스처를 도와주는 결과를 보였다. 행사가 끝난 후 그의 저택으로 초대받아 미스 스리랑카 출신이라는 부인으로부터 저녁을 잘 대접받았다. 장관 저택은 동네 사람들로 꽉 차서 큰 잔치를 베푸는 것은 우리네 풍속과 다름없었다. 남쪽 항구도시였지만 아름다운 경관을 가진 관광호텔에서 하룻밤 묵은 뒤, 다음날 다시 5시간을 들여서 콜롬보에 돌아왔다. 긴 여정이었다. 그러나 라자팍세 장관은 국회의원으로서 선거구 관리를 위하여 매주 금요일 밤 자정에 콜롬보를 출발하여 3시간에 걸쳐 고향에 도착하여 주말을 보내고, 월요일 새벽 4시에 고향을 출발하여 아침 7시경 콜롬보에 도착하는 일을 빠짐없이 반복한다는 것이다. 대단한 야망의 정치인이었다. 이듬해 나는 그를 우리 정부가 초청토록 하여 한국을 방문케 함으로써 중요한 친한파로 만들었으며, 한 · 스리랑카 의원친선협회 회원으로 활약토록 하였다. 라자팍세는 2005년 11월 대통령에 선출되고, 2010년 2월 조기 대통령 선거에서 압승하여 대통령에 재선되었다.

2000년 12월에 고 반다라나이케 총리 후임으로 위크라마나야케_Ratnasiri Wickramanayake가 임명되었다. 부총리 겸 교육부장관 출신으로 온화하고 조용한 성격의 소유자로서 쿠마라퉁가 대통령에 순종하는 정치인이었다. 2001년 3월 어느 날 총리의 선거구인 잉그리야 지역을 방문하였다. 그곳에 있는 고사찰 디팔로카사에서 한국사찰 사진전시회가 열리는데 개막식에 참석하러 간 것이다. 개막식에서 위크라마나야케 총리와 내가 축사를 하고 주지스님에 의하여 행사가 진행되었는데 사찰 마당에는 많은 주민과 신도들이 운집하여 사진전시회가 큰 마을잔치로 치러졌다. 이 전시회는 '한 · 스리랑카 불교문화협회' 주최로 열렸다. 협회의 사무총장인 베르더 피어리스 박사가 장소 선정과 총리 참석까지 모든 것을 주선하였다. 피어리스 박사는 내가 부임한지 4개월쯤 되는 2000년 1월말에 대사관으로 나를 찾아왔다. 자신이 '한 · 스리랑카 불교문화협회' 사무총장이라고 소개하고 스리랑카와 영국 양쪽에 거주하느라 인사가 늦었다면서 명함과 큰 봉투 분량의 불국사와 조계사 등 한국사찰과 경관의 사진들을 내게 보여주었다. 명함과 사진들이 꽤 오래된 듯 퇴색하였고 협회 이름도 처음 들어본 터에 일부러 사진까지 잔뜩 들고 나와서 설명하는 품세로 보아 의아스럽고 믿음이 가지 않았지만, 특별히 무엇을 요청하는 바도 없어 그냥 인사교환 하는 정도의 상견례를 마쳤다. 그 후 피어리스 박사가 다시 나타난 것은 11월 초였다. 다시 한 묶음 한국사찰 사진들을 보여주며 전시회를 하겠다는 것이다. 이번에는 퇴색하지 않은 새로운 사진들도 포함되어 있었다. 그간 런던에 살면서 한국에도 다녀왔다는 것이다. 그가 '한 · 스리랑카 불교문화협회' 이름으로 주최한 전시회에서 나와 외무성 사무차관이 축사를 했다. 그리고 이 사진들을 그대로 옮겨 총리 선거구에서 이번에 전시회를 가진 것이었다. 그리고 전시회가 끝나자 곧 내게 왔다. 내가 두 차례의 전시회를 치하하자 그는 이번에는 소규모 문화사절단을 이끌고 방한하여 5월 초에 문화공연을 하겠다는 것이다. 또한 금번 기회에 보리수 종자나무와 석가모니 유품 2점을 한국불교에 기증코자 하며 무용단과 북치기 등 20여 명으로 구성된 문화사절단과 고승 한분이 이를 봉송한다는 것이다. 그리고 이 행사를 정부행사로 치르기 위하여 피어리스 박사는 총리실에서의 행사를 주선하였다. 총리는 비서실장 및 피어리스 박사 배석 하에 나에게 공식으로 보리수 종자나무와 석가모니 유품 2점을 전달하였다. 나는 사의를 표하고 그 자리에서 다시 이를 피어리스 박사에게 전수하였다. 왜냐하면 그가 인솔하는 문화사절단과 고승이 이 기증품들을 봉송할 것이기 때문이었다. 총리실에서의 기증 및 전수식은 일간지에 사진과 함께 자세히 보도되었다. 본국 정부에 스리랑카로부터 보리수 등의 기증을 보고하였고, 조계사에서 보리수 종자를 기증받는 성대한 예식 일정이 주선되었으며 문화사절단 전원에 대한 사증도 대사관에서 발급해주었다. 모든 일이 피어리스 박사에 의하여 순조롭게 진행되는 가운데 나는 마지막 점검을 위하여 보리수나무 및 석가모니 유품을 기증하는 사찰을 비롯하여 종교장관실 등에 몇 가지 확인을 의뢰하였다. 확인 결과는 당혹스러웠다. 2500여 년 전 인도로부터 전수받은 보리수나무의 종자는 공식 인증을 거쳐 전파되며 그 종자나무는 반드시 보유사찰의 주지 고승이 봉송하여 공식 기증한다는 것이었다. 따라서 금번 한국에 기증하려던 보리수 종자나무는 공식 인증된 것이 아니라는 것이었다. 나는 이를 즉각 총리 비서실장에게 알리고 재확인해 달라고 요청하였던 바 그 결과는 마찬가지였다. 총리실도 피어리스 박사가 주선하는 대로 믿고 따른 것이었다. 내가 총리를 만나자 총리는 자신이 곧 방한하여 그때 공식인증 된 보리수 종자나무를 직접 한국정부에 기증하겠다고 제의하였다. 나는 이를 본국에 보고하고 조계사에도 행사를 취소토록 하였다. 그리고 본국 법무부 출입국관리국에는 금번 스리랑카 문화사절단원의 입국 및 출국을 철저히 관리하여줄 것을 당부하였다. 문화사절단을 위장한 부정입국 및 불법취업 가능성을 배제시키기 위한 것이었다. 피어리스 박사는 그 뒤 다시는 대사관에 나타나지 못했다. 위크라마나야케는 라자팍세 대통령 아래 다시 총리로 임명되어 부산에서 개최된 국제회의에 기조연설을 요청받아 2006년 8월 방한하였다. 회의가 끝난 후 그는 서울에 올라와서 한국 주재 스리랑카 대사를 통해서 나를 수소문하여 만났다. 그는 만찬을 같이 하면서, 몇 년 전 그 피어리스 박사의 에피소드를 꺼냈다. 우리는 옛 생각에 그때의 이야기를 함께 하며 웃었다.

우리나라는 1972년 10월 스리랑카에 통상대표부를 설치하였고, 1977년 11월에 대사관으로 승격시켰다. 그러나 우리 한국기업은 1970년대 초에 이미 진출을 시작하였으며 1980년대 중반 국내에서 노사분규가 심각하게 발생하면서 노동집약적 제조업들이 스리랑카에 대거 진출하게 되었다. 노사분규로 근로자의 임금이 급격히 상승하자 특히 노동집약 산업은 값싼 임금을 찾아 중국, 동남아 및 서남 아시아까지 진출하게 되었다. 그 당시 마침 스리랑카는 시장경제 정책을 내걸고 자유무역지대를 설립하여 외국인투자를 적극 유치하던 시기이라 한국기업들이 비교적 먼 거리이기는 하지만 스리랑카를 제조업 투자 최적지의 하나로 선호하였다. 스리랑카 정부는 자유무역지대에 사회간접자본 시설을 제공하고 외국인의 100% 직접투자와 과실송금 자유 및 투자 10년 간 세제 공제 등 매력적인 인센티브를 제시하였다. 또한 스리랑카는 개도국으로서 미국, 유럽과 섬유 쿼터협정 등을 체결하여 낮은 관세로 수출시장을 확보한 장점도 가지고 있었다. 스리랑카에 진출한 우리 기업들은 생산제품 전부를 미국 또는 유럽에 수출하였다. 모직, 의류, 가방, 도자기, 모자, 플라스틱 제품, 장난감 등등 다양한 품목을 제조하였다. 예컨대 도자기 제조업은 독일의 유명한 그릇 아우가르텐, 이탈리아의 베르사체 제품은 물론 국제공항 면세점에서 볼 수 있는 크고 작은 유리 조각품, 도자기 조각품들까지 생산하였으며, 모자는 고급 밀집모자와 운동모자 등을 전 세계에 수출하고, 한 장남감 회사는 미국 할로윈 용품의 50%를 조달하고 있었다. 내가 대사로 재직한 1999년부터 2001년까지는 우리 기업 진출의 최전성기였다. 우리 기업들은 140여개 업체가 진출하여 약 65,000여 명의 고용을 창출하고 그 생산제품은 스리랑카 수출의 10%를 차지함으로써 스리랑카에서 제1 투자국의 지위를 누렸다. 그 밖에도 고속도로, 교량, 항만, 건설 분야 등 10여 개의 크고 작은 프로젝트에도 참여하고 있었다. 또한 우리의 대 스리랑카 경제협력 및 무상원조 규모는 당시 수원국 중 네 번째로 큰 지위를 차지하였다. 따라서 한국은 투자 및 경제협력 국가로서 환영받았고, 한국대사는 스리랑카 정부 안에서 이에 상응하는 예우를 받고 영향력을 행사하였다. 우리 기업의 가장 큰 애로사항은 노사문제로 인한 생산직 근로자들의 파업이었다. 그들은 수출품의 선적시기와 생산공정을 잘 알기 때문에 그 시기에 맞춰 파업을 개시하였다. 파업이 장기화될 경우 제품 인도시기를 놓쳐 수입업자의 요구를 맞추지 못하게 되고, 수입업자의 판매 스케줄에 차질을 주게 되며, 이로 인하여 우리 기업이 수출시장을 놓치게 되는 경우도 발생하는 것이었다. 우리 기업이 진출한 초기에는 노조가 제대로 형성되어 있지 않았으나 시간이 가면서 노조의 필요성을 자각하게 되고 또 국제노동기구_ILO에서 개입하여 노조구성을 독려하였다. 파업이 발생하면 생산업체에서는 자체협상은 물론 때로는 지역 경찰조직의 힘을 빌어 물리적으로 문제를 해결하기도 하였다. 그러나 그 단계에서도 해결이 되지 않으면 대사관에 도움을 요청하였고, 나는 그때마다 노동부장관에게 협조를 구하였고 때로는 대통령 비서실장에게까지 지원을 부탁하였다. 그들은 물론 자국 근로자의 권익을 먼저 보호해야 하겠으나 결국 제1 투자국의 투자 보호 요구도 거절할 수 없기 때문에 적극적으로 개입하여 노사문제를 조기협상으로 해결하는데 항상 도움을 주었다. 우리 업체들은 노사문제뿐만 아니라 각종 사고, 도난, 사법적 다툼 등 크고 작은 많은 문제들을 대사관에 갖고 왔다. 그들은 새벽 2시건 3시건 가리지 않고 직원들에게 전화를 하여 무슨 교통사고가 발생했다 또는 폭력사건에 연루되어 유치장에 있으니 빼내달라는 등의 요청을 해 왔다. 그때마다 직원들은 잠자던 눈을 비비고 달려가든지, 아니면 지역 경찰에 연락하여 문제를 해결하곤 했다. 이렇게 대사관이 크게 도움을 줄 수 있었던 것은 우선 한국대사관의 영향력이 후진국 스리랑카에게 먹혀들었고 또 직원들이 헌신적으로 교민들의 애로사항과 문제를 해결하려고 노력하였기 때문이었다. 나는 정부, 의회, 언론 등 고위 인사를 만날 때마다 한국이 제1 투자국임을 강조하고 계속 투자를 확대할 여지가 있음을 시사하였다. 실제로 대통령을 비롯하여 외무장관, 투자청장 및 경제협력장관과 관계 책임자들은 내가 재임하는 동안 더 많은 투자와 더 많은 경제 원조를 얻으려고 급히 서둘렀다. 그것은 아마도 서울 주재 스리랑카 대사로부터 한국대사가 영향력 있는 사람으로서 가까운 장래에 영전하여 귀국할 것이라는 추측 보고를 받았기 때문이었을 것이다.

스리랑카에 부임한 지 1년쯤 되어 2000년 10월 나는 대통령 비서실장을 만나 어려운 부탁을 했다. 스리랑카에 진출한 한국기업들의 투자활동을 격려하기 위하여 쿠마라퉁가 대통령이 우리 업체 대표와 교민유지들을 위한 리셉션 파티를 직접 주최하여 줄 것을 요청했다. 이에 비서실장은 다른 나라 투자업체 없이 한국업체만을 대상으로 한 행사를 대통령이 베풀 수 있을 것인지 검토해야겠으나 대통령께 보고하겠다고 반응하였다. 얼마 있지 않아 비서실장으로부터 반가운 회신이 왔다. 대통령께서 적당한 기회에 대외적으로 공개하지 않고 조용히 대통령궁에서 한국투자업체와 대사관 직원들을 위하여 칵테일 파티를 주최하겠다는 것이었다. 그리고 그 행사가 실현된 것은 다음 해 2001년 3월 23일이다. 대통령은 유럽 공식 방문 끝에 런던에서 아들과 함께 휴가를 지내다가 우리 행사를 취소하지 않기 위하여 그날 오후 콜롬보에 도착하여 바로 첫 일정으로 우리를 초대한 것이다. 대통령궁 정원에는 한국 주요 투자업체 현지대표,

교민유지, 대사관 직원과 KOTRA 및 KOICA 직원들 약 1백여 명이 참석하였다. 스리랑카 정부에서도 외무장관, 산업부장관, 경제협력장관, 노동부장관 등 7개 부처 장관이 참석하였다. 해군 군악대의 연주 가운데 대통령은 참석자 전원과 일일이 악수를 나누며 기념촬영을 하였다. 나는 오랜 해외순방 일정을 마치고 귀국 즉시 피곤한 몸으로 우리를 맞아준 대통령에게 심심한 사의를 표명하고 연설을 통하여 그녀에 대한 찬사를 아끼지 않았다.

"대통령 각하의 금번 유럽 방문은 스리랑카의 평화와 번영을 위한 또 하나의 이정표였습니다. 유럽의 지도자들은 테러와 싸우는 각하의 평화적 노력에 대한 무한한 지지를 약속하였고 스리랑카의 지속가능한 경제, 사회적 발전을 위한 각하의 결의는 높이 평가받았습니다. 이 기회를 빌어 각하의 매우 유익하고 성공적인 순방결과에 대하여 축하를 드려마지 않습니다. 오늘 이렇게 스리랑카 주재 한국기업인들과 저를 초청해주신 것을 무한한 영광으로 생각하며 이 초청을 한국투자의 업적에 대한 각하의 인정으로 여기며 심심한 사의를 표합니다. 저희는 한국이 스리랑카에 최대 투자국이며 우리의 투자가 한 · 스리랑카 양국에 모두 이익을 가져다 주고 있다는데 대하여 자랑스럽게 생각합니다. 오늘 저녁 각하의 환대는 한국기업들의 투자환경을 활성화시키는데 크게 기여할 것으로 확신합니다 _이하생략"

대통령이 답례를 하였다

"제 유럽 순방 결과에 대하여 높이 평가를 해주신 송 대사님께 감사드립니다. 그간 한국의 투자와 경제협력에 대하여 송 대사께 기회 있는 대로 사의를 표했었는데 오늘 기업인 여러분들을 직접 만나게 되어 반갑습니다. 한국기업은 우리나라가 과거 정치적으로 어려웠을 때 그리고 지금도 북부 무장단체 때문에 치안이 불안한 시기에도 꾸준히 활동하여 왔고 또 계속 강화되어 왔습니다. 우리는 이 사실을 잊지 않을 것입니다. 정부는 조속한 시일 내에 내전을 종식시키고 평화롭고 안정적인 나라를 재건할 것입니다. 한국의 투자가 활성화되어 스리랑카와 한국의 경제발전에 기여할 수 있기를 바랍니다. 여러분의 활동을 높이 평가하며 여러분의 이익과 안전을 보호하는데 최선을 다하겠습니다 _이하생략"

당초 양해되었던 대로 그날의 행사는 언론에 일체 공개되지 않았으나 그 때 참석했던 장관들은 나를 만날 때마다 그날 리셉션 행사가 이례적이고 아주 훌륭했으며 양국 간의 긴밀한 협력관계를 더욱 공고히 하는 감동적 행사였다고 언급하곤 했다. 국내에서는 동아일보에서 '기자의 눈' 컬럼을 통해 "대단히 이례적인 일로 한국에 대한 스리랑카의 애정을 읽을 수 있게 한다."라고 보도하였다.

문명사회는 진실, 아름다움, 모험, 예술, 평화라는
다섯 가지 특징을 보여준다 _A. N. 화이트헤드

콜롬보와 몰디브에서

스리랑카에서 한국의 투자가 활발해지면서 스리랑카정부의 한국정부와 한국인에 대한 감사와 호감도는 높았다. 또한 스리랑카인들에게 한국이 선진 부자나라로 확실히 각인되어 있었다. 따라서 한국에 대한 관심도 높아졌으며, 한국에서의 취업 근로자 숫자도 계속 증가하였다. 그러나 이러한 사실이 한국인에 대한 스리랑카인 개개인의 평가나 호감도와 반드시 일치하지는 않았다. 스리랑카에 거주하는 한국교민들은 대략 1천여 명인데 주로 기업인들과 그 가족들이었다. 1970년대 초에 진출한 기업인들에 의하면 스리랑카인들이 한국교민들을 바라보는 눈길이 예전과 다르다는 것이었다. 즉, 과거의 선망과 존경의 눈길이 사라졌다는 것이다. 관심을 가지고 살펴보니 그러한 변화가 어느 정도 사실이었고 그럴만한 원인들이 어렵지 않게 파악되었다. 첫째, 고용

창출로서 지역경제와 복지에 도움을 주고 있으나 근로자 관리에 있어서 서툴고 매끄럽지 못해서 근로자들의 불만을 초래하고 이에 따른 노사분규도 자주 발생하였다. 둘째, 스리랑카에 진출한 한국인과 그 가족들이 한국에서 교육을 잘 받았겠으나 대부분 영어가 잘 되지 않아 의사소통이 불편하며 일부 한국인들의 에티켓 등 국제화 정도가 생각보다 낮은 수준이라고 스리랑카인들은 느낀 것이다. 셋째, 돈을 벌기 위하여 한국에서 취업하고 귀국한 근로자들이 점점 많아져가면서 그들이 한국에서 겪은 인권 및 임금문제 등 각종 애로사항과 부정적 한국사회의 단면을 주위에 전파하고 있었다.

부임 초 주재국 장관들과의 접촉에서도 몇 가지 심각한 문제점을 파악할 수 있었다. 노동장관과 두 번째 만나 한국업체의 노사분규 해결에 각별한 협조를 제공해줄 것을 요청했다. 노동장관은 한국투자의 보호와 촉진이라는 목표 아래 특별히 협조를 아끼지 않고 있었으나 나에게 귀띔을 해주었다. "일부 업체의 경영관리 과정에서 근로자들을 다루는 방법이 서툴거나 가혹한 경우도 더러 있습니다. 그것은 아마도 한국업체가 관리책임자로 스리랑카의 전직 경찰간부 등을 채용하여 그들이 고압적으로 근로자를 관리하기 때문일 것입니다." 노동장관은 내 앞에서 스리랑카인 관리책임자의 탓으로 에둘러 이야기하였으나, 우리가 외국인 근로자 관리기술이 오랜 역사를 갖고 있는 서양인들에 뒤떨어진다는 것은 사실이었다. 종교장관을 방문했을 때 나온 말이다. "과거 한국의 어느 기독교단체가 우리 정부가 제공하는 자유투자 혜택을 받고 농업분야 투자목적으로 진출하였으나, 농촌에서 본래의 목적에는 종사하지 않고 기독교 전파에 힘씀으로서 지역주민들의 불만은 물론 스리랑카 불교계로부터 크게 항의를 받았습니다. 아직 그 후유증이 남아있고 정부로서도 한국기독교의 스리랑카 내 활동사항을 주시하고 있습니다." 또한 종교장관은 스리랑카는 불교국가로 알려져 있으나 그렇지 않으며 헌법상 불교 등 모든 종교가 평등하고 자유롭게 보장되어 있다고 강조하였다. 실제로 불교는 약 70%이고 힌두교, 모슬렘, 기독교 및 카톨릭교가 두루 분포되어 있었다. 당시 한국의 K 농촌기독교 단체의 공격적 활동은 금방 물의를 일으키고 언론에 공개되었으며 결국 투자 취소를 하여 철수한 기록이 있었다.

2000년 밀레니엄 새해가 되었다. 스리랑카 정국은 내전으로 여전히 불안하였다. 나는 정국 불안과 더위 속에 고생하고 있는 우리 교민들을 격려하고 또한 스리랑카인들의 한국인에 대한 눈길을 새로이 할 필요성을 느꼈다. 나는 전통과 역사를 자랑하는 우리의 문화를 한꺼번에 스리랑카인들에게 펴부어 깜짝 놀라게 해주는 문화 대잔치를 벌여야겠다고 마음먹고 새해 첫 직원회의에서 이를 연도 중반기에 추진하기로 결정하였다. 아울러 신각수 공사(외교부 제 1차관 및 주일대사 역임)로 하여금 기획 및 집행 등 총책임을 맡아 진행토록 하였다. 행사의 내용과 일정, 예산 소요 등에 관한 기획을 세워 우선 스리랑카 주재 한인회에 이를 설명하고 동참하여 줄 것을 제시하였던바 모두들 깜짝 놀랐다. 그간 한 해에 문화행사 한 두 개쯤 해왔었는데 갑자기 5개월 후에 10개의 행사를 일주일에 한꺼번에 개최한다는 것이 가능할 것인지, 특히 이런 행사를 감당할만한 인력이 있는 것인지에 대하여 걱정을 하였다. 이에 모든 행사는 다섯 명의 대사관 직원들이 기획 및 집행할 것이며 교민들은 바자회나 태권도 대회 등 두 개의 행사만 주관하면 된다고 안심시켰다. 문화행사 준비가 한창이던 5월이 되었는데 스리랑카 국내정세가 심상치 않았다. 동북부 타밀 LTTE가 춘계 대공세를 벌이며 정부군과의 전투가 심각하게 확산되었고, 정부군이 밀려나 6~7월이 되면 수도 콜롬보 외곽까지 LTTE군이 밀고 내려올 것이란 흉흉한 소문이 나돌았다. 이러한 상황에서 행사를 예정대로 개최할 것인지 여부를 심각하게 고민하지 않으면 안 되었다. 지금쯤 구체적 행사 일자, 장소 확정 및 예산집행, 그리고 각종 홍보물 작성, 초청장 발송 등을 하여야 하는 시기였다. 과연 이렇게 불안한 정세 속에서 대규모 인원이 참여하는 행사를 해도 괜찮을 것인지 걱정되었다. 그러나 당장 결정하여야 할 순간이었다. 나는 선택하였다. 만약의 경우 행사개최 당일 취소로 인한 혼란과 예산소요를 감수하기로 하고 그간 진행 중이던 준비를 계속하기로 하였다. 우선 행사를 홍보하고 분위기를 고조시키기 위하여 세 가지 조치를 하였다. 첫째, KBS 본사로부터 스리랑카 국영 TV에 'TV문학관' 에서 상영된 영화 필름을 무상 제공토록 주선하여 매 주말 저녁마다 방영토록 하였는데 반응이 좋았다. 상영된 작품들이 사실적이고 또 비극적이거나 소위 한_恨스러운 것들이 많이 있었는데 한국의 한_恨이 스리랑카 국민들의 감정에 이입되는 것 같았다. 그들도 과거왕과 식민국으로부터 억압받고 살았던 '한' 이 있었던 것이다. 소위 후일 아시아의 '한류' 가 스리랑카에서는 이때 이미 태동하고 있었던 것이다. 둘째, 스리랑카 청소년을 대상으로 6월 한 달 동안 상영된 한국영화에 대한 '에세이 콘테스트' 를 실시하였다. 셋째, 행사 개최 하루 전, '한국문화 주간_Korea

Week 2000' 을 소개하는 기자회견을 하였다. 예상을 넘어 100여 명의 기자들이 참석하였다. 나는 "스리랑카의 최고투자국으로 140여개 기업의 진출과 65,000명 이상의 고용창출을 하고 있는 한국이 종합문화행사로서 'Korea Week 2000' 을 열어 두 나라간의 문화교류와 우호를 증진시키며, 특히 한국에 대한 이해를 제고시키는데 그 취지가 있다"라고 밝혔다. 기자들과의 질의응답이 있은 후 최신 영화 〈접속〉을 상영하였으며 모두들 즐겁게 감상하였다. 그날 저녁 TV 및 다음날 신문에 우리 행사의 개요가 자세히 소개되었음은 물론이다. 드디어 다음날 7월 18일부터 24일까지 일주일간 '한국문화 주간' 이 예정대로 무사히 개최되었다. 우선 '한국음식 페스티벌' 이 스리랑카에서 가장 큰 갈라다리 호텔에서 열리었다. 행사에 앞서 인천광역시 한국국악협회의 전통무용 공연이 있고 사물놀이와 캔디 민속댄스공연이 열리어 호텔 전체가 축제 분위기에 쌓이고 호텔 투숙 여행객들도 참여하여 한국음식의 맛과 모양을 만끽하였다.

7월 19일 밤에는 대사관저에서 '한국의 밤_Korea Night' 를 개최하였다. 말하자면 'Korea Week 2000' 행사 개최를 선포하고 축하하는 행사였다. 나의 행사개최 연설에 이어 쿠마라퉁가 대통령의 축하 메시지가 대통령 비서실장에 의해 낭독되었다. 대통령이 외국 문화행사에 축하 메시지를 보낸 것은 아주 이례적이었다. "…나는 'Korea Week 2000' 이 그간 꾸준히 발전해온 양국 간의 접촉 및 교류를 강화시켜 주리라 믿어 의심치 않습니다. 행사의 큰 성공을 기원합니다." 나는 콜롬보 시장을 초청하여 나와 둘이서 공동으로 행사개최 선언을 하였다. 콜롬보시로서도 고마운 일이었고, 행사기간 내내 각종 협조와 지원을 아끼지 않았다. 관저 정원에는 뷔페음식이 마련되었고 국악공연과 사물놀이, 그리고 태권도 시범으로 우리의 종합문화행사의 분위기는 충분히 고조되었다.

7월 21일 아침 일찍 나는 캔디시에 내려갔다. 스리랑카 최고의 사찰로서 부처의 치아를 보관하고 있다는 불치사_Sri Dalada Maligawa에 우리나라 고유양식에 의하여 제작된 불상을 기증하기 위한 것이었다. 나는 지난 3월에 부임인사차 캔디 시장과 불치사를 방문하였다. 불치사는 영어로 'The Temple of the Sacred Tooth Relic'로 번역되는데, 총리가 임명되면 방문하여 인사를 올리고 대통령은 매년 한 차례씩 방문하는 사찰이다. 불치사의 종무원장이 나를 안내했다. 어느 방에 들어서니 모양과 크기가 다른 부처상이 여러 개 진열되어 있었다. 불교가 전파된 국가들로부터 기증받은 부처상이라는 것이었다. 중국, 일본, 태국, 인도, 베트남, 미얀마 등등... 내가 망설이다가 한국에서 온 부처는 없는가라고 물었더니 기다렸다는 듯이 종무원장은 아직 없다고 답변하였다. 나는 마음속으로 우리 불상을 가져와야 나라 체면이 서겠다는 생각을 하고 "그래요? 한국 부처도 있어야 되겠군요."라고 대꾸하였다. 딱히 기증을 약속하지는 않았으나 가능성을 시사한 것이었다.

그리고 콜롬보로 돌아온 즉시 나는 본국 정부에 우리 고유의 불상 기증의 필요성과 함께 불교계의 불상 기증을 건의하였다. 생각보다 반응이 빨랐다. 조계종 주선으로 각 종파들이 모여 협의한 결과 진각종파가 솔선해서 불상을 제작하여 기증하겠다고 나섰다는 것이다. 제작비 약 3천만 원을 들여 3개월 안에 신속히 제작을 완료하였다고 6월에 통보를 받았다. 나는 이를 우리 '한국주간' 행사의 주요 이벤트로 포함시켰다. 운송은 마침 콜롬보에 화물기를 정기 운항하고 있는 대한항공이 자발적으로 맡아 주었다. 그래서 오늘 나는 우리 고유양식으로 한국에서 제작된 금동비로자나불을 기증하게 된 것이었다. 기증식은 불치사 주지스님, 종무원장, 신도회 회장과 캔디 시장 및 스리랑카 신도들과 함께 우리 측에서는 김선관 진각종 종무원장을 비롯한 다수의 스님들과 신도들이 대구로부터 방문하여 참석함으로써 아주 큰 캔디시 행사가 되었다. TV 및 일간지 등 여러 언론사가 콜롬보로부터 내려와 취재를 하고 우리나라에서도 불교방송TV가 취재하였다. 나는 "이 불상기증이 양국 불교 교류 및 국민들 간의 우호관계를 한층 강화시킬 것이며, 스리랑카의 내전종식을 통한 평화와 번영을 기원한다."라고 연설하였고, 스리랑카측은 "최초의 한국불상 기증에 사의를 표하며 남북한 정상회담의 성공적 개최를 축하하고 한반도의 평화와 평화적 통일을 축원하다."라고 답례하였다. 불상 기증의 효과는 대단하였다. TV가 중계하고 주요 일간지가 제 1면에 컬러 사진으로 기증식을 보도한 결과로 스리랑카 정부와 국민들이 모두들 이를 환영했다. 종교장관은 내게 "한국정부의 불상 기증은 훌륭했습니다. 과거의 의아스러웠던 분위기를 해소하고 양국 불교 발전에 큰 도움을 줄 것입니다."라고 반가워했다. 스리랑카 · 한국 친선협회장은 "이제야 우리 단체도 국민들에게 어깨를 펼 수 있겠습니다. 과거 기독교 불법선교 사례로 그동안 사실 좀 불편한 점이 없지 않았습니다. 이제는 자랑스럽게 우리 단체의 활동을 이야기할 수 있습니다."라고 하면서 아주 고마워했다.

'한국영화 페스티벌'은 스리랑카 국립영화제작소의 협조로 우리의 최신 화제작 5편을 매일 한편씩 세 차례 상영하였는데 학생들의 단체관람

등 대성황으로 매일 1회 추가상영을 하고 단체의 경우에는 사전 예약을 하지 않고는 좌석을 얻을 수 없을 정도로 대성황을 이뤘다. 편지, 접속, 화이트 발렌타인, 8월의 크리스마스, 사랑의 향기가 상영되어 한국인의 생활, 사고방식 등이 스리랑카 젊은이들에게 큰 반향을 일으켰다는 평가를 받았다. 우리의 경제발전과 우수한 상품소개를 위하여 KOTRA와 함께 '한국상품 전시회' 를 열었다. 주로 스리랑카에 진출한 대규모 업체들이 그들의 제품을 소개했지만, 서울에서도 KOTRA 본사가 지원을 하여 여러 상품들을 전시할 수 있었으며, 현장판매와 주문계약도 많이 성사되었다.

교민들 중심으로 바자회와 태권도 대회를 개최하였다. 바자회는 한국음식과 함께 현지 우리 업체들이 기증한 각종 생산품들을 저렴한 가격으로 판매하였는데 대성황을 이루어 예정시간의 절반도 채우지 못하고 모든 제품과 음식이 동이 나버렸다. 이날 판매 대금은 고아원 및 장애단체 등 2개 기관에 전액 기증하였다. '태권도 챔피언쉽' 은 스리랑카에 진출한 기업인들의 모임인 한경회와 스리랑카 태권도협회가 공동주최하였다. 태권도는 스리랑카 체육부장관의 높은 관심과 협조, 군 · 경찰의 태권도 수련 등으로 관심이 점점 높아지고 있었으며, 금번 대회에는 약 250여 명의 선수들이 참가하여 수준 높은 경기를 펼쳤다. '사물놀이' 는 우리 전통타악기의 진수를 보여주었다. 스리랑카의 전통무용에도 캔디 댄스에서 보듯이 타악기의 역할이 아주 컸다. 사물놀이 공연 중간에 이들의 전통무용도 공연토록 하여 양국 전통무용과 타악기의 특성과 공통점들을 보여주는 기회를 제공하였다. 북 같은 타악기는 전 세계에 고루 발달되어 있지만 특히 아시아와 아프리카에서 일상화되고 환영받는다. Korea Week 시작 전에 가졌던 에세이 콘서트에는 2백여 편이 응모하여 7월 22일에 국영 TV방송사에서 시상식과 함께 심사위원들과 함께 하는 한국영화 및 문화에 관한 좌담회를 가졌다.

마지막으로 '수지 황 바이올린 콘서트'는 스리랑카에서 아주 드물게 보는 클래식 연주회였다. 수지 황은 독일 등 유럽에서 활발하게 활동하는 한국인 2세 연주자로서 스리랑카 심포니 오케스트라와의 협연으로 음악에 갈증을 느끼는 많은 외국인과 우리 교민 그리고 스리랑카인들에게 가뭄의 단비 역할을 해주었다. "Korea Week 2000"는 외국인 최초의 종합문화예술 잔치로서 큰 성공을 거두었다. 일주일 동안 콜롬보 시내가 떠들썩하는 분위기였고, 방송과 신문들은 모든 행사를 상세히 보도했다. TV방송은 중계 또는 녹화방송은 물론 지역 뉴스시간에도 많은 시간을 할애하였다. 일간지들은 영자, 싱할라어, 힌두어로 각각 컬러사진과 함께 보도를 했다. 국영 루파바니 TV는 모든 행사를 녹화해서 3시간용으로 편집한 후 따로 여러 차례 방영하였다. 스리랑카 주재 외교단에서도 자신들의 인력 및 예산으로는 이 정도 규모의 행사는 엄두도 내지 못한다면서 모두들 부러워했다. 스리랑카 정부의 반응은 특별했다. LTTE 반군의 대공세로 정부군이 밀리면서 스리랑카 정국이 불안하고 민심이 흉흉한 터에 한국대사관이 이에 개의치 않고 보란 듯이 큰 행사를 순조로이 치러냄으로써 민심을 다스려준 효과를 내어주었다며 아주 고마워했다. 한동안 나를 만나는 장관들은 모두 이 행사에 대하여 언급을 아끼지 않았다. 'Korea Week 2000' 행사는 우리 문화외교의 성공사례로 뽑혀 다음 해 2001년 2월 서울에서의 재외공관장 회의에서 120여 공관장 앞에 발표회를 가졌다.

스리랑카 문화행사로서 대표적인 것은 페레라_Perahera가 있다. 성공과 번영을 기원하는 축제로서 화려하게 치장한 코끼리 1백 마리가 전통무용수들과 함께 거리를 행진하는 것이다. 지역과 시기에 따라 여러 종류의 페레라가 있다. 1월 콜롬보 근처 켈라니야에서는 부처의 그 지방방문을 기념하기 위한 페레라가 있고, 2월에는 콜롬보 시내에서 보름달 축제, 5월 보름에는 부처의 스리랑카섬 도착을 기념하며, 8월 축제는 남녀신의 사랑을 기념하는 페레라 행사가 진행된다. 그러나 무엇보다도 가장 많이 알려진 대표적 페레라는 7~8월 캔디에서 열리는 에살라 페레라이다. 스리랑카 중남부에 위치하고 랑카 마지막 왕국의 수도인 캔디 시는 오랫동안 스리랑카의 문화적, 정신적 지주 역할을 해왔다. 매년 8월에 불교를 숭상하고 풍작과 다산 및 건강을 기원하는 축제가 열흘간 열리고 마지막 날 보름날 저녁에 이 행사가 성황리에 거행되었다. 이 행사는 싱할라 불교행사로 알려져 있지만 그 근원은 힌두 신화 및 문화에 뿌리를 두고 있다. 따라서 이 행사에는 불교사찰과 캔디의 4개 힌두신을 모시는 사당이 같이 참여한다. 코끼리는 구름, 풍요와 다산의 상징이며 불교에서는 신성화된 동물이다. 이날 밤 이들은 눈만 남기고 코와 몸뚱이 전체를 빨강색 등 화려한 색깔의 천으로 치장하고 등장한다. 해가 옅어지자 드디어 불치사 앞에서 페레라 행렬이 시작한다. 흰 싸롱바지에 웃통은 벗고 맨발을 한 대단한 근육질의 남성들이 손에 들고 있는 긴 채찍으로 땅바닥을 가르듯이 딱딱 요란한 소리로 치면서 맨 앞에서 행렬을 이끈다. 그 다음으로 각 지방

마을의 깃발 행렬이 따른다. 그 뒤로 거대한 코끼리가 사찰서류를 지참한 지방 유지를 태우고 등장한다. 다음으로 전통무용수들이 요란스럽게 목걸이, 팔찌, 발찌 장식을 하고 북과 나팔소리에 맞춰 춤을 추며 따른다. 한편 행렬 옆으로는 횃불을 치켜든 장정들이 불쇼를 하며 지나간다. 행사 진행자 및 사찰관리들의 행렬이 지나가고, 드디어 두 마리의 코끼리를 양옆에 거느리고 신성한 커다란 상아를 자랑하는 말리가와_Maligawa 코끼리가 부처의 유물상자를 보관하는 닫집_사리탑 모양을 등에 모시고 성큼성큼 걸어 나온다. 그의 걸음걸음 앞으로 하얀 파와다 천이 깔아 펼쳐진다. 말리가와 코끼리는 맨땅을 밟지 않고 걷는 것이다. 그 뒤로는 불치사 신도회장 및 지역 유지들이 따른다. 신도회장은 옛날 국왕의 의상으로 치장을 하고 파라솔과 대형 나뭇잎을 든 시종이 뒤따른다. 계속되는 코끼리 행렬이 전통무용수, 북치기 및 음악대 무리와 함께 지나가면 여러 신위를 모신 성체함들이 차례로 지나간다. 부처 다음 서열로 여겨지는 나타_Natha신을 모신 무리가 첫 번째 등장하고, 다음으로 스리랑카 불교를 수호한다는 비슈누_Vishnu신을 모신 무리 그리고 스리랑카 사람들이 애호하는 카타라가마신의 행렬, 마지막으로 순결과 건강의 여신 파티니_Pattini를 모신 그룹의 행렬이 지나간다. 페레라 행렬은 도로에 운집한 시민과 관중들을 위하여 중간중간 멈춰 서서 공연을 하면서 계속 진행하여 마침내 출발지였던 말리가와 사찰로 돌아와서 행사가 종료된다. 이들은 다음날 새벽 파라데니야 강변에 모여 축제를 종료하는 특별 세리머니 춤의식을 갖고 헤어진다고 한다. 스리랑카의 새해는 3월과 4월 사이에 있으며 봄의 시작을 알리고 가을 풍작을 축원하는 축제가 곳곳에서 열린다. 콜롬보시 근처 보미

디야 지방에서는 새해 축제에서 코끼리 20마리가 그룹으로 나뉘어 200m 달리기를 한다. 달리기가 끝난 후 왕의 복장을 한 높은 사람이 화려하게 치장한 거구의 코끼리를 타고 나타나 새해를 축하하는 메시지를 군중들에게 낭독하고 축제를 끝마친다.

이처럼 각종 축제에서 코끼리가 주역으로 등장하는데 이는 스리랑카 불교와 역사에 있어서 코끼리가 아주 밀접하고 의미가 있는 것이기 때문이다. 스리랑카 사람들은 부처의 탄생 자체가 코끼리와 밀접한 관계가 있다고 생각한다. 2500여 년 전 인도의 히말라야산 기슭에서 어느 여름날 달 축제를 하던 중 마야부인이 잠을 자다가 꿈을 꾸었다. 멀리 황금산에서 하얀 코끼리가 내려와 하얀 연꽃을 코에 감고 마야부인의 자궁 속으로 들어오는 태몽을 꾸고 싣달타를 출산한 것이다. 한편으로는 마야부인이 코끼리 머리 모양을 한 신 가네사_Ganesha에게 빌어서 어린애를 낳았다는 설도 믿고 있다. 또한 부처는 전생의 어느 한때 코끼리였다는 이야기도 전해진다. 실제로 부처가 오랫동안 금식 수행하는 동안 코끼리가 보호를 하였고, 부처의 설교 시에는 자주 코끼리를 은유화 하곤 했다. 스리랑카 인구의 74%가 싱할라족인데 이들은 2500여 년 전 인도 북부에서 이주해 왔다. BC 306년은 스리랑카 역사적으로 의미 있는 해이다. 인도의 아소카_Asoka왕이 불교를 각지에 전파시키고자 마힌다 왕자와 상가미타 공주를 스리랑카에 파견하였다. 랑카왕이 마힌다 왕자가 가져온 부처의 유품을 받들기 위하여 코끼리를 타고 도착하자 코끼리가 그 유품 앞에 무릎을 꿇었다. 왕이 그 유품을 코끼리 등에 모시고 가서 코끼리가 선택한 장소에 투파_종처럼 생긴 사리탑를 세우고 그 안에 부처의 유품을 보관하였다. 한편 싱가미타 공주는 부처가 그 아래서 수행하고 해탈했던 보리수 나뭇가지를 가져와 고대도시 아누라다푸라에 심었고, 그 보리수는 아직도 살아있어 오늘날 세계에서 가장 오래된 보리수로 공식적으로 인정받고 있다. 부처는 생전에 보리수를 존귀하게 여기는 것은 자신을 존중하는 것과 동일하다고 말하였다 한다. 코끼리는 일상생활에서 왕의 수호자로서 봉사할 뿐만 아니라 사람과 짐의 운송수단으로 활용되며 전쟁에서 승리를 위한 중요병력으로 꼭 필요하다. 그러나 무엇보다도 부처와 불교를 수호함으로써 소가 인도에서 신성화되듯이 스리랑카에서 신성화되었다. 고대 랑카왕 두투게무나는 랑카섬 전역에 불교를 전파하기 위하여 통일된 나라가 필요하다며 통일정복전쟁을 일으켰는데 코끼리 부대를 잘 활용하였으며 BC 161년에는 왕의 코끼리 칸둘라_Kandula에게 공신에게 수여하는 작위를 하사하고 사당까지 세워줬다.

인구 1900만 명의 스리랑카에 언론사가 다양했다. 10여개 TV채널이 있고 영자, 싱할라어, 힌두어로 각각 방영되었으며 일간지들도 3개 어로 구분되어 발간되었다. 부임해서 영자 일간지들을 우선 살펴보니 국제뉴스 등을 신속히 전달하는데 이는 영미 계통의 통신사로부터 뉴스를 내용 그대로 전재하고 있어서 유럽지역의 뉴스가 그 비중을 많이 차지하고 있었다. 나는 부임 인사차 주요 TV방송국 및 일간지의 사장과 편집국장을 각각 방문하였다. 나는 그들에게 역설하였다. "동쪽을 보세요!_Look east! 스리랑카는 아시아에 속해 있고, 한국은 최대 투자국이요, 중국은 최대 시장이며 일본은 최대 원조국입니다. 여러분의 이해관계는 유럽보다는 동아시아에 놓여있습니다. 언론도 이제는 동아시아와의 관계에 관심을 기울여야 합니다." 듣는 모두가 수긍할 수밖에 없는 엄연한 현실이었다. 언론의 태도 변화가 서서히 감지되었다. 동아시아 3국에 대한 기사가 점점 늘어나기 시작했으며, 나의 활동도 빠짐없이 사진과 함께 보도되고 TV 뉴스에 자주 나타났다. TV와 일간지와의 인터뷰를 수시로 갖게 되었다. 이곳에서의 TV 녹화촬영은 우리의 생방송이나 다름없었다. 어지간해서는 인터뷰 중간에 컷을 한다거나 잘못되어서 지우고 다시하지 않았다. 방송기술상 불편하고 시간이 많이 걸려서 되풀이하려 않기 때문에 30분이든 1시간이든 처음부터 끝까지 일사천리로 녹화를 마쳐야했으니 당사자로서는 생방송하는 것과 똑같았다.

2000년 8월 초, 남북정상회담을 성공리에 마치고 또 스리랑카에서의 'Korea Week'가 성황리에 끝나 우리나라에 대한 관심이 최고조에 달했을 때, MTV로부터 40분간의 단독 인터뷰 제의가 들어왔다. 미국 하버드대학을 졸업하고 후에 국회의원에 당선되는 스리랑카의 지성인 모라고다_Milinda Moragoda가 외국원수 등 국제적으로 저명한 인사들과 갖는 단독대담 프로그램인데, 이례적으로 대사인 나와 대담을 갖자는 것이었다. 이 대담의 특징은 사전에 예상 질문서를 주지 않고 주제만을 제시하는 그야말로 자유대담이었다. 나에게 남북한 정상회담과 한 · 스리랑카 관계발전에 대한 주제가 제시되었다. 나는 MTV 스튜디오에서 벽난로 모형을 옆에 두고 대담자 모라고다와 마주 앉았다. 대담은 한반도 분쟁의 근원부터 시작하여 최근의 정상회담의 역사적 의의, 남북한 정상회담이 세계 지역분쟁 해결에 미치는 영향, 한국의 민주화 역사와 진행상황, 한 · 스리랑카 관계현황과 전망, 'Korea Week'의 성과 등 20여개의 사항에 관한 질문과 답변형식으로 진행되었다. 다행히 대부분 평소 머릿속에 담아둔 주제들이라 나의 영어발음과 흐름에 신경을 쓸 수 있었다. 그러나 마지막에는 약간 까다로운 질문도 있었다.

"반정부 인사가 대통령이 된 것은 한국의 놀랄만한 민주주의 발전의 결과인데, 한국 민주주의의 동력은 무엇인가요?"

"한국의 학생, 지식인, 종교 세력들이 중심세력으로 민주화 운동을 이끌었으며 잘 교육받은 중산층이 형성되어 NGO 등 시민단체와 함께 민주주의와 인권을 주장하였지요. 이 과정에서 이들은 민주주의와 경제 발전의 호환이론_trade-off theory에 대해서도 반대의 목소리를 높였습니다. 한국의 민주주의는 앞으로 정보화의 발달로 인한 네티즌들의 감시로 더욱 공고해질 것이며 국민들의 의식도 이에 부응하고 있고요."

"말씀하신 민주주의와 경제발전과의 호환이론과 관련하여 오늘날 일반 한국인의 생각은 어떤가요? 과거의 그것이 옳은 정책이라고 생각합니까?"

"우리 국민들 상당수는 과거 박정희 대통령의 경제개발 업적을 평가하고 그 결과에 대하여 고맙게 생각하고 있습니다. 그러나 한편 오늘날 우리 국민들은 민주주의와 경제발전의 병행추구가 바람직하고 가능하다고 믿고 있으며 민주주의와 인권을 희생하면서 경제발전을 추구하는 정책을 아시아인들이 더 이상 용납하지 않을 것으로 생각하고 있습니다."

"스리랑카에 진출하는 한국 투자가들에게 평화는 얼마나 중요한가요?"

"한국은 현재 스리랑카에 140여 업체가 진출해 있습니다. 그런데 이들은 평화적 여건이 증진된다면 투자를 확대할 계획을 갖고 있지요. 즉 정치적 안정과 안보가 아주 중요한 요소입니다."

2001년 귀국을 일주일 앞둔 7월 14일 루파바니 국영 TV방송은 내게 특별히 이임 인터뷰를 마련해주었다. 이례적인 예우에 고마운 마음으로 응했다. 앵커우먼과 방송 크루들이 관저로 방문하여 나와 대담하였다. 30여 분간의 대담을 통하여 주로 한·스리랑카 양국관계 발전 현황 특히 지난 2년간 내가 이룬 실적에 관하여 회고할 수 있는 시간을 주었고, 마지막 질문은 다음과 같았다.

"스리랑카는 각하가 이룬 업적에 대하여 매우 고맙게 생각하고 있습니다. 마지막으로 스리랑카 사람들에게 전하실 메시지는?"

"경제적으로는 외국인 투자유치와 수출주도형 산업을 발전시키기 바랍니다. 인종문제 해결은 가장 중요한 문제입니다. 어렵기는 하겠지만 인종문제 해결을 위한 평화 이니셔티브와 경제발전을 동시에 추구하십시오. 어느 한쪽을 희생해서는 안 됩니다. 우리 한국은 스리랑카 정부의 평화 이니셔티브를 전적으로 지지할 것입니다. 저는 스리랑카가 인종문제를 평화적이고 항구적으로 해결하는 날이 곧 오기를 바라고 스리랑카 국민들에게 평화와 화합, 번영과 발전이 있기를 진심으로 기원합니다. 국민 여러분의 사랑과 지원에 감사합니다."

이임 인터뷰는 내가 스리랑카를 떠나기 전날 7월 20일 저녁에 방영되었다. 그날 저녁에는 대통령궁에서 쿠마라퉁가 대통령이 나를 위한 환송 만찬을 베풀었다. 그녀는 주요 각료들과 국회의원, 일부 대사들을 초청하였고 우리의 유쾌한 식사는 새벽 1시에 끝났다. 대통령은 내 팔짱을 끼고 현관까지 환송해주었다.

"그간 대사께서 수고 많으셨습니다. 잊지 않을 것입니다. 귀국하시면 대통령 각하께 제가 다시 방한하고 싶다고 보고해 주세요."

"각하, 그간 많은 도움을 주셔서 감사합니다. 항상 건강하시고 양국 관계가 계속 발전하기를 바라겠습니다."

이로써 나는 스리랑카에서 모든 일정을 마치고 같은 날 7월 21일 귀국을 위하여 비행기에 올랐다. 구름 저 아래 섬나라를 내려다보니 지난 2년간의 일들이 주마등처럼 떠올랐다. 더위와 위험을 무릅쓰고 열심히 일했던 보람 있는 두 해였다. 뭉클한 마음으로 아름다운 나라 스리랑카에 하루 빨리 내전이 종식되고 평화와 번영이 찾아오기를 마음속으로 빌었다.

몰디브 공화국_Maldives은 스리랑카의 남서쪽 약 650km거리에 있는 인도양의 조그만 섬나라이다. 1,200개의 작은 산호섬들로 이루어지고 그 가운데 200여개 섬에만 사람들이 거주하고 있다. 전 면적 298㎢에 인구 30만 명으로서 BC 1세기경 스리랑카와 인도의 싱할라인들이 이주해 와 건설한 나라이다. 12세기 중엽부터 아랍인과의 교역이 활발해지면서 전 국민이 모두 이슬람교도가 되었다. 모든 섬들이 해발 1m 내지 2m 이하의 낮은 땅으로 이루어져 있어 지구 온난화 현상에 의한 해수면 상승으로 지면이 서서히 사라지고 있다고 알려져 있다. 그러나 아래쪽으로 적도를 걸치고 있어서 인도양 복판에 위치해 있지만 태풍의 위험은 없었다. 조그만 나라이지만 1965년에 독립하고 또 유엔 회원국으로서 1967년에 우리와 수교를 하였고, 스리랑카에서 겸임 관할하고 있다.

나는 2000년 2월 21일 수도 말레에서 압둘가윰 대통령에게 신임장을 제정하였다. 대통령은 우리나라가 제공하는 아주 소액의 무상원조에 대하여 사의를 표명한 다음 한국 정부에 두 가지를 지원해 줄 것을 부탁하였다. "첫째, 우리는 아직 유엔 저개발국가_LDC 등급을 졸업할 준비가 되어 있지 않습니다. 따라서 유엔 및 국제기구에서 몰디브의 LDC 졸업을 인정하지 않도록 한국정부가 영향력을 행사하여 주시기 바랍니다. 둘째, 주지하시다시피 우리 국토는 지구온난화의 영향에 따른 해수면 상승으로 장래에 영토가 모두 수몰될 위험에 처해 있습니다. 하루 빨리 기후변화협약이 서명되도록 국제사회에서 노력하여 주기 바랍니다." 나는 정중하게 그러나 분명하게 대답하였다. "네, 각하! 기후변화협약을 조속히 처리코자하는 것은 우리 정부의 방침이며 몰디브의 LDC 졸업방지 문제는 본국정부에 건의하겠습니다." 우리나라는 고도 경제성장과 함께 개도국 모임인 '77그룹' 을 탈퇴하는 것을 자랑스럽게 생각하였고 선진국 그룹인 OECD가입을 서둘렀었다. 그러나 온실가스 배출의 의무 연도나 농산물 수입자유화 시기 등에 관하여는 국내경제 보호를 위하여 스스로 개도국 위치에 서기도 하였다. 국제사회에서 한 나라의 위치와 입장이 국가이익에 따라 상황에 따라 선, 후진국을 왔다갔다 하는 것이 일관성이 없기는 하나 국제사회에서의 현실은 이러한 사례를 용인하고 있었다. 몰디브의 경우도 관광산업에 힘입어 1인당 국민소득이 1천여 불을 상회하기 시작하였으므로 유엔에서 LDC졸업문제가 거론되는 것은 당연한 것이었으나 그렇게 되면 하루아침에 유엔 원조 수혜 및 다수의 재정 양허 지위를 상실함으로써 취약한 경제구조의 몰디브 경제는 큰 타격을 입게 될 것은 뻔한 일이었기에 몰디브 대통령은 '가난한 국가'로 남아있기를 바라는 것이었다. 나는 본국에 몰디브 대통령의 요청을 보고했고 우리 정부로서도 몰디브가 원치 않는 LDC 졸업을 지지하지는 않았다.

나는 재임 2년 중 두 차례의 개인적 방문을 포함하여 몰디브를 다섯 차례 방문하였다. 파란 인도양 상공을 한 시간 동안 날아가면 말레 공항에 도착한다. 활주로 끝은 바다로 닿아있어 착륙할 때 항공기가 잘못되어 바다로 진입하면 어떻게 될까하는 부질없는 상상도 해보았다. 정부, 의회, 학교, 병원 등 모든 공공시설은 말레에 운집해 있고, 관광객들은 쾌속정 또는 수상 헬리콥터 등으로 가깝고 먼 리조트 섬으로 이동하였다. 나는 말레에서 가장 가까운 20km거리의 쿠룸바 섬을 주로 이용하였다. 쾌속정은 파란 바다를 탁탁 가르며 하얀 궤적을 남기고 재빠르게 20분 만에 섬에 닿았다. 방갈로 숙소에 들어 바다 쪽 문을 열고 몇 발자국만 나가면 야자수 아래 하얀 모래밭이 펼쳐 있고 그 끝자락을 인도양의 파란물이 적시고 있었다. 석양의 바다는 물고기 등처럼 번들거리고 달밤의 바다 위에는 끝없이 길게 드리워진 달기둥이 바람을 타고 잔잔하게 흔들거리고 있다. 하늘의 별들은 곧 머리위로 우수수 떨어질 듯 조밀하게 반짝거린다. 자연의 아름다움은 사람들을 순화시키고 낭만적인 시인으로 만드는 힘을 지녔다. 그뿐인가. 바다 속의 신비함은 자연에 대한 인간의 경외를 불러일으킨다. 바다 속을 헤엄치는 형형색색의 물고기들은 지상의 꽃과 나무보다 더 다채롭고 아름답다. 인간에게 주어진 이 자연의 신비와 아름다움을 인간이 스스로 보존하고 가꾸어나가야 하지 않겠는가! 관광객 가운데 독일을 포함한 유럽 사람들이 많았는데 지각 있는 사람들은 자신들의 쓰레기는 물론 해변의 오물도 수거해가고 있었다. 자연환경 보존을 위한 생활이 몸에 배어있는 사람들이었다. 정말 고마운 사람들이고 그야말로 선진 일류시민이었다.

몰디브 정부의 노력과 국제사회의 지원에도 불구하고 해수면 상승현상은 계속되고 있다. 2008년 10월 새로 선출된 모하메드 와히드 대통령은 지구온난화 방지를 위한 국제사회의 관심과 지원을 강조하기 위하여 바다 속에서 잠수복을 입고 각료회의를 개최하는 퍼포먼스도 보여주었다. 최근에는 수몰되어 가는 영토 대신에 나라를 이전 할 땅을 찾고 있는데 스리랑카, 인도 및 호주 등이 그 매입 후보지로 유력하다고 전해지고 있다. 한편 몰디브는 2011년 초 LDC 지위를 졸업하고 중소득 국가로 인정됨에 따라 유엔 등 국제사회의 원조 수혜와 재정 양허 지위를 상실하였다. 몰디브 국민에게 미치는 경제적 영향을 극복하는 과제가 가중되고 있다. 외교관들의 경우 즐거웠건 고생스러웠건 과거 근무하였던 곳을 다시 방문해보고 싶어 한다. 일종의 추억의 반추이다. 나도 몰디브를 다시 방문하여 그 하얀 모래 위에서 파란 바닷물을 발끝에 적시며 몰디브의 자연과 그 아름다움이 보존되기를 기원하고 싶다.

나라는 백성과 생산을 우선하면 발전하고
귀족과 사치를 앞세우면 망한다 _ 관자

나라의 얼굴이 되다_1

호스니 무바라크_Hosni Mubarak 이집트 대통령이 30년 권좌에서 물러났다. 시민들의 퇴진 요구에 더 이상 버티지 못하고 시위 18일 만인 2011년 2월 11일에 카이로 대통령궁을 떠났다. 북아프리카 튀니시아에서 시작된 민주화 물결이 동진하면서 이집트를 거쳐 중동으로 전이될 조짐이 보인다. 하버드대학교 새뮤얼 헌팅턴 교수는 1991년 저서 《제3의 물결 – 20세기 후반의 민주화》에서 1974년부터 1990년까지 남유럽에서 시작하여 동아시아를 거쳐 동유럽까지 30여 국가가 권위주의에서 민주주의로 전환하였으며. 민주화 물결은 마지막으로 아프리카와 중동의 문턱 앞까지 다가왔다고 평가하였다. 헌팅턴 교수가 말한 '민주화 물결' 은 드디어 20년 만에 그 문턱을 넘어서 집안으로 몰려 들어가고 있는 듯하다.

무바라크 대통령이 1999년 4월 9일 우리나라를 공식 방문하였다. 이집트는 중동의 맹주 노릇을 자처하는 사회주의 국가로서 북한과 군사협력을 갖는 등 친밀한 관계를 유지하고 있으며, 더군다나 무바라크 대통령은 부통령 시절 북한에도 다녀온 바가 있다. 우리 정부로서는 그간 이집트 대통령의 방한을 위하여 적극 노력하여 왔었다. 다행히도 김종필 총리가 이집트 방문 시 전달한 대통령의 방한 초청을 받아들였다. 최근 양국 간의 경제관계의 긴밀화가 크게 작용한 것이다. 이집트 대통령이 도착한 날 오후, 청와대에서 정상회담이 이루어졌다. 양국 각료들과 공식 수행원들이 함께 하는 회담에 앞서 두 정상 간에 단독회담이 열렸다. 양측 외교수석이 배석을 하였고, 아프리카 중동국장인 나는 기록자_note taker로서 참여하였다. 두 정상 간의 화제는 북한 핵문제와 한반도 평화문제였다. 당시 우리 정부는 미국과의 긴밀한 협력관계 위에서 북한 핵 폐기, 미국의 대북 안전 약속과 지원, 한국의 대북 경제적 지원 등을 남북한 동시에 일괄 타결하자는 '포괄적 접근_comprehensive approach' 정책을 추진하고 있었다. 따라서 김대중 대통령은 우리의 정책을 무바라크 대통령에게 소상하게 설명하고 지지를 요청하였다.

"이러한 포괄적 접근을 북한이 잘 이해해서 응해주기를 바라고 있습니다."

"좋으신 말씀이지만 북한이 쉽사리 응하지 않을 것으로 생각됩니다. 북한은 사회주의 국가로서, 보통 사회주의 국가들은 상대방을 쉽게 믿지 않습니다."

"우리 한국은 진심으로 이 정책을 추진하고자 합니다."

"제 생각으로는 북한으로 하여금 한국과 미국을 신뢰하도록 하여야 합니다. 그렇게 하기 위해서는 단숨에 문제를 해결하는 것보다 하나씩 하나씩 약속을 지키며 일을 처리함으로써 상대방에게 믿음을 주는 단계적 접근이 좋을 것 같습니다."

"우리는 이미 북한 측에 우리가 믿음을 줄 수 있는 조치를 취하여 왔습니다. 남북한 간의 문제는 복잡하고 시급성을 요하므로 포괄적으로 접근하는 것이 남북한 양측에 유익하고, 특히 북한으로서는 경제적 어려움을 해결할 수 있는 길입니다."

"네, 한국의 진정성을 북한이 알아줄 수 있도록 북한에게 신뢰를 심어주어야 합니다."

무바라크 대통령은 단계적 접근으로 북한의 의심을 풀어가야 한다고 고집스럽게 주장했고, 김 대통령은 포괄적 접근의 필요성과 진정성을 무바라크 대통령에게 설득하려 열성을 다하였다. 이러는 가운데 한 시간 예정의 정상회담을 거의 다 소진하였다. 결국 단독회담은 무바라크 대통령의 말로 종결되었다.

"네, 각하의 뜻을 잘 알겠습니다. 각하의 뜻과 진정성을 북한 측에 전달하겠습니다."

각료와 수행원이 참석한 확대 정상회담은 10분으로 끝냈다. 다음날 정오 KBS 라디오의 12시 뉴스 정보센터 박찬숙_전 한나라당 국회의원 씨가 나에게 전화 인터뷰를 요청해 왔다. 이집트 대통령의 방한 의의와 성과 등을 문의한 다음 마지막 질문을 하였다.

"김대중 대통령께서 무바라크 대통령에게 어떤 역할을 부탁하였나요? 우리 측 입장을 북한에 공식 전달하여 달라고 했나요?"

"아니요, 부탁하지 않았습니다. 남북한 간에는 여러 직접 대화 체널이 있기 때문에 과거처럼 제 3국에게 중재나 전달을 부탁할 필요가 없습니다."

"남북한 간의 대화 전망은 어떻습니까?"

"제가 답변할 성질의 질문은 아닙니다만, 저는 가까운 장래에 고위급 대화가 가능할 것으로 생각하고 있습니다."

남북대화 전망에 관한 질문은 뜬금없는 것이었지만 나로서는 근거는 없지만 확신을 갖고 답변하였다. 당시 한국의 경제발전과 민주화 덕택으로 많은 나라의 정상들이 한국을 방문하고 싶어 했다. 특히 내가 관장하고 있는 아프리카 및 중동지역 국가들의 요구가 많았다. 그러나 관례에 따라 우리 정부는 연간 10여 국가 원수만 방한 접수하고 있었으며, 이러한 일을 총괄하는 책임자는 외교부 의전장이였다. 나는 의전업무를 간소화해서라도 많은 정상들의 방한을 접수하고, 우리 대통령도 외국방문을 통한 정상외교를 활발히 벌여야 한다고 생각했다. 이러한 생각들이 내가 의전장 직책을 희망하게 된 계기가 되었고, 그 희망은 결국 2년 후 이루어진다. 나는 의전장으로 부름을 받고 2001년 7월 22일 인천공항에 도착했다. 스리랑카 주재 대사로 부임한 지 1년 10개월만의 금의환향이었다. 의전장은 외교부 장 · 차관 다음의 서열로서 차관보, 기획관리실장과 동급이다. 그러나 대통령의 정상외교 의전, 즉 국가의전을 맡는 역할로서 나라의 얼굴인 셈이다. 외국정상이 방한하면 비행기로 올라가 환영을 표시하고 안내하여 내려오는 것부터 시작하여, 그 정상의 국내 체류기간 동안 그를 수행하고 모든 일정을 관장한다. 우리 대통령이 외국을 방문할 경우에는 그 모든 일정을 관장하고 대통령을 근접수행하고 안내한다. 또 그 방문을 위하여 사전에 미리 선발대_Advance party를 이끌고 현지를 방문하여 모든 일정과 행사 내용을 방문국 정부와 협의하여 준비해 놓는다.

나는 부임하자마자 세 차례 연달아 대통령의 해외순방을 위한 사전답사 여행을 하였다. 8월 중순에 뉴욕_유엔, 쌍파울로, 브라질리아, 산디아고, 아틀란타, 시애틀을 방문하였다. 9월 초에는 상해와 인도를 방문하여 대통령의 공식방문을 위한 준비를 하였다. 그런데 뉴델리에서 귀국한 날 미국에서 9.11테러가 발생하였다. 미국 CNN은 물론 우리 TV에서도 뉴욕의 쌍둥이 빌딩 트레이드 센터에 민간 항공기가 꽂히는 영화 같은 장면이 되풀이해서 방영되었다. 온 세상 사람들이 경악하였다. 도저히 믿을 수 없는 광경이었다. 그날 밤 외교부에서는 비상 간부회의가 열리어 사태를 파악하고 분석하는 등, 긴박하게 움직였고 대통령의 방미계획도 거론되었다. 청와대 중심으로 이 시점에 대통령의 미국방문이 예정대로 진행되어야 하는지 여부를 예의 검토하였다. 대통령의 안전에 문제가 없는지, 대통령의 방미가 미국 측에 부담을 주는 것인지, 다른 나라 국가원수 방문계획은 어떻게 되는지 등등…. 찬반 의견이 나뉘었지만 결국 미국이 사태수습으로 경황이 없는 상황에 방문하여 신변안전 문제의 부담을 주지 않는 것이 바람직하다고 결론짓고, 9월 20일 출국 예정이었던 유엔 및 중남미 순방일정을 취소하였다. 유엔총회에서의 기조연설, 미국의 영향력 있는 인사들과의 접촉, 중남미 주요국가의 방문 등이 잘 준비되어 있어 대통령의 외교능력을 한껏 발휘할 수 있었는데, 그 좋은 기회가 무산되어 무척 아까웠다. 이희호 여사는 별도로 내쉬빌 소재 모교 반더빌트_Vanderbilt 대학을 방문하여 홈커밍 행사와 함께 명예박사 학위를 수여받을 예정이었다. 당시 일부 국가원수들은 예정대로 미국을 방문하여 어려운 시기에 부시 대통령을 위로, 격려하는 역할을 하였다는 평가를 받기도 하였다.

10월 초에는 대통령의 아세안 정상회의 참석 준비로 브루나이 왕국에 다녀왔다. 국제회의와 여러 회원국의 사전 답사반들이 모두 모여 합동으로 일정을 준비하고 의전, 경호 등을 협의하였다. 주재국 브루나이 측이 제시한 일정대로 대부분 합의를 본 끝에 내가 조그만 이슈 하나를 꺼냈다. 국제회의장 내 온도가 너무 낮으니 높여달라는 것이었다. 브루나이 왕국은 석유를 생산하는 부자 나라로서 공공시설에 냉방이 아주 잘 되어 있었다. 특히 국왕은 시원한 것을 좋아해서 실내 온도를 섭씨 20도 이하로 유지하고 있었다. 그러나 우리 대통령은 불편한 다리 때문에 적정 온도 26도를 유지하였다. 이희호 여사는 23도를 원해서 때로는 두 분 사이에 온도 다툼을 한다는 이야기도 있을 정도다. 브루나이 측은 개최국이어서 조정에 큰 문제가 없었으나 여타 회원국 국가원수들의 사정도 고려하여 실내 온도를 23 내지 24도 정도로 조정하기로 합의를 보았다.

10월 15일에는 고이즈미 준이치 일본총리가 방한하여 7시간가량 체류하고 대통령과의 정상회담, 국무총리와의 면담을 가졌다. 일본총리로서는 처음으로 과거 서대문 형무소로 악명 높았던 서대문 독립공원을 찾아 지하 감옥 등 역사박물관을 돌아보고, 일본식민지 지배에 대한 반성과 사죄, 향후 한 · 일 양국관계의 전향적 발전에 대한 희망에 관한 메시지를 낭독하였다.

10월 18일에서 22일까지 김대중 대통령이 제9차 APEC 정상회의에 참석차 상해를 방문하였다. 대통령은 도착 다음날 오전 중국 언론들과의 인터뷰를 갖고, 오후 첫 양자 정상회담으로서 미국의 부시 대통령과 만났다. 대통령은 다소 긴장한 표정으로 배석하는 공식 수행원들을 돌아보며 말했다.

"이번에는 북한 문제를 내가 먼저 꺼내지 않을 거요. 부시 대통령이 먼저 거론하도록 놓아둘 것이요."

그도 그럴 것이, 지난 3월 초 김 대통령이 미국을 방문하였을 때의 기억이 별로 유쾌하지 않았던 것이다. 당시 부시 대통령은 북한 지도자에 대한 불신을 노골적으로 표명하였고, 한국의 정서로 보아 연세 있는 분에 대한 충분한 예의를 갖추지 못했다고 언론들이 평가하였다. 공동 기자회견에서 부시 대통령은 단호한 어조로 "나는 북한 지도자에게 의구심을 가지고 있습니다."라고 말한데 이어, 옆에 서 있는 김 대통령을 "디스 맨_This man"이라고 지칭하였다. 미국인들의 평범한 대화에서는 쉽게 또는 친근하게 쓸 수 있는 표현이지만, 처음 만난 우방국의 국가원수이며 아버지뻘 되는 어른한테 "이 분", "이 양반" 정도로 가볍게 호칭할 수 있는가에 대하여 뒷이야기들이 있었다. 우리 국민들도 씁쓸해 하였다.

따라서 상해에서 갖는 한 · 미 정상회담은 대통령뿐만 아니라 배석한 수행원 또 이를 취재하는 기자들 모두가 긴장한 가운데 시작되었다. 그러나 회담은 예상외로 순조롭게 잘 진행되었다. 우리 대통령이 먼저 9.11테러 사태에 유감과 위로를 전하고 부시 대통령의 대처에 적극적인 지지와

동조를 표명하였다. 이에 부시 대통령이 감사를 표하면서 대 테러 국제공조, 안보문제와 평화유지 등 양국 관심사에 관하여 의견을 표명하였다. 회담은 1시간 예정되어 있었는데 절반이 가까워지도록 김 대통령은 북한 문제에 대하여는 한마디도 언급하지 않았다. 대통령의 예상대로 부시 대통령이 참다못해 북한 문제를 꺼내기 시작하였다. 남은 시간은 자연스럽게 햇볕정책의 필요성, 남북관계, 한·미공조 문제 등에 관하여 의견충돌 없이 유익한 의견교환을 가졌다. 회담 후 김 대통령은 만족해 보였고 큰 짐을 덜어놓은 듯싶었다.

다음은 강택민 중국 주석과의 정상회담이었다. 차량으로 10여 분 이상 이동한 제 3의 장소였다. 시간이 20여 분 남아 있어서 대통령은 수행원과 함께 차를 마시며 휴식을 취하고 있었다. 그때 중국 측 의전장이 나를 찾아왔다. 그는 스리랑카에서 나와 같이 대사를 역임하며 가까이 지냈던 사이였다.

"우리 주석께서도 지금 오셔서 휴식을 취하고 계신데 정상회담을 바로 시작하면 어떻겠소? 그렇게 되면 회담시간을 두 배로 길게 할 수도 있습니다."

강택민 주석은 개최국 의장으로서 모든 정상들과 20분씩 만나는 것으로 일정이 잡혀져 있었지만, 우리 측은 조금이라도 더 오래 갖기를 희망하였다. 중국 측은 모든 정상에게 같은 시간을 부여해야 한다는 원칙적인 답변을 해오던 참이었다.

"환영이오. 우리 대통령께 보고 드리겠소."

곧바로 대통령께 보고하였고, 김 대통령은 흔쾌히 응하고 의자에서 일어나 휴게실문을 나섰다. 바로 그때 대통령 수행비서관이 내 팔을 잡아끌고 귓속말을 하였다. "큰일 났습니다. 회담시간을 다시 늦춰주십시오."

"네? 왜요?"

"대통령의 한 · 중 정상회담 말씀자료_회담자료를 부시 대통령과의 회담 장소에 놓고 왔습니다. 지금 자료를 가져오도록 급히 사람을 보냈는데 조금만 지연시켜 주세요."

점심 후 숙소 호텔에서 나오면서 미국과 중국과의 정상회담 자료를 하나의 키트로 만들어 가져왔는데, 한 · 미 정상회담 자리에 그 자료를 그대로 놓고 수행비서관이 챙기지 못했다는 것이다. 정말 아차 하는 순간이고 황급한 사정이었다. 그러나 이미 배는 떠난 뒤였다. 양국 정상은 이미 복도 양끝에서 출발하여 회담 장소를 향하고 있었다. 이 상황에서 회담 자료가 없다고 무엇을 변경하고 지연시킬 여지가 전혀 없는 상황이었다. 두 정상은 곧 회의실 앞에서 마주쳐 악수하고 방안으로 들어섰다. 그리고 기자들과 TV의 촬영이 한 차례 있은 후 회담에 들어갔다. 대통령 옆 탁자에는 종이 한 장, 메모 한 장도 놓여 있지 않았다. 아무런 자료 없이 회담은 예정대로 순조롭게 잘 진행되었다. 김 대통령은 당초 준비한 의제를 빼놓지 않고 다 소화하면서 다른 덕담들도 교환했다. 회의 시간은 50여분을 지났다. 당초 예정보다 2.5배를 소요한 셈이다. 두 정상은 껄껄 파안대소를 하며 악수를 나누고 헤어졌다. 김 대통령은 만족하게 정상회담을 끝낸 것이다. 회담이 시작된 후, 그 말썽의 말씀자료가 도착하였지만, 그 순간 그것을 대통령에게 내놓을 수는 없었다. 회의장 밖에서 대기 중이던 실무자들은 두 번 놀랐다고 나중에 내게 말했다. 첫 번째는 아무런 자료 없이 대통령이 준비된 의제를 모두 다 완벽하게 소화했다는 것, 두 번째는 호기심으로 말씀자료를 들여다봤는데 달랑 A4용지 한 장에 의제 제목만 10개 적혀 있더라는 것이다. 김 대통령이 정상회담에 앞서 항상 공부를 열심히 하고, 현안문제에 대하여 확실하게 파악하여, 당신 방식대로 의제를 재정리하여 메모를 손수 만들기도 한다는 것은 이미 알려진 사실이었다. 어느 사회에서나 국가 지도자에 대한 루머가 있기 마련인데 당시 김 대통령에 대한 악성루머는 대통령의 고령에 관한 것으로서, 대통령이 노망이 나서 사람을 잘 알아보지 못하고, 같은 사람한테 인사를 두 번 세 번 한다는 것이었다. 나에게도 그런 소문을 언급하며 대통령의 육체적, 정신적 건강상태를 물어온 사람들이 있었다. 그럴 때에 나는 한 · 중 정상회담의 에피소드를 이야기해주면 그들은 더 이상 묻지 않았다.

한 번은 대통령이 조세형 국민의 당 고문에게 주 일본 대사 임명장을 수여하고 다과를 베풀었다. 새로 부임해가는 주요 대사들에게는 대통령이 현안문제를 언급하고 당부하기도 한다. 대통령은 조 대사에게 현재 한일 간에 10개의 크고 작은 현안문제가 놓여있다고 서두를 꺼내었다. 대통령은 "그 가운에 4개는 이미 종결 과정에 있고, 3개는 진행 중에 있으며, 나머지 3개는 시작단계에 있다"면서 하나하나씩 그 내용을 설명하고 우리의 목표도 분명히 제시하였다. 나는 대통령이 5번째 현안문제를 설명할 때 그 정도에서 그칠 것으로 예상했는데, 계속 현안문제를 상세히 짚어가는 것이었다. 나도 모르게 속으로 조마조마했다. 과연 대통령이 마지막 열 번째 현안문제까지 갈 수 있을 것인가? 대통령은 결국 막힘없이 열 번째까지를 마치고 조 대사에게 각별한 관심과 격려를 표명하였다. 그날 조 대사의 눈빛으로 보아 대통령의 한일관계 현안문제에 대한 특별한 관심에 놀라고 새로운 각오를 다짐했으리라 생각되었다.

상해에서 그날 오후 늦게 러시아의 발디미르 푸틴 대통령이 우리 대통령의 숙소로 찾아와 정상회담을 가졌다. 나는 내 방에서 중국 CCTV 영어 방송에 푸틴 대통령의 기지회견을 생중계하는 것을 보다가 시간이 되어 호텔 문 앞에서 기다렸다. 나의 역할은 정상이 차에서 내리면 간략히 환영인사를 하고, 레드카펫을 걸어 엘리베이터를 거쳐 대통령 숙소 옆 회의실에 계신 우리 대통령에게 안내하는 것이었다. 그리고 회담이 끝나면 오던 경로를 거쳐 차에 오를 때까지 정상을 안내하는 일이었다. 나는 나란히 푸틴 대통령과 카펫 위를 걷다가 조심스레 말을 꺼냈다.

"각하, 기자회견 생중계를 시청했습니다."

"아, 그래요? 어땠습니까?"

"아주 인상적이었습니다. 각하의 답변이 설득력 있게 잘 전달되는 것으로 느꼈습니다."

"아, 그랬어요? 고맙습니다. 사할린 문제도 있었어요."

푸틴 대통령은 나의 평가에 만면에 활짝 웃음을 띠면서 좋아했다. 푸틴은 우리 대통령과 악수를 하고 난 후 말했다.

"제가 지금 막 기자회견을 끝내고 오는 길입니다. 사할린 문제에 관한 질문도 있었습니다."

이에 우리 대통령은 사할린에 이주한 한인문제에 관하여 설명하고 우리의 입장도 표명하였다. 회담은 화기애애하게 잘 끝났다. 다시 돌아가는 길에 레드카펫 위를 걸으며 푸틴 대통령이 내게 말을 건넸다.

"김 대통령께서는 모든 이슈들에 대해서 상세하게 다 파악하고 계시는 분이군요."

그것은 아마도 의제에 없는 사할린 문제에 관해서도 우리 대통령이 즉석에서 정확하게 언급하였기 때문인 것으로 생각되었다. 푸틴 대통령도 회담에 만족해 하고 있었다.

다음날 아침은 한 · 일 정상회담으로 공식일정을 시작하였다. 고이즈미 총리가 대통령을 찾아왔다. 닷새 만에 두 번째 회담을 갖게 된 것이다. 레드카펫 위를 안내하며 조심스레 말을 꺼냈다.

"각하, 한 주일 만에 두 번씩 뵙게 되어 영광입니다."

"같은 주일에 두 번? 아, 그렇군요. 자주 만나면 좋지요."

고이즈미 총리는 영어를 사용하지 않는 것으로 알려져 있었으나 대화가 가능한 영어를 구사하였다. 총리는 대통령과 악수하면서 큰 소리로 인사하며 자리에 앉았다.

"각하, 한 주일에 두 번째의 만남입니다. 반갑습니다."

푸틴 대통령과 고이즈미 총리 안내 이후 나는 의전장으로서 정상과의 짧은 대화가 정상회담의 시작에 직감적으로 영향을 줄 수 있다고 생각을 갖고 조심스레 대화 내용을 고심하게 되었다.

당시 중국은 대외정책을 '도광양회_韜光養晦' 에서 '화평굴기_和平屈起' 로 옮겨가는 과정이었다. 속으로 조용히 실력을 키우다가 이제는 평화롭게 우뚝 서겠다는, 말하자면 대외적으로 고개를 세우겠다는 것이다. 미국의 중국 경계론 'China backlash' 도 짙어가고 있었다. 그러나 중국의 자기과시욕은 미묘한 중국의 위상을 아랑곳하지 않았다. 강택민 주석이 대표단 전체를 위하여 준비한 만찬에는 1백여 명의 선남선녀가 일사분란하게 음식을 나르고 시중을 들었다. 내 원탁 테이블에서 시중을 든 여성은 젊고 아름다웠는데, 내게 한국말로 시중을 들었다. 중국인들의 접대 관례로 보아 세심한 배려를 한 것이 틀림없었다. 만찬 후 강변에서 축하 폭죽 공연이 있었는데, 한마디로 하늘에서 폭죽이 폭우처럼 쏟아져 내려 그 잿가루가 사람들의 머리 위에 쌓일 정도였다. 대단한 물량공세로 아주 장관을 이루었다. 하늘에 폭죽이 터질 때마다 강변 건물에 설치된 국내 기업들의 네온사인 간판이 눈에 선명하게 들어왔다. 삼성, LG, 기아, 현대 등의 상호가 대표단 모두에게 확연히 다가왔다.

APEC 정상회의 후 곧 10월 4일부터 사흘간 브루나이에서 '아세안 및 한 · 중 · 일 정상회의' 가 개최되었다. 회의에 참석한 정상들은 노벨평화상을 수상한 한국의 원로 대통령에게 존경을 표하고 예의를 갖추었다. 주최 측도 배려를 다하였다. 특히 단아하고 예쁜 얼굴의 아로요 필리핀 대통령은 우리 대통령을 마치 아버지처럼 모시고 따랐다. 원래 브루나이 회의 후 인도를 공식방문 예정이었으나 인도 측 국내정세 불안 등으로 인도 방문이 취소되었다.

대통령의 다음 해외순방을 위하여 나는 10월 11일부터 21일까지 스트라스부르의 유럽의회, 영국, 노르웨이, 헝가리를 방문하여 상대국 측과 협의를 통하여 준비를 마쳤다. 11월 2일 대통령 내외를 모시고 런던 히드로 공항에 도착하였다. 한 · 영 정상회담은 런던 다우닝가 10번지 총리 관저에서 열렸다. 쪽문 같은 현관으로 들어가 복도를 지나 2층에 집무실과 회의실이 있었다. 정상 방문으로 경호요원들이 서성거렸지만 관저는 조용했고, 내부 장식도 수수했다. 회담은 오찬을 겸하였는데 양측 외교장관과 수석 등 제한된 인원만이 배석하였다. 정상들이 국제테러와 지역분쟁 등 국제정세에 관하여 심각하게 논의하는 동안, 나와 경호실장은 그 옆방에서 총리 측이 별도로 제공한 맛있는 점심을 편안하게 즐겼다. 대통령은 오후에 버킹검 궁을 방문하여 엘리자베스 2세 여왕과 부군인 에딘버러공을 만났다. 여왕은 대통령에게 '성 마이클 성조지' 대십자 훈장을 수여하고 왕실의 중요 예술품이 전시되어 있는 '픽쳐갤러리_Picture Gallery' 로 대통령 내외와 우리를 안내하고 직접 작품 설명을 하였다.

김 대통령은 호텔 숙소에서 야당인 보수당 당수 던칸 스미스의 예방을 받았다. 그는 40대 중반의 나이로 침체된 보수당에 새로운 활력을 불어넣고 있다는 평가를 받고 있는 인재였다. 대통령 예방을 마친 후 돌아가는 길에 그가 내게 말했다.

"훗날 내가 김 대통령의 나이에 이르렀을 때 대통령처럼 머리가 명료하고, 모든 이슈를 파악하고, 분명한 입장을 가질 수 있다면 얼마나 좋겠소?"

다음날 11월 5일 아침. 런던을 출발하여 케임브리지로 향했다. 8년 전 대통령이 정계를 은퇴하고 유학 차 6개월간 머물렀던 '오스트하우스_Oast House' 방문과 이웃집의 스티븐 호킹스 박사를 만나고 케임브리지 대학의 명예 법학박사 학위를 받기 위한 나들이였다. 자동차로 1시간 30분 이동하는 동안 차창 밖으로 내내 비가 주룩주룩 내려 다소 걱정스러웠다. 그러나 현지에 도착하여 집 앞으로 걸음을 떼자마자 비가 딱 그치고 햇빛이 나오기 시작하였다. 대통령은 당신이 살았던 집 현관에 붙은 현판 "김대중, 민주주의와 인권의 수호자 김대중 제 15대 한국 대통령, 노벨평화상 수상자, 여기에 머물렀다."를 감회스러운 표정으로 한참 들여다보았다. 박사학위 수여식은 전통적인 의식으로 권위 있고 엄숙하게 진행되었다. 이어서 열린 축하 오찬은 참석자들이 강당을 꽉 메우는 성황을 이루었다. 그곳에서 요즘 베스트셀러 경제학자 장하준 교수가 작은 키에 거뭇한 얼굴로 대통령에게 인사하였다. 대통령이 케임브리지에 체류 하는 동안, 그는 그곳 교수로서 대통령과 왕래하면서 나름대로 편의를 제공하였다. 공식 수행원인 장재식 산자부장관이 자신의 친아들이라면서 내게 귀띔했다.

그날 오후 늦게 노르웨이 오슬로에 도착하였다. 노벨평화상 100주년 기념 심포지엄에 초청받아 참석하기 위한 방문이다. 바로 전년도의 수상자로서 대통령은 첫 번째로 기조연설을 하였다. 대통령은 테러의 근절을 위한 국제사회의 노력을 호소하고 테러의 근본원인_root cause은 가난에 있다고 진단하였다. 또한 빈부의 격차가 종교, 문화, 인종, 이념 간 갈등의 저변을 차지하고 있는바 빈곤타파를 위한 국제협력의 필요성을 역설하였다. 국제테러의 원인은 여러 가지 있을 수 있지만 빈곤이 그 중요한 원인인 것도 사실이었기에 대통령의 지적은 시의적절 하였다. 노벨평화상으로 노르웨이를 방문하는 것은 나에게 특별한 기억을 떠오르게 했다. 나는 1984년부터 1987년까지 3년간 매년 한 차례씩 노벨평화상에 관하여 연구하고 들여다봤다. 물론 타의에 의해서였고, 그것은 내가 노르웨이를 관할하는 서구과장이었기 때문이었다. 그래서 노벨평화상에 관하여는 대한민국에서 가장 많이 알고 있는 사람으로 자부했다. 첫 번째는 1985년 여름 차관으로부터 노벨평화상의 추천과 심사과정 등에 관하여 조사해서 보고하라는 지시를 받았다. 관련자료를 수집하고 또 현지공관인 주 노르웨이 대사관에도 보고지시를 내렸다. 내가 올린 보고서의 주요 핵심은 다음과 같았다.

첫째, 노벨 위원회는 노르웨이 의회가 선출한 5명(현직 의원이 아님)으로 구성되고, 추천된 후보자들에 대한 심사와 결정을 하며 정부나 의회로부터 독립된 기관이다.

둘째, 후보자 추천 권한을 갖는 자는 각국 국회의원 및 정부각료와 IPU 회원, 국제재판소의 재판관, 대학 총학장, 사회 과학 역사 철학 정치학 법학 교수, 평화연구소 및 대외정책연구소 소장, 노벨평화상 수상자, 평화상 수상기관의 이사, 노벨위원회 전 현직 위원, 노벨위원회 전직 자문관이다.

셋째, 후보 추천 및 심사는 노벨위원회가 매년 10월 이후부터 다음 해 2월 1일까지 소정 양식의 추천서를 접수 받음으로 시작한다. 추천마감 후 첫 번째 위원회 회의에서 노벨위원회 사무총장이 노벨사무국과 함께 추천된 후보자 명단을 제출하고 후보자들을 검토 후 첫 번째 또는 다음 회의에서 통상 5 내지 12명 정도의 후보자 쇼트 리스트를 작성한다. 위원회 자문관 그룹이 쇼트 리스트 후보자에 대하여 2~3개월에 거쳐 조사 및 분석하여 보고서를 작성하고, 동 보고서 접수 후 위원회는 2개월 간격으로 회의를 통하여 후보자를 좁혀가며 심도 있는 토의를 한다. 위원회는 필요시 객관적인 사실 조회를 위해 주로 대학교수 채널을 통한 작업도 병행한다. 9월 중순까지 내부결론에 이르나 10월 초 발표 전의 마지막 회의 때까지는 최종 결정을 내리지 않은 것으로 유지한다.

차관은 왜 노벨평화상에 관하여 알아보라고 했는가? 당시 외국어대학 이사장 K씨가 그해 평화상 후보로 추천되었다. 그래서 K씨는 자랑스럽기도 하고 어떻게 심사하는가도 알아볼 겸 외무부 차관에게 연락한 것이다. 추천자는 스웨덴 국회의원이고, 추천 이유는 한국외국어대학이 스웨덴어학과를 창설해서 스웨덴어의 전파를 통하여 세계평화에 도움을 주었다는 것이다. 노벨평화상은 군축이나 평화증진에 현저히 기여한 개인이나 단체에게 주는 상으로 알려져 있었다. 스웨덴어의 한국 내 보급이 평화에 얼마나 기여하는 지에 관하여 가늠할 수는 없으나, 어쨌든 노벨평화상 후보에 오르는 일이 추천권자의 자격과 범위로 보아 어렵지 않다는 것을 알게 되었다.

다음 해 1986년 여름 노벨평화상에 관한 보고를 다시 하였다. 이번에는 청와대 지시였다. 이미 조사된 사항이었으나 좀 더 자료를 보완하여 작성하였다. 즉 첫째, 평화상의 대상자는 국제평화의 촉진 유공자와 군축 및 긴장완화에 현저히 기여한 자, 인권투쟁에 괄목할 업적을 남긴 자이나, 사실상 특정한 제한은 없다는 것, 둘째, 노벨위원회는 노르웨이 정부와 의회로부터 철저히 독립하여 심사하며 심사절차, 과정 및 심사내용은 비공개라는 것, 셋째, 최근 피추천자 수는 80~100명 선이며 통상 4월경에 12명 이내의 단축 리스트가 작성된다는 것 등이었다.

그 다음 해 1987년은 특별한 해였다. 첩보에 의하면, 서독 사민당 의원

73명이 연대하여 1월 말에 김대중을 노벨평화상 후보자로 추천하는 서한을 노벨위원회에 발송하였다. 위원회는 4월 초 첫 번째 회의에서 김대중을 포함한 12명의 단축 리스트를 작성하였다는 것이다. 이에 정부는 청와대, 안기부, 외무부 간에 협조체제를 갖추고 대책을 강구하였다. 청와대의 기본지침은 김대중의 노벨평화상 수상을 봉쇄한다는 것이었으며, 외무부의 기본대책 입장은 노벨위의 독립성과 사안의 민감성을 감안, 대외적 물의를 일으키지 않는 방법으로 활동을 전개한다는 것이었다. 노르웨이에 주재하는 우리 대사와 안기부 파견관은 정부 방침에 따라 노벨위 심사에 관한 정보를 파악하는 한편, 한국 국내정세를 설명하는 등의 활동을 전개하였다. 서울에서는 외무부장관이 직접 나서서 주한 노르웨이 대사를 만났다. 탕게로스 대사의 답변은 노련한 선진 외교관의 그것이었다.

"노벨평화위원회 위원은 절대적 독립 신분이므로 정부에서 영향력을 행사할 수 없고, 해서도 안 됩니다. 최근의 수상 동향으로 미루어 아직 김의 수상 가능성은 약할 것으로 생각되며, 본인이 금번 일시 귀국 기회에 혹시 관련 정보를 얻게 되면 알려드리겠습니다."

장관의 지시에 의하여 나는 6월 23일부터 며칠간 은밀히 노르웨이에 파견되었다. 평화상 심사와 관련한 현지 실정을 파악하고, 그 동안의 공관활동 내용과 공관장 의견 등을 종합하여 보고하라는 목적이었다. 처음에는 "하필이면 왜 내가?" 하는 불편한 심정이 들었으나, 곧 내가 무엇을 어떻게 해야 할 것인가에 대한 분명한 생각이 들었다. 외견상 민감한 것이지만 내게 어려운 일은 아니었다. 오슬로에 도착해 보니 대사, 참사관, 파견관 등 직원들은 평화상에 관련한 정보를 확보하는데 애를 쓰고 있었다. 다행히 아주 합리적으로 대처하는 것으로 보였다. 평화상 심사과정의 예민함과 비공개성에 대하여 잘 알고 있어서 나에게 그간의 활동사항이나 대처방안 등을 설명하는 내용으로 봐서는 무리한 활동을 하지는 않은 것 같았다. 나는 대사에게 탕게로스 대사의 말을 전해주고 대사관이 지금까지 해온 것처럼 정보파악 수준으로 활동하는 것이 좋겠다는 입장을 표명하였다. 그리고 나머지 시간은 노벨사무국 건물 앞을 지나 조각공원과 바이킹 전시관 등을 구경하다가 귀국하였다. 나의 출장보고는 명료하였다. 노벨위원회 위원에게 어느 정부도 영향력을 행사할 수 없으며, 도리어 역효과를 낼 수 있다는 것, 현지 공관은 교섭이 아니라 정보파악 수준에서 잘 대처하고 있다는 것, 앞으로도 현지 공관은 그렇게 활동하고자 한다는 것이었다. 이 출장보고 내용은 내가 서울을 떠날 때 마음속에 이미 그려두었던 것이며 현지 상황을 보아 당연한 것이었다. 그런데 상부에서는 내 출장보고에 특별한 반응이 없었다. 그도 그럴 것이 내가 보고서를 제출한 바로 다음날 '6 · 29 선언' 이 터져 나왔기 때문이다. 7월 중순에 나는 대사관 참사관에게 편지를 보냈다.

"… 저는 출장 보고 때 앞으로 현지에서 정보 파악하는 정도로 만족하고, 또 정보파악 한계도 어느 정도 설정해 주어야 한다는 정도의 의견을 피력하였습니다. 우리의 민주화 작업이 어렵기 짝이 없지만, 그래도 모두들 기대에 부풀어 있고 변화를 고대하고 있습니다. 우선 당장 표현의 자유를 어느 정도 느끼고 있다 할까요. 바로 얼마 전까지만 해도 K.T_당시 김대중의 약칭의 리셉션 피초청을 막기 위하여 장, 차관이 주한 대사들과 교섭하더니 이제는 없어졌고요!…"

그리고 나는 주 태국대사관 참사관으로 부임 차 8월 20일 출국할 때까지 노벨평화상에 관한 특별한 지시를 받지 않았다.

그로부터 13년 후 김대중 대통령은 '한국과 동아시아의 민주주의와 인권신장 및 북한과의 화해와 평화에 기여한 공로' 로 당당하게 노벨평화상을 수상하였다. 그리고 이제 내가 100주년 기념행사에 김대중 대통령을 모시고 노르웨이에 와 있다는 것이 감개무량하였다.

대통령은 헝가리를 공식방문도 하고, 스트라스부르 소재 유럽연합 의회에서 아시아 국가 원수로서 첫 공식연설을 한 후 12월 12일에 귀국하였다. 귀국 후 연말까지 나는 의전장으로서 주한대사들의 방문을 받는 일로 시간을 주로 보냈다. 나는 2년 전까지 본부에서 국장을 역임했었다. 그 당시 알고 지냈던 대사들 가운데 여럿이 아직도 서울에 있어서 리셉션 등에서 만나면 반가워하며 공적, 사적 이야기를 스스럼없이 주고받았다. 유럽 방문에서 귀국 후 한 리셉션에서 유럽의 어느 대사가 말했다.

"노벨평화상은 노벨상 가운데도 특히 권위 있는 상으로 우리 유럽 사람들은 수상자들을 높이 평가하고 존경하는데, 한국의 경우는 그렇지 않은 것 같습니다. 왜 그런가요? 노벨평화상에 대한 모독 같은 것 아닐까요?"

"그렇지는 않습니다. 평화상의 권위적, 독립적 심사과정을 잘 몰라서 나온 오해일 것입니다."

노벨평화상에 관하여 누구보다도 많이 알고 있다고 생각하는 나의 답변이었다.

언론의 자유가 보장되면 나라는 평안하고
그것이 짓밟히면 나라는 망한다 _ 조광조

나라의 얼굴이 되다_2

2001년 새해 들어 1월 23일부터 25일까지 노르웨이 총리의 방한이 있었지만 대부분의 시간을 조지 부시 대통령 방한 준비에 전념했다. 김대중 대통령은 정상회담 준비에 최선을 다했다. '김대중 자서전' 에서 대통령은 "나는 혼신을 다해 정상회담을 준비했다. 한 · 미 정상회담이 그때처럼 국민적 관심을 모은 적도 없었을 것이다."라고 적고 있다. 2002년 1월 새해 연두교서에서 부시 대통령은 북한을 이란, 이라크, 리비아와 함께 '악의 축' 으로 규정했기 때문에 북한과 미국관계가 급냉하고 덩달아 남북한 관계도 불편해져서 햇볕정책에 그림자를 드리우고 있었다. 따라서 부시 대통령의 방한 기회에 북한에 평화의 제스처를 보여줄 필요가 있었다. 대통령은 외교부장관, 외교안보수석과 함께 정상회담 의제를 검토하고 점검하였다. 언론의 관심도 높았다. 유엔총회 의장직을 겸하고 있던 한승수 외교장관이 교체되어 2월 5일에 최성홍 외교차관이 장관으로 승진 임명되었다. 일부 언론은 부시 방한을 앞둔 중요한 시기에 미국통이 아닌 외교관을 장관에 임명했다면서 우려를 표명하기도 하였다. 이에 한승주 전 외교장관은 어느 월간지와의 인터뷰에서 이렇게 평가하였다.

"신임 최 장관은 과거 나와 같이 일해 본 적이 있는데 능력이 있을 뿐만 아니라 회화, 문학 등 문화적 소양이 높은 분으로 미국 등 선진국 외교장관과의 대화를 잘 해나갈 수 있는 훌륭한 분입니다."

최 장관은 영어에 출중하고 인품도 훌륭한 직업 외교관이었다. 우리 사회에서는 워싱턴에 근무하거나 미국을 잘 알아야만 주 미국 대사나 외교부장관이 될 수 있다는 통념이 있는데 반드시 그렇지는 않았다. 역설적으로 미국을 덜 완벽하게 아는 것이 도움이 될 수도 있었다. 교섭에 있어서 상대방을 너무 많이 알면 상대방의 입장을 이해하고자 하는 자세가 무의식적으로 만들어지기 때문이다.

대통령은 부시 대통령의 체류 일정에도 관심을 표명하였다. 나는 청와대와의 조율 아래 제반 일정을 준비하였다. 특히 양국 대통령의 도라산 방문 일정은 임동원 외교안보특보 주재의 회의에서 결정하였다. 미국 대통령이 방한하면 통상 최전방 미군 전투부대를 방문했기 때문에 초안에는 전투부대 방문으로 되어 있었다. 그러나 나는 회의 중에 다른 장소를 방문하는 것을 제안했고, 숙의 끝에 도라산역 방문으로 결정한 것이다. 당시 1월 중순의 도라산역은 허허벌판에 건물만 세워져 있고 내부시설은 전혀 되어 있지 않은 상태였다. 외벽 유리 작업, 내부 타일 까는 일,

전기 및 전등 시설, 전화, 수도, 집기 비치, 인테리어, 페인트 작업 등등…. 이 모든 작업이 거의 한꺼번에 진행되었다. 나는 한 달 동안 세 차례나 현장을 방문하면서 작업 진행상황을 점검하였다. 도라산 역사 완공에는 여러 부서와 기관의 협조가 필요했다. 나는 공정이 늦어진 부분이나 부서 간 협조가 필요할 때마다 청와대의 임동원 특보에게 보고하고 조치를 요청하였다. 임 특보는 관계부서나 기관에게 지시하는 형식으로 공정을 독려하였다. 부시 대통령의 방한 하루 전 완공된 도라산역에서 리허설이 있었다. 모든 작업이 어렵게 완료되었지만 한 가지가 문제였다. 그것은 화장실 온수가 아직 들어오지 않아 내일 행사 때에도 불가능했다. 무슨 대안을 찾아보라는 나의 요청에 건설 측은 부시 대통령이 휴게실에서 5분간 휴식하는 동안 온수를 수동으로 올라오게 하는 조치를 취하겠다고 하였다.

드디어 2월 19일 오후 부시 대통령의 전용기가 성남 공항에 도착하였다. 나는 트랩을 올라가 기내로 들어가 부시 대통령 내외에게 환영의 인사를 하고 공항에 마중 나온 외교부장관과 인사들을 소개하였다. 대통령 일행은 미국 헬기로 이동하였다. 똑같은 모양의 헬기 두 대가 대통령과 수행원 그리고 나를 태우고 용산 미군의 헬리포트에 기착하였다. 헬기에서 내린 부시 대통령은 즉각 운동장 저쪽 멀리 철조망 넘어 운집한 미군 및 군속 등 환영 인파에 대하여 반응하였다.

"저쪽으로 갑시다!"

부시 대통령은 철조망 쪽으로 발걸음을 움직였다. 그때 측근 수행원이 자동차로 이동하는 중에 그쪽을 지나게 된다고 일러주었다.

"아, 그래요?"

전용차가 미국인들이 운집한 구역을 지나자 부시 대통령은 차를 멈추게 하고 내려서 환호하는 사람들의 손을 일일이 잡으며 즐거워했다. 민주시민을 의식하는 미국 대통령의 한 모습을 볼 수 있었다.

다음날 오전 청와대에서 전통 의장대의 주악 아래 공식 환영행사를 갖고 정상회담이 열렸다. 상해 정상회담도 긴장 속에 열렸지만 이번 서울 정상회담도 마찬가지로 긴장 속에 개최되었다. 대통령도 자서전에서 이렇게 회고했다.

"나는 젖 먹던 힘을 다해 대처했다. 지극 정성으로 부시 대통령을 설득했다. 내 말을 경청하던 부시 대통령의 얼굴이 밝아졌다. 그는 '좋은 유추'라며 특유의 천진한 표정을 지었다. 나는 햇볕정책으로 남북 긴장완화, 이산가족 상봉, 인적 교류 등을 가져왔으며 그 효과를 적시했다. 또 햇볕정책이 강력한 힘이 있어야만 촉진할 수 있는 공세적 정책임을 설명하고, 그 예로 휴전 이후 처음으로 북한의 군사도발을 응징한 연평해전을 예로 들었다."

당초 정상회담은 단독회담과 확대회담을 합쳐서 1시간 30분 동안 하도록 되어 있었다. 두 정상은 진지한 토론과 의견교환으로 예정된 시간을 모두 소진하였다. 또 3개 TV가 공동기자회견의 생중계를 위하여 방송을 열어놓고 대기 중이었으므로 확대회담을 생략하였다. 오후에 남북한 간의 끊어진 철도를 연결한 경의선 복원공사 현장방문을 위하여 양국 정상이 도라산역에 도착하였다. 두 정상은 철도 최북단 지점에 도착하여 휴전

선 철조망을 지척에 두고 경의선 복원공사 현황을 브리핑 받았다. 아직 겨울 기온이 여전하지만 날씨는 화창했다. 그러나 북쪽을 바라보는 두 정상의 눈길은 긴장되고 평화를 희망하는 마음으로 착잡한 듯하였다. 양국 정상은 도라산역 플랫폼으로 이동하여 부시 대통령이 준비해 놓은 철도 침목에 기념서명을 했다. "이 철길로 남북한 가족들이 재결합하기를!_May this railroad unite Korean families!"

나는 서명한 굵은 사인펜을 되돌려 받고 두 정상을 도라산역 내로 안내하였다. 대기실에서 잠시 휴식을 취하는 동안 부시 대통령은 준비된 뜨거운 타월을 사용했고, 온수 문제는 발생하지 않았다. 김대중 대통령에 이어 부시 대통령이 연설을 하였다. 나와 임성준 외교안보수석은 부시 대통령의 연설 단어 하나하나에 온 신경을 곤두세웠다. 그도 그럴 것이 전날 정상회담 직후 미 측으로부터 얻어낸 연설문 안에 문제의 '악의 축' 이라는 말이 또다시 나타났던 것이다. 임 수석은 즉각 라이스_Condoleeza Rice 안보보좌관에게 '악의 축' 을 삭제해줄 것을 강력히 요청하였다. 북한에 대한 평화의 제스처로서 철도 최북단 지점에서 연설을 하는데 '악의 축' 은 있을 수 없다고 설득을 하였다. 라이스 보좌관은 당초 연설문 초안에는 '악의 축' 이 들어있지 않았으나 부시 대통령이 직접 추가했다면서 대통령에게 보고하겠다고 했다. 그리고 그날 저녁 늦게 임 수석은 라이스 보좌관으로부터 '악의 축' 을 삭제하게 될 것이라는 연락을 받았다. 그러나 우리는 마지막 순간까지 안심할 수 없었다. 원안에 들어 있었던 문장이 무사히 지나가자 우선 한숨을 놓았고 연설의 마지막 단어가 끝났을 때 크게 안도의 한숨을 쉬었다. 양국 정상의 도라산 연설은 남북한에 대하여 그리고 세계를 향한 한반도 평화를 위한 귀중한 메시지였다. 그날 저녁 각계각층의 지도자들이 대거 청와대의 리셉션에 참석하여 부시 대통령의 방한이 아주 성공적이었다고 축하하였다. 언론도 성공적 방한이라고 높이 평가하였다. 정상회담이며 도라산 방문행사 등이 모두 잘 되었지만 그 '악의 축' 한마디가 만약에 나타났다면 부시 대통령의 방한은 없었던 것보다 못했을 것이다.

콜린 파월_Colin Powell은 군인 경력의 흑인 국무장관이다. 과거 동두천에서 복무한 경력도 있으며 친한파이다. 대통령을 공식 수행하여 방한한 그는 정치적이고 절제 있는 사람이었다. 도라산역 방문에 앞서 미군부대시찰이 있었는데 헬기로 캠프 보니파스에 도착하여 차량을 이용해서 울렛_Ouellette으로 이동하였다. 이역만리 산 구석에서 자신들의 대통령을 맞는 미국 장병들은 무척 감격스러워 하였다. 운집해 있는 장병들 앞으로 부시 대통령이 환호 속에 지나가고 20여 미터 뒤에 나타난 파월 국무장관이 지나가자 동두천 경력을 알고 있는 장병들이 큰 소리로 환호하며 맞았다. 그때 파월은 즉각 앞서가는 대통령을 가리키면서 손가락을 입에 대고 "쉿!" 하였다. 대통령에 대한 환영 무드를 자신으로 인해서 약화시키지 않으려는 세심한 배려였다. 출국하는 아침 부시 대통령은 오산 공군기지에 도착하여 기지 내 격납고에서 운집한 미장병 및 가족들에게 격려 연설을 하였다. 대통령이 연설에 앞서 일행을 소개하였다. 로라 부시 여사를 소개하자 로라 여사가 일어나 손을 흔들고, 이에 모두들 크게 환호하며 박수를 보냈다. 다음 파월 국무장관을 소개하자 파월은 일어서기 위하여 무릎을 반쯤 폈다가 금방 주저앉아 버렸다. 환호성이 너무 커지는 것을 방지하기 위한 순간적인 반응이었다. 대통령과의 대화를 자유스럽게 하는 가운데도 대통령의 권위를 존중하고 모든 스포트라이트를 대통령에게 집중시키려는 파월 장관의 세심한 주의가 돋보였다.

이어 고이즈미 일본총리가 3월 21일부터 23일간 공식 방문하였다. 지난해 말이래 신사참배와 독도문제 등으로 우리 국민들의 일본에 대한 감정이 좋지 않은 때였다. 고이즈미 일본총리는 도착 후 바로 국립묘지를 찾아 현충탑에 헌화하고 시내로 들어오는 길에 국립국악원을 방문하였다. 총리는 국악 연주 시작과 끝을 알리는 지휘자 역할을 해보고, 가야금 타는 법을 배워서 연주하기도 했다. 그는 일본에도 가야금과 비슷한 전통악기가 있는데 한반도에서 전래되었을 것이라고 언급하였다. 또한 지하상가에 들러 조용필과 계은숙 씨의 음반을 사고 주변의 쇼핑객들과 인사를 나누기도 하였다. 그날 밤 고이즈미 총리의 국악원 방문 TV뉴스는 우리 국민들의 마음을 누그러뜨리는데 기여하였을 것이다. 고이즈미 총리는 다음날 완공된 상암동 월드컵경기장을 방문하여 김대중 대통령과 함께 대형 축구공에 서명하고 양국 대표팀 선수 셔츠를 교환하였다. 그 날 저녁 열린 한 · 일 국민교류 기념 리셉션에서는 한 · 일 양국 가수들의 월드컵송 시연이 있었고, 총리는 갑자기 무대에 올라가 합창단을 즉석 지휘하였다. 고이즈미 총리는 일본에서 자유분방한 행동으로 국민들에게 신선한 충격을 주고 인기를 누리고 있었는데, 한국에서도 순간순간의 기회를 포착하여 대중들에게 어필하고 다가가는 제스처를 유감없이 발휘한 정치인이었다.

고이즈미 총리가 출국한 다음날 3월 24일에 에쿠아도르 대통령이 방한했다. 연초부터 노르웨이 총리, 인도네시아 대통령, 핀란드 대통령, 싱가포르 대통령, 라오스 총리, 말레이시아 총리 등이 3개월 동안에 잇달아 방한하였다. 의전장이 되어 국가원수급의 방한 희망을 가능한 한 많이 수용하여 정상외교를 활성화해야 한다는 3년 전의 나의 생각이 실현되는 것 같아 큰 보람을 느꼈다.

2002년 한 · 일월드컵 개최는 한국을 세계에 널리 알렸다. 이 기회에 국가원수 등 많은 지도자들이 한국을 찾아왔다. 나는 4월부터 '외빈영접 대책반' 을 구성하여 월드컵의 성공적 주최를 위하여 외빈영접에 최선을 다하였다. 한 · 일월드컵은 5월 31일 저녁 상암운동장에서 성공리에 개막되었다. 대회 기간 내내 월드컵의 성공을 위한 우리 국민들의 성원, 붉은 악마와 '대한민국' 을 외치는 한국인의 열정은 전 세계에도 널리 전파되었다. 우리나라의 첫 경기는 부산에서 폴란드를 상대로 하였다. 모두가 손에 땀을 쥐는 경기였다. 우리가 2대 0으로 승리하였다. 전반전이 끝나고 쉬는 시간에 크바시니에프스키_Aleksander Kwasniewski 대통령은 제프 블래터 FIFA 회장과 나와 같이 환담을 하고 있었다. 그런데 얼마나 답답했던지 갑자기 일어나서 나가더니 관중석 계단 최하단까지 내려가서 난간을 쥐어 잡고 아래 경기장 한쪽에서 쉬면서 작전을 숙의하고 있는 폴란드 선수단과 감독을 내려다보며 큰 소리로 작전지시와 격려를 하는 등 초조해 하였다. 승리 후 경기장을 나서는 대통령 행렬에 대해 부산 시민들이 손을 흔들고 박수를 치며 환호했다. 아마도 김대중 대통령이 부산에서 이렇게 환호를 받아본 것은 처음일 것이라는 이야기가 옆에서 흘러나왔다.

김대중 대통령은 6월 30일에 일본 요코하마에서 브라질과 독일 간의 결승전을 관람하고 고이즈미 총리와 함께 폐막식을 가졌다. 그런데 6월 29일에 제2 연평해전이 발생하였고, 7월 1일에는 6명의 전사자 영결식이 거행되었다. 당시 교전 상황은 이미 종료되었고, 대통령은 월드컵 공동주최자로서 예정대로 폐막식에 참석하였다. 김 대통령은 7월 2일 성남공항에 도착하자 곧바로 연평해전 부상병이 입원한 곳으로 달려가 위문을 하였다.

나는 대통령을 수행하면서 지난 한 달 동안의 월드컵 경기와 한국인의 열정, 세계의 관심을 돌이켜보았다. 우리는 4강 진출이라는 예상 밖의 쾌거를 거두었고 한국인의 열정과 역량을 다시 확인할 수 있었다. 우리는 월드컵을 아주 훌륭하게 성공적으로 치른 것이다. 당시 내일신문은 '외교를 움직이는 사람들' 이라는 기획 보도 두 번째로 나와의 인터뷰 기사를 5월 30일자로 게재하였다. "의전은 국가의 첫 얼굴이지요"라는 제목이었다.

> '화장을 하는 남자' 송영오 의전장에게 어울리는 별명이다. 그는 얼굴을 화장하는 것이 아니라 한 나라의 첫인상을 위해 나라의 이미지를 화장한다. 서글서글한 인상, 그러면서도 세련미가 물씬 풍기는 송영오 의전장에게서 느껴지는 인상이다. 상대방을 지루하지 않게 만드는 세련된 말솜씨도 호감이 간다. 한 나라를 화장하는 일은 여간 복잡하고 조심스러운 게

아니다. 공항에서 외국의 주요 인사들을 영접하는 순간부터 사열, 자동차 대기, 경호 등이 망라돼 있다. 송 의전장에게서는 30년간의 공직생활로 다져졌을 법한 노회함(?)이 보이지 않는다. 오히려 젊음과 생기, 신선함이 싱그럽다. 젊은 후배들보다 더 활기차고 젊게 느껴지는 것은 매사 자신감과 정열을 가지고 일을 하는 적극적인 자세가 뿜어내는 에너지인지도 모르겠다. 송 의전장은 요즘 월드컵을 맞아 가장 바쁜 사람 중 한 명이다.

"월드컵 준비 마무리 작업에 정신이 없습니다. 다행히 개막일 며칠 전 진행된 리허설이 성공적으로 끝나 조금은 부담을 덜었죠."

그는 4월부터 시작된 '외빈영접대책반'의 반장으로, 그를 중심으로 태스크포스팀이 구성돼 있다. 월드컵은 올림픽을 능가하는 세계 최대의 스포츠 잔치다. 그러니 그의 일이 얼마나 중요하고 바쁜지는 미루어 짐작이 가능하다.

"월드컵 기간 45개국에서 각국 수반, 왕족들을 비롯해 각료들과 특별 초청 인사급만 70여 명 한국을 찾게 됩니다."

송 의전장은 이에 대비 50여 명의 외교부 직원들로 TF 내 출입국팀, 차량팀, 숙소팀 등 5개팀을 꾸려 이들의 편의와 안전을 위해 만반의 준비를 하고 있다.

"외교부 의전이란 곧 '국가의전'입니다. 국가의 첫인상이라 할 수 있죠."

한 국가의 얼굴을 담당하는 의전장답게 그의 목소리에는 힘이 있다.

"의전이란 국가간 지켜야 하는 기본적인 예의범절이라고 이해하면 쉽습니다. 민족, 문화, 정서 등을 바탕으로 한 국가 간 지켜야 할 관행이라고도 볼 수 있구요."

그는 국가 간 만남이 빈번해질수록 이에 윤활유 역할을 하는 것이 의전 활동으로 믿는다. 잦은 만남 속에서 빚어질 수 있는 크고 작은 마찰을 줄이는 게 '의전'이라는 것. 그는 스리랑카에서의 경험에 애착을 갖고 있다. "스리랑카의 제1 투자국이 바로 한국이라고 말하면 다소 놀랄겁니다."_생략

왜 '화장하는 남자'라고 시작했을까? 스리랑카에서 2년 가까이 근무하고 돌아와서 얼굴이 까맣게 그을렸는지라 나는 청와대에 올라갈 때에는 항상 얼굴에 BB크림을 바르고 깨끗이 한다. 그런데 민낯에 대충 칠하고 휴지로 쓱쓱 문지르고 말아서인지 그 여기자는 금방 눈치를 챈 것 같다.

청와대에서 대통령이 외국 국가원수를 위하여 주최하는 만찬에는 상대국에 따라 초청 규모가 결정된다. 5부 요인과 장관, 청와대 수석 등이 고정 초청대상이고 주한 외교단장 및 일부 외교사절 등이 초청된다. 그리고 방한 국가원수의 나라와 관련이 있는 각계 인사들과 일부 국회의원들이 초청된다. 초청리스트는 우리 실무자들이 작성하여 내가 훑어본 후 청와대에 보내면 그 곳에서 명단이 추가되어 확정된다. 당시 신지식인들이 초대되어 눈길을 모으기도 했다.

만찬 석상에서는 양국 국가원수가 리셉션 라인에 서서 모든 참석자들과 일일이 악수를 나누었다. 나는 대통령 앞에 서서 참석자들이 내게 넘겨주는 카드를 보고 그들의 이름과 직책을 대통령에게 소리 내어 소개하였고, 상대국 국가원수 뒤에는 통역이 붙어 서서 귓속말로 참석자를 소개

하였다. 우리 대통령과의 악수를 위하여 만찬에 참석하고자 정치인, 기업인 등 일부 국내인사들이 직접 또는 국회의원이나 다른 영향력 있는 사람들은 통하여 부탁해 오기도 하였다. 만찬 음식은 특급호텔 세 곳이 돌아가면서 케이터링 해 주었다. 호텔 측에서 메뉴를 정하면 청와대 관계 비서관과 내가 그 호텔에 가서 메뉴에 따라 시식을 하였다. 시식 과정에서 우리는 맛과 내용물들에 관하여 코멘트를 하면 호텔 측에서 이에 따라 수정을 하여 메뉴를 확정한다. 만찬이 있는 날 오후 호텔 측은 청와대 주방으로 옮겨 음식을 장만하였다.

국빈만찬은 우리의 전통한식으로 열 코스 정도를 갖는다. 전채와 스프로 시작하여 전, 생선, 육류 요리, 신선로, 진지와 탕, 후식, 차까지 약 2시간이 소요된다. 그리고 자리를 옮겨 40여분의 공연시간을 갖는다. 전례에 따라 만찬을 진행하다 보니 코스가 너무 많고, 따라서 음식량도 좀 많은 것 같았다. 더군다나 장거리 여행을 한 국가원수 일행들은 피곤하고 또 낯설은 음식을 먹는 부담에 특히 여성들의 경우에는 코스가 바뀔 때마다 "또?" 하고 눈을 크게 뜨고 힘들어 하는 사례가 많았다. 국빈을 잘 모시기 위하여 우리의 고유한 손님 접대 관습에 따라 만찬 음식상을 잘 차리지만 역시 양은 만만치 않아 나에게도 부담이 되었다. 그래서 의전장으로 부임한 지 2개월이 되어 과감하게 코스를 2개 또는 3개를 줄였다. 청와대의 관계 비서관에게도 양해를 구했다. 한두 달이 지난 후 내게 이야기가 들어왔다.

"의전장이 새로 와서 국빈 만찬코스를 줄여버려 대통령께서 밤중에 출출하시어 음식을 찾는다더라."

처음에는 그냥 지나쳤지만 시간이 지나면서 궁금하기도 하고 또 염려스럽기도 했다. 어느 날 청와대의 음식을 담당하는 문문술 부장(후에 한국 음식 명장이 됨)에게 물었다.

"대통령께서 국빈 만찬 후 밤중에 출출하시다고 무슨 음식을 찾으시나요?"

"아닙니다. 그런 적 없습니다."

"그러면 국빈 만찬 코스 내용은 어떻게 생각합니까?"

"네, 저는 코스를 줄인 것 좋다고 생각합니다."

결국 대통령께서 밤중에 음식 찾는다는 소문은 근거 없는 것으로 드러났다. 아마도 국빈만찬에 단골로 초청받는 각료나 수석비서관 가운데 누군가 코스가 줄어진 것을 거론했던 것이 잘못 확산되어 그런 소문이 났던 것 같다. 이것은 사소한 일이었지만 권력의 핵심부에서는 오해도 쉽게 일어날 수 있고, 또 그것을 확인하는 것도 쉽지 않고, 사안에 따라서는 파급효과도 클 것이라는 생각을 하였다.

실제로 김대중 대통령은 만찬에서 제공되는 음식을 거의 다 비웠다. 다리가 불편함으로 인해 운동을 할 수 없는 대신에 음식을 골고루 잘 섭취하고 아침부터 저녁까지 꽉 짜여진 일정을 부지런히 소화하는 것으로 건강을 유지하는 것으로 보였다. 김종필 전 총리도 결코 소식가가 아니다. 세 차례 김 총리를 수행하여 해외방문을 하였는데 한번은 이스라엘을 공식 방문했을 때 김 총리의 식사량에 대하여 놀랐다. 우리는 착륙 직전 비행기 내에서 쇠고기 스테이크로 저녁식사를 마쳤다. 이스라엘 도착 후 바로 총리회담과 만찬으로 들어갔는데 이번에도 커다란 스테이크가 나왔다. 족히 260g쯤 되어 보였다. 기내식 후 2시간 밖에 되지 않은 시간이었다. 나는 예의상 나이프로 썰어 2점 정도 먹고 끝을 냈는데, 김 총리는 그 큰 스테이크를 끝까지 다 소진해낸 것이다. 국빈으로서 다소 의무감도 있었겠지만 대단한 식사량이었다. 공식이든 비공식이든 김 총리는 식사 자리를 즐겁게 하였다. 스스로 정치야사, 유머 등 재미있는 이야기로 식탁 분위기를 부드럽고 자유스럽게 리드하였다. 때로는 소위 와이담도 섞어가며 웃음을 자아내게 하였다. 김 총리는 기억력이 아주 출중하였다. 정치야사나 옛날이야기를 하는데 그 시기, 등장인물을 정확히 기억하였고 행여 동석한 다른 사람이 옛 정치야사 이야기를 완벽하게 설명하지 못할 때면 앞뒤 순서와 특징인물을 정정해 줄 정도였다.

김 총리는 해외 방문 시 수행원에 국회의원 2-3명을 꼭 포함시켰다. 이스라엘 방문 때는 내각제 조기 실현에 전념하겠다며 과기처장관직을 내놓은 강창희 의원이 수행하였다. 예루살렘에서 '통곡의 벽' 을 방문한 후 돌아오는 길에 누군가 무엇을 기원했느냐고 물었다. 이에 강 의원이 대답했다.

"내각제 빨리 실현되게 해달라고 기도했어요."

그러자 다른 의원이 웃으며 대응했다.

"나는 내각제 실현되지 않도록 빌었어요."

당시 강 의원은 소탈하고 우직해 보였다.

외빈과의 회담에서 김 총리는 모범생이었다. 준비된 말씀자료에 따라 충실하게 의제를 소화하고 합리적으로 의견을 개진하였다. 상대 측과의 대화도 자연스럽게 주고받았다. 그는 일본 서적, 문고집들을 통한 독서량이 많았고, 그 내용들을 잘 활용하였다. 김대중 대통령의 정상회담은 잘 짜여지고 잘 준비된 상태에서 열렸다. 김 대통령은 정상회담 의제와 현안 문제 등을 상세히 파악하고 제출된 말씀자료를 직접 정리하고 요약하여 회담에 임하였으며, 회담 내내 진지하고 열성을 다하였다. 북한 비핵화 문제 등으로 정상회담 시간이 많이 소진되어 다른 의제 토의 시간이 부족할 경우에는 임기응변으로 우리 측이 요청할 사항만을 선택하여 토의하고 상대 측에 상응할 시간을 주고 회담을 마쳤다. 특히 집권 초기 IMF 상황 아래서는 상대국에 따라 투자유치 권유, 아국 건설 진출 및 수주요청, 개방요구 등을 주요 의제로 삼아 세일즈 활동을 열심히 하였다. 만찬 석상에서 김 대통령은 풍부한 독서량과 경륜을 바탕으로 다양한 화제를 꺼내어 대화를 나누었고 상대에게 좋은 인상을 주려고 노력했다. 그의 독서량과 분야는 아주 많고 광범위한 것으로 잘 알려져 있지만 특히 역사, 문화사, 철학, 정치, 경제 분야에 흥미를 많이 갖고 있었다.

그는 세계역사와 문화발전에 관한 자신대로의 잘 정리한 일가견을 지니고 있었다. 대통령 취임식 후 1998년 3월 세종문화회관 대강당에서 대통령은 서울, 경기 지방 국장급 이상 공무원 모두들 앞에서 앞으로 우리 국가가 나가야 할 방향에 관하여 100분 강의를 하였는데, 선사시대 이래 20세기까지의 인류역사와 문화사를 개관하고 시대적 의미를 규정한 다음, 우리 국가의 장래와 공직자의 역할로 결론을 맺었을 때 1분도 초과하지 않고 딱 100분 만에 종료하였다. 정부의 대다수 고급 공무원들이 그간 감추어져 있었던 김대중의 사상과 지식을 처음 대면하고 깜짝 놀라는 분위기였다. 정부 각료들과 청와대 수석비서관들의 경우도 한동안 경제수치로 어려움을 겪었다. 김 대통령은 경제적 지식에 밝았다. 특히 각종 경제수치에 대하여 잘 파악하고 있어서 각료들이 정확하지 않은 숫자를 함부로 내놓지 못했다. 수출입 통계는 물론이고 외화가득률, 외국인 투자유치 통계, BIS, 저축률, 산업분야별 GDP생산액 및 비율, 정부예산 등등…. 각료와 비서관들은 크고 작은 각종 수치를 암기하느라 한동안 애를 먹었다.

김영삼 대통령의 집권 말에 나는 아중동국장으로서 정상회담과 외빈 면담자리에 여러 차례 배석하였다. 김 대통령은 말씀자료에 따라 무난하게 소화해냈다. 그 당시 악성루머는 김 대통령이 별로 아는 게 없어 상대방과의 대화가 잘 안 된다는 것이었는데 그렇지 않았다. 대화를 하다보면 주어 등이 생략되어 완전한 문장이 되지 않는 경우나, 내용이 상당히 장황해지는 경우도 있었는데, 박진 씨_전 한나라당 국회의원이며 통일외교통상상임위원장 역임가 낭랑한 목소리로 잘 정리하여 통역하였다. 대화는 주고받는 것으로 상대에 따라 주제가 달라진다. 정상회담의 경우는 더욱 그렇다. 한때 김영삼 대통령은 외국정상과의 회담에서 금융실명제 실시를 자신의 업적으로서 자주 거론하였다. 한번은 동남아 국가의 총리가 한국의 경제발전 경험을 배우겠다고 어렵사리 방한하였다. 그 총리는 우리 대통령에게 경제발전 과정에 관하여 이것저것 묻고 싶어 했다. 그런데 김 대통령이 금융실명제를 화제로 꺼내놓고 실시 계획부터 집행, 국민의 반응까지 신명나게 설명하느라 회담시간을 거의 다 소진해버렸다. 그로 인해 그 총리는 몇 마디 할 겨를도 없이 회담을 마무리했다. 그 총리의 방한 목적이 충분히 달성되지 않은 듯하여 우리 외교부장관과 현지 대사가 좀 난처해

했다는 후문이 있었다.

우리 대통령이 외국을 방문하는 경우에는 우리나라 민간 항공기를 전세 낸다. 과거에는 대한항공이 독점적으로 대통령의 해외여행을 담당하였다. 그러나 국민의 정부가 들어와서는 아시아나 항공도 공평하게 참여하게 되어 매번 입찰로 결정하였다. 그러나 그 입찰은 형식적이었고 두 항공사가 교대로 항공기를 제공하였다. 항공사가 결정되면 그 비행기에 대통령실을 따로 만들기 위하여 일부분을 개조한다. 또한 실제 해외여행 기간보다 앞뒤로 며칠씩 더 임대하는데 항공기 전세 비용에는 일반여객 손실비용도 고려한다. 따라서 대통령의 해외여행 예산 가운데 상당액은 항공기 전세비용으로 지출되는 실정이었다. 항공기에는 당해 항공사 사장이 항상 같이 탑승한다. 기장 및 승무원들은 여행기간 내내 외부 인사들과의 접촉을 자제하여 보호를 받았다. 우리나라도 대통령의 안전문제, 장기적인 예산절약, 빈번한 정상회의 참석 등을 위하여 장거리 대통령 전용기가 필요하다. 이는 대통령의 사치가 아니라 예산절감 등 실용적 필요성에 의한 것이며, 우리 스스로의 국격에도 관련된다.

의전장을 그만 둔 후 나는 한 차례 김대중 전 대통령을 찾아뵈었다. 2003년 5월 말 공관장회의 참석차 로마에서 귀국한 기회에 동교동으로 김대중 전 대통령 내외를 예방하였던 것이다. 당시 김 전 대통령은 건강이 좋지 않아 외부 인사를 전혀 접견하지 않고 있던 시기였는데, 이희호 여사께서 접견하는 형식으로 이루어졌다. 이 여사께서 "그 사이 얼굴이 좋아지셨네요." 라고 하면서 반가이 맞아주었다. 거실에 앉아 담소를 시작한 지 몇 분 되지않아 갑자기 대통령이 지팡이를 짚고 조심스레 걸어나왔다. 대통령은 참피 대통령의 안부를 묻고 또 이탈리아를 포함한 유럽 경제가 어떠냐고 질문하였다. 이에 나는 독일 경제가 서서히 좋아지고 있어서 이와 연계된 이탈리아 등 다른 국가들도 머지않아 호전될 것이라면서 몇 가지 정치, 경제 이슈를 설명드렸다.

이에 대통령은 내가 설명한 의제들에 관하여 당신의 생각을 일일이 밝히고, 유럽의 정치, 사회 전반에 대하여 심도있게 평가하였다. 대통령께서는 몸도 불편하다는데 거의 한 시간 가까이 열정적으로 대화를 계속 하였다. 마침 이희호 여사도 감기 기운이 있었던 차라 나는 이 여사의 감기를 걱정하면서 조심스레 대화를 먼저 마무리 질 수밖에 없었다. 나중에 알고보니, 대통령은 5월 중순 연세대 세브란스 병원에서 심혈관 확장수술을 받고 또 신장 혈액 투석도 시작하였다는 것이다. 감사하고 죄송스러웠다. 당시 나는 고르바쵸프 재단에서 주관하는 노벨평화상 수상자 세계정상회의가 다음 해 로마에서 개최됨을 상기시켜 드리고 대통령께서도 초청을 수락할 것을 건의하였으며, 그후 대통령은 2004년 11월 로마회의에 참석하여 개막식에서 기조연설을 하였다.

그 후 김 전 대통령의 서거 전 병원으로 병문안을 하였고, 영결식에는 장례위원으로 참석하였다.

대통령을 보좌하여 의전업무를 수행하는 동안 청와대에서 여러분의 협조와 지원을 받았다. 오늘날 우리나라 정치를 이끄는 박지원 의원은 당시 대통령 비서실장으로서 내게 많은 도움을 주었다. 박 의원은 내가 1981년 주 유엔대표부에 부임하였을 때 뉴욕 한인회장직 임기를 마치는 즈음이었다. 안주섭 경호실장은 합리적이고 조용하게 경호실을 잘 운영하여 의전과 경호와의 마찰이 일어나지 않았다. 이기호 경제특보는 고교 1년 선배로서 같은 동아리에서 활동하였고, 고시도 1년 앞섰다. 대북송금 문제로 6개월 옥고를 치룬 직후 로마에 있는 내게 와서 잠깐 심신을 추스리기도 하였다. 김하중 외교안보수석은 내가 좋아하고 감탄하는 친구로서 나의 의전장 내정을 가장 먼저 알려주었다. 그리고 김상남 사회노동수석과 박금옥 비서관으로부터도 지원을 받았다. 모두들 고마운 분들이다.

전쟁을 하는 것보다는
외교로 싸우는 것이 더 낫다 _W. 처칠

주 이탈리아 대사로 부임하다

퀴리날레궁_Plazzo del Qurinale은 고대 로마의 7개 언덕 가운데 하나인 퀴리날레 언덕에 세워진 16세기 건축물이다. 가리발디 장군이 1870년 바티칸을 제외한 로마 전체를 점령할 때까지 교황의 여름 별장이었다. 지금은 대통령궁으로 사용되고 있다.

2002년 10월 8일 오전 나는 제 14대 주 이탈리아 한국대사로서 이탈리아 챰피_Carlo Azeglio Ciampi 대통령에게 신임장을 제정하기 위하여 퀴리날레 궁에 도착하였다. 신장이 2m가 넘는 건장하고 준수한 이탈리아의 유명한 카발리에 경찰의 호위를 받으며 약간 어둡게 조명된 긴 복도를 한참 지나갔다. 높은 천정을 받든 양쪽 벽에는 중세 그림과 타피스트리 등이 한껏 고풍스럽고 장엄한 분위기를 자아냈다. 크지 않은 키에 은발의 챰피 대통령은 나를 반가이 맞으며 2년 전에 이탈리아를 방문한 김대중 대통령의 안부를 물었다. 그는 우리 대통령과 같은 나이로서 김 대통령을 특히 친근하게 느낀다면서 남북정상회담의 성공을 다시 축하한다고 말하였다. 나는 우리 대통령의 챰피 대통령에 대한 안부를 전하고 내가 마음속에 두고 있는 현안사항을 슬그머니 갖다 붙였다.

"각하, 우리 대통령께서는 정권교체를 통한 민주주의 발전, 1997년 경제위기 극복과 경제개혁을 통한 시장경제의 발전 그리고 첫 남북정상회담의 성공적 개최로 남북한 간의 교류, 협력과 한반도 평화를 이룩함으로써 성공적인 대통령이 되었습니다. 이제 몇 개월 남지 않은 임기 동안 김 대통령은 두 개의 국제행사 유치에 관심을 기울이고 계십니다. 첫째, 여수국제박람회 개최와 둘째, 2010 평창동계올림픽 개최입니다."

나는 여기까지만 이야기하고 곧바로 화제를 다른 쪽으로 돌렸다. 통상 신임장 제정 시 국가원수에게 현안문제를 제기하거나 교섭하지 않는 것이 관례인데, 나는 우리 대통령의 근황을 이야기하면서 슬쩍 당면한 현안문제를 제기만 하고 끝내버린 것이다. 어차피 대화 내용은 총리실과 외무성에 전달 될 테니까.

9월 4일 로마로 출발하기 전. 국회, 정부 및 경제계 등을 찾아 출국인사를 하고, 또 친지들과의 작별인사를 하는 동안 나는 많은 사람들로부터 염려의 말을 들었다. 지난 한 · 일월드컵 축구 경기 16강전에서 한국이 연장전 골든 골을 얻어 우승 후보 이탈리아를 이긴데 대하여 이탈리아인들은 심판의 오심으로 주전 선수가 퇴장 당하게 되어 결국 경기를 진 것이라고, 그 분노가 하늘에 닿을 듯 반응했다. 그러한 월드컵 후유증의 분위기에 한국대사로 부임하니 어찌 반겨주겠느냐는 걱정이었다. 나도 그 염려에 감사했으나 속으로는 생각이 달랐다. 특별한 근거는 없으나 장기적으로는 양국관계 발전에 도움이 될 것이라는 자신감으로 로마로 향했다. 언론에서도 이탈리아 사람들의 반응에 대하여 관심을 가졌다. 경향신문에서 '월드컵 그 후 이탈리아' 라는 제목으로 글을 보내달라는 요청이 왔다. 경향신문은 12월 13일자에 "대사 24시" 라는 칼럼에 나의 글을 다음과 같이 게재하였다.

> 얼마 전 이탈리아 고위층을 만났을 때, 여수박람회에 관하여 의견을 나누었다. 그는 이 나라 정부의 실력자로서 친한 인사이다. 지금 다섯 나라가 치열하게 경합 중이나 결국 마지막 결선 투표에는 우리나라와 다른 한 나라가 남게 되어 한 표라도 더 얻는 나라가 이기는 것이라고 투표과정을 설명했더니, 이 친한 인사가 웃으면서 "모레노 같은 심판이 없어야겠군요."라고 농담했다. 한 달 전 국회의 외교분과위원장을 예방해 부임인사를 하고 한·이탈리아 양국 의회 간의 협력증진 방안에 관해 의견을 교환하던 과정에서도 경륜 있는 위원장이 한국 축구의 발전을 평가하는 이야기를 했는데 배석자 가운데 한 사람이 "그 경기는 한국과 모레노와의 경기였다."고 촌평했다.
>
> 모레노 심판이 월드컵 경기 때 사용한 두 개의 시계 중 한 개가 지난 9월 23일 '생체해부반대 그룹'의 기금 조성을 위한 자선 경매에서 팔렸다. 이 경매에는 이탈리아 가수, 여배우 및 기자들도 참가했는데, 어느 언론사 기자가 여전히 분을 삭이지 못하면서 "내가 그 시계를 사서 산산조

각으로 내고야 말겠다."고 말한 것으로 보도되기도 했다. 이탈리아인에게 축구는 절대적이다. 이탈리아에는 월드컵이 개최되는 4년에 한번 이탈리아인이 생긴다는 과장된 말이 있다. 이탈리아 사람들은 향토애나 지역주의가 강해 아직도 로마인, 제노바인, 베네치아인이라고 스스로를 생각하고 있으며, 월드컵 경기에서야 '이탈리아'를 외치며 열광하기 때문에 생긴 말이다.

축구는 또한 그들 생활의 일부다. 이탈리아 축구의 저력은 "축구는 문화다"라는 국민의식과 탄탄한 축구 인프라에서 나온다. 일요일마다 주요 도시의 경기장 주변은 교통이 마비되고 경기장에서 울려 퍼지는 함성, 경기가 끝난 뒤 해산하는 관객들이 울리는 자동차 경적은 이탈리아인의 축구에 대한 사랑과 자존심을 말해준다. 우승후보라 생각하고 별렀던 월드컵에서 생각지도 못한 한국에 패했으니 그 충격과 실망이 오죽했겠는가. 이탈리아팀이 우리에게 패하던 날, 많은 이탈리아인들이 분노에 찬 목소리로 우리 대사관에 항의 전화를 하고 대사관 담장 너머로 계란을 투척하기도 하였다. 또한 우리 교민들은 간이식당이나 유흥음식점 출입을 한동안 삼가야 했고, 적의에 찬 날카로운 눈초리를 등 뒤로 한참 짊어져야 했다.

지난 9월 초 이곳 이탈리아에 제 14대 대사로 부임하기에 앞서 주위에서 월드컵 후유증으로 고생 좀 하겠다고 걱정들을 많이 해주었다. 그러나 나의 생각은 좀 달랐다. 비록 이탈리아인들이 당분간은 한국에 대해 좋지 않은 감정을 품을 수도 있겠으나 이번 기회를 통해 한국인의 강인함과 우수성, 그리고 단합된 국민의지를 보고 느낌으로써 한국과 한국인에 대한 인식을 새로이 하고 강한 자와의 관계 증진을 마다하지 않을 것이다.

따라서 중 · 장기적으로 한 · 이탈리아 관계에 긍정적인 영향을 줄 것이라고 생각했다. 대사로서 우선해야 할 일은 이탈리아인으로 하여금 한국에 대한 이해를 넓히고 '한국은 이탈리아의 유익하고 도움이 되는 21세기의 파트너'라는 것을 인식시키는 일이라고 생각했다. 이러한 과정에서 우리의 국가 이미지를 제고하고 나아가 이를 우리 상품 이미지로 대위시키는 것이 순서일 것이다.

지난 11월 20일 밤 한국과 브라질 간의 친선축구 경기가 TV로 방영되었다. 이탈리아 해설자는 월드컵 우승팀인 세계 최강 브라질과 당당하게 맞서 경기를 펼친 한국팀의 수준과 저력을 평가했으며, 월드컵 때도 기본 실력을 갖춘 팀이었다고 회고했다. 한국 축구에 패배한 기억은 모레노 심판에 대한 불만으로 아직 남아 있으나 한국에 대해 가졌던 좋지 않은 감정들은 이제 수그러져가고 있다. 그간에도 축구로 인하여 한 · 이탈리아 양국 관계가 훼손된 적은 없다. 앞으로도 21세기의 파트너로서 더욱 발전될 것으로 확신한다.

기고문에 밝힌 바와 같이 신임장 제정 후 하원 외교분과위원회의 셀바_G.Selva위원장을 예방했을 때, 배석자가 "그 경기는 한국과 모레노의 경기였다."라고 코멘트하자 나는 조용히 다음과 같이 응대했다.

"이탈리아 축구가 한국 축구보다 우월한 것은 사실입니다. 그러나 스포츠 게임은 상대적인 것이며, 특히 자만은 금물입니다. 그날 경기에서 이탈리아팀이 한국팀을 좀 쉽게 봤다가 결과가 그렇게 된 것 아닐까요?"

그러자 셀바 위원장이 곧바로 거들었다.

"네, 그래요. 그날 이탈리아 선수들이 초반에 전력을 다하지 않았어요. 한국 선수들은 열심히 뛰었고요."

그날의 만남 이후로 셀바 위원장은 의원외교와 관련하여 내게 많은 도움을 주었다. 어쨌든 한국에서 우려했던 바와는 달리 나의 이탈리아 내 공식 활동에 있어서 월드컵 경기로 인한 장애나 불이익은 단연코 한 차례도 경험하지 않았다. 물론 상당기간 모레노 심판 이야기가 회자되기는 했지만.

로마에 부임하자마자 그야말로 눈코 뜰 새 없이 분주했다. 도착 후 2주 만에 국정감사단이 찾아왔다. 통일외교통상위원회의 정대철, 장재식, 최병렬, 김덕룡, 유홍수, 김운용 등 8명의 원로급 의원들이었다. 덕택에 나는 한·이탈리아 관계 업무와 주재국 현황 등에 관하여 주경야독을 열심히 하여 짧은 기간에 업무파악을 잘 할 수 있었고, 감사반 의원들로부터 따뜻한 격려를 받았다. 이어 EU 국가에 주재하는 한국대사들의 공관장 회의를 로마에서 개최하게 되어 본부 통상교섭조정관과 EU주재 15국 대사들이 모두 로마에 모여 회의를 가졌다. 그런가 하면 그 뒤 바로 밀라노로 날아가 KOTRA와 밀라노에 진출해 있는 20개 상사 대표들과 통상투자진흥협의회를 가졌다. 그 회의에서 반가웠던 것은 월드컵 후유증이 우리 상품의 이탈리아 판매에 어떤 영향을 줄 것이냐는 나의 질문에 삼성 및 LG 등 대기업에서 수출이 더욱 증가하고 있다고 대답하였고, KOTRA 관장도 예년보다 수출증대 폭이 높을 것으로 본다고 전망한 것이다. 막연한 나의 기대가 현실로 나타난 것이었다.

10월 29일에는 '한국 세미나'를 개최하였다. 월드컵 후유증을 감안하여 내가 부임하기 전 '민간외교협회'의 핀토_Countess Marisa Pinto 여사와 우리 대사관이 주선한 것이다. 핀토 여사는 백작부인의 작위를 가진 사교계 인사로서 출판사와 함께 국제정세 및 외교 소식을 다루는 잡지 '프라그마티카_Pragmatica'를 발행하고 있었다. 그녀는 또한 친한 인사로서 과거 이희호 여사의 자서전을 이탈리아어로 발간한바 있고, 나의 재임 중에도 많은 도움을 주었다. 세미나에는 한국에서 김경원 박사, 함재봉 교수 등이 연사로 참석했다.

11월 29일에는 '한국순교성인 광장_Largo dei Santi Coreani 명명식'을 가졌다. 이 광장은 한·이탈리아 관계를 기념하고 상징할만한 거리나 광장을 만들기 위해서 몇 년 전 로마 소재 한국가톨릭 신학원 측에서 부지를 기증하였다. 그 후 로마시청과의 합의를 거쳐, 나의 부임 후 본국 정부로부터 긴급예산을 확보하여 그간 지연되었던 광장부지 조성공사를 마쳤다. 그리하여 로마 시내에 처음으로 '한국'이라는 이름으로 탄생한 것이다. 서울의 이문희 대주교를 비롯한 성직자들과 로마 시의회 의장, 그리고 우리 교민들이 참석하였다.

한편 신임장 제정이 끝나자마자 나는 상기 행사들 사이에 주재국 주요 인사들을 예방하였다. 외무성 간부는 물론 각계 주요 인사들을 만나고 주재국에 나와 있는 다른 나라 대사들도 방문하였다. 그 가운데도 특히 내가 예를 갖추어 방문하여 지도 편달을 부탁한 인사들이 있었다. 앞서 언급한 셀바 하원외교위원장에 이어 나는 디니_Lambeerto Dini 상원 부의장을 예방하였다. 그는 1994년 12월 우파연정의 베를루스코니 총리가 물러나고 1996년 5월 좌파연정의 프로디 총리 사이에 과도내각을 이끈 비정치인 총리였다. 그 후 달레마 내각에서 2000년 1월 북한과 수교를 하고 평양을 방문한 최초의 외무장관이 되었다. 그는 물론 서울도 공식 방문하였고 한반도 문제에 높은 관심을 가지는 등 국제문제에 정통한 지식인이었다. 나는 그와 종종 만나 식사를 하면서 국제정세에 관하여 의견교환을 하고, 한반도 문제에 관한 그의 의견을 듣기도 하면서 교분을 쌓았으며, 무엇보다도 현실적으로 우리 의원외교를 위하여 많은 도움을 받았다.

통상 우리 국회는 7~8월에 휴회를 하고 그 시기를 활용해 국회의원들이 대거 해외순방, 의원외교를 전개한다. 그러나 그 시기는 유럽의 휴가철로 유럽인들은 보통 2개월 정도 휴가를 보내는 바, 우리 의원들의 주재국 국회의장이나 위원장급 의원들의 면담을 주선하기가 무척 어렵다. 더군다나 우리 의원들은 국내 정치 일정의 불확실성으로 해외방문 계획도 충분한 사전 시간 여유 없이 일방적으로 재외공관에 통보하는 경우가 많은 바, 특히 유럽주재 우리 대사관에서는 여름 휴가철에 주재국 유력 의원들을 찾느라 노심초사할 때가 많다. 그들은 원하는 인사를 만나지 못하거나 일정이 마음에 들지 않으면 짜증을 내고 대사초청 오·만찬에도 응하지 않겠다고 떼를 쓰는 경우도 많았다.

요즘에는 그렇지 않지만 과거에는 의원단이 공항에 도착했는데 대사가 다른 중요 외교일정으로 마중을 나오지 못했다 하여 "대사가 나올 때까지 공항에서 한 발자국도 움직이지 않겠다."고 귀빈실에서 떼를 썼던 시절도 있었다.

나도 하찮은 경험을 하나 갖고 있다. 2004년 8월 김모 위원장을 단장으로 한 재정경제위원단 4명이 로마에 도착하였다. 마침 나는 교통사고 수술 후 좌우 양쪽 목발에 의지하고 지내던 터라 일행을 호텔 로비에서 맞았다. 공항에 마중 나갔던 공사가 이들을 호텔 방에 안내하였고, 그날 저녁 나는 관저에서 만찬을 주최하였다. 그런데 일행 중 당시 야당의 U 의원이 뭔가 나에게 불만을 갖고 직원 부인들이 정성스레 마련한 한식 만찬을 마다하며 라면을 끓여오라고 고집하고 또 빨리 준비되지 않는다고 짜증을 부렸다. 나는 이를 대수롭지 않게 생각했고 또 공사에게 무슨 불만이 있었는지에 관하여 물어보지도 않았지만, 공관원 및 그 부인들에게 좋은 인상을 남겼을 리 만무하다.

요즘도 희망하는 인사와의 면담 주선이 안 되면 대사 탓으로 돌리고 귀국하여 외교부장관에게 아무개 대사 무능하다고 흉을 본다. 심할 때는 인사 조치를 강요하는 사례가 있다고도 한다. 그런가 하면 사적인 방문이라고 하면서 대사관에서 제공하는 의전차량도 마다하고 스스로 움직이면서 폐를 끼치지 않으려는 국회의원들도 있다. 또 공적인 경우에도 재외공관에서 준비해준 숙소나 차량 및 일정에 순응하고 고맙게 생각하는 의원들이 점점 증가하고 있어 바람직한 발전이다. 어쨌든 디니 상원 부의장은 전직 총리에 외무장관을 역임한 고위 유력인사로서 셀바 하원 외교위원장과 함께 여름철이면 우리 의원들을 만나주도록 다급하게 부탁하곤 했다. 그때마다 나의 요청을 들어주었던 고마운 분들이었다.

다음으로 나는 스칼파로_Oscar Luige Scalfaro 전 대통령을 찾아갔다. 현 챰피 대통령의 바로 전 대통령으로서 국경일 리셉션 행사 등에 참석하여 자리를 빛내줄 수 있는 분으로서 나의 기대에 부응해주었다. 총리실 2명의 정무장관 중 한 사람인 레따_Gianni Letta 장관은 베를루스코니_Silvio Berlusconi 총리의 오른팔이며, 오랜 정치적 동지로서 막강한 영향력을 행사하고 있었다. 그는 외국어를 하지 못하고 직무상 외국 대사들도 전혀 만나지 않고 있었으나 나는 운 좋게 그와 만났다. 물론 레따 장관도 나를 만나줄 만한 사연이 있었다. 그에게 나는 결정적인 도움을 받게 된다. 그리고 나는 대통령과 총리의 일정을 관장하는 책임자들과의 교분을 맺어 두었다.

관례상 나는 로마에 주재하는 주요국가 대사들을 예방하여 그들의 경험과 지식들을 청취하였다. EU의장국은 6개월마다 순번제로 맡고 있는데 당시 덴막이 의장국이었다. 따라서 주재국에서도 수시로 EU 대사들은 모임을 갖고 의장국 대사가 회의를 주재하였다. 내가 덴마크 대사를 예방갔을 때, 그는 선임대사로서 처음 만난 한국 대사에게 쉽지 않은 말을 해주었다.

"우리는 같은 유럽 국가이지만 이곳의 조직은 우리와는 좀 다르게 움직이는 것 같습니다."

이탈리아 정부의 느슨함과 비조직성을 완곡하게 표현한 것이다. 당시 서양 유머집에 나와 있는 글이다. '천국과 지옥의 차이' 를 논했다.

"천국은, 경찰관은 영국인이고, 요리사는 프랑스인이고, 기술자는 독일인이고, 애인은 이탈리아인이며, 스위스인이 모든 조직을 관리하는 곳이다. 지옥은, 요리사는 영국인이고, 기술자는 프랑스인이고, 애인은 스위스인이고, 경찰관은 독일인이고, 이탈리아인이 모든 조직을 관리하는 곳이다."

나는 로마에서 일하는 동안 항상 덴마크 대사의 코멘트를 유념하였다. 그러나 결론적으로 이야기하면, 조직이 느슨하게 움직이는 것은 사실이었으나 또 한편으로 꼭 해야 할 일은 결국 해내는 사람들이었다.

신임장 제정 시 거론하였던 대로 여수박람회 유치와 평창동계올림픽 유치는 가장 중요한 교섭 현안사항이었다. 모스크바와 상해가 여수의 경쟁도시였다. 러시아의 푸틴 총리는 베를루스코니와 각별한 친분관계를 갖고 있어서 모든 것이 만만치 않았다. 나는 외무성의 마르티니_Guido Martini 아태 국장, 총리실의 레따 장관을 집중적으로 접촉하였다. 마르티니 국장은 내가 국장으로 있을 때 한국에서 이탈리아 대사를 역임하고 그 후 이집트 등 두 군데 대사를 지낸 고참이었으며, 한국 근무 때 아주 젊고 예쁜 한국 여성과 재혼하여 한국의 사위나 다름없었다. 그와 나는 공적 사적으로 상부상조하는 입장이 되었다. 그는 외무성 내에서 한국지지를 주도하는 한편 총리실의 레따 장관을 움직이라고 귀띔해 주었다. 나는 통역을 대동하고 레따 장관을 은밀히 만났다. 그리고 그의 긍정적 답변을 얻어냈다. 그는 동생 레따_Corrado Letta 교수와 각별한 우애관계를 갖고 있었다. 레따 교수는 우리 대사관 주선으로 금년 초부터 세종문화연구소의 객원 연구원으로 서울에 체류 중이다. 나는 그가 원하는 체류기간 연장과 집필 중인 연구서의 출판지원을 본국에 건의할 계획이었다.

그로부터 일주일 후 11월 26일 최성홍 외교통상부장관이 여수박람회 유치 교섭을 위하여 유럽 순방의 일환으로 로마를 방문하였다. 공항에서 경찰의 호위를 받으며 총리실로 급히 달렸다. 저녁 7시가 넘었는데도 총리는 레따 장관과 함께 한국의 외교장관을 기다리고 있었다. 최 장관은 과거 이탈리아 대사관에서 참사관으로 근무한 경력이 있어서 총리와 이탈리아어로 한참 인사말을 교환한 후 본론에 들어갔다. 최 장관이 여수박람회의 목적과 유치 필요성 등을 설명하고 지지를 요청하자 총리는 답변했다.

"네, 보고를 받아 잘 알고 있습니다. 한 · 이탈리아 양국 간의 긴밀한 협력관계를 고려하여 한국을 지지하겠습니다."

너무 시원스러운 대답으로 박람회 문제는 더 이상 협의할 필요도 없었다. 다음날 오전의 외무장관 회담도 총리의 지지약속을 재확인하고 화기애애한 가운데 끝났다. 나중 국제박람회 회의_BIS에서 표결 결과 1차 투표에서 러시아를 지지했던 대부분의 유럽 국가들이 2차 투표에서 중국을 지지하여 우리가 패배하게 되었다. 그 와중에서도 이탈리아는 우리를 지지하여 약속을 지켰다.

다음 해 2003년 4월 초 문화체육부차관 페스칸테_Mario Pescante 부부를 로마시내 최고급 식당 만찬에 초청했다. 평창동계올림픽 유치를 위한 접촉이었다. 그는 이탈리아 IOC위원이고 유럽스키연맹 회장이었다. 내가 만나서는 안 될 사람이었다. 동계올림픽은 하계올림픽보다 그 유치 교섭 과정에서 엄격한 통제와 감시를 하고 있었다. 유치국가의 정부나 도시가 직접 교섭에 나서지 못하도록 되어 있었다. 이미 우리 측의 일부 접촉이 IOC에 알려져 부작용이 발생한 사례도 있어서 우리 정부는 별도 지시가 있을 때까지 일절 IOC 위원들을 접촉치 않도록 각별히 유의하라고 재외공관에 지시를 내린바 있다. 따라서 우리 IOC위원단이 공식 교섭하고 삼성 주재원들이 은밀히 각국 IOC 위원들을 접촉할 뿐이었다. 이런 상황에서 나는 과감히 페스칸테 위원을 만난 것이다. 대사로서 주재국 정부의 차관을 만나겠다는 명분을 내세운 것이다. 물론 페스칸테 차관은 이미 두 차례나 만난 사이였다. 그는 지난해 부임 직 후 우리 국정감사단의 일원으로 방문한 김운용 의원의 동료 IOC위원으로서 그 때 저녁을 같이 했다. 두 사람의 관계는 돈독해 보였다. 나는 식사가 거의 끝나갈 무렵 조심스럽게 평창 유치 문제를 꺼냈다. 그러자 페스칸테 차관은 기다렸다는 듯이 유치 후보 도시들의 현황과 움직임, 각 도시의 장점과 단점, 평창의 문제점과 대책 등에 관하여 솔직하고 객관적으로 상세하게 이야기를 전개했다.

그의 요지는 이러했다. 첫째, 동계올림픽은 눈과 얼음 위에서의 기록 경기이기 때문에 선수들이 예민하여 낯설은 곳에서의 경기를 꺼려한다. 따라서 그들이 익숙한 북미와 유럽지역에서의 경기를 선호한다는 것이다. 또한 IOC 위원들도 이를 잘 알고 있다는 것이다. 둘째, 과거 아시아에서 두 차례 일본에서 개최되었는데 특별히 인상적이지 못했으며, 한국의 눈과 인프라 상황에 확신이 아직 없다는 것이다. 셋째, 몇 가지 평창의 약점을 극복하기 위하여 한국정부와 국민의 전폭적 지원이 필요하고 특히 IOC위원들의 노력이 요구된다는 것이었다. 넷째, 평창의 유치전망은 확실치 않으며 2차 표결로 갈 경우 유럽과 북미지역이 단합할 것이라는 것이다.

나는 페스칸테 차관의 이야기와 조언, 그리고 나의 평가와 건의사항을 A4용지 2쪽이 넘도록 빼곡하게 본국 정부에 보고하였다. 며칠 안 있어서 평창유치위원장으로부터 나의 보고에 대하여 높이 평가하고 활용하겠다는 치하 전문이 날아 왔다. 당시 이탈리아의 IOC위원 숫자는 스위스와 더불어 각각 5명씩으로 가장 많은 위원을 보유하고 있었다. 그만큼 투표 영향력이 높고 나의 부담도 컸다. 나는 그들 가운데 네 명의 위원을 은밀히 만났고, 한 명의 지방 거주 위원과는 전화 통화를 하였다. 그러나 그해 7월에 있은 개최지 결정 투표에서 평창은 아깝게 실패했다. 이길 수 있는 경쟁이었다. 평창이 2005년 3월 동계올림픽 유치위원회를 새로이 발족했을 때 나는 과거의 유치 교섭에서 느꼈던 생각을 정리하였다. 그 정리한 내용을 2005년 9월 29일자 동아일보에 '평창의 눈 얼음 세계에 적극 홍보를' 이란 제목으로 기고하였다. 2004년 평창 유치는 가능한가에 대한 답은 "그렇다" 이지만 지난번보다 쉽지 않다고 전개를 하였다. 또한 평창의 눈과 얼음의 질을 국제적으로 과시하고 우리나라 IOC위원들의 활약의 중요성도 강조하였다.

2011년 7월 남아공화국 더반에서 3차례의 도전 끝에 드디어 평창의 꿈 우리 국민의 바람이 이루어졌다. 유치 과정도 어려웠지만 성공적으로 개최하는 일은 더욱 어려울 것이다. 합리적이고 면밀한 준비가 필요하며 형식보다는 내용에 힘을 기울여야 할 것이다.

2003년 9월 27일 이명박 서울특별시장이 로마에 도착하였다. 자매결연 도시를 방문한 것이다. 그날 저녁 대사관저의 만찬에서 이명박 시장은 현재 진행 중인 청계천 공사를 상가 주민들로부터 자발적 승낙을 받기 위하여 얼마나 많은 만남과 설득이 있었는지 그리고 공사의 첨단기술적인

면 등을 상세히 설명하였다. 또한 향후 6개월 후 발표할 서울시내 중심도로의 버스 중앙차선제와 2층 버스 및 2칸 버스 등의 도입계획 등에 관하여도 소개하였다. 그 설명을 들으면서 나는 그가 1970년대 재벌 경제의 핵심기업인으로서 '불도저 시장' 이라고 가졌던 부정적 인상을 버리고 합리적이고 민주적인 사람이구나 하는 생각을 갖기 시작하였다. 이 시장은 관저 만찬이 끝나고 수행원들과 함께 중심가에 있는 호텔로 돌아갔다. 그리고 그날 저녁 조그만 해프닝이 발생했다. 그날은 마침 로마시가 '백색의 날_White Day' 로 지정하여 밤중 내내 로마시 전체를 환하게 밝히고 박물관, 미술관 및 도서관 등 공공시설을 밤중에도 무료로 개방하는 등 로마시민과 로마를 찾은 관광객 등을 위한 백야 축제의 밤이었다. 온갖 유적이 늘어선 로마시가 화려하게 빛나는 밤이었다. 창문 밖의 번쩍이는 도시를 내다보며 기분 좋게 잠자리에 들었던 이명박 시장은 새벽녘에 잠이 깨었다. 그런데 실내가 칠흑같이 어두웠다. 바깥세상도 마찬가지로 깜깜하였다. 침대 옆의 스탠드를 아무리 눌러도 전기불이 들어오지 않아 벽을 더듬거리며 겨우 화장실에 다녀왔다. 문뜩 이상한 생각이 들어 호텔 측에 알아보려 수화기를 들었는데 이것도 먹통이었다. 무슨 사고가 단단히 났구나 하는 생각이 들었다. 어찌어찌하여 알고 보니 도시 전체가 정전이 되어버렸다는 것이다. 백야의 밤 때문에 갑자기 전기 사용량이 최대로 올라가 사고가 발생한 것이다. 아침이 밝았다. 내가 일요일 아침잠을 자고 있는 동안 대사 차량을 갖고 나가 이명박 시장을 모시기 위하여 아침 일찍 운전기사가 관저에 왔는데, 정전으로 차고 문이 열리지 않아 그 기사는 부랴부랴 대사관으로 달려가 차고에 들어있지 않은 행정차량을 끌고 가서, 이 시장의 일정을 소화했다. 이명박 시장은 하루 내내 로마시에 있는 유명한 분수를 찾아다녔다. 포세이돈과 두 마리의 말이 뛰어나오는 트레비분수_Fontana di Trevi부터 시작하여 각종 조각상을 갖고 있는 크고 작은 분수를 유심히 살폈다. 다음날 월요일 아침 조찬에서 나는 이 시장으로부터 직접 토요일 밤 해프닝을 들어서 알게 되었다. 이 시장은 정전으로 의도와는 달리 로마의 밤이 깜깜해져버린 사태가 발생했지만 로마의 '백색의 날' 취지를 서울시에도 응용해 보아야겠다고 하였다. 그 후 'Hi Seoul' 이 탄생했는데 '백색의 날' 과 얼마만큼 연관이 있는지는 모르겠다.

정오에 이명박 시장은 벨트로니_Walter Veltroni 로마 시장을 방문했다. 시청 청사는 캄피돌리오 광장에 서 있는 옛 건물이다. 로마시대 신전을 미켈란젤로가 설계하여 재건축한 것이라 한다. 정문으로 가기 위한 양쪽의 대층계단이 인상적이다. 벨트로니 시장은 이 시장과 나를 자신의 좁은 집무실로 안내하였다. 그리고 개선문과 원로원 및 신전 등이 한 눈에 내려 보이는 고대 로마 광장을 보여주었다. 두 시장은 자매결연 도시로서 친선과 협력을 다짐하였고, 이 시장은 청계천 사업에 관하여 설명하고 일 년 후 개통에 맞춰 청계천의 일곱 번째 다리에 장식할 이탈리아 조각물 분수대를 기증하여 줄 것을 요청하고, 서울시도 향후 상응하는 선물을 할 것이라고 제의하였다. 로마 시장은 이를 흔쾌히 받아들이고 다만 예산확보를 위하여 시간이 좀 필요하다고 답변하였다. 그리고 웃으며 덧붙였다.

"서울시와 우리 로마시 간의 협력에는 아무런 문제도 없습니다. 다만 지난해 한 · 이탈리아전 월드컵 축구결과를 제외하고는 말입니다."

이어진 오찬에서 두 시장은 이탈리아 중소기업에 관하여 이야기를 나누었다. 이명박 시장은 CEO 출신답게 이탈리아 명품의 거대한 중국시장 진출 아이디어를 제공하기도 하였다. 이명박 시장의 방문 후 나는 우리 대사관과 시청 측간에 실무협의회를 만들어 이 사업을 적극 추진하고 이탈리아 건축협회회장으로 하여금 작품구상과 작가선정을 하고 서울에도 다녀오도록 하였다. 그러나 로마 시청 측의 예산확보 문제로 별다른 진전 없이 시간만 흘렀다.

다음 해 2004년 4월 경 나는 서울시청에 연락을 했다. 청계천 개통시기까지 로마시청이 우리의 요구를 충족시킬 가능성이 낮으니 단념하고 다른 대안을 찾는 것이 좋겠다고. 사실 서울시는 이미 국내에서 작품응모전도 마친 상태였다. 다만 자매결연 도시로부터 기증받는 것도 의미 있다고 보고 북경, 동경, 상항같은 큰 도시보다는 고대 건축유적이 풍부한 로마시를 선정한 것이다. 결국 로마시는 한국의 청계천에 그들의 모양을 남기는 일에 실패한 셈이다.

2004년 재외공관장회의 참석을 위하여 나는 일시 귀국하였다. 도착한 바로 다음날 2월 9일 이명박 시장의 오찬 초청으로 서울시청을 방문하였다. 택시를 타고 남산을 가로질러 중앙극장 앞을 지나가는데 하늘이 탁 트이고 길이 넓어 보였다. 택시기사에게 도로가 어떻게 변했느냐고 물었다.

"네, 이명박 시장이 고가도로를 모두 철거하여 도로가 확 넓어졌지요. 교통에 불편 없어요. 청계천 공사도 한창인데 교통도 생각보다는 괜찮습니다. 이명박 시장에 대한 반응이 좋아지고 있습니다. 틀림없이 대선에

나갈 것입니다."

"그럼 전망은 어떤가요?"

"그거야 두고 봐야지요."

오찬에서 나는 택시기사와 나눴던 대화를 여과 없이 그대로 이야기했다. 이명박 시장은 빙그레 미소만 짓고 있었다. 로마에서 처음 만나 대화를 나눈 후 나의 이명박 시장에 대한 생각이 우호적으로 바뀌고 있었다. 나는 2004년 9월 귀국 후 이 시장의 언행 및 시정에 관하여 자연스레 귀를 기울이게 되었다. 이 시장은 로마에서 정책결정 과정에서 절대 독단적으로 조치하지 않고 직원들의 의사를 반영하고 협의를 거친다고 설명하였기에, 나는 그를 합리적인 분이라고 판단했다. 그러나 일부 시청 직원들을 통해 흘러나온 이야기는 그와 반대라는 것이었다. 또 직접 확인하지는 않았지만 이 시장은 취임 후 특정지역에 대한 편파적 인사를 서슴치 않았다는 것이었다. 2007년 대통령선거 캠페인이 시작되면서 나는 두 가지의 상황으로 이명박 시장에 대한 나의 평가를 원점으로 돌렸다. 첫째, BBK 사건과 관련하여 이장춘 전 대사가 과거 이명박 시장으로부터 받은 명함을 언론에 공개하였다. 나는 이장춘 대사를 한 때 외교부 본부에서 직속 상관으로 모신 적이 있어 그의 성품을 잘 알고 있다. 키가 작달막하고 자존심과 주장이 매우 강하며, 용기와 강단이 대단한 사람으로서 업무추진 과정에서도 자신의 입장을 관철하기 위하여 타인과도 마찰을 서슴치 않는 어찌 보면 비외교적 성품을 지녔다. 그는 자신이 가지고 있는 한 가지의 사실을 용기 있게 주장하였으며, 이명박 후보는 이것을 부인했다. 둘째, 대선 후보자 간의 TV 토론 과정에서 이명박 후보의 토론 내용과 방향이다. 그는 기업인으로서 국회의원으로서 지방자치단체장으로서의 경륜을 쌓은지라 토론에서 막힘없어 보였다. 그러나 조금만 귀 기울여 들으면 어떤 하나의 이슈에 대하여 왼쪽 후보자의 질문에 이렇게 잘 답하고, 오른쪽 후보에게 저렇게 맞게 대응하다 보면 그의 정책방향이 어디에 있는지 혼돈스러웠다. 임기응변식 대답이요, 내면 깊숙한 철학이 엿보이지 않았다. 그의 도덕성과 정치 철학의 문제가 분명 염려스러웠다.

이명박 대통령의 취임 이후, 이러한 우려는 세종시, 4대강 사업 등 여러 분야에서 소통의 문제, 비민주성, 약속파기의 문제 등으로 나타났다. 나는 대통령이 약속한 정책을 국익을 위하여 변경하는 것에 반대하지 않는다. 그러나 중요한 것은 무엇이 국익이며 누가 어떻게 판단할 것인가이다. 또한 민주사회에서 국익판단의 과정에는 반드시 국민 대다수의 의사가 반영되어야 한다는 것이다. 이명박 정부는 국민의 희망이나 의사와는 관계없이 국익을 판단하고 독자적으로 정책을 결정하거나 변경하는 일이 허다하였다. 아브라함 링컨 대통령은 1861년 대통령 취임사에서 이렇게 말하였다.

"헌법상의 견제와 균형으로 제약을 받는 가운데, 여론과 정서의 신중한 변화에 따라 항상 유연하게 변하는 다수야말로 자유로운 국민의 유일하고도 진정한 주권입니다."

가장 확실한 성공의 길은
'로마에서는 로마인들과 똑같이 행동하라' 는 것이다 _ 버나드 쇼

세계의 지붕 로마에서

2004년은 한국과 이탈리아 간에 국교를 수립한 지 120년이 되는 해이었다. 1880년대에 들어서서 조선은 서양세력에 대한 개국으로서 미국, 독일, 영국에 이어 1884년 6월 26일 이탈리아 사보이 왕국과 한 · 이탈리아 수호통상조약을 체결하였다. 이후 1905년 을사보호조약으로 조선의 외교권이 박탈되어 외교관계가 일시 중단되었다가 대한민국 정부수립 이후 1956년 11월 24일에 국교를 재수립하게 되었다. 한국인으로서 최초로 이탈리아 땅을 밟은 사람은 안토니오 꼬레아 _Antonio Corea라고 알려져 있다. 그는 임진왜란 때 포로로 일본에 끌려간 후 프란체스코 카를레티라는 이탈리아 수사를 따라 1597년 이탈리아 피렌체에 가게 됐다는 기록이 있다(한국천주교 교회사). 벨기에 화가 루벤스가 그린 17세기 초상화의 한 작품 '한복 입은 남자' 가 런던의 크리스티 경매

장에서 고가로 팔려 화제가 된 바 있었는데, 이 초상화의 모델이 안토니오 꼬레아일 가능성이 높다는 견해도 있다. 그런가 하면 로마시 한복판에 '꼬레아_Corea' 라는 길 이름이 있는데 안토니오 꼬레아가 피렌체에서 로마로 와서 거주한 곳이라는 근거없는 추측도 있었다. 한편 우리나라와 이탈리아의 교류는 임진왜란 이후 17세기 초 중국에서 활동하던 이탈리아 신부 마테오 리치_Matteo Ricci를 통해서 시작되었다. 당시 북경에 갔던 이수광 등 우리 사신들이 신부를 만나 그가 저술한 천주실의, 기하원본, 만국여도 등을 받아옴으로써 서양지식이 우리나라에 소개되었다. 그러나 실제로 이탈리아인이 한반도에 나타난 것은 1878년 이탈리아 상선이 제주 근해에서 난파되어 선원이 구조된 것이 최초였다.

2003년 말 당시 양국 간 교역은 50억불로서 이탈리아는 우리나라의 17위 무역상대국이며 EU국가 중에서 독일, 영국에 이어 세 번째 큰 교역국가로 부상하게 되었다. 양국 국민들 간의 교류도 활발해져 이탈리아를 방문한 우리 국민은 연 23만 명에 달하고 이탈리아 국민은 1만 5천여 명이 우리나라를 방문하였다. 양국 간 문화교류도 활발하게 진행되고, 특히 우리나라의 유학생은 3천 명이 넘었다. 북부 밀라노에 음악, 디자인, 피렌체 등 토스카나 지역에 조각 및 회화, 로마에는 음악과 신학을 공부하는 유학생들이 많았다. 특히 우수한 인재들이 성악 공부를 많이 하고 매년 여러 콩쿨에서 입상을 하였다.

나는 우리 음악도로 인하여 한국 대사로서 유명 콩쿨에 초청받아 참석하였다. 마지막 결선 경연에 한국 학생들이 포함되어 상위 입상이 예견되면 주최 측에서 한국 대사를 초청하였기 때문이다. 산레모 가요제는 그 가운데도 잘 알려져 있다. 매년 2월 말경에 개최되는데 이름난 가수들의 가요제와 신인가수 콩쿨로 나뉘어 있다. 나는 두 차례나 초청을 받았으나 재외공관장회의로 귀국하는 등 일정이 맞지 않아 참석을 못해 결선에 진출한 우리 성악도들을 격려하는 기회를 놓치고 말아 안타까웠다. 세계에서 주목 받는 우리나라의 많은 예술가들이 이탈리아의 국립음악원에서 수학하였는데, 특히 조수미, 김동규, 정명훈 등이 발군의 음악가이다. 우리나라의 많은 음악도들이 이들을 롤모델로 여기고, 이탈리아에 유학을 오고 음학원에서 실제로 그 재능과 잠재력을 인정받고 있다.

그러나 수많은 한국 유학생의 유학 후가 문제였다. 모두가 조수미나 김동규가 될 수 없었고, 이탈리아 오페라단에 공식 입단하는 기회는 극히 드물었으며, 귀국하여 국내에서 취업하는 것도 여의치 않았다. 일부 유학생은 미국으로 건너가 유학을 계속하거나 취업을 하여 눌러 살고, 상당수는 귀국하여 개인 능력에 따라 여러 분야에 종사하게 된다. 또 일부는 국내 일자리를 찾는 동안 이탈리아에서 서비스계 또는 비정규직 일자리를 얻어 계속 체류하게 되는 경우도 많았다. 우리 대사관에서는 과거부터 이러한 우리 유학생들의 이탈리아 음악계 진출을 지원하고자 우리가 주최하는 공식행사에 음악도들을 출연시켜 선보이고 공연하도록 후원하여 왔다. 주재국 관계요로에도 한국 음악도들의 우수성을 자랑하고 추천도 하였다. 그러나 어쨌든 우리 유학생들의 이탈리아 음악계 진출은 용이치 않았다. 이탈리아 음악계 전문가들의 변은 다음과 같았다.

"한국에서 온 학생들의 자질과 재능은 뛰어납니다. 음학원에서도 인정하고 콩쿨에서도 우수한 성적으로 입상하고 있지요. 한국에서 이미 음악 대학을 졸업하고 왔다는 점도 있지만, 얼굴 골격 구조의 혜택도 있습니다. 한국인은 코에서 광대뼈 사이의 간격이 이탈리아 사람보다 넓기 때문에 성량과 그 울림이 더 크다 할까요. 그러나 한국인에게는 언어상의 약점이 있습니다. 이탈리아 말은 리드미컬 하고 음악적이기 때문에 오페라나 깐소네를 할 때 이탈리아어가 몸에 배어 있지 않으면 아무래도 완벽을 기하기 어렵다 할까요. 오페라단 입단 시에 걸림돌이 될 수 있죠."

그들의 설명이 얼마만큼 과학적인 근거가 있는 것인지 나로서는 판단할 수 없었지만 어쨌든 우리 음악 유학생들의 커리어가 항상 걱정스러웠다. 나는 오래 전 비엔나에서 그리고 뉴욕에서 기악과 성악 등 음악 공부를 하는 학생들을 많이 만나 보았는지라, 이곳 이탈리아뿐만 아니라 유럽, 미국, 러시아는 물론 경제적으로는 우리보다 뒤떨어진 동구 유럽 각지에서까지 오랜 기간 공부하는 음악도들의 장래를 생각해보지 않을 수 없었다. 그들은 음악애호가로 머물기 위한 것이 아니라 일생 동안 커리어로 짊어지고 가기 위하여 해외 유학을 하였을진대, 과연 전 세계에 나가 있는 우리 한국 음악도들이 기량을 펼칠 무대가 또는 일자리가 국내외에 얼마나 있을 것인가! 예술과 학문을 실용성으로 저울질 할 것은 아니나 개인을 위해서도 국가의 균형 발전을 위해서도 외국에서 우리가 기울이는 음악에 대한 열성과 재정이 자율적으로 조절되어야 할 때가 된 것이 아닌가라는 생각을 하게 되었다.

한 · 이탈리아 수교 120주년을 기념하기 위하여 이탈리아와 한국에서 각각 문화 및 학술 행사를 다채롭게 개최하였다. 이탈리아에서는 피렌체 한국 영화제를 시작으로 로마에서 서울 현대미술 전시회를 열었다. 또한 무용단 및 오페라 공연을 가졌으며 서울에서는 주한 이탈리아 대사관 주최로 로마 유물전 및 전시회 등을 가졌다. 그러나 무엇보다도 120주년을 계기로 '한 · 이탈리아 포럼' 을 창설한 것은 큰 성과였다. 양국 간의 정치, 경제, 학술 문화, 국제 협력 등 모든 분야에서 대화와 협력을 촉진하기 위한 민 · 관 합동의 협의체로서 앞으로 한국 및 이탈리아에서 번갈아 가며 개최하기로 하고, 한국의 외교부 산하 국제교류재단과 이탈리아 외무성이 사무국 역할을 하기로 하였다. 그 첫 번째 회의를 6월 24일 로마에서 하였다. 우리 측에서 권인혁 국제교류재단 이사장을 단장으로 학계 · 언론계 인사들로 구성된 대표단이 참석하였고, 이탈리아 측에서는 외교부 장관, 차관, 총리실 레타 장관, 디니 전 총리 등 거물급들이 참석하여 활발한 토의를 가졌다. 서구국가에서 이런 행사에 외교부 장 · 차관을 비롯하여 거물급 인사들이 대거 참석한데 대하여 우리 대표단은 높이 평가하였다. 회의를 끝내고 프라티니_Franco Prattini 외교부장관이 리셉션을 주최하였는데 특별히 조수미 씨가 참석하여 아리아 세 곡을 불렀다. 이탈리아 저명인사들에게 다시 한 번 조수미의 진가를 보여줄 수 있었다. 나는 조수미 씨에게 감사하고 늘 그를 높이 평가한다. 그녀는 나의 요청으로 리셉션에 앞서 특별 출연을 해주었다. 그녀는 미국에서의 공연일정을 마치고 오늘 도착하여 저녁에 베니스로 가 내일부터 오페라에 출연한다고 했다. 바쁘고 피곤한 일정임에도 불구하고 양국 간 축하행사에 기꺼이 응해준 것이다. 그녀는 국위를 선양하고 나라를 위하는 일에 항상 봉사할 자세가 되어 있었다. 그녀는 국가 행사에 시간을 쪼개어 참석했고, 정부가 위촉한 문화대사로도 활약하였다.

내가 그녀를 처음 만나고 그녀의 진가를 제대로 알게 된 것은 1998년 독일에서였다. 당시 프랑스와 국경을 마주한 어느 도시에서 과거 독불전쟁의 종료를 기념하기 위한 행사가 매년 프랑스와 독일 마을에서 번갈아 가며 열리는데, 그해 독일 측에서 행사를 하였다. 테너와 소프라노 가수가 한 명씩 초청받았는데 그때 조수미 씨가 초청받았다. 나도 대사를 대리하여 참석하여 간단한 인사말을 하였다. 주최 측과 대화하는 과정에 조수미 씨를 초청하게 된 경위를 듣게 되었다. 그 기념행사에는 매번 국제적으로 지명도 높은 남녀 가수를 초청하는데 금년도에는 소프라노 가운데 꼴로라투라_colorature 분야의 세계적 가수를 초청키로 하고, 한국의 조수미 씨를 지정하였다는 것이다. 나는 그녀가 꼴로라투라의 세계적 권위자라는 것을 그때야 알게 되었다.

이탈리아는 한반도 문제에 대한 깊은 관심을 갖고 2001년 1월 G-7 국가 중에서는 최초로 북한과 외교관계를 수립하였다. 북핵문제 해결, 대북 인도적 지원문제, 한반도 평화정책 등과 관련하여 EU 내에서 선도적 역할을 하려고 노력하였다. 이탈리아가 EU의장국이 되었을 때, 마리티니 아주국장은 한반도 문제에 관하여 항상 나의 견해를 묻곤 하였다. 나는 기왕에 마리티니 국장에게 분명히 밝혀둔 바가 있었다.

"이탈리아가 대북 개방정책을 펼쳐 북한과 수교하며 북한을 국제사회에 끌어내려는 개입정책_engagement policy을 추구하는 것을 지지합니다.

따라서 이탈리아는 북한이 국제사회에서 책임 있는 행동을 할 수 있도록 선도하는 책임도 아울러 져야할 것입니다. 이를 위하여 대북정책을 추진할 때에는 남북관계 발전을 전제로 하고 반드시 한국 측, 즉 나와 사전협의를 해주기 바랍니다."

마리티니 국장은 나와의 사전협의를 약속하였다. 북핵문제, 북한인권문제, 대북인도적 지원문제 등에 관하여 한국 측의 입장을 문의하였다.

예컨대 제네바 인권위원회에 EU가 북한인권문제 결의안을 제출할 때 우리의 입장을 문의하였는바, 나는 사견을 전제로 EU의 결의안에 우리는 기권하지만 제출을 막지 않을 것이라고 우선 답변하고, 본국 정부에 나의 견해를 보고하였다. 그때까지만 해도 우리 정부는 북한인권문제에 대한 조용한 외교를 위하여 EU의 결의안 제출을 자제시키려는 교섭을 하기도 하였었다. 결국 정부는 종합검토를 하여 EU 결의안 제출에 특별한 의견을 제기하지 않는 것으로 방침을 결정하였다. 이탈리아 정부는 또한 대북한 기술협력과 인도적 지원을 꾸준히 하였고, 북한도 이탈리아를 서구진출의 교두보로 활용하려 하였다.

2003년 초 북한의 NPT 탈퇴 선언 이후 나는 이탈리아 측에 북핵문제의 진전 없는 대북지원의 중지라는 EU 입장에 따라 대북 인도적 지원과 기술협력 수준을 제한하고 추가 또는 신규 사업을 하지 않도록 요구하였다. 이탈리아 정부는 북한에 대하여 북핵문제의 전전 없이는 신규 사업을 할 수 없다는 메시지를 분명히 전달하였다. 로마에는 마침 북한의 식량 및 농업을 지원하는 국제기구가 세 개나 있었다. 북한은 1990년 초 이래 매년 150만 톤 안팎의 식량이 부족하였고, 이러한 만성적 부족은 비료의 부족, 자연재해와 더불어 농업기술의 후진성에 그 원인이 있었다. 세계식량계획_WFP은 대북식량 원조의 주요 기구로서 직원들을 북한에 파견하여 식량지원 업무와 보급 모니터 활동을 함으로써 북한 사정을 가장 가까이서 살펴볼 수 있는 위치에 있었다. WFP는 2001년에 81만 톤의 식량을 북한에 지원하는 실적을 내었으나, 그 후 북핵문제로 인하여 각국의 대북지원 중지로 인하여 WFP의 대북식량 지원이 급격히 감소하여 북한 측으로부터 WFP 모니터 요원들의 철수를 강요받기도 하였다. 유엔전문기구 국제농업개발기금_IFAD는 북한에 대하여 잠업개발, 축산복구 사업, 고지대 식량생산 사업 등 북한의 농업개발 사업을 꾸준히 전개해 왔다. 또 다른 유엔전문기구 식량농업기구_FAO도 북한의 농업생산 프로젝트에 재정적 지원을 하였으며, 우리도 한 FAO 신탁기금을 만들어 북한을 지원하였었다. 나는 이 세 곳 국제기구의 수장들과 자주 만나 대북한 지원문제 협의와 함께 북한 실정을 파악할 수 있었다.

고대 로마부터 16세기 르네상스까지 2천년 가까이 이탈리아는 서구문명의 원천으로서 정치적, 정신적, 문화적으로 세계를 이끌어왔다. 첫째, 정치적으로 로마는 지중해, 유럽, 중동에 걸친 세계국가를 건설하고 '팍스 로마나' 를 이룬 것이다. 왕정, 공화정, 제정의 정치제도 속에 성공과 실패를 반복하며 인류의 발전에 기여하였다. 에드워드 기번_Edward Gibbon은 《로마제국 쇠망사》에서 로마 5현제 시대를 세계역사상 인류가 누렸던 가장 행복했던 시절이라고 기술했다. 《로마인 이야기》를 쓴 시오노 나나미는 로마야말로 민족, 문화, 종교의 차이를 초월한 유일한 보편제국이었다고 파악하였다. 둘째, 정신적으로 기독교 사상_christianity의 전파이다. 예수는 유대의 작은 마을 베들레헴에서 태어났으나 로마 지배하에 있었고, 콘스탄티누스 대제가 313년 밀라노 칙령으로 기독교를 인정하고 테오도시우스 대제가 380년 기독교를 국교로 선포함에 따라 기독교는 유럽 전역으로 전파되었다, 그리고 1517년 루터의 종교개혁을 거쳐서 기독교의 자유와 평등사상이 유럽사회의 기본정신과 사상으로 자리 잡게 되었다. 셋째, 문화적으로 르네상스에 의한 인간혁명이다. 르네상스는 1350년부터 1550년까지 이탈리아에서 등장하여 유럽 전역으로 확산된 사상, 문학과 예술의 혁명이다. 사상과 문화를 신_神 중심에서 인간 중심으로 바꾸고 인간의 존엄성을 강조하는 휴머니즘을 생성 발전시켰다. 르네상스의 활발한 전개는 종교개혁, 지리상의 발견, 과학혁명과 계몽주의 사상의 발전, 산업혁명, 자유주의로 이어지는 서양의 역사를 이끄는 원천이 되었다.

로마는 일찍이 '영원한 도시' 또는 '세계의 지붕' 으로 불려 왔다. '모든 길은 로마로 통한다'' 로마에 가면 로마법을 따르라'' 로마는 하루아침에 이루어지지 않았다' 라는 속담도 세계 속 로마의 위상을 말해주고 있다. 서구의 18세기 및 19세기 지성인들과 예술가들은 로마 방문을 지적_知的, 문화적 성지순례로 여겼다. 괴테, 바이런, 마크 트웨인, 오스카 와일드, 모짜르트, 리스트, 바그너, 로뎅, 처칠 등등…. 서양 사람들도 이탈리아 방문을 우리 한국 사람들이 이탈리아 관광하는 것 이상으로 좋아한다. 여름이면 독일인과 북구 사람들이 북적거리고 가을이면 미국인들이 부쩍 늘어난다. 나라별로는 독일 관광객이 제일 많은데, 2003년 초에 문화부의 관광담당 차관이 실언을 하였다.

"독일인들이 이탈리아 해변가를 차지하고 뚱보 배를 앞으로 내밀며 맥주를 꿀꺽거리고 꺽꺽 트림을 하고 있다."

즉각 독일인들의 항의와 함께 그해 여름 독일 휴가객이 줄어들고 독일 총리의 이탈리아 해안 휴가계획도 취소되었다. 이탈리아 총리가 독일 총리에게 전화로 사과하고, 좀체로 보기 힘들지만 그 문제의 차관이 사임하였다. 흔히들 "이탈리아 사람들은 조상 덕택에 돈 벌고 있다."라고 말하지만, 사실은 이탈리아 관광산업이 국민총생산에서 차지하는 부분은 4% 정도이다. 중소기업과 첨단 관광산업이 이탈리아 경제를 이끌고 있다.

고대와 르네상스의 찬란한 문화유산이 거리 곳곳에 살아 숨 쉬는 로마에서 살고 있다는 것은 축복받는 일이었다. 동네 뒷골목에 서있는 조각품에 가까이 가보면 미켈란젤로의 작품이라고 푯말이 붙어있을 지경이었다. 아침 출근길에, 대사관에서 외무성 가는 길에 또는 다른 정부기관 방문 길에 차창 밖을 바라보면 거리 곳곳에 옛 건물과 유적들이 이어져 있어서 마치 타임머신을 타고 고대 로마 또는 중세의 현장에 와 있는 듯한 착각을 일으키기도 하였다.

예컨대 내가 FAO 총재를 만나거나 국제회의에 참석하러 가는 길을 보자. 시내 복판 베네토 거리를 지나 바르베르니 광장을 돌아 퀴리날레궁 앞 돌이 깔린 옛길을 따라 내려가면 베네치아 광장이 확 눈에 들어온다. 그곳에서 햇빛에 반짝이는 흰 대리석의 비토리오 에마누엘라 기념관을 바라보며 좌회전하면 탁 트인 길 저 끝에 콜로세움이 정면으로 보인다.

넓은 도로 오른쪽 아래로 보이지는 않지만 고대 로마 광장인 포로 로마노가 펼쳐져 있다. 콜로세움을 오른쪽으로 끼고 돌아 내려가면 오른쪽에 콘스탄티노 개선문이 나타나고, 그 뒤로는 팔라티노 언덕이 보인다. 개선문과 콜로세움을 배경으로 선남선녀들이 웨딩 촬영을 하는 것을 자주 보게 된다. 새로운 사람들과 옛 유적들이 묘한 조화를 이룬다. 멋진 노송들이 늘어선 길을 조금 따라가면 FAO 건물이 왼쪽에 나타난다. FAO에서 사무실로 돌아가는 길은 또 다른 길이다. 아벤티노 언덕을 왼쪽으로 하고 오른쪽 아래에 대전차 경기장을 내려다보며 벤허를 떠올리고, 진실의 입이 들어있는 성모마리아 성당 앞을 지난다. 관광객들은 손이 잘리는지 알아보기 위해 항상 줄을 서 있다. 좀 가다보면 왼쪽으로 고색창연한 마르첼로 극장이 나타난다. 씨저가 건축을 시작하고 아우구스투스가 완성했다 한다. 오른쪽으로 캄피돌리오 광장과 미켈란젤로의 로마 시청이 보인다. 그리고 다시 베네치아 광장이다. 나는 그곳을 지나면 늘 무솔리니 발코니를 올려다보며 그곳에서 무솔리니가 2차 대전 참전을 선포했던 광경을 상상해보곤 하였다.

주말에는 자주 보르게세 공원으로 산책을 갔다. 대사관저에서 공원까지 자동차로 5분밖에 걸리지 않는 가까운 거리다. 잘 가꾸어진 공원에는 조깅하는 사람, 자전거 타는 사람, 인라인 스케이터, 한가로이 걷는 사람들이 보이고, 잔디밭 위에서 피크닉하며 애견과 함께 뛰어노는 가족들의 풍경이 여유롭다. 공원 한쪽에 어린이놀이 기구가 있고, 봄철에는 시에나 광장에서 승마경기가 열리며, 동물원에서는 각종 동물과 함께 특히 많은 새 종류를 구경할 수 있다. 공원 호수에는 오리 떼와 백조들이 섞여 소리

없이 물을 가르고 있다.

그러나 무엇보다도 보르게세공원의 백미는 보르게세미술관이다. 추기경 시피오네 보르게세는 삼촌이 교황 바오로 5세가 되었을 때 이 공원을 조성하였다. 1614년에 이 건물을 세워 자신이 소장한 귀중한 조각과 회화들을 전시하였다. 약 6백 여 점의 소장품을 갖고 있는데, 로마에서는 바티칸미술관 다음으로 많은 숫자이다. 일층에는 거장 베르니니_G. I. Bernini의 신화를 소재로 한 조각품인 다비드, 아폴로와 다프네, 페르세포네의 겁탈이 자리 잡고, 카노바_A. Canova의 피올리나 보나파르트 등이 전시되어 있다. 이층에서는 라파엘로의 십자가에서 내려지는 그리스도를 비롯하여 타치아노의 성애와 속애, 루벤스, 보티첼리, 카라바죠의 유명한 그림들을 감상할 수 있다. 베르니니의 작품을 보노라면 대리석을 밀가루 반죽 다르듯 한 그 섬세하고 감각적인 표현을 문외한인 나로서도 느낄 수 있었다.

보르게세 공원을 가로질러 남쪽의 핀치아나문을 나서면 바로 비토리오 베네토 거리가 시작된다. 베네토 거리는 1960년 제작된 이탈리아 영화 〈달콤한 인생_La Dolce Vita〉으로 유명해졌다. 1960년대는 이탈리아가 전후 혼란기에서 탈피해 번영의 시기로 진입한 때로서, 이탈리아 상류사회 사람들이 이 거리의 바와 레스토랑에서 만나 풍요와 낭만 속에서 인생을 달콤하게 즐기는 것이 영화의 주제이다. 거리는 미국 대사관 앞에서 오른쪽으로 꺾여 내려가는데 마로니에 가로수가 운치를 더해준다. 베네토 거리가 끝나는 곳에 바르베리니 광장이 나타난다. 광장 복판에는 베르니니의 작품 트리토네 분수가 눈길을 끈다. 광장을 내려가며 끝에서 직각으로 꺾어 오른쪽 시스티나 거리를 따라가면 특급호텔 하슬러를 만난다. 꼭대기에 레스토랑이 있는데 바티칸 돔을 포함하여 로마시를 내려다보는 아름다운 전망을 갖고 있다. 여행 안내 책자에 보면 세계에서 가장 아름다운 지붕들을 조망할 수 있으며, 감동시킬 필요가 있는 사람을 초대하기에 딱 맞는 곳이라고 소개되었다. 나는 디니 전 총리 등 주재국의 고위 인사와 오찬을 할 때 이곳을 이용했다. 호텔 앞으로 기원전 1세기에 만들어진 오벨리스크가 서 있고, 호텔을 지나면 프랑스 샤를 7세의 방문을 기념하기 위하여 15세기말에 세운 '언덕 위의 삼위일체 성당' 이 있다. 스페인계단은 바로 이 성당을 편하게 오르기 위하여 프랑스 대사의 재원으로 1726년에 만들어진 계단이다. 그래서 원래의 이름은 '언덕 위의 삼위일체 성당에 오르는 계단' 이다. 항상 많은 사람들이 앉아 즐겁게 대화하거나 무심히 시간을 보내고 있는 계단 137개를 내려가면 스페인광장에 보트 모양의 바르카치아 분수대가 나지막하게 물을 뿜어내고 있다. 베르니니의 아버지 피에트로 베르니니의 작품이라 한다.

그 앞으로 바로 유명한 하이 패션의 콘도티 거리가 펼쳐진다. 입구에서 몇 발자욱만 떼면 '카페 그레코_Caffe Greco' 가 있다. 이 카페는 1760년에 개업하여 로마에서 가장 오래된 찻집이다. 괴테, 바이런, 스탕달, 키츠, 셸리, 리스트, 바그너 등 유럽의 지성인과 예술가들이 이곳에 단골로 드나들었다 한다. 콘도티 거리에는 양 옆으로 구치, 불가리, 루이뷔통, 아르마니, 프라다, 베르사체, 페라가모, 미쏘니, 막스마라, 발렌티노, 젠야, 테스토니 등 세계 최고의 명품 매장들이 즐비하게 늘어서 있다. 자동차 없는 거리에 여러 나라 사람들이 꽉 차게 걸어 다니는 것을 구경하는 것도 재미있다. 귀퉁이에 서 있던 판토마이머가 갑자기 눈앞에서 움직여 움칫 놀라는 재미를 주기도 한다. 가끔 나는 산책 끝에 콘도티에서 두 블럭 떨어져 병행으로 나있는 크로테 거리에 있는 단골 올리브 가게에 들려 관저 파티의 전채 오되브로 내놓는 굵고 맛있는 특유의 올리브를 구입하기도 한다.

메릴 스트립이 열연한 영화 〈악마는 프라다를 입는다〉에서 보면 "명품이란 실용성이 아니라 시각적 정체성의 표현_the expression of visual identity"이라고 어느 디자이너가 말하는 것이 우리말 자막으로 나온다. 그런데 내가 듣기에 그 디자이너가 패션_fashion이라고 말했지 명품이라고 말하지 않았다. 명품이 실용성이 없다는 표현은 맞지 않다. 이탈리아나 프랑스 등에서 명품은 실용성 있는 패션제품이다. 이탈리아의 패션산업은 세계의 패션산업을 이끌고 있다. 패션산업이 발달한 배경은 외모와 겉모양 꾸미기를 좋아하는 이탈리아인의 취향에서 비롯되었고, 그들의 뛰어난 미적 감각이 산업에 직결되었기 때문이다. 그들은 또한 탁월한 손재주와 창의력을 가진 장인들을 통하여 오랜 시간동안 꾸준히 실험하여 얻은 결과를 주문생산과 전통적 판매망을 활용하여 기업화하였다. 특히 오늘날 산업은 제품의 기능적 측면과 디자인의 조화가 강조되는데 바로 이탈리아의 패션제품이 이를 추구하여온 것이다.

페라가모_Sergio Ferragamo는 14살 때 도미하여 UCLA에서 해부학을 공부한 사람으로서 "하이 패션과 편안함은 양립할 수 있다"면서 기능성과 패션을 조화시켰다. 구치_Guccio Gucci는 집요한 장인정신과 획기적인 창의성을 발휘하여 뛰어난 품질을 만들며 "전통과 품질"을 강조하였다. 프라다는 최근의 유니섹스 스타일을 창조하고 "고급 브랜드 성향과 기능성을 최우선 고려한다"고 하였다. 일찍이 뉴욕의 칼빈 클라인은 "의상디자인의 요체는 최소화_minimalism과 감각성_sensualism의 조화이다"라고 말했다. 여기에 기능성과 효율성을 우선시킨 것이 이탈리아의 명품 패션제품이라 할 것이다.

외모와 겉치레를 중요시하는 것은 우리 한국 사람들도 이탈리아 못지않을 것이다. 내면보다 형식과 체면을 추구하는 점은 우리가 더 강하다. 그래서 외모 지상주의, 물질 지상주의, 학력 지상주의가 대세를 이루는지도 모르겠다. 이러한 현상은 일본과 중국의 경우도 유사하다. 그러나 가장 심한 경우는 한국이다. 명품 구매와 성형수술이 가장 극심하게 나타나기 때문이다. 여성들이 가치관을 팔면서 명품에 매달린다는 뉴스는 더 이상 뉴스가 아니고 일상화되어 버렸다. 우리나라에서 이제 명품은 과시적 소비성향을 넘어 다른 사람과의 차별화를 위하여 구매한다고 한다. 2011년 9월 1일자 동아일보는 전략컨설팅업체' 매킨지 $ 컴퍼니' 의 발표를 인용하여 "한국의 명품시장은 2006년 이후 매년 12% 씩 성장해 지난 4월까지 백화점 명품소비는 지난해 기간보다 30% 늘어났다. 한국의 가계소득에서 명품소비가 차지하는 비중은 5%로 일본의 4%를 넘어섰으며, 한국의 명품소비성향이 일본보다 더 강하다. 이제 한국에서 명품소비는 특별한 게 아니라 '일상적인 일' 이 되고 있다"라고 보도했다. 명품 과소비로 우리 사회에서는 '베블런 효과' 도 만연하다. 가격이 올라가면 수요가 줄어야 하는데 가격이 올라가도 수요가 오히려 늘어나는 이상 현상이다. 좋은 제품 명품을 갖는 것은 잘못된 일이 아니다. 다만 명품을 위한 과소비와 차별화 마인드가 사회적 문제이다. 우리 사회와 국민의식이 발전하여 언젠가는 선진국처럼 명품으로 사람을 차별하지 않는 성숙한 시절이 빨리 오기를 바랄뿐이다.

내가 로마에서 가장 많이 가본 곳은 바티칸박물관과 성베드로대성당이다. 나는 박물관 이층 팔각형 정원 또는 벨베데레 뜰의 라오콘상을 감상하며 트로이목마를 연상하곤 한다. 또한 뮤즈여신들의 전시실에 있는 그리스시대 대리석상 '벨베데레의 토로소' 를 좋아한다. 또한 라파엘 전시관의 벽화 '아테네학당' 속의 플라톤과 아리스토텔레스 그리고 라파엘을 좋아한다. 물론 박물관의 백미는 시스티나 소성당이다. '천지창조' 와 '최후의 심판' 속의 인물들은 모두 성서 이야기를 재현해 놓았다. 박물관 안을 거니는 동안 나는 항상 역사를 숨 쉬고 인류문화의 풍성함에 흠뻑 도취되는 즐거움을 만끽할 수 있었다. 박물관을 관람하고 나오면 곧 바로 성베드로 성당으로 들어가게 된다.

나는 한국에서 온 정치인들이나 친지들에게 바티칸박물관을 둘러보도록 강력히 권한다. 국회의원들의 경우 이미 방문한 경우도 있지만 그렇지 않은 경우에는 교황청에 부탁하여 특별입장을 부탁한다. 짧은 시간에 이집트, 그리스, 고대 로마, 중세, 르네상스의 문화를 조감할 수 있기를 바랐다. 국가예산으로 해외를 방문하는데 시간을 쪼개어 문화탐방을 함으로써 세계역사와 문화에 대한 시야를 넓히고 교양인이 되라는 뜻이었다. 우리 정치인들이 교양 수준을 높이면 우리 정치의 수준도 상승하지 않을까하는 희망에서이다.

내가 2년간 이탈리아 대사로 재임하는 동안 수많은 고위 인사들이 다녀갔는데 그 가운데 국회의원은 약 70여 명에 이르렀다. 이미 알고 지냈던 의원들도 있고 처음 만난 의원들도 있었다. 그 가운데 두 분이 인상적이었다. 서정화 통일외교통상위원장과 이만섭 전 국회의장이었다. 두 분 다 대사 부임 전 국회로 찾아가 출국인사를 했던 분들이다. 서정화 위원장은 처음 방문했을 때 주재국 셀바 외교위원장과 보니베리 외교부차관을 만나 세련되게 대화를 나누었고 경륜을 과시했다. 그 후 보니베리 차관이 방한했을 때 서 위원장은 그녀를 극진히 잘 대접하여 차관은 방한 결과에 아주 만족해하고 이탈리아와 한국관계의 긴밀화를 강조했다. 서 위원장이 두 번째 이탈리아를 방문했을 때 그는 한 · 이탈리아 의원친선협회 회장의 직책을 지녔다. 내가 부임할 때는 그 자리가 공석이어서 서 위원장에게 적임자를 물색해줄 것을 부탁하고 "위원장님이 직접 맡아주시면 영광이겠습니다."라고 농담 삼아 요청한 바 있었다. 서 위원장은 맡고 있던 한 · 영국 의원친선협회 회장을 그만두고 이탈리아를 맡게 된 것이다. 얼마나 고마운 일인가. 사실 그는 이탈리아를 무척 좋아하고 이미 여러 차례 방문하여서 로마를 나보다 더 많이 알고 있었다. 그는 로마에서 제일 맛있는 젤라토_아이스크림 집도 내게 가르쳐주고 이를 같이 즐겼다. 마침 젤라토 가게 옆 양복점에 들렀는데 서 위원장은 멋진 컬러의 오버코트를 집어 들고 "이거 송 대사한테 잘 어울리겠소." 하더니 내게 선물하겠다는 것이었다. 나는 웃으며 당연히 사양했는데 그는 진심으로 권하고 있었다. 우리 국회의 외교위원장이 대사에게 이렇게 선물한다는 것은 이례적인 것이었다. 나는 이를 신선한 충격으로 받아들이고 감사히 받았다. 서 위원장은 호탕하면서도 세심한 그리고 경륜 높은 노 정치인으로서 의원외교활동에 기여한 분이다.

이만섭 국회의장이 이탈리아를 방문했을 때는 의장직을 그만둔 직후이었다. 나는 그에게 시내 판테온 근처 이탈리아 식당에서 저녁을 대접하였다. 그 식당은 클린턴, 부시, 시락 대통령 등 세계 각국의 명사가 다녀간 곳으로 그때마다 기념 촬영한 사진들이 복도 벽에 빼곡하게 전시되어 있었다. 주인에게 이 의장을 소개하자 주인은 반가와 하며 우리 셋이 함께 사진촬영을 하였다. 그 후 사진은 복도 입구 중앙에 멋지게 걸렸다. 이 의장은 사진이 어느 위치에 걸렸는지 잘 있는지에 관해 관심을 가졌다. 왜냐하면 세월이 지나면서 사진의 위치도 인물의 중요도에 따라 달라지기 때문이다. 귀국 후 이 의장과 나는 힐튼호텔에서 오찬을 같이 하며 사진의 안부를 주고받았다. 그 후에도 우리는 오찬을 같이 하며 로마를 회상하였다. 그는 국제화된 신사이며 3김 시대가 지난 오늘날 원로 정치인으로서의 역할을 하고 있다.

대도시마다 몰려 있는 소란한 군중은
언제나 두려운 존재이다. _G. 워싱턴

중세의 도시들

"광장에는 탑이 길게 검은 그림자를 던지고 있었다. 한 여름의 해거름이다. 호수로 시냇물이 여러 갈래 흘러들듯이, 이 시에나 시의 캄포 광장에는 11개를 헤아리는 소로가 모여들었고, 납작한 돌을 깐 그 소로들을 통해 불어온 바람이 중심을 향해 완만한 경사를 이루는 이 부채꼴 광장을 시원하게 가득 채워주고 있었다.

하루 일을 마친 장인이며 장사치들이 저녁상을 받기 전 한때의 휴식을 위해 삼삼오오 이 골목 저 골목을 나서서 광장으로 모여드는 것도 이 무렵이다.

광장에는 아직도 하루 일을 끝낼 생각을 않고 있는 사람들이 있었다. 젊은이 몇 사람이 말을 달리고 있는 것이다. 닷새 후인 8월 16일에 있을 시에나 시 주최 팔리오_경마에 출전하기 위한 연습으로 이 날 오후 내내 돌로 포장된 광장에 요란한 말굽소리를 울려 퍼지게 했다.

요 며칠, 이탈리아 각지에서 속속 도착하는 기수들로 캄포 광장 근처는 말할 것도 없고 시에나 시 전체가 들뜬 흥분에 휩싸이고 있었다. 팔리오는 오랜 전통을 가진 시에나 시의 연례행사다. 당연한 일로 이 행사는, 온 이탈리아의 군주나 이름 있는 귀족 집안의 자제들에게는, 돈을 아끼지 않고 사들인 준마를 이끌고 나와 자기의 기마술을 시험하는 다시없는 기회가 되어 있었다."

시오노 나나미의 소설 《체사레 보르자》 혹은 《우아한 냉혹》_오정환 역은 1492년 여름날 시에나의 캄포 광장에서 이렇게 이야기를 시작하고 있다. 시에나 시는 로마에서 북서쪽 180km에 위치하며 피렌체로 가는 카시아 가도에 있는 중세도시이다. 시는 고대 에트루리아인이 건설하고 로마의 식민지가 되었으며, 12~14세기에 도시국가로 발전하였으나 피렌체 공국에게 패하였고, 1559년 이후에는 토스카나 공국에 병합되었다. 이탈리아에서 가장 잘 보존된 중세도시로서 적갈색 진흙과 벽돌로 지어진 고딕 건축물들이 그대로 남아있다. 회화에서 14세기 전반에 시에나파가 성립되었는데, 지금도 도시특유의 적갈색 또는 황토색은 회화에서 시에나 색이라고 불린다.

시에나의 팔리오는 700년의 전통을 가진 말 경주대회로서 매년 캄포 광장_Piazza del Campo에서 시에나의 17개 콘트라데_구역 대표가 참석한다. 팔리오는 토스카나 지방에서 열리는 가장 유명한 축제로서 경기 3일 전부터 수많은 주민과 관광객들이 축제에 돌입한다. 체사레가 참여하던 15세기의 팔리오와 오늘날의 팔리오는 다를 것 없으나, 과거에 광장을 열 바퀴 돌던 것이 지금은 세 바퀴 돌며, 매년 한 차례 경주하던 것이 지금은 7월 2일과 8월 16일 두 차례 경주한다는 것이다. 또한 전국에서 참석하는 것이 아니라 시에나의 10개 콘트라데 대표들이 선발되어 참가한다. 경기는 색깔 있는 옷을 입은 기수들이 철모를 쓰고 안장 없는 말을 몰아 광장을 세 바퀴 도는데, 경기 도중 기수가 말에서 떨어져도 가장 먼저 결승선에 도착하는 말에게 우승이 주어진다. 우승자는 마리아상으로 도안된 팔리오 깃발을 수여받고, 우승을 차지한 콘트라데는 축하의식을 갖고 모든 사람들이 그 의식에 참여하여 축제를 즐긴다.

나는 시에나 시장의 특별초청으로 2004년 7월 2일 오후 시에나 시에 도착하여 행사가 시작하기 전에 도보로 시내구경을 하였다. 시내는 마차가 다닐 만큼의 골목 양쪽으로 고색창연한 옛 건물이 늘어서 있어서 금방이라도 중세 기사가 말을 타고 튀어나올 것 같은 분위기를 풍겼다. 그런데 실제로 은빛 갑옷과 투구를 쓴 기사들이 중세 농민 복장의 무리들과 함께 갑자기 내 앞에 나타났다. 시에나의 각 구역 사람들이 축제에 참석하기 위하여 중세 복장을 하고 이곳저곳 골목길을 누비고 있었다. 나는 잠깐 놀랐지만 신기하고 정취 있는 풍광이었다. 골목길을 한참 걷다가 한쪽 트여있는 곳의 계단을 따라 내려가니 갑자기 눈앞에 커다란 광장이 훤하게 펼쳐졌다. 이곳이 바로 그 유명한 캄포 광장이다. 부채꼴 모양의 광장에는 이미 팔리오 축제에 참여하거나 구경하려는 인파로 꽉 차 있었다. 광장에서는 각 구역 사람들이 깃발과 작은 북 악대를 앞세우고 기수와 말과 함께 퍼레이드를 시작하고 있었다. 사람들이 환호하고 바야흐로 축제 분위기는 고조되기 시작하였다.

광장에 들어서 돌아보니 중심에 플라쪼 푸블리코 궁전이 우아한 모습으로 서 있었다. 중세의 고딕 건축물로 시 청사로 사용되고 있으며, 암브로초 로젠체티의 그림 '선한 정부, 나쁜 정부의 비유' 등이 소장되어 있다. 이 궁전의 시계탑 종루는 505계단을 통해 올라갈 수 있으며, 시 전체를 한 눈에 내려다 볼 수 있다. 또 광장 중심의 한 쪽에는 늑대가 입으로 물을 흘려내는 가이아 분수가 있다. 흔하게 보이는 분수이나 시에나 사람들에게는 의미가 있다. 로마 건국 야사에 의하면, 늑대 젖을 먹고 자란 형제가 내기에서 형이 승리하여 로마를 세우자 동생 레무스는 죽은 것이 아니라 에트루리아로 건너가 결혼하여 아들을 낳았다. 그 아들 사이니우스_Saenius가 토스카나 지방의 언덕에 새로운 도시를 세웠는데, 이 도시가 그의 이름을 따서 시에나_Siena가 되었다는 것이다.

광장은 깃발과 북치기를 앞세운 콘트라데 대표단의 퍼레이드와 깃발 던지기 시범 경기와 공연, 그리고 관중들의 환호와 함성으로 온통 축제 열기에 가득 찼다. 여름 태양의 열기가 조금 수그러지기 시작한 7시경 드디어 말 10마리가 출발선에 나란히 섰다. 출발 신호와 함께 말들이 달리자 광장은 함성으로 모든 소리가 정지된 듯하고, 달리는 말발굽 아래 벽돌 광장에 깔아놓은 모래가 뿌옇게 튀어나갔다. 세 바퀴 경주는 순식간에 끝났다. 1분 30여초가 되었을까. 우승한 콘트라데를 중심으로 팔리오 깃발을 앞세우고 다시 열광의 축제가 계속되었다. 그런데 흥분 도가니의 광장을 빠져 나오는 길 한쪽에 피켓을 들고 구호를 외치는 그룹이 있었다. 동물애호가 단체였다. 그들은 매년 발생하는 말들의 학살을 비난하고 있는데, 캄포 광장의 모퉁이들이 위험해서 말들이 쉽게 넘어져 부상을 입고 도살되기 때문이다. 따라서 많은 동물애호가 협회들은 팔리오에서 말을 빼고 오로지 기수들만 캄포 광장을 세 바퀴 달리도록 제안하고 있다고 한다.

팔리오 경기 후 만찬에서 시장은 내게 시에나에 관한 여러 자랑거리를 신나게 들려주었다. 그 가운데 하나 흥미로운 것은 세계 최초의 은행이 이곳 시에나에서 탄생했다는 것이다. 1472년에 설립된 몬테 데이 파스키_Monte dei paschi가 바로 그것이다. 은행이 정식으로 설립되기 전에 사람들은 광장 한쪽에 노점상처럼 탁자를 펼쳐놓고 돈거래, 즉 금융업을 했는데 이러한 탁자를 이탈리아어로 방카_banca라고 불렀다. 여기에서 영어의 뱅크_bank가 유래했다고 한다. 그런데 이 금융업자들은 때로 파산을 했을 때 그 탁자를 부숴버리는 관습이 있었다. 이것을 이탈리아어로 '부서진 탁자' 라는 뜻으로 방카롯타_bancarotta라고 했다. 롯타_rotta에 해당하는 라틴어는 룹타_rupta인데, 여기에서 영어의 '파산' 인 뱅크럽트_bankrupt가 만들어졌다고 한다. 이러한 시장의 논리 정연한 설명을 나는 믿기로 하였다.

내가 유럽에서 세 번째로 작은 나라 산마리노 공화국을 찾은 것은 2003년 3월 31일 대사 신임장을 제정하기 위하였다. 산마리노는 이탈리아 중부 티타노_Titano산에 자리 잡고 있지만 독립공화국으로서, 면적은 약 60㎢이며 인구는 약 2만 8천 명 정도이다. 유럽에서 바티칸 다음으로 인구가 적고 면적으로는 세 번째로 작은 국가이다. 전설에 의하면, 기원 후 301년에 마리누스_Marinus라는 석공이 로마 디오클레티아누스 황제의 기독교 탄압을 피해 티타노산으로 피신하여 와서 동행한 기독교인들과 함께 공동체를 세웠다고 한다. 4세기 이후로는 인근 평지 거주민들이 야만족들로부터 도피하여 왔고, 11세기에 자유로운 도시국가로서의 면모를 갖추었으며, 1243년에 공화국을 건설하였다.

이 작은 도시국가는 외부로부터 끊임없이 자유와 독립에 대한 위협을 겪어왔다. 16세기 들어서는 교황들이 여러 차례 산마리노를 차지하려 했고, 결국 발렌티노 보르지아 공작에 의해 한때 정복당하였다. 1739년에는 줄리오 알베르니 추기경이 이끄는 교황군에게 4개월간 점령당하기도 하였다. 교황 클레망 12세에 의해 1740년 2월 5일 성 아가타일에 자유가 회복되었으며, 나폴레옹도 비엔나회의에서 산마리노를 독립국가로 존중해 주었다. 근대에 들어 이탈리아 통일 후 우호적인 경제, 정치적 협정으로 양국 간에 특별한 협력관계를 맺고 있다.

따라서 산마리노 공화국에 있어서 자유_liberty와 환대_hospitality라는 말은 특별한 의미를 지닌다. 오랜 세월 동안 이 나라는 다른 곳에서 핍박받거나 쫓기는 사람들이 찾아오면 이들을 환대하고 피난처를 제공하여 왔다. 이탈리아의 가리발디 장군이 1849년 로마공화국 패망 후 피난해 왔을 때 그에게 피난처를 제공하고 환대 하였으며, 제 2차 세계대전 때에는 10여 만 명의 난민이 이 나라로 피난하여 왔다. 건국 조상이 피압박 난민으로서 정착한 이래 그 후손들도 자유의 전통을 계승하여 모든 난민들을 수용했던 것이다.

그들은 또한 자유에 대한 신념을 다음과 같이 확고히 하였다. “인간은 자유로워야 한다. 인간은 자신의 소유를 주재하고, 예수 그리스도를 제외하고는 누구에게도 자신의 행동을 구속받아서는 안 된다.” 그들은 매년 2월 5일을 자유의 날_Freedom Day로 경축하고 있다.

산마리노 정부의 입법권은 국민이 직접선거로 뽑은 60명의 국회의원에 있으며 이들의 임기는 5년이다. 정부는 대의회에서 선출된 6개월 임기의 두 집정관_Captin Regent과 내각에 의하여 운영된다. 집정관의 임기는 매년 4월 1일 및 10월 1일에 시작하고, 그들의 권한은 동등하다. 대외적으로 국가를 대표하고 의회와 내각을 관장한다. 집정관 제도는 1244년에 확립되었는데, 과거 로마공화국의 두 집정관을 연상시킨다.

외교사절의 신임장 제정식은 항상 집정관 취임 하루 전에 갖는다. 따라서 물러가는 집정관에게 신임장을 제정하고 다음날 새 집정관 취임식에 참석한다. 신임장을 제정한 날 저녁에는 외무장관의 리셉션이 개최된다. 또 UNICEF 자선만찬이 뒤 따르는데 외교단은 물론 산마리노 정부 고위인사 및 상류층들이 모두 참석한다. 이들은 모두들 품격 있고 화려하게 또는 유럽 패션에 앞서가는 옷차림을 하고 나타나 와인과 샴페인을 마시며 밤늦게까지 만찬과 사교를 즐긴다.

다음날 아침에는 새 집정관의 취임식이 정부 청사에서 열리고, 행렬을 지어 교회로 가서 종교행사를 갖는다. 축도와 연설 등을 장엄한 의식에 맞춰 거행하고 대주교의 인도 하에 집정관을 필두로 각료, 의원들 그리고 외교단이 전통적인 행렬을 국립도서관까지 약 30분간 진행한다. 도서관 중앙홀에서 취임행사를 끝내고 간단한 비공식 다과회를 갖는다. 이 행렬이 진행되는 동안 행렬 뒤에는 반짝이는 제복의 군인들과 화려하게 중세 복장을 한 시민들이 뒤따르고, 대주교와 집정관의 복장들도 색깔과 모양을 특색 있게 갖춘지라 한바탕 구경꺼리를 제공하므로 행렬이 지나는 가도에는 수많은 관광객들이 나와 환호하며 구경하는 것도 연례행사가 되었다. 이들은 또 국경일, 자유의 날, 중세의 날 등을 기념하므로 그때마다 관광객들의 눈요기를 만들어주곤 한다. 1인당 국민소득이 4만 불에 가깝고 대부분의 수입이 관광으로부터 얻어지는 것이라 정부행사에서도 관광객들을 충분히 염두에 두고 치르는 것은 그들에게 당연한 것이었다.

몰타 대통령궁으로 올라가는 대리석계단은 오랫동안 닳고 닳아서 모서리가 없이 매끈매끈하였다. 복도는 넓고 길었다. 연미복을 걸친 나는 의전장과 시종무관의 호위를 받으며 양옆으로 줄 서 있는 중세기사 갑옷들을 바라보면서 마치 내가 중세 궁전에 와 있는 착각에 빠져들었다. 2002년 11월 14일 몰타 대통령 마르코_Guido de Marco에게 신임장을 제정하였다. 나는 주 이탈리아 대사로서 산마리노와 함께 몰타공화국도 겸임하였기 때문이다.

마르코 대통령은 신임장을 접수 후 각료들과 국회의원 등 주요 인사를 초청하여 리셉션을 개최하고 연이어 만찬을 베풀었다. 대통령은 1990년 유엔총회 의장으로 재임 시 남북한을 동시에 방문하여 북한에게 유엔가입을 권유하였던 국제적 인사로서 한국에 대하여 아주 소상하게 알고 있었으며, 만찬연설에서도 한국의 경제, 문화, 역사 등을 높이 평가하였다. 나도 답례연설을 통하여 마르코 대통령의 한반도 평화에 대한 기여를 높이 평가하고 몰타의 오랜 역사를 언급한 후 몰타의 EU 가입과 한국 몰타 간의 양국관계 발전을 기원하였다.

몰타는 지중해 한 가운데 있는 작은 섬이다. 면적은 우리 제주도의 6분의 1만하고 인구는 40만 명이다. 그러나 7천년의 역사를 지니고 있고 당시 EU 가입을 눈앞에 둔 선진 문명국이었다. 파란 지중해를 발아래 내려다보는 수도 발레타_Valletta는, 중세는 물론 외래문화의 흔적을 그대로 간직하고 있어 유네스코 문화유산으로 지정되어 있다. 몰타 역사에 의하면, BC 5000년에 시칠리에서 처음으로 사람들이 이주해와 정착하기 시작하였다. 발레타시 중심가에 있는 국립박물관에 전시되어 있는 토우 '몰타의 비너스' 와 '다산의 여신' 은 신석기시대의 유물이라고 소개되어 있다. 당시 풍요로운 섬을 축하하고 다산의 여신에게 바치기 위하여 거대한 석조신전을 여러 곳에 건축하여 지금도 그 유적들이 남아있어 거석문화의 흔적을 보여주고 있다. 그러나 이 섬의 지정학적 위치로 인해 그들의 풍요와 평화는 끊임없이 외세로부터 침범을 당하고 지배를 받아왔다. 페니키아, 카르타고, 로마, 비잔틴, 아랍, 노르만, 슈바벤, 안쥬, 아라곤, 프랑스, 영국.....

무엇보다도 몰타의 문화와 발전은 중세 '성 요한 기사단' 으로부터 크게 영향을 받았다. 그들은 당초 1048년 예루살렘에서 일부 성직자들이 성지순례자들을 위하여 치료소를 설립하였는데 기사와 귀족들도 참여하였고, 제 1차 십자군전쟁에 참여하였다. 십자군전쟁이 실패하자 이들 요한기사단은 싸이프러스를 거쳐 로도스섬으로 퇴각하였으나, 그 후 1522년 오토만제국이 로도스를 점령하자 몰타섬으로 이동하게 된다. 오토만에 대한 그들의 영웅적 대치는 1530년 촬스 5세로 하여금 이 섬을 기사단에게 하사하게 하였다. 이들은 1565년 오토만 세력의 대 침공을 격퇴시킴으로써 지중해에서의 오토만 세력의 약화를 가져왔다. 그래서 기사단은 '유럽의 구원자' 로 칭송받게 된다. 수도 발레타도 그 당시 프랑스인 기사단장의 이름을 따서 명명한 것이라 한다.

요한기사단은 8개 나라의 기사들로 이루어졌는데, 그들은 자기 민족의 전통대로 살았고 종교적 의식과 예배도 자신들의 방식대로 하였다. 성 요한 대성당에는 8개 민족이 각기 자신들의 언어로 예배드릴 수 있도록 예배실이 8개 마련되어 있다. 예배실은 조금씩 다른 색깔과 모습을 하고 있다. 성당의 바닥에는 4백 명의 기사들 무덤이 있고, 그 비석에 상응하는 표지가 모자이크처럼 대리석 바닥을 이루고 있다. 성당 옆에는 기사단 공관이 있고, 복도에는 각양각색의 중세기사들의 갑옷이 전시되어 있다. 몰타는 그래서 '기사의 섬' 이라 불린다. 또 내가 대통령궁 복도에서 보았던 중세기사 갑옷들도 이와 관련되어 있었던 것으로 생각된다.

몰타섬을 한 바퀴 돌아보면 곳곳에 수천 년의 역사 흔적이 묻어나 있다. 그런가하면 현대에 와서는 많은 관광객이 찾아오고, 미국 등 서구 영화의 촬영지로도 부상하고 있다. 〈글레디에터〉, 〈트로이〉, 〈알렉산더〉 등… 내가 떠난 몇 년 후에는 '현빈이 보리음료 촬영했던 곳'으로도 알려졌다고 한다. 동행하던 그곳 명예총영사가 멀리 바라보이는 바위섬을 가리키며, 저 곳이 바울사도가 로마황제에게 재판을 받기 위하여 다른 죄수들과 함께 알렉산드리아 배를 타고 크레테 해안을 따라 아드리아해_지중해를 항해 중 폭풍을 만나 헤매다가 난파된 곳이라고 설명하였다. 성경의 사도행전에 보면 바울의 항해와 난파 사실이 수록되어 있고, 선원과 죄수들이 헤엄쳐 육지에 무사히 상륙했는데 그 섬이 멜리데_Malta의 성경번역라는 것을 알게 되었다고 적혀 있다.

몰타는 이제 우리 한국인들에게도 지중해의 외따로 떨어진 작은 섬나라가 아니라 7천 년의 유산과 문화를 지닌 색다른 관광지로 떠올랐으며, 또 한편으로는 그곳으로 영어를 배우러가는 유학생들이 늘어나고 있다.

PART 3

또 다른 삶 정치인으로

설교는 말대꾸가 금지된 사회에서
실시되는 강연의 마지막 형태 가운데 하나다 _H. 콕스

대학 강단에 서다

2006년 9월 1일 나는 광주의 전남대학교 대학원에서 초빙 교수로서 첫 강의를 시작하였다. 강좌는 '국제 NGO' 로서 석 박사 과정 12명이 등록하였다. 4월 중순에 나는 뒤늦게 한국과학재단이 모집하는 전문경력직 교수직에 응모하였다. 평소 학교에 가면 옛날 관리들이 낙향하여 후학을 가르치듯이 내 고향에 가서 나름대로 도움을 줄 수 있기를 바랐다. 마침 전남대학교 강정채 총장이 내 고교 동창생이고 다른 친구들도 교수로 재직하고 있었기에, 내 뜻을 전하고 급히 필요한 절차와 심사를 거쳐서 과학재단으로부터 수락을 받았다. 강좌는 3학점짜리로서 금요일 오후 세 시간을 한꺼번에 강의하였다. 강의가 끝나면 처음에는 형님이 살고 있는 나주 본가에 가서 하룻밤을 묵기도 했으나 대부분 마지막 KTX 혹은 비행기로 귀경하였다.

국제 NGO 관계는 내가 과거 1981년부터 3년 간 뉴욕의 유엔대표부에서 근무할 때 다루었던 업무이고 관련서적들도 구해서 열심히 강의 준비를 하였다. 강의를 듣는 대학원생들은 대부분 직장인이었다. 신문사 편집국장, 도·시청의 국·과장, 기업인, 시민운동가 등등…. 나중에 생각해 보니 이들에게 나는 너무 원칙주의자였다. 나는 강의 원고를 먼저 만들고, 조그만 카드 한 장에 소제목과 키워드만을 적었다. 그리고 그것을 내 책상 위에 놓고 앉아서 연속 세 시간을 강의하였다. 학생들은 강의 중간 15분 정도 휴식을 제외하고는 눈도 돌리지 못한 채 수강을 해야 했으니 얼마나 힘들었겠는가. 물론 나는 외국 NGO의 실태, 외교관으로서 경험과 지식 등을 들려주면서 학생들의 흥미를 돋우기는 했지만 3시간을 그대로 앉아서 수강을 한다는 것은 매우 힘들었을 것이다. 나는 이 경험을 통해서 강의도 연설문이나 글을 쓰듯이 해야 한다는 마음을 먹었다. 주제에 대한 흥미로운 이슈나 이야기를 먼저 제시하고, 내용을 추구하고, 분석한 다음 평가와 방안제시로 결론을 짓는 것이다. 수식어나 형용구 등을 생략하고 가능한 문체나 어체를 간결하게 하는 것이다. 또한 시대의 흐름과 유행을 놓치지 않고 학생들과의 소통을 할 수 있어야 한다. 그리고 무엇보다도 강의 시간을 끝까지 사수할 필요가 없다.

나는 3년의 교수직 임기를 다 채웠다. 대학원에서는 '국제 NGO' 강좌를, 학부에서는 외교정책을 번갈아가며 강의했다. 나는 현실사회의 이슈에 대한 학생들의 의견을 많이 들어보려고 했다. 그리고 그 가운데 나의 생각을 표명하고 때로는 방향을 제시하기도 했다. 대학원생들에게는 민주시민으로서의 책임의식과 지방자치행정의 내실 및 효율화를 강조했고,

대학생들에게는 세계를 향한 도전정신과 민주시민의식 고취를 요구했다.

전남대학교는 지방의 전통 있는 명문대학이다. 호남지방의 우수한 인재들이 모여 있고, 그 가운데는 서울의 명문 국·사립대학에 갈 수 있는 실력을 가진 학생들도 많이 있었다. 또한 중국, 동남아, 러시아 등 CIS 국가들에서 유학 온 학생들도 많다. 대학은 신입생들을 단기 해외연수를 시킨다든지 학생들의 동아리 및 학습활동을 지원하고, 산학협력, 학교재정 확보와 경영합리화를 위하여 많은 노력을 경주하고 있었다. 그러나 많은 지방대학이 갖고 있는 폐쇄성과 한계성을 전남대학교에서도 볼 수 있었다. 학생들은 자신들의 진로에 대한 정보나 계획에 있어서 한 발짝 뒤떨어져 있고, 인턴십이나 사회봉사활동에 있어서도 기회가 서울에 비해 적었다. 또 스스로 경쟁력에 자신이 없어 뚜렷한 목표를 세우지 못하고 있는 경우도 있었다. 학생들이 제출한 에세이나 논문을 살펴보면, 논제가 무엇을 묻고 있는지를 정확히 파악하지 못하거나 본론보다 서론이나 주변 이야기에 지면을 더 많이 할애하는 경우, 심지어 참고서적이나 인터넷에서 베껴 써내는 경우도 심심치 않았다. 한편 일부 교수들의 폐쇄성도 심각하였다. 물론 훌륭한 논문 발표를 한다거나 학회활동 등을 통하여 개방적인 교수활동을 이끌어 가는 경우도 많지만, 현실에 안주하고 외부와의 접촉도 없이 폐쇄적으로 지내는 교수들도 있다. 교수의 역할이 학생들을 잘 가르치고 학문 연구에 게으르지 않아야겠지만, 요즘에는 추가로 졸업학생들의 진로에도 도움을 주어야 할 텐데 가르치는 것으로 그치는 교수들도 많았다. 교수들이 시야를 넓힐 경우 민관으로부터 학생들을 위한 각종 프로젝트를 제공받을 수 있는 기회가 있는데도 이를 활용하지 못했다. 요즘처럼 투명하고 정보화된 사회에서도 아래쪽으로 지리적 거리가 멀어질수록 중앙에서 시행하는 각종 행사와 프로젝트에 둔감해지는 현상은 이해할 수 없다. 교수들의 폐쇄성은 자신들의 영역에 외부의 피가 수혈되는 것에도 민감하게 반응하였다.

나는 대학교수의 정부 및 정치참여에 반대하지 않는다. 그들의 지식과 능력을 학교에서만이 아니라 현실사회에서도 활용할 수 있으면 아주 좋은 일이다. 또한 그들이 사회참여 후 다시 학교로 돌아가는 것도 반대하지 않는다. 다만 뜨내기 정치꾼학자_polifessor라는 말을 듣지 않도록 교수직과 선거참여의 시기를 분명히 구분하여야 할 것이다. 또한 정부에 참여할 경우 임명권자는 교수의 경력과 능력을 고려해야 한다. 덕망 있거나 저명한 교수 또는 총장이라 해서 총리직이나 장관직을 잘 수행할 수 있는가는 별개의 문제이다. 미국의 경우 교수를 곧바로 장관에 임명하는 경우는 드문 것으로 기억된다. 저명한 정치학 교수들인 죠셉 나이_Joseph Nye는 CIA에 차관보로, 새무엘 헌팅턴_Samuel Huntington은 NSC에 국장급으로 들어갔었다.

나는 교수들의 정치비판이나 평가를 흥미롭게 듣는다. 한번은 여러 분야의 교수 5~6명과 같이 점심을 먹는 자리인데, 단연 정치문제가 이슈였다. 당시 김대중 전 대통령의 둘째 아들 김홍업이 국회의원 보궐선거에 나오려는 때였다.

"DJ가 왜 아들이 선거에 나오는 것을 그대로 두는지 모르겠다."

"욕심 아닌가! 대통령까지 했는데 아들까지 국회의원을 시키겠다니…"

"우리 호남사람들이지만 받아들일 수 없다."

"이제 그만 우리도 탈 DJ해야 한다. 언제까지나 DJ를 옹호하거나 따라갈 수 없다."

그들은 민주주의 사회에서 피선거권이 있으면 출마할 수 있고 그 적격 여부는 투표권자들이 심판하면 되지만, 우리는 미국이나 일본과 다르고 국민정서가 허락하지 않는다고 결론지었다. 나는 알 수 없었다. 그들의 말이 맞는 것인지, 아니면 자신들이 소위 고향의 맹주 DJ를 비판할 수 있는 선도적인 지성인이라는 사치스런 자긍심의 발로인지를….

대학교육의 문제점은 어느 한 정권이 어느 한 문교부장관이 고칠 수 있는 사안이 아니다. 국민과 사회가 모두 합심하여 중장기적으로 개선해야 할 중차대한 사항이다. 우선은 단기적인 조치라도 취해야 한다. 첫째, 대학교의 양산이다. 학력지상주의의 사회가 초래한 결과이다. 고등교육 이수율은 세계에서 가장 높지만 세계 200대 대학에 들어 있는 국내 대학은 4곳에 불과하다. 전국에 340여개의 대학이 산재해 대학 수준에 있어서 너무 큰 차이가 있다. 궁극적으로는 사회분위기를 만들어야겠지만 먼저 고졸 취업자와 대졸 취업자의 임금격차를 줄이고, 부실대학을 정리하고, 대학을 경쟁력 있게 만들어야 한다. 둘째, 대학 양산에 따른 교육의 질 저하이다. 대학교육 수학능력이 안 된 학생들이 쉽게 대학에 진학하고 성적이 부족하거나 출석률이 낮은데도 졸업장을 손에 쥐어준다. 중장기적으로 대학교와 학생 숫자를 줄여야 한다. 셋째, 높은 수준의 등록금이다. 장학금제도와 등록금 대출제도 등을 활성화하고 재정지원을 늘이는 것이 바람직하나, 우선 당장은 대학의 경영합리화를 통하여 등록금을 인하하여 학부모의 고충을 덜어주어야 한다. 학교와 정부가 함께 노력하면 반값 등록금도 가능하다. 넷째, 전문대학의 종합대학화이다. 전문대학은 당초 중간관리자 양성을 위하여 2년제로 시작한 대학이다. 그것이 3년제로 바뀌고 이제 일부 학과는 4년제 종합대학의 유사과 설치 때문에 경쟁적으로 4년제로 연장되고 있다. 학교 영문명칭도 college에서 university로, 학장은 총장으로 명칭을 바꿨다. 전문기술을 습득해서 산업현장에 조기 배치되어야 할 인력이 전문대학에 4년이나 묶이게 될 형편이다. 학력 인플레이션이며 4년제 대학의 변형된 양산이다. 다섯째, 교수들에게 연구기회를 제공하고, 학생 대 교수 비율을 높여야 한다. 동시에 교수의 질적 향상을 위한 지원과 관리가 요구된다.

전남대학교에 강의를 나가는 동안 나는 2007년 10월부터 6개월간 전남일보에 고정칼럼을 갖게 되었다. 박기정 사장의 주선에 의하여 제 19면 오피니언 란에 사진과 나란히 '전일시론' 칼럼에 매월 1회씩 기고하게 된 것이다. 주제는 필자가 자유롭게 선택하는 것이라 나는 대통령선거, 환경문제, 지방자치행정, 졸업과 시민의식 등에 관하여 글을 썼다.

외교에 관심 갖는 대통령

"21세기를 이끌어갈 대한민국의 대통령 깜은 신념과 철학과 비전을 갖고, 현실의 땅에서 변화하는 국제사회를 꿰뚫어 보면서, 한국을 10대 강국의 대열에 확실히 끌어 올리는 능력을 가진 사람이어야 한다."

1938년 9월 27일 챔벌린 영국 수상은 전국으로 방송되는 연설에서 당시 체코슬로바키아 사태에 관해 언급한다. "잘 알지도 못하는 멀리 떨어져 있는 작은 나라의 분쟁 때문에 우리가 이곳에서 참호를 파고 가스마스크를 써야한다면 얼마나 끔찍스러운 일인가." 이 발언을 듣고 히틀러는 안심하고 체코 침략계획을 밀고 나갈 수 있었다.

조지 W. 부시 대통령은 2002년 1월 29일 새해 국정연설에서 "북한, 이란, 이라크 같은 나라들과 그들과 연대해서 테러행위를 하는 나라들은 악의 축_Axis of Evil을 구성한다."라고 언급하였다. 이 발언은 즉각 국제적인 반향을 일으켰고, 북미 관계를 급냉각시키고 남북한 관계에도 찬물을 끼얹었다. 그러나 부시 대통령은 곧 한국을 방문, 2월 20일 도라산 역에서 평양과 세계를 향한 메시지에서 '악의 축'이라는 단어를 빼고 읽음으로써 그의 방한은 성공적인 것으로 평가받았다.

이 두 사례는 나라 지도자의 말 한마디가 국제사회에서 얼마나 큰 결과를 가져오는 것인지를 극명하게 보여준 사례이다. 국가 지도자의 말과 행동은 그대로 외교정책의 표현이다. 따라서 지도자는 외교에 있어서 '절대'라든지 '결사코'라는 어휘를 사용하지 않으며, 상대국에게 으름장을 놓을 때에도 나중 돌아나갈 길을 남겨두는 표현을 빠뜨리지 않는다.

한 나라의 외교정책은 그 국가의 정치 및 사회 체제와 제도, 국가 지도자의 성격과 능력, 국내정치와 여론, 그리고 국제적 환경과 여건 등에 따라 결정지어진다. 지도자의 성격이란 적극적인가, 소극적인가, 진보적인가 보수적인가 등 개인적 성격을 말한다. 능력이란 교육과 전문지식, 지도력, 추진력, 판단력, 분석력, 위기관리능력, 친화력, 의사소통능력 등등 소위 대통령 학에서 말하는 많은 능력을 의미할 것이다.

로마의 율리우스 카이사르는 루비콘 강 앞에서 "주사위는 던져졌다."라고 외치며 역사적 위기를 극복하고 유럽을 지배하였으며, 오늘날 '루비콘 인자_Rubicon factor' 라는 정치학적 용어를 만들어냈다. 존 F.케네디 대통령은 쿠바 미사일 사태를 놓고 소련과의 일촉즉발의 위기를 지혜와 용기로 이겨내고 소기의 외교 및 군사적 목표를 달성하였다.

일본의 고이즈미 총리는 야스쿠니 신사 참배로 우리에게 미운털이 박혔지만, 2001년 10월 15일 방한했을 때 도착하자마자 국립국악원에 들려 가야금 타는 법을 배우고, 코엑스 지하상가에서는 자신이 좋아하는 한국가수 두 사람의 CD를 직접 고르면서 사람들과 인사 나누고, 또 서대문 독립공원에서 참배하는 제스처를 취함으로써 주위의 한국인들로부터 호감을 사는 친화력을 유감없이 발휘했다.

김대중 전 대통령은 지난달 방미 길에 오르면서 대선 주자들에게 "나라를 맡으실 분들은 외교에 큰 관심을 갖고 과거 역사도 배워야한다."라고 충고하였다. 너무나 당연한 충고이다.

21세기는 세계화된 지구촌에서 상대방을 벌거숭이처럼 빤히 들여다보면서 경쟁하고 협력하는 시대이며, 강성국력_hard power과 연성국력_soft power을 연합하여 시너지 효과를 발휘시켜야 하는 세상이다. 경제번영과 평화를 위하여 외교의 힘이 그 어느 때보다 요구되는 시대이다. 4강에 둘러싸이고 남북관계를 주도해야 할 한국으로서는 더욱 그러하다.

21세기를 이끌어갈 대한민국의 대통령 깜은 신념과 철학과 비전을 갖고, 현실의 땅에서 변화하는 국제사회를 꿰뚫어 보면서, 한국을 경제뿐만 아니라 외교, 정치, 사회, 과학, 문학 등 모든 면에서 선진국 대열에, 그것도 10대 강국의 대열에 확실히 끌어 올리는 능력을 가진 사람이어야 한다. 그는 또한 인간적으로 '교육을 잘 받고, 예절 바르며, 문화적인' 교양인이어야 할 것이다. 교양인이란 에티켓과 매너가 있고 도덕과 법과 보편적 가치를 존중하며, 철학, 역사, 문학, 음악, 미술 등에 관한 지식이 있고 이 지식을 사회생활에서 활용할 수 있는 능력을 가진 사람을 말한다.

외교에 관심을 갖는 대통령에게 바라는 덕목은 외교 전문가 해롤드 니콜슨이 외교관에게 요구한 덕목에 비하면 그렇게 과도한 것도 아니다.(2007년 10월 3일)

'관광 에이스'와 국제행사 유감

유럽 관광을 하다보면 유럽 관광 3대 '사기극'이란 말을 듣게 된다. 그 하나는 독일 라인 강변의 로렐라이 언덕, 그 둘은 브뤼셀의 어느 가게 앞 오줌싸개 소년, 그 셋은 코펜하겐 항구의 인어공주다. 오랫동안 전설처럼 들어왔던 이야기나 그 유명한 것에 비하면 특별한 풍치가 없다거나 또는 규모가 작고 초라하기까지 한 것 때문에 느끼는 실망감에서 나온 말일 것이다. 그럼에도 불구하고 여전히 많은 관광객이 무리를 지어 이들을 보러 모인다.

이탈리아 동북부 도시 베로나에 가면 '줄리엣의 집'이 있다. 연간 200

여 만 명이 이곳을 찾아와 로미오가 사랑의 노래를 보내던 발코니를 쳐다보며 애절한 낭만에 젖는다. 이 집은 13세기의 여관을 복원해서 만든 허구의 집이다. 그런데 작가 셰익스피어는 소설의 배경인 이곳 베로나에 한 번도 와 본 적이 없다고 한다.

로마에 가보자. 사자상 '진실의 입' 에 관광객들은 약간 섬뜩한 기분으로 손을 집어넣으며 열심히 사진을 찍는다. 연인들은 애천_폰타나 트레비을 찾아가 신비한 불빛 아래 사랑을 속삭인다. 애천에 던지는 첫 번째 동전은 로마에 다시 오게 해주며, 두 번째는 소원을 이루어 주고 세 번째는 로마에서 새로운 연인을 만나게 해준다고 한다. 믿거나 말거나 요즘엔 동전 셋을 던지는 사람들이 많아서 유니세프로 보내지는 동전 수입금은 높아만 간다. 가는 곳곳 관광 명소마다 미스터리 같은 이야기들이 가미되어 볼거리와 흥을 더욱 높여주고 있다.

관광은 아름다운 풍광을 구경하는 데 그치지 않고 역사적 유물과 고적을 탐방하고 문화적 생활을 즐기는 것을 포함한다. 오늘날 관광 진흥을 위해서는 접근성_accessability, 문화_culture, 유흥_entertainment, 쇼핑_shopping을 모두 갖추는 것이 필수적이다. 이들 에이스_ACES가 관광객의 숫자와 수익을 가늠하는 요소가 되었기 때문이다.

세계 4대 관광국인 프랑스, 스페인, 미국은 ACES를 고루 갖추었고, 이탈리아는 E가 부족한 편이다. 관광객 숫자를 기준으로 하면 프랑스, 스페인, 미국, 이탈리아 순서인데, 관광 수익으로 따지면 미국, 스페인, 프랑스, 이탈리아 순이다. 미국에서는 체류기간이 길고 문화 활동, 쇼핑, 유흥 등에 소비가 늘어나기 때문이다. 가장 풍부한 관광자원을 가진 이집트는 과거 사회주의 결과로 AES가 부족하여 20대 관광국에도 끼지 못한다.

우리나라에서도 지방자치제가 시행된 이래 관광과 문화의 연계 중요성을 인정하여 시장과 군수들이 지역축제나 국제행사를 주최하는 사례가 늘어나고 있다. 지역경제발전과 문화소비의 혜택을 제공한다는 점에서 바람직한 일이다. 그러나 안타까운 일은 좋은 목적으로 유치한 행사지만 주먹구구식 준비와 빈약한 내용으로 소기의 목적을 달성하지 못하고 예산만 낭비하는 경우가 많다는 것이다. 지자체의 무분별한 국제행사 유치로 유사한 행사가 전국적으로 난립하고 있다. 어떻게 해서 같은 나라 안 여러 곳에서 국제 비엔날레나 국제 영화 페스티벌 같은 행사가 각각 열리는지 의문이며, 과연 그렇게 유사한 복수의 국제행사가 장래 지속적으로 국제적인 관심을 끌 수 있을 것인지 의심스럽다.

국제행사 유치에 대한 사전검증 절차가 필요하다. 최근 4년간 정부예산이 지원된 국제행사 10개 가운데 8개 이상이 아무런 타당성 조사 없이 주먹구구식으로 열리었다 한다. 또한 문화행사로 마련한 지역 축제는 지난해 전국 1170개에 이르렀다 한다. 문화선진국들에 비하면 아직 부족한 편이지만 과연 그것들이 내실 있게 다양한 지역문화의 특성을 얼마나 보여주었는지 따져보아야 할 일이다.

지금 광주에서는 디자인비엔날레가 열리고 있는데, 우선 유사한 행사가 다른 지방에 없다는 것이 다행이고 광주행 비행기에 외국인이 갑자기 많아진 것을 보니, 만일 그 내용이 충실하고 국제적이라면, 앞으로 비엔날레 자체의 발전은 물론 문화관광에도 도움이 될 것이라는 생각이 들기도 한다.(2007년 10월 31일)

만추단상_晩秋斷想

단풍 따라 산을 오른다. 일주문을 지나 당단풍 아기단풍 백팔그루의 단풍길을 걷는다. 까치봉 위 오후의 태양이 아기 손 이파리에서 노랗고 빨갛게 흩어진다. 낙엽은 눈처럼 쌓인다. 은행나무, 감나무, 단풍나무 잎이 점묘처럼 어울린다. 낙엽 밟히는 소리는 무엇일까? 소리가 너무 나지막하여 갓 떨어진 감잎에 올라서 본다. 쨍하듯 청음으로 울린다. 가을 목소리다. 목소리는 부서진 냄새를 실어온다. 아이들이 떼를 지어 까르르 낙엽 밟기 율동을 한다. 산은 웃음소리와 몸놀림을 꼬옥 보듬어 안는다. 금방 사위가 고요해진다.

대웅전 뒤쪽에서 낙엽이 타고 있다. 연기가 햇빛 속에 파리하게 오른다. 낙엽 소리와 냄새가 다투어 연기에 실린다. 연기 속에서 천년의 역사가 살아나고 영혼들이 숨쉬기 시작한다. 하늘과 땅이 교감한다. 저 연기 끝을 따라 도솔천에 올라 미륵보살을 뵐거나, 아니면 명계의 '하데스' 왕을 만나 '에우리디케' 를 찾아올까나.

낙엽 따라 산을 오른다. 퇴계 선생은 유산사독서_遊山似讀書라 했던가. 한 걸음 한 걸음 책 읽듯 염주 헤아리듯 조금씩 그만큼 올라간다. 산은 무르익었다. 소나무, 잣나무, 비자나무 속에 단풍나무, 고로쇠나무, 떡갈나무, 느티나무가 아우러져 있다. 갈참나무, 달꿩나무, 붉나무, 가막살나무, 개서어나무, 박쥐나무, 옻나무, 층층나무, 물푸레나무, 쇠무릅…. 산은 두껍고 암팡지다. 정상에 올라 숨 고르며 둘러본다. 태양을 비껴가는 계곡은 검푸르게 웅크리고 멀리 산등성이들이 뿌옇게 줄을 서 있다. 산 이쪽은 온통 불타오르고 산 저쪽은 듬성듬성 유화 물감으로 덧칠해져 있다.

하산 길 잎 떨어진 가지에 옹기종기 땡감들이 노랗게 반짝거린다. 저들도 릴케의 과실처럼 남국의 태양을 며칠 더 바라는 것일까.

산 입구에 아낙들이 쭈그려 앉아있다. 산열매, 산 뿌리가 모두 나와 있다. 마, 다래, 고로쇠, 오갈피, 둥글레, 머루, 등칡, 더덕, 도라지…. 가을냄새, 산냄새, 살림냄새가 뒤엉킨다. 길모퉁이에는 '작은 거인 대공연' 플래카드가 걸쳐 있고 성숙한 난장이 자매가 목소리를 빼어 열연하고 있다. 스무 발자국만 내려가면 신토불이 엿장수다. 거구의 사내가 여장을 하고 야릇한 몸짓으로 각설이 타령에 한창이다. 길거리는 만물상이다. 온통 사람으로 왁자지껄하고 수많은 몸짓으로 요란하다. 금방 절에서 환속한 듯한 기분이다. 평지로 내려서자 이런저런 선전 문구가 난무한 가운데 갑자기 확 눈에 들어오는 현수막이 있다. '당신의 선택이 대한민국을 만듭니다.' 12월 대선을 앞둔 선관위의 캠페인이다. 과연 그렇게 될까?

요즘 대통령 후보들은 많은데 누가 무엇을 주장하는지 알 수 없고 관심도 없다고 말한다. 주요 후보들은 나름대로 공약을 내걸었는데 우선 주가조작이나 단일화 문제로 들여다 볼 겨를도 없다. 선진 민주사회에서 최고 지도자를 뽑는 잣대는 정책과 비전, 그리고 도덕성과 가치관이어야 한다. 편견과 허상, 학연 또는 지연으로 대통령을 선택한 경우에는 임기 동안 대통령을 비판할 자격도 없다. 뽑고 나서 후회해봐야 헛일이다.

양극화와 분배의 실패로 성장위주 경제로 갈 것인가, 질서와 도덕의 파괴로 권위주의 지도자를 찾을 것인가, 북핵 폐기가 지리 하여 상호주의 봉쇄정책으로 복귀할 것인가? 정책과 가치에 대한 국민의 고민이 필요하다. 중소기업은, 공교육은, 농촌은 어떻게 살릴 것인가? 부패는, 복지는,

지역 발전 문제는 어떻게 할 것인가? 세계 속의 한국 위상은 어찌 정립할 것인가?

인간은 태어나서 죽을 때까지 선택의 연속을 걷는다. 선택의 결과가 전혀 다른 인생을 만들 듯이 대선 결과도 국가의 장래를 다르게 만들 것이다. 정부를 국민이 직접 선택하는 것은 민주주의 제도의 기초 중의 기초이다. 우리가 가져야 할 선진 민주주의는 제도적 민주주의에 그치는 것이 아니라 민주적인 사고와 가치가 표상하는 진짜 민주주의이어야 한다.

산을 벗어나 가을을 보내면서 어둠을 맞는다. 겨울 맞을 생각을 한다. 금년 겨울을 어떤 겨울일까, 어떤 삶일까, 어떤 정부일까?(2007년 11월 28일)

화해의 계절

"가장 시급한 것은 국민적 화해이다. 대통령 선거 후 승자와 패자 간에 또 선거과정에서 서로 주고받았던 상처에 대한 치유와 화합이다. 이 화해는 계층 간, 지역 간 화합으로 이어져 우리 대한민국 국민이 모두 하나가 되어야 한다."

로마의 성베드로 대성당 바로 앞에는 일직선으로 난 500여 미터의 넓은 도로가 있는데 그 이름이 '화해의 길_Via della Conciliazione' 이다 그 길을 지나 대성당의 광장에 다다르면 양 팔을 벌린 듯 거대한 회랑이 나타난다. 이 회랑에는 모든 사람을 종교와 인종, 언어와 풍습을 초월해 초대함으로써 용서와 화해를 통해 세계평화를 이룩하자는 조각가 베르니니의 깊은 신앙심과 세계관이 담겨 있다고 한다.

제2차 세계대전이 끝날 때까지 독일과 프랑스는 3세기 동안 대대로 앙숙 관계로 살았다. 프랑스가 1648년 알사스 로렌 지방에 대한 관할권을 행사한 것이 그 원한관계의 시작이었다. 그 후 보불전쟁에서 프랑스가 패배하고 독일 빌헬름 1세가 1871년 베르사이유 궁전 '거울의 방' 에서 황제즉위식을 가짐으로써 프랑스 국민의 자존심을 짓밟았다.

프랑스는 제1차 세계대전을 종결하면서 독일에 설욕한다. 1918년 11월 11일 오전 11시 프랑스 북부 콩피에뉴 근처 숲속의 한 열차 칸에서 독일로부터 휴전조약을 서명 받고 알사스 로렌을 재할양한 것이다. 한편 제2차 대전을 일으킨 히틀러는 1940년 6월 파리를 점령하자 과거 휴전조약을 체결했던 열차가 보관된 프랑스 박물관 벽을 부수고 그 열차를 콩피에뉴 숲으로 끌고 가 옛 자리에서 프랑스에게 휴전조약 서명을 강요함으로써 다시 프랑스에 보복한다.

이렇게 삼백년간 쌓인 프랑스 독일 간의 원한관계는 1951년 유럽석탄철강공동체_ECSC의 공동 창설로 종식된다. 이 공동체는 유럽공동체_EEC로 발전하고 오늘날의 유럽연합_EU이 되었다. 독일과 프랑스의 협력은 바로 유럽통합의 원동력이 되었으며 통합을 위한 '두 개의 엔진' 역할을 해왔다. 얼마 전 프랑스 사르코지 대통령이 취임식 후 한 일은 바로 그날 독일로 달려가 메르켈 총리와 만나는 일었다.

1939년 폴란드를 전격 침공한 나치 독일은 폴란드 국민을 '열등종족' 으로 매도하고 수백만 명의 목숨을 빼앗았다. 전쟁 후 냉전을 거치면서 1965년에 이르러 양국 기독교 간에 "우리가 용서합니다. 그리고 용서를 빕니다." 라고 서신교환을 함으로써 화해의 기운이 불기 시작하였다.

1970년 양국관계가 정상화되고 서독 총리 브란트는 바르샤바의 유태인 게토에서 희생자 추모비 앞에 무릎을 꿇음으로써 나치독일의 죄를 인정하였다. 폴란드 전쟁 희생자와 강제 노동자에 대한 배상은 2000년이 되어 마무리되었다.

과거사에 대한 올바른 인식과 화해의 문제는 식민종주국인 유럽 국가들과 식민 지배를 받았던 아프리카 국가들 간에도 남아있다. 아프리카 탈식민 과정에서 가장 커다란 갈등이 빚어진 곳은 알제리였다. 과거 종주국인 프랑스와의 관계 회복은 아직 시간이 더 필요하다. 그러나 지난 12월 3일 사르코지 대통령이 국빈 자격으로는 처음으로 알제리를 방문하여 과거 식민지배 역사에 대해 사과함으로써 양국 간 화해의 물꼬가 트였다.

우리 한국민은 몇 가지 역사적 화해를 앞에 놓고 있다. 그 첫째는 일본과의 화해이다. 한국과 일본은 현재 긴밀한 협력관계를 발전시키고 있지만 과거사 문제는 아직도 양국 간의 미래지향적 협력에 걸림돌이 되고 있다. 일본의 과거 역사에 대한 올바른 인식 그리고 반성과 사과가 급선무이다. 최근 유럽의회의 '일본 위안부 결의안' 채택은 일본의 사과와 배상을 촉구한 좋은 사례이다. 둘째는 남북한 간의 화해이다. 두 차례 정상회담을 갖고 양측 간에 교류 협력이 활발하게 진행되고 있으나, 진정한 화해는 북한의 핵 폐기와 한반도 평화정착, 이산가족과 국군포로 및 납북자 등의 인도적 문제가 해결될 때 이루어질 것이다. 마지막으로 그러나 가장 시급한 화해가 있다. 국민적 화해이다. 대통령 선거 후 승자와 패자 간에 또 선거과정에서 서로 주고받았던 상처에 대한 치유와 화합이다. 이 화해는 계층 간, 지역 간 화합으로 이어져 우리 대한민국 국민이 모두 하나가

되어야 한다.

12월은 성탄의 계절, 화해와 사랑의 계절이다. 우리 국민 모두 사랑하고 화해하는 계절을 맞기를 바란다.(2007년 12월 26일)

카산드라의 고함_孤喊

"국제사회는 지금 한국을 주시하고 있다. 한국이 온실가스 9위 배출국으로서 또 증가율 3위권으로서 경제규모에 걸 맞는 역할을 다해야 한다는 생각을 갖고 있다."

인도양에 몰디브라는 작은 아름다운 섬나라가 있다. 우리나라에서도 신혼여행을 많이 가는 이 나라는 1300여 개의 산호섬으로 이루어져 있고 지상 최대의 휴양지라 일컬어진다. 그런데 이 나라의 최우선 외교정책은 '국가 영토의 생존' 즉 나라 땅덩어리가 사라지는 것을 막기 위한 국제적 협력을 증진시키는 것이다. 왜냐하면 섬 전체의 해발 높이가 1.8m 이하로서 지구온난화로 인한 해수면 상승이 계속되면 머지않아 이 나라 전체가 바다 밑으로 가라앉기 때문이다.

세계 여러 나라를 방문하다 보면 가는 곳마다 대부분 화제가 "올해는 이례적으로_unusually 덥다, 춥다, 가뭄이다, 비가 많이 온다, 폭설이다." 등 날씨 이야기로 시작된다. 곳곳이 기상이변으로 곤욕을 치른다. 지난해 여름 북극 기온이 섭씨 22도까지 치솟았다. 지구온난화 현상이 지금의 추세로 계속되면 2050년까지 기온이 3도 상승하여 남극의 대륙 빙하도 녹게 되어 해안가 대도시가 물속에 잠길 것이라 한다. 또한 지구상 동식물의

30%가 사라지게 되어 생태계가 큰 변화를 일으키고 인류는 재앙을 맞게 될 것이다.

지구온난화 문제는 금년에도 계속 국제적 관심사로 논의될 것이다. 지난 연말 인도네시아 발리에서 열린 기후변화협약 당사국회의는 '발리 로드맵'을 채택하고, 선진국은 2009년까지 온실가스 추가 감축목표를 제시하기 위하여 그 목표치 협상을 올해부터 시작하고 개도국도 2013년부터 자발적 감축 노력을 하기로 하였다. 선진국은 지난 1997년 교토의정서에서 2012년까지 1990년 대비 5.2%의 온실가스 감축에 합의한 바 있고, 개도국은 의무 감축 대상에서 제외되었는데 한국은 OECD 국가임에도 멕시코와 함께 개도국으로 분류되어 온실가스 감축에 무임승차하여 왔다. 국제사회는 지금 온실가스 배출 1위며 교토의정서에 비준하지 않은 미국, 그리고 중국과 인도, 개도국에 분류된 한국을 주시하고 있다. 국제사회는 한국이 온실가스 9위 배출국으로서 또 증가율 3위권으로서 경제규모에 걸 맞는 역할을 다해야 한다는 생각을 갖고 있다. 이러한 상황에서 우리나라는 어떻게 해야 할 것인가? OECD 회원국으로서 국제사회 위상과 국내 산업에 미치는 피해를 총체적으로 감안하여 정책을 결정하여야 하며, 정부와 경제계가 온실가스 감축을 위하여 향후 5년 간 철저한 대응태세를 갖춰야 한다.

정부는 우선 우리에 맞는 단계적 감축 목표를 수립하고 국제협상을 통하여 자발적 감축 노력을 주도하여야 한다. 유럽연합이 온실가스 감축을 2020년까지 1990년 대비 25~40% 감축시키려는 의도를 갖고 있으나 우리 경제구조로서는 이러한 의무 감축을 도저히 수용할 수 없다. 우리는 교토의정서 방식 외에 새로운 방식도 검토하면서 우리 스스로 적정수준의 자발적 감축 목표를 제시하고, 2013년부터 이를 적극 이행하며 이에 일부 선발 개도국이 동참하도록 선도하여야 할 것이다. 한편 국내적으로 정부와 기업은 우리의 경제구조를 기후 친화형으로 전환시켜야 하는바, 화석연료 비중을 축소하고 저탄소 에너지 사용을 확대하는 한편 기업의 에너지 효율을 향상시키고 에너지 저소비 산업구조를 구축하는 등 에너지 수요를 절감하는 방안을 마련하여야 한다. 기업의 에너지 자발적 감축, 열병합발전의 확대, 신재생 에너지 활용, 저탄소 기술개발을 위한 구체적 조치가 조기에 실현되어야 한다. 또한 향후 청정개발체제_CDM 아래 개도국에 대한 친환경 투자를 통하여 탄소배출권을 확보하는 방안도 있다. 한편 지방자치단체와 민간이 합동하여 '숲 가꾸기'를 장려하여 탄소흡수원을 확충하도록 하여야 한다.

국제사회는 지구온난화와 기후변화로 인한 인류의 장래에 걱정하고 있으나 아직 전 세계 국가가 모두 참여하는 실질적 조치를 실행하지 못하고 있다. 트로이의 공주 카산드라는 예언의 능력을 지녔으나 아무도 믿지 않아서 트로이 목마로 조국이 멸망하는 비운을 맞게 된다. 지구온난화 방지를 위한 인류의 대처가 앨 고어나 환경주의자 들만의 주장, 카산드라의 외로운 외침, 고함_孤喊만으로 그쳐서는 안 된다. 국제사회의 구체적인 행동과 실천이 시급하다. 우리 정부와 국민의 조기 대책과 조치가 요구된다.(2008년 1월 23일)

세계시민이 됩시다

2월은 졸업의 계절이다. 새로이 시작하는 때이다. 미국의 대학 졸업식에서는 사회 구성원으로서 미국시민으로서의 책임과 봉사정신을 강조하고, 로스쿨에서는 윤리의식과 시민의식을 역설하고 있다. 유럽의 대학 졸업식에서는 "여러분은 법과 질서를 존중하고 EU 통합과 발전을 위해 노력하는 EU 시민이 되라."는 요지의 총장 연설을 듣곤 한다. 오늘의 세계화 과정에서 유럽인들의 단결과 시민의식을 느끼게 한다.

21세기 세계화는 국가 간, 시민 간에 상호의존 관계의 심화와 교류 협력을 통하여 경제, 정치, 사회, 문화적인 발전과 보편화를 추구하는 한편 양극화와 불확실성의 진통을 겪으면서 지구적 문제에 공동 대처하는 현상을 보여주고 있다. 우리에게도 세계화는 필연적인 것이다. 한국은 외국과의 교류 협력을 배제하고는 발전을 기약할 수 없기 때문이다. 우리의 대외의존도는 70%를 넘어섰고 에너지 수입의존도는 97%에 달한다. 우리의 교역 규모는 2006년 기준 6,430억불로서 세계 12위이다. 지난해 한국인 1300만 명이 해외여행을 나가고 외국인 600여 만 명이 우리나라는 방문하였으며, 관광뿐만 아니라 문화적 교류도 점차 활발해지고 있다. 더군다나 정보통신 혁명과 IT산업의 발전으로 지구는 하나가 되었고, 사람들은 서로 실시간으로 접촉할 수 있게 되었다. 농촌에 살건 도시에 살건 관계없이 지구상에 어느 누구와도 소통할 수 있게 되어, 우리는 이제 어느 지방의 한 사람이 아니라 세계 속의 한 시민이 된 것이다. 우리 모두가 세계시민으로서 전 세계 시민들과 동등하게 교류 협력하며 또 경쟁하여야 하는 처지가 된 것이다.

그러면 어떻게 해야 세계시민으로서 당당히 행세할 수 있을까? 첫째, 우리는 정치, 경제, 사회 모든 분야에서 국제적 표준을 받아들여야 한다. 법과 질서, 도덕과 상식에 따라 행동하여야 한다. 큰 목청과 집단 이기주의가 허용되어서는 안 된다. 서울 말고 어느 수도에 불법 시위로 도심 교통이 마비되어 시민들이 끝없는 불편을 겪는 곳이 세계 어디에 있을까? 둘째, 인류의 보편적 가치를 존중하여야 한다. 인간이 누려야 할 자유와 평등, 인권과 기본권에 대한 존중, 민주주의와 법치주의에 길들여진 일상생활을 가져야한다. 다수결 원칙과 소수의견이 존중되어야 한다. 대화와 타협이 일상화되고 국회에서의 이전투구는 사라져야 한다. 계급의식과 지역갈등, '위화감' 이라는 어휘도 철폐되어야 한다. 셋째, 국제사회에서 통용되고 인정받는 교양인이어야 한다. 교양인은 에티켓과 매너를 갖추고, 문학, 미술, 음악, 역사, 철학 등에 대한 일반적 지식을 갖고 또 이를 활용할 줄 알아야 한다. 특히 자라는 세대는 외국인과 접촉 및 교류를 할 수 있는 수준의 외국어도 익혀야 할 것이다. 넷째. 문화에 대한 호기심과 관심을 갖고 문화생활을 풍요롭게 즐길 수 있어야 한다. 문화교류를 통하여 문화적 보편성을 수용하고 다양한 문화에 대한 이해를 제고하여야 한다. 전통문화의 발굴과 보존뿐만 아니라 민족문화를 세계로 보급할 수 있어야 한다. 숭례문의 손실은 문화재보전을 기본 문화정책으로 삼는 후진국의 문화수준에도 미치지 못하는 사례이다. 다섯째, '글로벌 거버넌스' 에 적극 참여하여야 한다. 세계화 과정에서 나타나는 환경, 개발, 빈곤, 질병 등 여러 지구적 문제에 대처하는 '세계적 관리' 에 정부와 국제기구뿐만 아니라 NGO와 시민들이 참여하는 것이 오늘날 국제사회의 모습이다. 우리의 대외원조 수준을 높이고 빈곤국의 기아와 질병을 퇴치하기 위하여 자원봉사를 하는 것도 세계시민의 몫이다.

우리는 산업화와 민주화를 거쳐 이제 선진화를 목전에 두고 있다. 2월에 출범하는 새 정부도 선진화를 정책의 기조로 하고 있다. 그런데 선진화란 3만 불 국민소득이라는 경제적 수치를 의미하는 것이 아니라 '삶의 질'의 선진화를 의미한다. 정치, 경제, 사회, 문화 등 모든 분야가 균형적으로 발전하고, 세계시민으로서의 의식과 행동을 보여줄 때 가능하다. 세계시민 의식은 대학 졸업생뿐만 아니라 국민 모두가 가져야 할 선진시민 의식이다.(2008년 2월 20일)

유권자들의 대표는 근면뿐만 아니라 자신의 판단마저도
그들을 위한 봉사에 바쳐야 한다 _E. 버크

야당 대표가 되다

"저희 창조한국당은 첫째, 우리 당과 문국현 대표에 대한 정치적, 사법적 명예를 회복시키겠습니다. 둘째, 우리의 꿈과 가치를 요구하는 모든 계층과 이익집단을 아우르는 포괄정당_catch-all party을 이끌어 가겠습니다. 셋째, 창당 정신으로 되돌아가 조직을 가다듬고, 유능하고 참신한 인재를 영입하겠습니다. 넷째, 생활정치, 풀뿌리 민주주의를 실현하기 위해 내년도 지방자치단체 선거에 적극 참여하겠습니다. 다섯째, 이명박 정부의 후진화를 막겠습니다. 시민사회 및 다른 야당들과 연대해 민주화, 선진화를 위해 투쟁하겠습니다. 창조한국당은 정책대안 정당입니다. 작은 정당으로서 큰 역할을 하고자 합니다. 우리는 어떤 역경에도 굴하지 않고, 인간존엄, 사회정의, 평화공존을 위하여 전진할 것입니다. 국민 여러분의 성원과 관심이 요망됩니다."

2009년 11월 20일 국회 창조한국당 대표실에서 내가 창조한국당 대표 권한 대행으로 취임하면서 가진 기자회견의 발표문 요지이다. 대표실을 꽉 메운 국회 출입기자들은 비정치인의 갑작스런 당대표 취임에 흥미와 관심을 표명했다.

"외교관 출신으로서 현실정치에 들어와 당대표가 되신 소감이 어떻습니까?"

"외교관의 주요 임무 중 하나는 주재하는 나라의 정치인과 접촉하고 정세를 분석, 평가하여 본국에 보고하는 일입니다. 34년의 외교관 생활에서 국내외 정치 속에서 살아왔기 때문에 저로서는 정치가 낯설지 않습니다. 그러나 정치에 직접 참여하는 것은 또 다른 것이기 때문에 각오를 단단히 하겠습니다."

"자유선진당과의 관계 즉 '선진창조모임' 의 부활에 대하여는 어떻게 생각하십니까?"

"자유선진당과의 교섭단체는 법적, 현실적으로 해체되었으나, 정책이슈와 관련 어느 당과도 부분적 공조를 같이 할 것입니다."

"내년 6.2 지방선거에는 어떻게 참여할 것입니까?"

"지금과 같은 야당의 분산된 힘으로는 집권당 및 정부와 상대할 수 없습니다. 우리는 외부인사의 적극적인 영입과 야당연대를 통하여 지자체 선거를 승리로 이끌어야 합니다."

TV와 일간지들은 '창조한국당 송영오 대표체제 출범' 제하에 의원직을 상실한 문국현 전 대표가 사퇴한 뒤 비상대책위 체제로 운영해온 창조한국당이 송영오 대표체제를 출범하였다고 일제히 보도하고, 기자회견

내용을 인용하였다. 송 대표가 최고 위원으로 있으면서 화합형 리더십과 합리적 성향으로 두터운 신망을 쌓았다는 평가를 받았다고 언급하고, 창조한국당의 제2기로서 새 시험대에 서게 됐다고 평가하였다. 또 송 대표 취임에 따라 야 6당 가운데 민주당_정세균 대표의원직 사퇴, 진보신당_노회찬, 친박연대_이규택 등 4당이 원외대표체제로 운영되는 진기록을 세우게 됐다고 보도하였다.

나는 대표 취임 인사 차 다른 정당 대표들을 예방하였는데 모두들 호감을 표시했고, 각 정당마다 나름대로 기대와 관심을 표명했다. 민주당의 정세균 대표는 물론이고, 한때 선진창조당의 파트너였던 자유선진당의 이회창 대표, 한 · 일월드컵 때 알게 된 한나라당의 정몽준 대표, 대표에 대한 사법조치로 동병상련격인 친박 연대의 이규택 대표 등이 모두 환대를 해주었다. 나는 의원회관에도 찾아갔다. 사전 약속 없이 5층부터 2층까지 의원 명패를 보고 개인적으로 내가 아는 의원들의 방에 그냥 들어갔다. 마침 그 의원이 있을 경우에는 선 자세로 몇 마디 인사만 나누고 부재중인 경우에는 명함을 남겨두는 식으로 한 바퀴를 돌았다. 꽤 많은 방을 찾았다. 그런데 모두들 반갑게 인사를 나누었지만 내가 창조한국당의 대표를 맡게 된데 대하여 축하하기보다는 험난하고 무거운 짐을 맡게 됐다고 우려를 표명하고 진심으로 걱정 어린 눈길을 보내는 의원들이 많았다. 내심 내 스스로 멋쩍을 정도였다. 아마도 정치에 이미 입문해 있던 이들의 걱정은 당연한 것인지도 몰랐다. 언론에서도 얼마가지 않아 기대 반 걱정 반의 글이 나타났다. 한 인터넷 신문은 '창조한국당 송영오 체제 첫 발부터 삐그덕… 송영오 순항할까' 라는 제하에 당내 상황을 비교적 상세히 분석하고 다음과 같이 보도했다.

"송영오 호가 첫발을 내딛었지만 내부 이해관계로 인해 안착할지는 의문이다. 문 전대표가 당 대표 사퇴로 외부적으로는 당과 선을 그은 듯하지만 여전히 영향력을 미치고 있어, 내년도 지방선거를 앞두고 송 신임 대표가 '문국현' 틀에서 벗어나 성공적으로 당 체제를 정비할 수 있을지는 지켜볼 일이다…"

다음 해 2010년 1월에 시사주간지 '시사창'은 나와 인터뷰를 가진 후 '창조한국당 송영오, 문국현 그늘 딛고 난파선 구해낼까' 하는 제하에 당 정상화 문제, 6.2 지방선거, 당 정체성 등에 관하여 집중 보도하였다.

"난파선의 선장으로 오른 송영오 신임대표는 당 내부 체제정비에 나서고 있지만 친문_親文을 중심으로 한 조기전당대회 논란 등 당의 잡음은 끊이지 않고 있다. 정통외교관 출신답게 당 내에서도 활발한 외교력으로 갈등을 봉합, 조정하고 있다는 긍정적 평가가 있지만 신임대표인 그에게 문 전 대표의 '그늘'은 너무도 커 보인다…."

내가 문국현 씨를 처음 만난 것은 2007년 10월 말경 문 씨가 대통령 후보로서 한창 선거 유세를 하고 있을 때 여의도의 선거사무소에서였다. 내 동생의 친구 S교수가 문국현 후보의 최측근이며 참모 역할을 하고 있었는데 나를 소개한 것이었다. 우리는 30여 분간 이야기를 나누었고, 그는 내게 외교 통일 국방 분야 자문을 요청하였다. 당시 시민사회는 정운찬 총장과 박원순 변호사를 대선후보로 교섭하다가 결국 문국현 씨를 뒤늦게 추대하였다. 문 씨는 유한킴벌리 사장으로서 환경운동을 하는 모범적 기업인으로 인식되어 있었다. 젊은이들한테 인기가 높았으며 선거인단에는 시민단체, 정계인사뿐만 아니라 각 분야의 많은 학자들이 자발적으로 참여함으로써 문 캠프는 아주 활발하게 움직였다. 문국현 후보는 신선한 이미지와 함께 다크호스로 떠올랐다. 그에 대한 나의 첫인상은 기업인으로서 점잖고 겸손하였으며 인물이나 체격도 좋게 느껴졌다. 다만 내면적 인품이나 지식, 정치적 역량 등 콘텐츠에 관한 파악은 시간이 필요할 것 같았다.

12월 19일에 있은 대선에서 이명박 후보가 당선되고 문국현 후보는 정동영, 이회창 후보에 이어 5.82% 지지율과 138만 표를 얻는 선전을 하였다. 선거일 며칠 전까지만 하여도 비공개 여론조사에 의하면 200여만 표가 예상되었으나, 민주당 정동영 후보와의 단일화가 이루어지지 않아 선거 당일에 범야권 유권자들이 문 보다 가능성이 큰 정 후보 쪽으로 돌아섰기 때문이었다. 문 후보는 단일화 교섭과정에서 여론조사에서는 뒤지지만 자신으로 단일화해야 시너지 효과를 낼 수 있다고 끝까지 주장함으로써 협상은 깨지고 말았다. 대선 유세 와중에 '사람이 희망이다' 라는 기치 아래 10월 30일에 창조한국당 창당을 가졌다. 대선 패배 후 장고 끝에 문국현 씨는 제 18대 국회의원 선거에 나가 은평 을에서 이재오 후보와 맞서 승리함으로써 당당하게 국회에 입성하였다. 그 후 창조한국당은 7월 12일에 전당대회를 개최하여 문국현 의원이 당 대표로 당선되고 4명의 최고 의원이 선출되었다. 당초 문국현 의원은 전당대회 전 나에게 최고위원 출마를 요청하였으나 나는 정중하게 거절하였던바, 전당대회 후에는 지명직 최고위원직을 수락하여 줄 것을 계속해서 요청하여 왔다. 나는 거듭되는 문국현 대표의 인간적 요청에 8월 중순께 긍정적 대답을 하였다. 8월 19일 최고회의에 처음 참석하였고, 매주 화요일 아침 국회 내 당 대표실에서 열리는 최고회의에 조용히 참석하였다. 그러나 얼마가지 않아 문 대표가 원내 대표로서 분주한 탓에 문 대표 대신 최고회의를 주재하는 역할을 하게 되었다.

2009년 10월 22일 대법원은 문국현 대표의 상고를 기각하고 원심을 확정지었다. 이로써 문 대표는 유죄선고를 받고, 의원직 상실과 향후 10년간 선거권 피선거권의 박탈을 받게 된다. 당초 이 재판은 비례대표 2번으로 당선된 이한정에 대하여 수원지검이 문서위조 및 전과기록 누락 등의 사유로 수사를 시작하여 '공천헌금' 문제로 비화된 사건이었다. 결론적으로 재판부는 공천헌금 부분에 대하여는 무죄로 판결하고, 저리 당채로 창조한국당이 재산상 이익을 얻었다면서 자연인이 아닌 당 대신 문국현 대표에게 유죄를 판결하였다. 또한 피고인들이 자신들의 죄를 뉘우치지 않고 법적 책임을 회피하기에만 급급한 것으로 보인다고 단정하면서 문국현, 이한정, 이수원에 대하여 각각 유죄를 선고하였다. 당과 문국현 대표로서는 받아들일 수 없는 일이었다. 당은 절대 절명의 위기에 빠졌다. 대선이 끝난 후 당 지도부와의 마찰로 핵심 인사들이 이탈하였다. 총선 후 자유선진당과의 원내교섭단체 구성으로 상당수의 세력이 빠져나가 약화될 대로 약화된 당은 또다시 커다란 위기에 봉착한 것이다. 재판결과로 인하여 지지층의 이탈도 눈에 보이는 듯 하였다. 우선 당장 당의 공백상태를 막는 것이 시급하였다. 최고위원들과 중앙위원회 의장단 그리고 일부 시도당 위원장들이 모여 비상대책위원회를 세우기로 의견을 모았다.

당헌에 따르면 당 대표의 잔여임기가 6개월 이상인 경우에는 임시전당대회를 열어 당 대표를 선출하여야하나, 현재의 당력은 도저히 전당대회를 소집할 여유가 없다는 것을 당원 모두가 알고 있는 상황이었다. 그래서 얻은 정치적 합의는 다음 7월 정기전당대회를 개최할 때까지 비상대책위원회 체제로 당은 운영하고 당 대표 권한대행을 중앙위원회에서 선출한다는 것이었다.

11월 4일에 중앙위원회가 개최되었다. 회의에 앞서 중앙위원회 의장단과 시도당 위원장들이 문국현 대표를 만나 협의한 결과, 비상대책위원회를 2인 공동위원장 체제로 운영하고 송영 중앙위원회 의장과 송영오 최고위원을 추대하기로 하였다. 저녁 7시에 개최되어 중앙위원회는 비상대책위원회 구성에 합의하고 송영오 최고위원과 송영 중앙위의장을 비상대책위 공동위원장으로 하고 송영오 위원장을 당 대표 권한대행으로 추대하기로 합의했다. 사무총장으로부터 급한 연락을 받고 나는 회의도중에 참석하였다. 지금은 주저하거나 엉거주춤할 때가 아니라 모두가 원한다면 당을 맡아 우선 이 난국을 헤쳐 나가는 것이 당에 속한 사람으로서 의무라고 생각하였다. 나는 대표직을 수락하였다.

다음날 나는 은평구에 소재한 문국현 의원 사무실로 문국현 대표를 찾아갔다. 그는 반갑게 손을 맞잡으며 축하해주었다. 나는 문 대표에게 송구함을 표하고, 사법부의 부당한 조치에 항거하기 위하여 대표 등록을 미루어야 한다는 일부 중앙위원들의 의사 표명이 있었음을 전달하면서 최소한 일주일쯤은 대표 등록을 하지 않겠다고 말하였다. 또 하나의 이유는 밖으로 내비치지 않았지만, 당시 솔직한 심정은 당의 부채 55억 원에 대한 당 대표의 책임성 문제에 관하여 변호사와 협의할 시간이 필요했었다. 2007년 대선 당시 문국현 후보가 개인적으로 지출한 선거자금 가운데 45억 원을 당 부채로 전가하였고, 총선 시 발행한 당채 10억 원의 빚이 남아 있었던 것이다. 그러자 문 대표는 약간 얼굴을 붉히면서 오늘 중 중앙선거관리위원회에 등록을 하라고 단호한 어조로 말하였다. 나는 약간 어리둥절한 채로 말을 이었다.

“저와 비상대책위원회가 할 일은 첫째, 문 대표님과 당을 위한 법적투쟁과 명예회복에 전념하고, 남은 힘으로 둘째, 내년 6.2 지방선거에 참여하고 셋째, 정책개발을 계속하고 마지막으로 7월 전당대회를 치루겠습니다.”

“사법투쟁에 전력을 기울여야 하는데 다른 일을 할 겨를이 있겠습니까? 6.2 지방선거에 왜 참여합니까? 그까짓 미관말직 얻으려 선거에 나갑니까? 또 정책개발은 이미 다 해놓았는데 그것을 활용하면 되지요.”

그의 예상치 못한 대꾸에 나는 당황하였으나 다시 힘주어 말하였다.

“사법투쟁과 명예회복에 전념하겠습니다. 그러나 정당으로서 전국적인 지방선거에 어떤 형태로든지 참여하는 것이 당원과 국민들에 대한 도리가 아니겠습니까.”

내가 취임 기자회견을 한 후 첫 번째 공식 일정은 문국현을 위한 사법투쟁이었다. 11월 23일 아침 나는 서울중앙지검 민원실을 방문하여 형사고소 항고장을 제출하였다. 이용경, 유원일 국회의원과 동행하였다. 창조한국당은 검찰이 중앙선관위에게 이한정 비례대표 후보가 전과 없다는 잘

못된 문서를 발급해준데 대하여 고발하였는데, 검찰이 이를 불기소처분하였으므로 이에 불복하고 항고장을 제출한 것이다. 우리는 국회로 돌아와 정론관에서 '문국현 사법살인' 과 검찰을 규탄하는 기자회견을 가졌다.

당 내부적으로도 할 일이 많았다. 당직을 임명하고 예산을 확보하는 일이 무엇보다도 시급하였다. 우여곡절 끝에 사무총장과 문국현 사법투쟁을 위한 집행위원회의 당직자만을 임명하였다. 당을 맡은 11월 중순에 예산은 이미 바닥이 나 있었다. 연말까지 꼭 집행해야 할 꽤 많은 비용을 입체하여 가까스로 해결하였다. 이 와중에 사법투쟁 집행위원회는 연초 사법개혁 실현운동과 문국현 홍보 목적으로 1억 5천만 원의 집행을 요구하였다. 당초 계획은 민변 및 시민사회를 동원하여 문 대표의 대법원 판결의 부당함을 국민들에게 홍보하고 위헌소송을 거쳐 궁극적으로 사면복권을 내년 2010년 중에 받아낸다는 것이었다. 이들은 약 5억 원 정도의 예산 소요를 생각하고 있었다. 11월 5일에 문 대표와 내가 만났을 때 문 대표의 고무적인 사법투쟁 계획에 대하여 나는 물었다.

"그렇게 되면 내년 7.28 은평 재보선에 나가실 수 있겠군요?"

"은평 재보선이 왜 필요합니까? 제가 다시 그 자리에 복귀하면 되는데요."

문 대표의 반응이었다. 어찌 보면 바보들의 대화나 다름없었다. 집행위원회 측이 우선 요청한 1억 5천만 원은 문국현 전 대표 OMM 실시를 위한 전문여론회사 용역비용과 각종 홍보물 제작과 홈페이지 운영, 공청회 등을 위한 비용이었다. 2010년 새해가 되어 1월 중순경 사무국은 2010년 예산계획서 작성 시 집행위 측 요구를 그대로 포함시켜 상임위원회에 제출하였으나, 상임위원회는 소송관련 법률비용은 그대로 두고 홍보용역의 뢰비는 삭감하였다. 집행위 소속 당직자와 '문함대_문국현과 함께 하는 대한사람들의 약자' 회원들은 노골적으로 불만을 표시하였다. 이 불만은 머지않아 당 지도부를 바꿔버리는 소위 쿠데타 계획으로 발전하게 된다.

2010년은 6월 2일에 지방자치단체 선거를 하는 해로서 정부 여당과 야당들이 한판 승부를 겨루는 정치의 해였다. 연초부터 정치권은 물론이고 각 사회단체들의 움직임도 활발하였다. 민생문제, 양극화 심화, 일자리문제, 대북정책에도 불구하고 이명박 대통령에 대한 지지도는 여전하고 제1야당인 민주당의 역할도 뚜렷하지 않았다.이런 상태로는 야권의 선거 전망이 밝지 않았다. 이러한 우려를 배경으로 시민단체 대표와 야당 대표들이 2010년 1월 12일 아침에 회동하였다. 소위 '5+4' 연대모임이었다. 정세균, 강기갑, 노회찬 대표와 나, 그리고 국민참여당의 이병완 준비위원장이 야당 대표로 참석하고, 백락청 교수, 이해찬 전 총리와 김상근, 오종렬, 이창복, 박영숙 대표 등이 시민단체 원로 대표로서 참석하였다. 참석자들은 이명박 정부의 실책을 규탄하고 6.2 지방선거에서 승리하기 위하여 야권연대를 이루어낼 것에 합의하였다. 이해찬 전 총리는 가능한 초기단계에서 야권연대를 통한 후보단일화를 이루어줄 것을 당부하였다. 야 5당 대표들은 곧 야권연대협의회를 조직하고 각 당의 협상 대표들과 시민단체 협상 대표 백승헌 민변회장이 모여 협의에 들어갔다.

나의 입장은 야권연대와 정책공조를 통하여 6.2 지방선거에서 승리하여 지방자치단체의 정책기조를 바꾸고, 차후 2012년 총선과 대통령선거에서 정권의 교체를 이루어야만 우리 국민이 진정한 민주주의를 되찾고 선진화된 '좋은 사회' 를 이룰 수 있다는 것이었다.

나는 1월 18일 신년 기자간담회에서 야권연대와 '좋은 사회_Good Society' 를 강조하였다. 내가 규정하는 좋은 사회란, 좋은 일자리 창출과 성장으로 질 높은 삶을 추구하고, 보편적 복지의 정착과 누구나 행복을 추구할 권리가 보장되며, 사회정의가 실현되고 인권, 민주적 절차와 과정이 존중되는 사회, 소수와 약자가 보호받고 서민, 중산층, 노동자들의 권익이 존중되며, 사회질서와 안녕, 나라의 안전이 보장되고 평화가 공존하는 사회를 말하는 것이었다. 나는 시민단체, 장애인단체, 언론인협회 등의 신년하례식과 각종 행사에서 이명박 정부의 실정을 비판하고 민주주의 회복과 선진화, 좋은 사회 건설과 한반도 평화와 번영 정책을 촉구하였다. 이명박 정부는 4대강 사업, 세종시 문제 등 주요 정책을 독단적으로 집행하였고, 이 대통령 자신도 국민과의 소통부족을 인정하였다.

나는 묵자의 말 '득하지정즉치_得下之情則治요 부득하지정즉난_不得下之情則亂' 을 잘 인용하였다. 백성들의 뜻을 알면 나라가 잘 다스려지고 알지 못하면 나라가 어지러워진다는 말이다. 또 링컨의 대통령 취임연설도 인용하였다. "헌법상의 견제와 균형에 의해 제약을 받고, 여론과 국민정서의 신중한 변화에 따라 유연하게 변하는 다수야말로 자유 국민으로서의 진정한 주권자들입니다." 나는 언론인들의 모임에서 민주주의 회복을 강조하였다. 이 정부에 들어서서 MBC 경영권 개입 등 각종 언론장악과 통제가 눈에 띄고 과거 10년 동안에 이룬 언론의 자유와 민주주의가 후퇴하였다. 나는 그간 선반 위에 올려놓은 '언론자유' 보따리를 다시 끌어내어 먼지를 털고 새로이 가꾸어야 한다고 하였다. 나는 또한 선진화에 대하여 언급을 많이 하였다. 이명박 대통령은 취임연설에서 우리 한국사회가 산업화, 민주화를 거쳐 이제는 선진화를 달성하여야 한다고 강조하였다. 경제 선진화를 이루고 G-20 정상회의 유치 등으로 국제사회에서의 위치를 높임으로써 선진국의 대열에 진입한다고 자랑하였다. 나는 선진화는 경제적 수치나 국제회의 유치 등 외형적인 선진화가 아니라 경제발전 수준에 상응하게 정치, 사회, 교육, 문화 등 모든 분야에서 고르고 균형되게 발전하여야만 선진화가 이루어진다는 것을 분명히 하였다. 용산참사 같은 재앙이 발생하는 한 선진 일류국이 될 수 없으며, 장애인, 노약자, 다문화 가정 등 소수약자와 서민, 중산층, 노동자들의 복지와 권익이 실질적으로 존중되지 않는 사회는 선진국이 아니라는 점을 외쳤다. G-20 정상회의를 개최한 것이 마치 국제사회에서 중심국으로 우뚝 서고 선진국 대열에 참여하게 되었다는 주장은 허위광고이거나 우민 정치의 일환일 뿐이다. 이명박 정부는 대북관계에 있어서 뚜렷한 정책 없이 강경일변도의 입장을 전개하였다. 과거의 대립, 봉쇄정책으로 회귀하고 있었다. 그런 가운데 천안함 사태, 금강산 관광객 피살사건 등이 일어났다. 6.15 남북공동성명 10주년을 맞은 기념식에서 나는 정부에 대해 요구했다.

"과거 냉전시대 미국 대통령들이 꼭 방문하는 곳이 있습니다. 베를린 장벽입니다. 그들은 베를린 장벽 앞에 서서 이데올로기의 벽을 허물고 자유화를 다짐했던 것입니다. 나는 이명박 대통령에게 요구합니다. 베를린 대신 판문점을 방문하여 철책을 허물고 남북교류와 협력을 다짐하여 주시기 바랍니다…."

2010년은 대형사건 · 사고가 많이 발생하고 정부의 주요정책이 국민을 분열시켰다. 정부는 '대운하 사업' 반대에 봉착하여 '4대강 살리기' 사업을 내세우고 한강, 금강, 낙동강, 영산강에 보와 댐을 설치하고 강바닥 준설을 하겠다면서 22조원의 예산을 책정하였다. 나는 그 예산의 일부로 환경, 생태계를 해치지 않으면서 수자원 확보와 수질개선에만 쓰고 대부분의 예산은 좋은 일자리 창출, 산업교육, 비정규직의 정규직 전환, 대학생 등록금 보조 등 민생경제를 위해 활용할 것을 주장하였다. 야권에서는 처음으로 4대강 사업의 반대 입장을 조정하여 4대강 예산은 다음 해인 2010년에 전면적 사업타당성 검토를 거친 후 2011년 예산안에서 재검토되어야 한다는 입장을 제시하였다.

이명박 대통령이 국가발전과 국민을 위한다는 명분 아래 '세종시 수정제의'를 한데 대하여 야권뿐만 아니라 자유선진당, 그리고 박근혜 한나라당 전 대표가 적극 반대하였다. 특히 박 전 대표는 대통령이 국민과의 중요한 약속을 버리는 것을 용납할 수 없다고 강하게 반발하였다. 나는 기자회견을 통하여 국익과 대국민 약속이 상충될 경우에는 국익을 따르는 것이 바람직하다는 내 개인의 입장을 밝혔다. 그러나 세종시의 수정제의는 국토균형발전과 수도권 인구과밀해소라는 백년대계의 국익을 버리는 것이며, 정부의 비효율성이라는 구태의연한 발상과 자족도시에 관한 뚜렷한 근거 없이 3년 소계를 택하는 것을 의미한다고 비판하고, 세종시 이전의 원안추진과 주춤거리고 있는 혁신, 기업도시 사업의 조속 추진을 촉구하였다.

'용산참사'가 발생한지 354일 만에 5명의 희생자를 위한 영결식이

2010년 1월 9일 찬바람 부는 서울역 광장에서 거행되었다. 2009년 1월 20일 새벽 용산철거 현장에 경찰이 진압 병력을 투입하는 과정에서 농성자 5명과 경찰 1명이 사망한 사건으로서 1년 가까이 유족 측이 진상규명과 보상 등을 요구하여 희생자 장례를 치루지 않다가 양측 간에 타결이 이루어져 범국민장을 갖게 된 것이다. 나는 조사에서 오늘날 선진사회에서는 있을 수 없는 일이며 바로 정권이 바뀌는 큰 재앙이라고 전제하고, 제2의 용산참사가 발생되지 않도록 정부가 재개발정책과 주거정책을 다시 세워 소수와 약자와 가난한 사람들도 보호받는 사회를 만들라고 강력히 촉구하였다. 이 사건은 법치국가에서 소수와 약자의 복지와 권익을 어떻게 조화롭게 보호할 것인가를 국가와 정치인이 찾아내어야 할 중요 문제였다.

'친환경 무상급식'은 현재 시행 중인 저소득층 무상급식은 차별을 내면화시켜 어린이들의 성장과정에 심각한 비교육적 문제와 인권문제를 일으키므로 헌법이 보장한 의무교육기간의 무상급식은 물론, 고등학교와 보육시설까지 궁극적으로 확대 실시하여야 한다는 학부모와 일선 교사들의 주장에서 비롯되었다. 특히 친환경 무상급식 풀뿌리 국민연대가 2010년 3월에 출범함으로써 전국적으로 조직화되고 야 5당과 연계를 맺어 주요 정치 이슈로 등장하였다. 무상급식을 무상인 의무교육의 일환으로 보고, 시혜적 · 선택적 지원이 아니라 보편적 교육 복지의 일환으로 실천하라는 것이었다. 이 무상급식 이슈는 6월 2일에 실시된 전국 지방자치단체 선거의 첫 번째 쟁점으로 부각되었고, 그 후 우리나라에 보편적 복지 논쟁을 선도하게 되었다. 초중고 무상급식에는 약 3조 원이 소요될 것으로 추산되었다. 나는 일부 지장자치단체가 재정 자급도가 낮은데도 무상급식의 전면실시를 하고 있음을 사례로 들며 '친환경 무상급식'에 적극 동참하였으나, 향후 이 정책이 채택되면 학부모, 교사, 정부 3자 간의 조정회의를 통하여 빠른 시기 내에 단계적 실시를 하는 방안을 제의할 생각이었다.

전국적으로 6.2 지방선거 분위기가 무르익어가는 가운데 난데없이 '천안함 침몰 사건'이 발생하였다. 2010년 3월 26일 백령도 근처 해상에서 우리 해군 초계함 천안함이 침몰되어 승조원 104명 가운데 해병 40명이 사망하고 6명이 실종되었으며, 구조 작업하던 UDT 대원 1명이 사망하는 참사가 발생한 것이다. 사고 원인에 관하여 북한 피격, 자체 파괴, 미국잠수함에 의한 사고 등 여러 가지 추측이 난무하여 국민들이 갈피를 잡지 못하였다. 민관국제합동조사단은 5월 20일에 천안함이 북한의 어뢰공격으로 침몰하였다고 발표하고, 정부는 유엔안전보장이사회에 의제로 제기하고 대북한 책임 및 사과 요구와 함께 남북관계는 급냉하고 한반도의 긴장은 고조되어 갔다. 사건을 유엔안보리에 가져가는 것은 빠르고 쉬운 외교적 조치이나 국제사회의 대북한 규탄과 제재를 이끌어내겠다는 목적은 실패로 돌아갔다. 안보리는 7월 9일에 북한을 표기하지도 못한 채 천안함의 피격사실을 규탄하는 안보리의 가장 약한 조치인 의장성명으로 끝을 내었다.

그에 앞서 4월 29일에 영결식이 거행되었다. 이명박 대통령이 참석한 가운데 유족들의 오열은 모두를 침통하고 비장한 분위기 속으로 깊이 빠져들게 하였다. 그런 가운데 해프닝도 생겼다. 영결식 도중에 젊은 아들을 잃고 맨 앞줄 왼쪽에서 오열하던 아주머니가 갑자기 대통령 앞을 달려

맨 앞줄 오른쪽에 앉아 있는 내 앞까지 와서 멈추더니 내 왼쪽의 강기갑 대표 앞에 주저앉아 울부짖었다.

"강 의원님, 왜 국회에서 북한 도와주자고 합니까? 제발 그만 하세요!"

난감한 상황이었다. 그러나 강 대표는 의연하게 대처하였다. 의자에서 일어나 아주머니의 두 손을 잡아 일으켜 세우고 다독거렸다. 해군 참모총장의 조사는 비장한 결의를 담고 있었다.

"두 번 다시 북한이 우리의 풀 한포기 흙 한줌에도 손대지 못하게 지킬 것을 맹세합니다."

그러나 내 귀에는 왠지 그 구절이 너무 공허하고 수사적으로 울려왔다. 감동적이고 멋진 말을 구사 하느라 많은 시간을 보냈겠구나 하는 냉소적인 생각까지 치밀어 올라왔다.

그해 11월 23일 북한의 포격으로 연평도에서 해병대원 2명이 사망하고 한국동란 후 처음으로 남북 교전 중 민간인 2명이 사망하는 우리의 안보가 완전히 구멍 뚫린 초유의 '연평도 포격사건' 이 발생하였을 때, 나는 그 조사가 갑자기 내 뇌리에 떠올랐다. 나는 국민의 생명과 재산을 지켜야 하는 국가의 첫 번째 임무도 잘 해내지 못한 이명박 정부에 대한 분노가 치솟아 올랐으며, 왜 이런 정권이 국민들의 지지를 받고 있는지에 대해 불가사의한 생각이 들었다. 우리 국민의 탓일까?

2010년 6월 2일 전국 지방자치단체선거는 2007년 대선 이후 최초로 치르는 전국 선거로서 이명박 정부를 중간 심판하는 선거의 의미를 지녔다. 나는 지방선거 승리를 위한 선거연대와 정책공조의 필요성을 강조하고,

각 정당이 기득권을 내려놓고 이념과 이해관계를 극복할 것을 요구하였다. 이는 구체적으로 제1 야당인 민주당이 기득권을 양보하고, 민노당과 진보신당이 이념적 차이를 조정하고, 가능하면 진보세력의 통합을 내심 희망하는 뜻이었다. 또한 창조한국당으로서는 잃을 것이 없는 터라 "민주, 개혁, 진보세력과 정책 모두를 아우르는 선거연합의 틀을 만드는데 앞장 서겠다"고 밝혔다. 설을 지나면서 야 5당과 시민단체의 협상이 본격적으로 가동하였다. 이들은 수시로 모여 선거연합의 일정, 범위, 방법과 비율, 공동정책, 선거 이후 지방공동정부 운영 등에 관하여 협의하고, 시간이 흐르면서 협상의 내용이 구체화되어가자 새벽까지 밤샘작업을 하는 횟수도 늘어났다. 나는 우리 당의 협상대표에게 협상권한을 전적으로 위임하고 주요사항의 결정에만 관여하였다.

우리 당의 입장은 민주세력과 진보세력 간의 구체적 이해관계 협상과정에서 가능한 중재역할을 수행하는 것이었다. 진보신당이 협상과정에 철수하고 협상타결 시한이 지연되어가는 우여곡절 끝에 야 4당과 시민단체의 협상이 타결되어 선거연합 원칙을 합의한지 100일 만에 드디어 4월 10일 저녁 국회에서 야 4당 대표의 선거연합합의문 발표 일정을 잡았다. 국회 안 대표실인 내 방에서 나는 협상 대표단과 함께 기다리는 동안 복도 저편 민주당 대표실에서는 최고회의가 열리고 복도에는 일부 지역구 당원들이 대거 몰려들어 자신들의 지역구가 다른 야당 몫으로 할당되었다는 협상안에 반대하는 농성을 벌이었다.

한편 민주당 최고회의는 경기도지사 후보단일화 방안을 확정짓지도 않은 상태에서 전국적으로 기득권을 포기하고 양보한 선거구를 확정하였다면서 합의된 협상안의 인준을 거부하고 있었다. 야권연대를 위한 정세균 대표의 합리적인 노력에도 불구하고, 결국 그날 저녁 합의문 발표는 무산되었다. 그 후 시민단체 협상대표 측이 백방으로 노력하여 최종합의문 발표를 꾀하였으나 경기도지사 단일화 문제로 인한 민주당과 국민참여당의 이견으로 시간만 지연시키다가 결국 합의문 발표는 실패로 돌아가고 말았다. 따라서 각 정당의 몫으로 합의된 전국 선거구도 무효가 된 셈이었다. 그러나 다행스러운 것은 연초 야 5당의 선거연대의 원칙을 존중하여 지방에서도 독자적으로 선거구에 따라 야당이 출마후보자들 간에 선거연대 협상을 일찍이 시작하여 왔던지라 상당 지역에서 단일화 합의를 이루어 간 것이다. 야권의 난립으로는 한나라당을 이길 수 없다는 위기감을 그들도 절실히 느끼고 있었기 때문이다.

선거일이 다가오면서 서울에서는 한명숙 전 총리가 경기도지사는 유시민 전 장관이, 인천시장은 송영길 민주당 최고위원이 각각 단일화를 이루었고, 지방 여러 곳에서 야권단일후보를 내세우게 되었다. 중앙당 차원에서의 야권연대합의 실패는 특히 우리 창조한국당에 큰 실망을 안겼다. 특별한 지역 기반이 없이 출범한 군소정당으로서 지방선거에 출마를 희망하는 사람들이 많지 않았다. 또 최종 합의 실패로 출마를 포기하기도 하였다. 기초단체장이나 광역의원 후보자 가운데 대여섯 군데는 자체적으로 후보단일화를 이루어냈지만 치명적인 것은 서울시에서 아무런 후보도 내지 못했다는 것이다. 특히 나는 광역의원 비례대표로서 여성후보자를 찾았으나 결국 실패하고 말았으며, 투표용지에 창조한국당이라는 이름조차도 올리지 못한 상황이 발생하였다. 나는 은평구청장을 시작으로 우리 당의 후보자들을 위한 선거 유세를 실시하였다. 유세단을 구성하여 10인용 자동차 두 대를 렌트해서 대전, 김제, 광주, 대구, 충주 등 지방유세를 돌았다. 부산에는 세 차례 다녀왔다. 우리 당 후보가 영도구청장의 야권단일후보로 추대되었기 때문이었지만 동시에 부산 시장과 경남 도지사 후보를 위한 지원유세 때문이었다. 당초 우리 야당 대표들은 야권단일화 후보의 경우에는 후보가 되지 못한 당의 대표들이 지원유세를 해주기로 합의했었기 때문에 주요 광역단체장 후보를 위하여 모두 가세하였다.

5월 23일에 봉하마을에서 고 노무현 대통령 제 1주기 추모식에 참석하는 기회가 있어서 나는 정세균, 강기갑 대표와 함께 김두관, 김정길 후보를 위한 합동유세를 하였다. 이틀 동안 내리는 폭우 속에서 우리는 정권교체를 부르짖었고, 경남도민과 부산 시민들의 반응도 점차 뜨거워져 갔다. 서울, 경기, 인천 지역에서의 선거유세도 뜨겁게 달아올랐다. 야권단일화 협상과정에서 진보신당은 탈퇴했었고, 노회찬 대표는 서울시장 후보로 끝까지 경선을 하였다. 한명숙 후보에 대한 지지도는 선거 1주일 전쯤 점차 올라가는 것을 감지할 수 있었다. 5월 29일 오후 광화문 광장에서 있었던 한반도 평화 시국대회는 한명숙 후보를 위한 유세장이었다. 시민들이 광장은 물론 맞은편 세종문화회관 계단까지 꽉 채웠다. 나는 한 후보를 옆에 두고 외쳤다.

"여러분, 6.2 지방선거는 없습니다. 사라졌습니다. 국민의 생명과 재산도 지키지 못하는 정부 여당이 선거를 온통 안보국면으로 몰아가고 있기 때문입니다. 여러분 모두 선거에 참여하여 우리의 권리를 되찾고 민주, 민생, 평화를 위한 정권교체를 이룩합시다."

6월 1일 오후 나는 다시 광화문 광장으로 나가 한명숙 후보를 위한 합동유세에 가세했다. 한 후보는 아침 일찍부터 시작하여 마지막으로 신촌 로터리 유세를 거쳐 광화문에 도착하였다. 지지자들은 모두 촛불을 한 손에 들고 "한명숙!" "한명숙!"을 외쳤다. 광화문 유세가 끝나고 주위가 어둑해지자 촛불의 움직임은 더욱 화려해졌다. 유세 차량에 한 후보, 정세균, 강기갑 대표와 내가 탑승하고 종로 1가에서 종로 5가를 거쳐 동대문으로 가는 동안 우리는 번갈아가며 MB정권 심판과 한명숙 후보 지지연설을 목이 쉬도록 계속했다. 우리는 동대문 상가에서 유세 차량을 멈추고 최후 유세를 하였다. 내 차례가 되었다.

"여러분! 내일은 심판의 날입니다. 누구를 심판하는 날입니까?"

지지자들은 모두 외쳤다.

"MB요!"

"어떻게 심판하죠?"

"투표요!"

"네, 맞습니다. 그런데 내일 심판할 사람이 더 있습니다."

모두들 누굴까 하고 기다렸다.

"바로 여러분 자신입니다."

분위기가 싸하고 조용해졌다. 나는 청중을 한번 휘둘러보고 나서 말을 이었다.

"여러분이 내일 한명숙 후보를 서울시장으로 만들 수 있는 민주시민인지 아닌지를 심판하는 날입니다."

청중들이 일제히 박수를 치며 환호성을 올렸다. 하루 전 이해찬 전 총리는 한 후보 지지율이 드디어 오세훈 후보를 추월했다고 분석하였지만, 선거에 문외한인 나는 그날 저녁 귀가해서야 겨우 신승 가능성을 어느 정도 느낄 수 있었다.

6.2 지방선거의 화두는 친환경 무상급식과 천안함 사건으로 인한 안보문제였다. 친환경 무상급식 문제는 관련된 시민, 사회단체들이 야권 후보자들에게 최우선 공약으로 발표하도록 하였다. 천암함 사건은 중앙선관위가 주최한 정책토론회의 2개 주제 중 첫 번째 의제가 되었다. 정책토론회는 6.2 지방선거를 앞두고 5당 대표가 참석하여 5월 6일 MBC 스튜디오에서 100분 간 KBS와 MBC 공동 방영으로 열렸다. 강기갑, 이회창, 송영오, 정세균, 정몽준 순으로 앉았다. 사전추첨에 의해 내가 한 가운데 앉게 된 것이다.

토론은 주로 천안함 사태와 우리 정부의 위기관리체계의 문제점, 대북한 외교 · 안보 문제, 전시작전권 환수에 대한 의견 등을 중심으로 진행되었다. 천안함 사건이 북한에 의한 것이냐 아니냐는 문제에 우선 여권과 야권이 첨예하게 대립하였다. 나는 천안함 발생 원인에 대하여는 구체적 언급을 하지 않았다. 조급한 정부 발표도 믿기 어려웠지만 또 그것을 부인할 만한 객관적 자료를 갖고 있지 않았기 때문이다. 나는 이명박 정부의 안보 무능, 대북강경정책으로 인한 남북대화단절과 한반도 긴장 고조 상황을 비판하고, 천안함 사태로 2012년 예정된 전시작전권 환수를 연기할 필요는 없다고 주장하였다. 토론 결과에 나는 만족하지 못했다. 나도 모르게 많이 긴장하였고, 따라서 나의 주장을 가지고 간 자료에 의존하였기 때문에 자연스런 모습을 보이지 못했다. 더군다나 정책적인 면에서 화끈하게 반대하거나 또는 찬성하는 입장이 아니었기 때문이었다. 만약 다음에 다시 기회가 주어진다면 자료 없이 메모지 한 장만을 갖고 토론에 임하는 것이 좋겠다는 생각을 하였다.

6.2 지방선거 결과는 언론의 표현에 따라 '야당 대승 한나라당 참패'였다. 정책적으로 이명박 정부의 안보정책에 대한 불안감, 정부의 무상급식 및 4대강 문제에 대한 반대 여론이 작용하였고, 전략적으로는 곳곳에서 야권연대의 성과를 보았기 때문이었다. 그러나 애석하게도 서울시장 선거에서는 한명숙 후보가 0.6% 차이로 오세훈 후보에게 패배를 당했다. 야권연대가 끝내 이루어지지 않았다. 우리 창조한국당은 부산 영도구청장 선거에서 36%를 얻는 등 곳곳에서 선전하였지만 결과는 보잘 것 없었다. 민주당은 서울시 구청장을 석권하는 등 제1 야당으로서 승리를 거두었다. 민주노동당은 처음으로 인천 및 경기도 지역의 기초단체장에 진출하는 등 야권연대의 최대 수혜자가 되었다.

국가의 기본방침이 애매하면 민심이 쉽게 흔들리고
정의가 무너지면 올바른 정치가 어렵다 _ 이이

정치에 대하여

내가 우리 정치에 대하여 실망과 함께 새로운 관심을 갖게 된 것은 1997년 제 15대 대통령 선거 때문이었다. 김대중 후보가 대통령에 당선되었다. 우리나라 처음으로 야당으로의 정권교체가 이루어진 것으로서 전 세계의 언론이 주요 뉴스로 보도하였다. 한국에 민주주의가 정착한 역사적 순간이었다. 그러나 선거 결과 김종필과의 DJP 연합이 성사되지 않았다면 또 이인제 후보가 등장하지 않았더라면 김대중 대통령은 탄생하지 않았을 것이라는 분석이 지배적이었다.

당시 나는 독일 수도 본에서 공사로 2년간 재직하고 외교부의 아프리카 중동국장으로 부임하기 위하여 1997년 9월 초에 귀국하였다. 그 즈음 우리나라 외교관의 주요 활동 중 하나는 아시아에 외환위기가 불어 닥치고 있지만, 우리 한국은 경제 기초_fundamental가 튼튼하여 아무런 경제적

위기가 없으니, 우리와의 교역과 투자를 계속 증진하자고 홍보하는 일이었다. 경제기획원 및 상공부장관, 청와대 경제수석 등 고위경제 관료들도 미국 및 유럽에 나가 '로드쇼'를 통하여 한국경제에 문제가 없다는 선전을 열심히 하였다. 국제회의장에서도 우리 경제에 대하여 문의하여 오면 우리는 절대 그런 문제없다고 장담하고 다녔다. 그런데 내가 귀국한지 두 달도 되지 않아 하루아침에 우리에게도 외환위기가 펑 터져, 우리 경제는 곤두박질 나락으로 떨어지기 시작하였다. 외국인 투자가 빠지고 단기론 상환 압박에 외환보유고가 바닥이 나고 국가 부도에 직면하고 있었다. 해외에서 그리고 국제회의장에서 한국 경제는 문제점이 없다고 장담하던 외교관들이 모두 고개를 떨구고 한동안 얼굴을 내밀 수 없었다.

미국이나 유럽 등 민주 선진 국가에서는 당연히 정권이 교체되어야 하는 너무나 중대 사안이었다. 그런데 소위 자유민주주의 국가인 대한민국에서는 DJP연합이 아니었다면 또 이인제 후보가 표를 깎아내지 않았다면 야당 후보가 당선될 수 없었다니…. 비록 우리의 지역주의 정서나 보수 기득권 세력의 존재 등에 관하여 이해는 하고 있으나 서양사회의 정권교체에 익숙해 있던 나로서는 도저히 용납할 수 없었다. 가장 중요한 정책에 실패한 정권을 제대로 심판하지 않는 우리 국민이 원망스러웠고, 실패한 정부를 바꿀 수 있는 역량을 제대로 키우지 못한 정치권이 실망스러웠다.

노무현 후보가 대통령에 당선되었을 때 나는 주 이탈리아 대사로서 로마에 있었다. 2002년 9월. 내가 부임한지 2주일 만에 국정감사단이 로마에 왔다. 그 가운데 정대철 의원이 포함되었는데 출국 하루 전 서울에서 노무현 후보 선거대책위원장을 맡았다. 당시 노무현 후보에 대한 지지도는 바닥인 상태였다. 국정감사를 마치고 떠나는 감사단을 환송하는 공항에서 나는 정대철 의원과 악수하면서 "꼭 승리하십시오."라고 인사하였고, 정 의원은 잡은 손을 꼭 쥐어주는 것으로 화답했다. 고위 공직자로서 나는 동포들에게 정치적 중립을 분명히 하였지만, 내 개인적 소신은 현재의 민주진보세력이 정권을 앞으로 5년 내지 10년은 계속 유지해야 한다고 믿고 있었다. 이제 막 야당으로 처음 정권이 교체되어 여러 분야에서 시작되고 있는 변화와 개혁이 어느 정도 구체화되고 결실을 맺으려면 최소한 그만한 시간이 필요하다고 생각되었다. 그 다음에는 정권이 반대편으로 다시 바뀌면서 사회가 발전적으로 변화되어가는 순환구조를 이루어야 한다고 보았다. 다행이도 노무현 후보가 정권 재창출에 성공하였고 민주진보정책은 계속되었다. 노무현 정부는 사회개혁과 발전을 위하여 의욕있게 좋은 출발을 하였다. 그의 업적으로는 권위주의를 청산하고 인권 보호, 선거 개혁 등에 진전을 이루었으나, 지역주의 타파에 성과가 없었고, 북핵문제 해결에 성과가 없었으며, 실업문제와 함께 양극화 현상이 심화되었다. 더군다나 노 대통령은 권위주의 청산과 소탈함을 보여주는 과정에서 국가통치자로서의 언어와 행동의 절제를 일탈함으로써 대통령의 권위와 신뢰를 떨어뜨린 결과를 가져왔다. 이는 노무현 정부에 대한 신뢰와 평가에까지 부정적으로 영향을 미치게 되었다. 그렇잖아도 청년실업과 양극화 현상으로 사회가 불안한 터에 노무현 정부의 인기 하락은 결국 보수세력으로의 정권 교체를 용이하게 하였다.

이명박 후보가 운이 좋은 것이 이회창 후보 이래 면역 효과가 생긴 탓인지 도덕성이 더 약한 이명박 후보임에도 불구하고 경제를 살릴 수 있을 것 같은 막연한 기대감이 우리 국민들에게 먹혀 들어갔던 것이다. 6.2 지방선거는 이명박 정부가 들어선지 2년 반이 되어갈 때 치러졌다. 이때 이미 이명박 정부는 경제에 있어서 뾰족한 결과를 가져오지 못했고, 소통부족과 국론분열로 국민들이 실망하고 있는 터에 천안함 사건으로 국민의 생명과 재산을 지키지도 못하는 정부가 되어버린 상황이었으니 당연히 국민의 심판을 받아야 했다. 내가 군소정당의 대표로서 야권연대에 적극 나선 것은 국가의 가장 기본적 임무에 충실하지 못한 정부를 심판하기 위하여 국민적 역량을 최대한 동원하기 위한 것이었다. 나라를 부도위기에 빠뜨린 정부, 국민의 생명과 재산을 보호하지 못하는 정부는 반드시 심판받고 교체되어야 하지 않겠는가. 그런데 그것을 제대로 성사시키지 못하는 정치가 나는 답답했다.

그러나 이런 확고한 신념을 갖고 시작한 나의 정치활동은 자신이 대표하는 정당을 제대로 운영하지도 못함으로써 실패로 끝나고 말았다. '수신제가 치국 평천하' 의 제가_齊家는 자신의 가족 및 집안을 말하지만 또 자신이 속한 조직. 즉 정당을 의미한다. 2010년 초 예산 고갈로 문국현 사법투쟁을 위한 예산 집행이 지연되자 소위 문함대_문국현과 함께 하는 대한 사람들가 강력히 반발하여 당이 어수선해졌다. 나는 2월 6일에 '당원과의 대화' 를 시도했는데, 대부분 문함대 회원들이 참석하여 당 지도부를 비난하고 조기전당대회를 주장하였다. 결국 회의장은 어수선해지고 내 멱살을 잡고 끌어당기는 폭력사태가 발생하였다. 지난번 통합진보당 회의에서 대표의 머리끄덩이를 잡아당기며 폭력이 가해지는 사건이 발생한 것을 보면서 새삼 마음이 착잡해졌다. 어수선한 분위기 가운데도 나는 당의 재건을 위하여 동분서주하였으나 문함대 측은 끝내 5월 16일에 3만 여 당원 가운데 148명의 기간당원으로 자신들만의 임시전당대회를 열어 지도부를 새로이 선출하였다. 나는 예정대로 6.2 지방선거를 치렀으나 그 후 이들은 대표직무정지가처분을 신청하였고 나와 지도부는 이를 방어하는데 실패하였다. 새로 선출된 당 대표는 7.28 보궐 선거에서 은평을에 출마하여 이재오 후보와 장상 후보가 겨루는데 끼어들어 결국 904표라는 숫자를 얻었고, 당은 쇄락하여 점점 국민의 관심으로부터 멀어져갔다. 그 뒤 창조한국당은 지도자를 두 차례나 더 경질해가면서 2012년 4.11 총선에 참여하여 0.4%의 득표율을 얻고, 선거 다음날 중앙선거관리위원회로부터 중앙당 등록 취소를 통보받아 국민으로부터 사라졌다.

나는 작지만 정책정당으로서 국민의 행복을 위한 '좋은 사회' 건설을 위하여 민주와 진보세력 가운데 개혁세력으로서 야권의 단합에 기여를 하겠다는 포부를 가지고 출발했었는데 결과는 참담했다. 많은 당원들이 당에 대하여 실망을 하고 상처를 입었다. 나는 뼈저리게 책임을 통감하고 지지하여 준 순수한 많은 당원 동지들에게 송구한 마음을 금할 수 없다. 정당을 운영하는데 관용과 설득을 앞세우고 당헌 · 당규에 따른 강력한 법적 대처를 적절히 취하지 못함으로써 자초한 결과이기 때문이다. 나는 정치 현실이 이렇게 비정상적이라는 것을 이해하지 못했다. 나는 과거 대표직을 수락할 즈음 세 분에게 조언을 구하였던 일을 생각했다. 그 때 이

만섭 전 국회의장과 김형문 한국 유권자 운동 연합 대표는 나의 정치 입문에 회의적이었다. 그들은 정치에 깊이 관여했던 분들이었다. 그럼에도 불구하고 나는 정치가 이렇게 이해관계에서만 입각하여 비정상적, 비상식적으로 움직이는 것이 현실이라는 것을 용납할 수 없다. 장사하는 사람들에게 상도가 있고 심지어 폭력조직에도 어떤 룰이 있다는데, 하물며 정치하는 사람들 간에도 지켜야 할 도리와 규칙이 있어야 하지 않겠는가. 나는 앞으로도 정치란 철학과 비전을 갖고 합리적, 합법적으로 운영되어야 한다고 믿고 있다. 나에게 정치란 사회적 질서를 유지하는 가운데 사람들이 행복하고 올바르게 살게 만들어주는 것이었다. 따라서 정치가는 모든 사람들이 그렇게 살 수 있는 좋은 사회를 건설하는 역할을 하는 모범적인 사람들이어야 한다. 국회의원의 경우 일사분란한 당의 지시에 의해서가 아니라 민의와 당과 자신의 정치 철학에 따라 정치 활동을 하여야 한다. 그들은 좋은 사회 건설의 기둥이어야 한다.

2500여 년 전 동서양에서 정치와 통치자에 대한 생각이 유사했던 것은 흥미로운 일이다. 공자는 정치란 올바름. 즉 의義를 세우는 것이며, 통치자는 일정한 덕목에 바탕을 둔 생활로 백성들에게 훌륭한 모범을 보여야 한다면서 군자의 도리를 강조하였다. 플라톤은 철학자가 왕이 되든지 왕이 철학자가 되지 않는 한 정의가 실현되지 않는다고 주장하였다. 아리스토텔레스는 정치가 추구하는 것은 행복이며, 행복은 사람 노릇을 제대로 하면 얻어진다고 하였다. 사람 노릇은 이성의 기능을 탁월하게 수행하고 중용의 태도를 취하는 것이라 하였다. 또한 덕 있는 인간이 중용을 추구하는 것이고, 이 중용이란 옳은 시간에 옳은 방법으로 옳은 일을 하는 것이라고 정의하였다. 논어에서 중용은 군자는 물론 모든 인간이 갖추어야 할 덕목으로 삼았으며, 아리스토텔레스의 중용보다 더 넓은 우주론적 개념을 내포하고 있다. 동서양을 막론하고 고대 철학자들은 정치와 윤리를 불가분의 관계로 보았다. 통치자는 윤리와 도덕을 갖추고 백성을 살펴야 한다고 주장하였다. 동양에서는 이러한 이상적 생각들이 유교적 사상으로 정형화되어 오늘날까지 계속 유지되어 왔으나 서양에서는 16세기에 들어 현실주의로 바뀌게 된다.

16세기는 중세봉건국가가 붕괴되고 도시국가에서 국민국가, 통일국가를 형성해 가는 시대로서 정치적으로나 사상적으로나 혼돈스러운 시기였다. 마키아벨리는 바로 이 시대에 편승하여 현실적이고 기회주의적인 군주론을 펼친 것이다. 그는 통치자의 덕목은 무력과 설득력이요, 이를 위해서는 도덕과 인격을 무시해도 된다고 하였다. 그의 정치는 절대군주국가의 안정적 유지를 위한 통치술에 초점을 맞추었다. 이러한 생각은 당시의 절대군주들에게 안성맞춤이었고, 그 후 토마스 홉스로 하여금 절대군주만이 평화를 창출할 수 있다고 믿게 하였다. 그러나 홉스는 인간사회를 '만인에 대한 만인의 투쟁' 이라고 규정하면서도 한 발짝 나아가 이러한 자연 상태를 평화사회로 만들기 위해서는 개인의 주권을 개명된 절대주권에게 일부 양도하는 '사회계약' 이 필요하다고 주장하였다.

17세기의 존 로크나 18세기 루소는 이 사회계약론을 발전시켜 자연법과 자유, 평등사상을 심고 근대국가의 정치사상 기초를 마련하였다. 막스베버는 1차 세계대전의 혼돈을 겪으면서 마키아벨리의 정치적 탈 도덕성을 현대국가에서 합리화시켰다. 베버는 정치란 강제력의 수단을 통해서 달성할 수 있으며, 정치인은 도덕과 무관하게 권력을 추구하고, 좋은 정치인은 열정과 균형감을 갖고 법과 제도의 범위 내에서 인정된 권력을 행사하는 사람이라고 규정하였다.

20세기에 들어서서 도덕과 무관한 권력추구는 나치즘과 공산주의에 의해 행사되었다. 히틀러는 "정치에는 도덕이 필요 없고, 모든 종류의 술수가 허용된다."고 했다. 레닌은 "정치에는 도덕성이 없고 오직 편의주의만이 존재한다."고 단언했다. 한편 민주주의 신봉자들은 법과 제도가 인정한 권력추구에 중점을 두었다. 링컨 대통령이 "헌법상의 견제와 균형에 제약받고 여론과 정서의 변화에 따라 변하는 다수에 대한 존중"을 언급한 사례가 대표적이다. 20세기 말 공산주의의 패망, 자본주의의 폐단, 신자유주의와 세계화의 과정에서 국민 간에 또 국가 간에 양극화 현상이 심화됨으로써 사회정의 문제가 심각하게 대두되었다. 이는 고대정치가 올바름_義을 세우고자 하는 것과 일맥상통하는 것이다. 20세기의 국제정치도 현실주의에 기초를 두고는 있지만 보편적 이념과 윤리의 역할을 강조하는 자유주의자들의 목소리가 높아져가고 있다. 칸트와 헤겔은 현실사회에서의 보편적 도덕의 중요성을 강조하였다.

오늘 21세기의 정치는 베버적 현실 위에 공자, 플라톤적 도덕성이 자리 잡아야 할 것이다. 정치는 사회 속에서 사람들이 어떻게 올바로 잘 살아가는 가의 문제이다. 공자는 정치의 문제를 식량과 군비 그리고 신뢰로 보았다. 오늘날의 경제, 군사, 국민의 지지와 같은 것이다. 20세기 초 경제학자 케인즈는 인류의 정치적 문제를 경제적 효율성, 사회정의, 개인의 자유로 보았다. 나는 여기에 공동체적 안보를 추가하면 모든 정치적 문제를 포괄하는 것이라고 생각한다. 따라서 정치인의 임무는 이러한 것들을 완성시켜주는 좋은 사회의 건설과 관리에 있다 할 것이다. 다시 내가 당 대표로서 내걸었던 '좋은 사회_Good Society' 의 의미를 되풀이하고자 한다. 좋은 사회란, 좋은 일자리 창출과 성장으로 질 높은 삶을 추구하고 보편적 복지의 정착과 누구나 행복을 추구할 권리가 보장되며 사회정의가 실현되고 인권, 민주적 절차와 과정이 존중되고, 소수와 약자가 보호되며 서민, 중산층, 노동자들의 권익이 존중되고 사회질서와 안녕 및 나라의 안전이 보장되고 평화가 공존하는 사회를 말하는 것이다. 아마도 이러한 사회는 유토피아적 사회일 것이다. 이러한 이상적 사회를 목표로 하여 정치를 하라는 것이다. 우리는 지금 가치와 질서가 혼돈된 위기의 상태에서 살고 있다. 이는 무엇보다도 우리의 전통이 단절된 가운데 압축된 고도성장으로 인하여 경제, 정치, 사회, 교육, 문화 등 모든 분야에서 질서가 무너진 결과이다. 우리 사회에서 정치에 대한 실망이 가장 크다. 국회의원의 존재를 국회에서 당리당략으로 싸움질만 하고 아무 일도 하지 않으면서 국가예산만 축내는 한량으로 보고 있는 사람들이 많다. 그러나 혼돈과 무질서의 사회일수록 정치가 필요하고 정치인들의 역할이 중요하다. 사회질서를 유지하고 행복을 추구하는 사회를 건설하는 일이 바로 정치가 하는 일이기 때문에….

오늘 우리는 모든 분야에서 개혁을 필요로 한다. 특히 정치가 앞장서서 경제와 사회의 개혁을 이끌어야 한다. 정의의 개념을 끌어오고 도덕 재무장 운동이라도 해야 할 상황이다. 이 개혁은 공동체 구성원 모두가 참여해야 성공이 가능하다. 정치인들이 이를 선도하여야 한다.

창조한국당에서 손을 뗀 다음 해 나는 상심하는 많은 당원들과 계속 접촉하는 가운데, 그들과 함께 서울시장 선거에서 박원순 후보를 적극 지원하였다. 나는 또한 이들과 더불어 2011년 12월 7일에 문재인, 이해찬, 남윤인순과 같이 지도위원으로서 시민통합당 창당에 참여하였다. 문재인 이사장은 과거 봉하마을에서 만났지만, 당 회의에서 그의 진지하고 진실됨을 볼 수 있었다. 마음에 없거나 달콤한 말을 하지 않고 말수도 적었다. 약간 숫기도 없는 편이나, 올바른 생각을 펼치고자 하는 의지가 보였다. 이해찬 전 총리는 '혁신과 통합' 단체를 성공적으로 이끌고 있었고, 이를 바탕으로 특유의 전략과 경륜을 발휘하여 야권 통합에 앞장서고 있었다. 나는 그곳에서 문성근, 이학영, 이용선 대표들을 사실상 처음 만났다. 12월 18일 민주당과 시민통합당이 합당을 하여 민주통합당을 발족시켰다.

당초 목표하였던 진보세력은 일찌감치 통합진보당으로 빠져나갔지만 민주, 혁신세력과 시민단체, 노동단체 등이 기득권 없는 통합을 이루고 4.11 총선과 연말 정권교체를 통하여 경제 민주화, 보편적 복지, 남북평화 번영을 실현시킬 것을 다짐하였다. 혁신세력과 시민사회, 노동 단체 등이 기존의 야당과 동등하게 통합을 이룬 우리 정치사상 초유의 성공적인 사례를 만든 것이다. 진보세력과의 통합을 못내 아쉬워하는 지도자들도 있었지만 나는 내심 잘된 일이라고 생각하였다. 나는 처음부터 민주당이 진보세력까지 스펙트럼을 넓힐 때의 정치적 부담이 염려되어 그들과는 필요할 때마다 연대를 하면 충분하다고 생각하였다. 그리고 연대의 경우에도 정책연대가 아니라 실용적인 선거연대를 하여야 한다고 나는 주장하였다.

4.11 총선 결과는 민주당의 패배로 끝났다. 민주당은 스스로 관리를 잘못하여 하늘이 내려준 절호의 기회를 놓치고 말았다는 것이 국민들의 평가였다. 초기에 170개까지를 넘보던 의석수가 과반수는커녕 127석으로 줄었고, 새누리당보다 25석이나 적은 숫자를 얻었다. 일부에서는 민주당과 통합진보당의 득표율이 새누리당의 득표율보다 높으므로 결코 졌다고 실망할 필요 없다고 자위하는 사람들도 있었다. 그러나 좋은 여건에도 불구하고 당 대 당으로서 진 것은 진 것이다. 국민들은 새누리당이 구렁텅이에서 벗어나기 위하여 필사의 노력을 했고, 민주당은 자만에 빠져 자기관리에 실패했다고 보았다. 국민의 눈과 심판은 단순하면서도 정확했다.

민주통합당은 첫째, 선거의 주도권을 빼앗겼다. 선거상황은 MB정부의 실정과 디도스 사건, 불법사찰 등으로 여당에게 극히 불리하였다. 민주당은 통합에 의한 시너지 효과가 극대화하여 처음으로 한나라당을 10% 앞서기까지 하였으나, 당 지도부의 신중치 못한 행동으로 하루아침에 '말바꾸기 정당' 으로 공격받게 되었다. 한명숙 대표는 '한미 FTA 폐기' 를 주장하고 이정희 진보당 대표와 함께 제주도 강정마을을 찾아 해군기지 건설 반대를 외쳤다. 물론 한 대표는 곧 "폐기" 를 "재협상" 으로 바꿨지만 이미 엎지른 물이었다. 두 가지 문제 모두 노무현 정부에서 추진하였고 그 추진 이유는 지금과 다를 바가 없는데 당 지도부가 진보당의 주장에 영합한 것이다. 박근혜 비상대책위원장은 이를 놓치지 않고 끝까지 물고 늘어져 성공하였다. 둘째, 민주당은 뚜렷한 정책 이슈를 제시하지 못하였다.

과거 6.2 지방선거에서는 '친환경 무상급식'을 내세워 큰 성과를 얻었는데, 이번에는 구체적 정책 제시보다는 MB정부 규탄만 되풀이하였다. 민주당이 선거플래카드에 민주당의 3대 강령인 경제 민주화, 보편적 복지, 한반도 평화를 내세우자 당명을 바꾼 새누리당도 똑같은 구호를 빨간 색깔의 플래카드로 내걸었다. 정책 구호만 봐서는 새누리당과 민주당을 전혀 구별할 수 없었다. 셋째, 한나라당은 당명을 '새누리당'으로 바꾸며 이명박 정부와 차별화를 도모하고 쇄신을 위하여 안간힘을 썼다. 박근혜 위원장은 "국민만 바라보겠습니다." 하면서 진정성을 보이려 노력하는 듯했으나, 민주당 지도부는 친노, 486과 나꼼수 그리고 구 민노당이 보는 곳을 바라보고 있었다. 당 쇄신과 통합정신의 모습은 별로 보이지 않았다. 넷째, 공천과정에서도 민주당은 새누리당보다 쇄신의지와 공정성이 낮았다고 평가받았다. 일반적으로 친노파가 공천영향력을 주로 행사하였다고 알려져 있으나, 한명숙 대표 주위의 486과 최고위원들에 의한 공천작업의 산물이었으며, 결과적으로 친노로 분류되는 인사들이 많이 포함되었다는 것이 맞을 것 같았다. 비례대표 공천도 다를 바 없었다. 비례대표 공천심사위원회가 서슬 푸르게 발족하였지만, 그들은 제한된 리스트에 의해 심사를 하였다. 직능을 대표해야 할 비례대표가 민주당의 3대 강령 가운데 '보편적 복지' 분야만을 대변하였다. 다섯째, 김용민 막말사건의 처리는 당 지도부의 리더십 문제였다. 우선 당 지도부는 보수 언론과 새누리당이 막말사건을 부풀려 선동하고 밑바닥 민심은 그렇지 않다는 잘못된 판단을 하고 나꼼수 눈치 보느라 공천 취소도 하지 못했다. 나꼼수 20만 명 가운데 정치의식이 강하고 무조건 김용민을 옹호하는 세력은 일부이고 대부분은 김용민 막말을 찬성하지 않는다는 것, 이로 인하여 중도성향의 많은 지지표를 잃고 있다는 상식적 사실을 왜 헤아리지 않고 미적거렸을까. 임종석의 사퇴도 당 지도부가 아닌 외부의 영향력에 의한 것이 아니었는가. 그러나 한명숙 대표는 야권연대에 성공하였다. 시간을 끌며 난항을 겪던 야권연대는 한 대표가 결연한 의지로 통합진보당의 통상적인 '벼랑 끝 전술'을 수용해 마지막 순간에 타결되었다.

6.2 지방선거에서는 지역적으로 야권연대가 이루어졌지만 이번 총선에서는 전국적인 야권연대가 이루어졌다. 그 결과 진보당은 13명의 의원을 당선시킨 쾌거를 이루었고, 민주당은 향후 대통령 선거에서의 연대를 도모할 확고한 발판을 만들게 된 것이다. 그러나 정치란 한치 앞을 모르게 변화한다. 야권연대는 통합진보당의 추락으로 민주당에게 골칫거리를 안겨 주었다. 비례대표 경선과정에서의 부정선거로 시작된 당내 문제는 이석기, 김재연의 의원직 사퇴거부와 함께 종북주의와 색깔론으로까지 발전하였다. 더군다나 이석기는 "애국가는 국가가 아니다"라는 발언까지 서슴지 않음으로써 많은 사람을 분개토록 하였고, 통합진보당의 정체성까지 의심받게 하였다. 나는 보수진영의 통합진보당에 대한 색깔론적 공격 또 덩달아 민주당에 대한 비난을 보면서 진보당에 속해 있던 이재정 전 국민참여당 대표, 이병완 전 청와대 비서실장 등의 민주세력들은 과연 이를 어떻게 감수했을까 하는 안타까운 생각이 들었다. 통합진보당의 전신인 민주노동당은 노동자의 권익을 대표하는 정당이다. 북한 노동당과 관련이 없는 정당이다. 북한 정권을 옹호하는 듯한 오해를 받지 않고도

한국 노동자의 권익을 정치적으로 보호하고 증진할 수 있다. 그들이 북한의 인권, 세습제를 비판하고 북핵개발을 규탄한다고 노동당이 아니고 진보당이 아닌 것은 아니다. 오늘날 진보나 좌파가 공산주의나 사회주의가 아닌 것은 모두가 다 알고 있는 사실이다. 진보정당의 진통와중에 진보정의당이 새로이 창당되었고, 상당수의 노동단체들도 통합진보당을 떠났다. 나는 진보정당들이 그들을 지지한 국민들에게 충실하고 상식과 양식의 정치를 펼쳐 정치발전과 국민 행복에 부응할 수 있기를 바란다.

대통령의 가장 어려운 임무는
옳은 일을 하는 것이 아니라 무엇이 옳은지 아는 것이다 _ L. B. 존슨

내가 바라는 대통령

미국의 오바마 대통령이 재선에 성공하였다. 오바마는 다시 미국민의 단합을 호소하였고, 선거 기간 중 그를 극렬하게 비판하였던 반대파들도 오바마를 대통령으로 받아들이고 대통령직에 대한 경의를 표할 것이다. 대통령은 국가원수로서 외국에 대하여 국가를 대표하는 행정부의 수반이다. 미국인들의 대통령직에 대한 존경심은 확고하다. 대통령에 대하여 막말을 하거나 모욕적인 언사를 한 하원의원들이 그 지역 선거구민들로부터 일제히 규탄을 받고 의원직을 사퇴하거나 다음 선거를 포기하는 사례도 종종 있다. 대통령에 대한 모독은 국가를 모독하는 것이요 대통령을 뽑은 국민들에 대한 모독으로 받아들이기 때문이다.

2003년 여름 여야 국회의원 일행이 로마를 방문하여 대사로서 만찬을

주최하였다. 고색창연한 사교클럽에서 분위기가 화기애애하게 무르익은 가운데 나는 야당 중진의원에게 질문을 하였다.

"왜 우리 국회는 노무현 대통령에게 적절한 예우를 표하지 않습니까? 선수_選數가 낮아서 제대로 존경을 받지 못한다는 말도 있습니다. 우리는 허니문 기간 같은 것은 없습니까?"

대사로서 좀처럼 할 수 없는 정치적으로 매우 민감한 질문이었다. 당시 대통령을 보좌하고 또 각국 정상들을 영접하는 직책인 의전장을 지내고 이탈리아 대사로 부임해온지라 나는 대통령직에 대한 존중과 예우에 남달리 민감하였다. 내 질문에 야당 중진의원은 진지하게 대답하였다.

"아닙니다. 나는 의원총회에서 6개월간은 노 대통령 하는 것을 좀 지켜보자고 제안했어요. 그런데 노 대통령의 언행이 하도 그러니까…"

제 18대 대통령 선거를 눈앞에 두고 많은 사람들이 그간 여러 대통령을 겪어 보았기 때문에 이제는 제대로 된 대통령을 뽑아야 한다고 말했다. 대통령의 자질을 갖추고 시대정신에 따라 국민에게 봉사하는 훌륭한 지도자를 선출하여야 한다는 것이다. 대통령의 자질과 리더십은 어떤 것인가? 시대정신은 무엇인가? 국가원수는 한 국가의 정책을 결정하고 집행하는 가장 중요한 지도자이다. 특히 우리나라와 같이 권위주의적, 가부장적 정치문화 아래서는 대통령의 역할과 영향력이 지대하다. 대통령 중심제의 전형인 미국의 대통령보다 우리의 대통령은 거의 제왕적 힘을 행사할 수 있다. 국제적으로 대통령학 및 리더십 연구가 활발하고 이론적으로 체계화된 것은 그만큼 국가원수의 리더십이 정책의 성패에 중요한 변수로 작용하기 때문이다. 리더십 연구는 리더의 개인적 특성이 정책 결정 과정과 집행에 어떻게 영향을 미치는지와 리더의 자질론 등에 관하여 주로 연구한다. 미국 코네티컷 대학의 전 정치학 과장인 존 러르키_John T. Rurke 교수는 리더십의 특성을 생물학적 인간으로서의 일반적 특성과 특정 리더의 개인적 특성으로 나누어 설명하였다. 일반적 특성으로는 지도자가 기존의 개인적 인지사항을 계속 견지코자 하는 속성, 막연히 잘 될 것이라는 희망적 생각, 경험을 통한 학습효과, 지도자의 분노, 슬픔 등 인간적 감정의 유입, 호전성 타협성 등과 관련된 남녀 성별의 차이 등을 들 수 있다. 개별적 특성으로는 지도자의 성격과 능력, 정신적 육체적 건강 생태, 신념체계와 개인적 야망의 영향을 말할 수 있다.

첫째, 대통령의 성격에 여러 유형이 발견되지만 미국에서는 주로 네 종류로 분류한다. 능동적인가, 수동적인가, 긍정적인가, 부정적인가, 이 특성들은 네 가지의 조합을 보여준다. 능동-긍정, 능동-부정, 수동-긍정, 수동-부정이 그것이다. 어떤 조합이 최선인가에 대하여는 논란이 있을 수 있겠으나 가장 나쁜 것은 능동-부정의 조합이다. 활동적으로 열심히 일하는 경우에는 그만큼 비난도 받게 마련인데 긍정적 성격의 대통령은 그 비난을 극복해 나가려 하지만 부정적 성격의 대통령은 반대파를 적으로 여기고 소통에 나서지 않으며 그룹사고나 하는 자신의 지지세력 속에 파묻히고 말기 때문이다. 정치학자들은 클린턴 대통령을 능동 긍정적으로, 부시 대통령을 능동 긍정적이거나 수동 긍정적인 성격으로 보았다. 한편 존슨 대통령과 닉슨 대통령은 능동 부정적 성격의 지도자로 분류하였다. 우리나라에서도 반 우스개로 유사하게 대통령의 성격과 능력을 분류한다. 머리가 좋거나 나쁘고, 부지런하거나 게으르고의 분류이다. 머리 좋고 부지런함, 머리 좋고 게으름, 머리 나쁘고 부지런함, 머리 나쁘고 게으름의 네 가지 조합을 역시 볼 수 있다. 가장 나쁜 조합은 머리 나쁘고 부지런함이다. 지도자가 바람직하지 않은 정책을 열심히 집행하면 아랫사람은 고달프고 국민들은 피해를 보기 때문이다.

둘째, 지도자의 정신적, 육체적 건강 상태이다. 역사가 이 특성의 중요성을 말해준다. 왕조시대에 왕이 부실하여 정사를 제대로 보살필 수 없게 되면 외척이 발호하거나 특정 신하들에 의하여 정책결정이 좌우되는 사례는 동서고금에 허다하다. 지도자의 건강 상태가 미치는 영향은 특히 대외정책 결정과정에 뚜렷이 드러난다. 미국의 루즈벨트_Franklin D. Roosevelt 대통령은 2차 대전 말에 고혈압으로 너무 시달리고 아파서 국내정치를 잘 돌보지 못했을 뿐만 아니라 얄타 3국 회담에서 스탈린의 동유럽 지배 요구를 막지 못했다고 역사가들은 적고 있다. 윌슨 대통령은 2차 대전 이후 국제연맹창설을 주도했으나 상하원에서 비준안이 통과되지 않아 미국은 국제연맹에 가입하지 못하고 말았다. 당시 미국의 고립주의 성향의 결과이었으나, 한편으로는 윌슨 대통령이 심각한 심장병으로 인해 의원들에게 비준안 통과를 설득하지 못했기 때문이라는 분석도 있다. 히틀러는 약물과다 복용과 정신적 문제를 안고 있었으며, 특히 전쟁 말기 그의 조울증은 정책결정에 큰 영향을 미쳤을 것으로 추정하고 있다. 러시아의 옐친 대통령은 보드카를 너무 애용하여 해외순방 중 비행기 내에서 과음하여 경유국 국가원수와의 정상회담을 취소하기도 하였다. 우리나라의 역대 대통령은 다행히도 재임 중 특별히 건강상 문제점을 야기한 경우가 없었다. 도리어 "3 김의 건강이 문제다"라는 말이 나돌았다. 김대중 대통령은 다리가 불편하였으나 모든 대내외적 활동에 열성을 다하였고, 일정도 항상 꽉 차 있었다. 그러나 다리 불편이 없었더라면 김 대통령은 해외 순방 시 방문국의 문화 탐방을 포함하여 더 많은 정책외적 활동을 할 수 있었을 것이라는 생각이 든다.

셋째, 신념체계와 개인적인 야망이다. 지도자가 성장과정에서 가졌던 이데올로기 등 신념체계, 경험과 인지, 개인적 야망 등이 정책결정과 집행에 영향을 미친다. 독재 정부와 권위주의 체제에서 탄압을 받고 투옥된 사람들은 민주주의와 인권에 대한 확고한 정책을 추구하며 사형제도의 폐지를 주장한다. 반면 독재정부에 참여한 사람들은 과정보다는 그룹사고에 의한 결과를 중시하며 획일적 질서를 선호한다. 한국전쟁을 경험한 세대들은 두 가지의 상반된 정책을 취한다. 공산주의를 악으로 보고 그들을 반드시 힘으로 제압하여야 한다는 측과 그들과의 화해와 협력을 통하여 남북한의 상호이익을 도모하자는 측이다. 이는 남북관계를 이데올로기적 적대관계로 볼 것인지 아니면 정책행위자로서 파트너로 용인해 줄 것인지에 관한 신념과 상관 지을 수 있다. 경제정책으로서 성장과 분배 어디에 중점을 둘 것인가는 그 시기의 대내외 경제 상황에 따라 결정하여야 할 사항이나 지도자의 경험과 인지도 정책결정에 영향을 미친다. 개발독재과정에서 기업을 경영하거나 정책결정에 참여한 사람들은 공권력으로 물가를 억제하고 재벌기업 특혜를 통한 압축 성장에 길들어져 있어서 새로운 경제정책을 뼈저리게 연구하지 않는 한 성장과 기업위주의 경제정책을 펼치는 경향이 많으며, 잠재적으로 복지의 개념에 친숙하려 하지 않는다. 부시 대통령은 청년시대의 방탕한 생활을 청산하고 독실한 기독교 신자가 되어 선과 악의 이분법으로 세상을 보고 하느님의 심판을 믿는 신앙과 신념을 가졌다. 이란, 이라크, 북한 등을 '악의 축' 이라고 규정하고 사담 후세인을 제거하거나 김정일을 독재자라고 공공연히 규탄한 것은 부시 대통령의 신성_divinity 개념에 기초한다고 볼 수 있다. 한편 사담 후세인은 자신을 기원전 6세기 바빌로니아의 네부카드제나르 대왕이나 제 3차 십자군을 격파한 이집트의 살라딘 왕으로 간주하고 과대 망상적 활동을 하였다고 한다.

"리더는 지적능력과 성취감과 책임, 참여, 사회적 지위 및 상황분석 등 각각의 구체적인 자질과 속성을 갖추어야 한다."라고 이해영은 '정책학 신론' 에서 언급하였다. 내가 볼 때 리더는 구체적으로 지적능력, 민활성, 언어구사능력, 독창성, 판단력, 신뢰감, 주도력, 인내심, 의지, 자신감, 위기관리능력, 추진력, 적극성, 사회성, 협동성, 적응성, 유머감각, 대중성 그리고 결단력과 비전, 도덕성 등의 자질을 갖추어야 한다고 판단된다. 미국의 앨런 액셀로드_Alen Axelord는《위대한 결정_강봉재 역》에서 지도자의 의지와 결단력을 중요한 리더십의 요소로 보고 '루비콘 인자_Rubicon Factor' 라고 명명했다. 즉 율리우스 카이자르가 폼페이우스와 원로원으로부터 로마를 구하기 위하여 "주사위는 던져졌다"라고 외치며 루비콘 강을 건너는 용기와 결단을 평가한 것이다. 리차드 닉슨 대통령은《지도자_Leaders》라는 저서에서 지도자의 가장 중요한 자질로서 비전_vision을 들었다. 지도자는 국민에게 앞으로 나가야 할 방향과 목표를 올바로 제시하고 이를 추진해나가야 한다는 것이다. 다만 그 비전은 당장 몇 년 앞이나 또는 20년 이후의 먼 장래가 아니라 지금의 세대가 손에 쥘 수 있는 장래의 꿈이어야 한다는 것이다.

우리 한국사회는 1948년 정부 수립 이래 산업화, 민주화를 겪으면서 시대의 요구에 따라 다양한 지도능력이 요구되었다. 국민들도 여러 지도자를 경험하면서 리더의 자질을 갖춘 지도자를 찾고 있다. 지난 2007년 17대 대통령선거가 끝난 다음날 회식에서 어느 교수가 한숨을 내쉬며 자조적으로 "아마도 하느님이 우리 국민들이 아직도 정신을 못 차렸다고 이런저런 대통령들을 보여주면서 다음에는 제대로 된 대통령을 뽑으라고 가르치시는 것 같다."라고 말해서 모두들 쓴웃음을 지었다. 그렇다면 오늘날 우리 시대가 요구하는 것은 무엇인가? 소위 시대정신은 무엇인가? 오늘 우리의 시대정신은 사회정의라고 생각한다. 이 사회정의를 실현하기 위해서는 일자리 창출, 경제 · 사회 민주화와 양극화 해소, 성장과 복지의 균형적 발전, 공정한 사회건설이 요구된다. 따라서 우리의 대통령은 이러한 시대정신과 시대요구를 수용하고 실현할 수 있는 능력과 자질을 갖춘 사람이어야 한다.

내가 원하는 대통령은 어떤 사람인가?

첫째, 사회정의와 시대적 요구에 대한 확고한 인식을 가져야 한다. 시대정신을 확실히 이해하고 국민의 요구와 필요에 부응할 수 있어야 한다.

둘째, 성장배경과 과정이 건실하고 민주적이며 도덕적이어야 한다.

과거의 잘못이나 그릇된 언행은 용서받을 수 있으나 정치적으로는 책임을 감수해야 한다. 과오를 진정하게 씻고 새로운 사람으로서 정치적 책임을 감당할 자격이 있는지 여부는 국민의 판단에 달려있다.

셋째, 고등교육을 갖추고 상식적이며 균형적이고 합리적이어야 한다.

넷째, 역사적 인식과 철학적 비전을 가져야 한다. 교양인이 갖추어야 할 가장 기본적 소양이 역사와 철학에 대한 이해이다. 역사를 통하여 과거를 분석하고 현재를 진단하여 희망의 미래를 설계할 수 있다. 또 그 미래는 국민과 인류의 장래를 위한 정치 철학과 사상의 기초 위에 다듬어져야 한다.

다섯째, 사회 모든 계층을 이해하고 소통할 수 있어야 한다. 지도자가 어느 특정의 그룹이나 계층 또는 지역에 편중할 경우 사회적 분열과 국가적 퇴보를 초래할 것이다. 지도자는 항상 여론의 흐름에 귀 기울이고 필요할 경우 자신의 말에 고집하지 않고 정책변화를 할 수 있는 유연성을 가져야 한다.

여섯째, 국정운영과 정치적 경험을 갖추거나 이에 상응한 능력을 보유하여야 한다. 정치가 꼭 나쁜 것은 아니며 민주사회에서 필수적인 것이다. 지도자에게는 다양한 이해관계를 조정하고 이끌 수 있는 능력이 필요하다.

일곱째, 건전한 육체와 정신을 갖고 긍정적이고 적극적이며 용기와 추진력을 갖추어야 한다. 지도자의 콤플렉스는 금물이며, 충분한 사고와 신속한 결단에 따라 진취적으로 행동하여야 한다.

여덟째, 국제화 의식을 갖춘 사람이어야 한다. 21세기 무한경쟁의 시대에서 국가이익을 보호하고 증진할 수 있는 국제경쟁력을 갖추고 국제무대에 당당하게 나서야 한다. 한반도의 통일, 동북아의 평화와 번영을 주도하고 국제사회에서 인류의 보편적 가치를 추구하는 중견국가의 지도자 모습을 보여주어야 한다.

이명박 정부는 실패한 정부다. 용산참사, 천안함 폭침, 연평도 피격 등 국가의 최소한 의무인 국민의 생명과 재산을 보호하지 못하였다. 5년 전 내걸었던 공약이 제대로 실현된 것이 별로 없다. 양극화 심화, 일자리 문제, 가계부채 증가, 중산층의 파괴 등으로 국민의 삶이 곤핍해졌고, 언론자유의 퇴보와 민주적 과정 및 절차의 훼손을 가져왔다. 시대정신으로 내걸었던 선진화는 OECD 내 원조국 지위 획득과 국제회의 유치 등 일부 외형적인 것 말고는 성취한 것이 없다. 대 북한관계의 악화로 한반도 긴장은 탈냉전 시대로 되돌아갔다. 오바마와의 친분은 과시했으나 동북아 외교는 실패했다. 특히 일본에게 독도의 국제분쟁화 기회를 제공하고 한·일 관계의 최저 수준을 초래했다. 오죽하면 모든 대선 후보들이 "Anything but MB_이명박 아니면 뭐든지' "를 이야기했겠는가. 우리 국민은 이러한 정부, 이러한 정권을 용납할 것인가!

그러나 2012년 12월 19일의 대선 결과는 지극히 실망스러운 것이었다. 새누리당의 박근혜 후보가 제 18대 대통령으로 당선되었다. 75.8%라는 높은 투표율 아래 박 후보 51.6%, 문재인 후보 48%의 득표율을 나타냈다. 나는 문재인 후보 선거운동본부 상임고문으로서만이 아니라 선진 마인드를 가진 보통 사람으로서도 낙담하였다. 그날 밤 나는 박 후보의 당선 모습을 TV로 보면서 첫 여성 대통령을 마음 속으로 축하는 하였지만 머리 속은 우려와 걱정으로 꽉 차 있었다.

첫째, 평소 내세웠던 원칙과 소신이 자칫하면 고집과 독선으로 변질되지 않을까. 둘째, 그간 줄곧 소통 부족을 지적받아 왔는데, 오랜 동안의 비공개적이고 절제된 인생을 살아온 습관으로 인해 국민이 원하는 소통과 대화를 쉽게 할 수 있을까. 셋째, 과거 박정희 시대의 경제발전과 효율지상주의 문화 속에서 성장한 사람으로서 과거 방식으로 회귀하고 따라서 민주적 절차와 과정을 훼손하게 되지 않을까. 넷째, 정책 결정 과정에서 효율성에 집착하여 소수의 측근들과만 협의하는 소위 주방내각_kitchen cabinet을 운영하고, 결과적으로 집단 사고_Group think에 빠지게 되지 않을까. 다섯째, 비운에 서거한 부모님에 대한 애틋한 사모가 곧 국가에 대한 봉사 그 자체로 동격화되고, 애국심과 완벽주의에 집착함으로써 자신의 모든 언행이 올바르다고 착각하고 국가주의 양태를 초래하게 되지 않을까. 아마 국정이 잘못되더라도 사과하는 모습은 보기 어려울 것이다.

"가애비군 가외비민_加愛非君 可畏非民"은 서경_書經에 나오는 순_舜 임금의 말이다. 백성은 그 주인되는 임금을 사랑하지 않으면 안되며 임금에게 참으로 두려운 것은 백성이다라는 풀이로서, 요즘 말로 대통령과 국민이 서로 사랑하고 존경하라는 뜻이다.

"나는 헌법을 준수하고 국가를 보위하며 조국의 평화적 통일과 국민의 자유와 복리의 증진 및 민족문화 창달에 노력하여 대통령으로서의 직책을 성실히 수행할 것을 국민 앞에 엄숙히 선서합니다."

우리 대통령이 취임식에서 국민 앞에 선서한 내용이다. 박근혜 대통령이 선서대로 대통령의 직무와 역할을 훌륭히 수행하고, 우리 국민들로부터 존경받는 국가원수가 되기를 진심으로 바란다. 그러나 당장에는 박 대통령이 내가 우려하고 걱정하는 바를 반쯤만이라도 불식해준다면 우리 국민과 나라의 장래를 위하여 정말 다행스러운 일일 것이다.

허물만 찾아내려는 자는
다른 것을 발견하지 못한다 _ 서양 속담

조고각하_照顧脚下 2013

눈발이 흩날리는 광장에 천여 명의 사람들이 손에 태극기를 들고 흥분된 얼굴로 모여 들었다. 모두들 결의에 찬 모습이었다. 광장 곳곳에 '대선불복 웬 말이냐' '도민 우롱하는 민주당은 사퇴하라' 는 플래카드가 걸렸고, 사람들은 '민주당은 사죄하라' '언어 살인 양승조 OUT' '대선불복 장하나 OUT' 이라고 쓰인 손팻말을 들고 흔들었다. 2013년 12월 12일 오후 충남 천안시 야우리 광장에서 새누리당이 가진 '민주당 대선불복 망언 규탄대회' 풍경이었다. 충남 출신 이인제, 성완종 의원들과 원외 당협위원장 및 당원들이 참석했다. 홍문표 의원은 규탄사에서 "양승조, 장하나는 이 세상에 태어나지 않았어야 할 사람이 태어난 것" 이라고 외쳤고, 김태흠 의원은 "충절, 예절의 고향인 충청도 망신은 양승조 의원이 다 시키고 있다. 이들을 끝까지 사퇴시켜야 한다" 고 규탄했다 한다.

이 날 새누리당은 다른 지역에서도 규탄대회를 열었고, 그 후에도 계속 전국을 돌며 집회를 가졌다. 또한 각종 홍보물과 플래카드, 대형 현수막 등을 제작해 전국 240여 개 당협위원회에 내려보내 대대적인 홍보전을 전개했다. 이에 앞서 민주당 비례대표 장하나 의원이 "박근혜 대통령 사퇴하라" 고 발언하자 새누리당은 격앙하여 즉각 국회 현관 앞에 150여 명의 국회의원들이 집결하여 "장하나 사퇴" 를 외치고, 여당 의원 155명 전체 명의로 장하나 의원 제명안을 국회에 제출하였다. 뒤이어 양승조 민주당 최고위원이 "박근혜 대통령은 암살당한 선친의 전철을 밟지 말아야 한다" 고 하자 양 의원을 제명안에 추가하였다. 이 과정에서 청와대 홍보수석은 이례적으로 20여 분에 걸쳐 이를 규탄하였고, 이를 본 진보 쪽 어느 교수는 홍보수석을 내시라고 비난하였으며, 홍보수석은 "나는 내시가 아니다" 라고 항변하는 등 설왕설래가 있었다.

이 모든 것을 코미디라고 웃어넘기기에는 상황이 여의치 않았다. 국회의원 3백 명 가운데 한 명이 당 입장과는 다르게 사퇴 발언을 했고, 또 다른 한 명이 가족사적 발언을 했다고 해서 대통령이 일일이 나서고 집권 여당이 국회 일정과 국정원개혁 특위를 거부하는 등 과잉대응을 하고 나섰기 때문이다. 일부 시민들은 야당이 전유물처럼 활용해왔던 국회 계단에서의 규탄대회와 전국 순회 집회를 새누리당도 따라서 해보고 싶었던 것이라고 비아냥거렸다. 도대체 왜 청와대와 새누리당은 유례없이 이렇게 과민하게 반응하는 것일까. 무엇보다 종교계 내부에 퍼져가는 시국선언과 대통령 퇴진 요구에 이어 민주당이 대선불복으로 가지 못하도록 사전에 차단하고 한편으로는 민주당을 대선불복 프레임으로 몰고 가기 위한 것으로 보인다. 국민들이 노무현 탄핵처럼 대선불복을 원치 않기 때문이다. 그러나 또 한편 내부적으로는 박근혜 흑기사단들인 새누리당 내 강경파들이 박 대통령의 심기를 보호하기 위한 과잉 충성으로 당을 이끌기 때문이었다.

같은 날 12월 12일 북한에서는 경악스러운 일이 발생하고 있었다. 북한의 제 2인자이며 김정은의 고모부인 장성택이 사형 집행된 것이다. 조선중앙통신에 의하면, 장성택이 '당과 국가 지도자, 사회주의를 전복하려는 모의' 를 꾸몄다며 공화국 형법 제 60조에 따라 특별군사재판에서 사형 판결을 받고 즉시 집행되었다는 것이다. 또한 보도는 장이 나라의 중요한 부분을 다 걷어쥐고 내각을 무력화시킴으로써 나라의 경제와 인민생활을 수습할 수 없는 파국으로 몰아가려고 획책했다고 설명했다. 장성택의 과오 유무와는 별도로 21세기 대명천지에 핵심 지도자를 변론 없이 형식적 단심재판으로 죽이는 정권이 지구상에 아직 건재하고 있었다. 북한의 참혹한 인권상황과 비정상을 극명히 보여주었다. 전파를 탄 뉴스는 전 세계를 놀라게 하였고, 동시에 북한의 장래를 우려하고 한반도의 정세를 주시하게 하였다.

장성택 처형이 보도된 다음날 헬스클럽 목욕탕에서 만난 재미교포는 이야기 끝에 이렇게 말했다. "북쪽 지도자들은 상상을 초월한 극악무도한 사람들입니다. 그런데 우리 남쪽 사람들도 극단적인 성향을 보일 때 많습니다. 국회에서 싸우는 것 보십시오. 며칠 전 국회의원 발언에 대하여 여당 전체가 들고 일어나 규탄하는 것도 이해가 안 갑니다. 또 철도파업에 대하여 노조원들을 바로 징계하는데 왜 국민들은 아무 말 않고 보고만 있습니까?"

철도노조 파업은 정부가 코레일의 적자경영을 개선한다는 목적으로 '수서발 KTX 자회사' 를 설립한다고 발표하자 전국철도노동조합이 이를 철도의 민영화 수순이라 여기고 반대하여 12월 9일 파업에 들어간 것이다. 철도파업이 역대 최장 기록을 갈아 치우고 민주노총이 가세하였으며, 한편 코레일은 처음부터 이를 불법파업이라 규정한데 이어 파업을 주도한 노조원들을 무더기로 직위해제 및 고소하고 법원은 파업주동자 10명에 대한 체포영장을 발부하였다. 각종 철도 운행이 감축되고 일부 안전사고도 발생하는 가운데 노조와 정부, 코레일 간의 대립은 극한으로 발전하였으며, 정치권도 여야 간에 민영화 여부를 놓고 대립하였다. 대통령을 비롯하여 정부, 코레일 및 여당은 철도산업의 민영화를 하지 않겠다고 분명히 하였으나, 노조 측은 정부의 발표를 믿지 않았다. 정부는 불법파업을 더 이상 용납하지 않겠다는 판단 아래 드디어 12월 22일 아침 노조간부 체포를 위하여 경찰력을 민주노총 사무실에 투입시켰다. 민주노총의 창립 이래 경찰력의 투입은 처음이라 하였다. 경찰은 노조원과 동참한 시민단체의 강렬한 저항을 뚫고 민주노총 사무실을 수색했으나 아무도 발견하지 못하고 말았다.

그 날 오후 민주당은 긴급 최고회의를 열 계획이었으나 대신에 현장을 방문하여 상황을 파악하는 일정을 가졌다. 그날 오전 나는 김한길 대표에게 문자 메시지를 보냈다. "민주당이 철도노조와 정부 간의 중재역할을 공개적으로 자청하거나 비공개로 중재해 보시기 바랍니다." 나는 우리 민주당이 파업을 일방적으로 지지하거나 동참하지 않고 제1 야당으로서 문제 해결을 위한 대안을 제시하고 또 나아가 정부가 풀지 못하고 있는 상황에서 중재하여 건설적인 역할을 할 좋은 기회라고 생각하였다. 파업이 장기화되자 국민들의 불편이 커져가고 화물운송이 여의치 않아 경제적 손실이 심화되는 등 상황은 긴박하게 돌아갔으나, 코레일과 노조 측 간에 돌파구는 전혀 열리지 않았다. 국회 환경노동위원회도 중재를 강구했으나 아무런 진전도 가져오지 않았다. 체포 명령이 내려진 노조 간부들은 조계사 등 여러 곳에 헤어져 피신하고 있었다.

그런데 12월 30일 오전 갑자기 문제해결의 희소식이 정치권에서 터져 나왔다. 그것도 우리 민주당이 주도하여 여야와 노조 간에 합의를 이룬 쾌거였다. 정부의 공권력 투입 이후 체포영장이 내려진 노조 간부가 민주당 당사로 갑자기 피신해 왔다. 민주당 사무총장이며 국토교통위원회 소속인 박기춘 의원이 자연스럽게 이 간부와 현안사항을 충분히 논의한 후 김한길 대표의 허가를 얻어 여당과의 중재에 나섰다. 여당 상대는 같은 국토위 소속 중진 김무성 의원이었다. 김 의원이 여당 지도부 그리고 청와대와 조율한 후 두 의원들이 12월 29일 밤에 철도노조위원장을 찾아가 3자 합의를 끌어내고 다음날 아침 "국토위 아래 철도산업 발전소위원회를 구성하는 즉시 철도파업을 철회하고 현업에 복귀한다"는 합의문을 발표하였다.

오랜만에 정치가 복원되는 느낌을 주었다. 실로 오랜만에 여야가 머리를 맞대고 중대한 사회 · 경제 문제를 해결한지라 언론은 "이것이 정치다"라고까지 추켜세우며 대서특필 하였다. 국민들은 이러한 정치의 모습을 보기를 원할 것이며, 특히 여당이 청와대에 눌려 제 구실을 못할 때 우리 민주당이 적극적으로 건설적 역할을 하는 것이 필요한 자세일 것이다. 물론 합의문은 발표되었지만, 당장 철도운행의 정상화, 체포영장이 내려진 노조 간부와 직위해제 된 노조원들에 대한 처우문제가 해결되어야 하고 철도산업의 장래문제가 앞으로 심도 높게 처리되어야 할 일이었다.

2013년을 넘기면서 뜻밖의 사회적 현상이 대학가에서 나타났다. 80년대 이후로 사라졌던 대학가 대자보가 한 대학생에 의해 살아난 것이다. "...저는 다만 묻고 싶습니다. 안녕하시냐고요. 별 탈 없이 살고 계시냐고요. 남의 일이라 외면해도 문제 없으신가, 혹시 '정치적 무관심' 이란 자기 합리화 뒤로 물러나 계신 것 아닌지 여쭐 뿐입니다. 만일 안녕하지 못하다면 소리쳐 외치지 않을 수 없을 것입니다. 그것이 무슨 내용이든지 말입니다. 그래서 마지막으로 묻고 싶습니다. 모두들 안녕하십니까?" '안녕들 하십니까?' 라는 제목으로 철도민영화 및 국정원 선거개입 등 정치 · 사회적 문제에 젊은 세대들의 무관심을 비판한 두 장짜리 대자보는 금세 대학가는 물론 고등학교, 일반 시민 그리고 국회에까지 유행처럼 퍼져 나가고, '안녕들 하십니까?' 라는 말은 사회적 화두가 되었다.

정치적 구호를 담은 과거의 대자보와는 다르게 답답한 사회적 현상을 보면서 걱정스럽고 의아하게 주위를 돌아보는 마음이 많은 사람들의 마음에 짠하게 다가온 것이었다. 각종 문제를 제기한 대자보에 대한 응답도 속속 나타났다. 대부분의 젊은이들이 문제의식 없이 취업 및 개인생활로 바쁘게 살거나, 사회적 문제의 제기를 꺼려왔다. 그들은 안녕한 줄 알았고 또 안녕한 척 살아왔는데, 대자보로 인하여 스스로 안녕하지 못하다는 것을 깨닫고 또 안녕하지 못한 주위를 돌아보게 되었다는 것이다. 2013년 한 해를 지나면서 80년대와는 다른 민주사회임에도 불구하고, 국정원 등 국가기관의 정치개입, 철도 민영화 문제, 밀양 송전탑, 교학사 국사교과서, 청년 실업문제, 성 소수자 문제 등의 압박에 소리쳐보지 못하고 살다가 대자보를 계기로 사람들이 다양한 정치 · 사회적 입장을 말하기 시작했던 것이다.

대한민국은 100일간의 정기국회 마지막 날 34개의 법안을 통과시키고, 보신각 타종의 자정을 넘어 새해 1월 1일 아침에야 정부예산안 355조 8천 억 원을 통과시키면서 2013년을 마감하였다. 그러나 2013년 한 해는 길고도 어려운 한 해로 기억될 것이다. 특히 정치인들에게는 더욱 그러하였다. 2월 25일 제 18대 대통령으로서 박근혜 대통령이 취임식을 가졌다. 우리나라는 물론이요, 미국이나 일본, 중국이 갖지 못한 첫 여성 대통령으로서 앞으로 5년간 우리 국민의 생명과 안전 그리고 국익을 보호하고 증진할 책임을 지는 상서로운 출범이었다. 그러나 안타깝게도 정부조직이 없는 출범이었다. 대통령인수위원회의 두 세 사람이 대통령 당선인과 극비리에 만든 정부조직 개편안을 사전 조율도 없이 국회 측에 내놓고, 고심해서 최선으로 만든 것이니 한 자도 고치지 말고 통과시켜 달라고 했으니 먹혀들 리가 없었다. 과거 역대 정권에서는 개편안을 만들기 위해 전문가 및 언론인들은 물론 관계부처까지 포함하여 공청회를 갖고 의견 수렴을 하였고 국회와도 사전 협의를 충분히 가졌었음을 감안하면 특이한 일이었으며, 이미 이때 박 대통령의 통치 스타일을 보여준 것이었다. 결국 정부조직개편안은 취임 후 20일 만에야 큰 손질 없이 국회를 통과하였다. 늑장 정부의 출범이었다.

그러나 늑장 정부는 조각의 과정에서 더욱 늑장을 부렸다. 또 불통인사였다. 인수위 대변인으로 보수 꼴통이며 야당의 원성을 한 몸에 받고 있던 언론인 윤창중을 임명함으로서 박 대통령 당선인은 예사롭지 않은 시작을 하였다. 박 대통령은, 야권은 물론 여권 내에서도 부정적 반응을 보였던 그를 다시 청와대 대변인으로 임명함으로써 모두를 놀라게 하였다. 결국 이 인사는 나중에 임명자의 발등을 찍는 무리수였다는 것이 밝혀졌다. 인수위 위원장을 국무총리로 내정한 것도 실패작이었다. 내정하자마자 각종 문제점들이 언론에 들어나게 되어 며칠 만에 스스로 물러났다. 청문회가 시작되자 부적격한 사례가 곳곳에서 튀어나와 여섯 명이나 낙마하게 되었다. 이쯤이 되자 박 대통령의 수첩인사 한계와 인사 시스템 자체의 문제점들이 속속 지적되기 시작하였다. 내각이 출범했을 때 총리를 포함하여 총 18명 가운데 호남 출신은 두 명이었다. 또 4대 권력기관장에는 호남 인사가 아무도 없었다. 자연히 호남홀대론이 이야기되고, 대선 기간 중 박근혜 후보가 그렇게 외쳤던 대탕평정책이 무안하게 되었다.

대한민국은 2013년 내내 국정원 댓글사건과 서해 북방한계선_NLL 문제로 인해 온 국민과 나라 전체가 끝없는 갈등의 블랙홀로 빠져들었다. 2012년 대선 일주일 전 12월 11일에 민주당이 선관위, 경찰, 기자들과 함께 국정원의 한 여직원 오피스텔에 찾아가 SNS 댓글 작업 증거를 확보하려한 것으로 시작되었다. 당시 경찰은 여직원의 컴퓨터 하드디스크만을 가져가 수사하고, 대선 이틀 전 일요일 밤 대통령후보 TV 토론이 끝난 직후 "댓글 흔적이 없다"라는 발표를 하였다. 그러나 대선 후 검찰에서 특별수사팀을 구성하여 수사를 한 결과, "70명의 국정원 직원이 조직적으로 대선에 개입했고, 외부 조력자도 있으며 트위터 및 해외 사이트도 추가 조사하겠다"라는 요지로 발표를 하고, 원세훈 전 국정원장과 김용판 전 서울지방경찰청장을 공직선거법 위반으로 불구속 기소를 하였다. 7월 이래 이들에 대한 재판이 진행 중이며, 추가로 트위터 121만 건을 수사하는 등 두 차례 공소장 변경을 신청하였다.

이 사건과 관련하여 민주당은 국정조사와 특검을 통한 철저한 진상 규명과 관련자의 처벌, 재발방지를 위한 조치, 대통령의 사과를 강력히 주장하였다. 그러나 박 대통령은 자신은 대선 과정에서 몰랐으며 또 혜택을 받은 바도 없으며, 검찰 수사와 재판이 진행 중에 있으니 이를 지켜보아야 한다고 반응하였다. 국회는 7월 2일부터 45일간과 일주일 연장의 국정조사를 하였으나 특별한 결과 없이 보고서도 채택하지 못했다. 10월 국정감사에서는 국군사이버사령부의 대선 댓글 의혹이 제기되어 국방부의 자체 조사 결과 그 사실이 들어났다. 시민단체들은 일찌감치 2월부터 국정원의 선거개입을 규탄하고 국정조사와 특검을 주장하는 집회를 갖기 시작하였다. 일부 단체들은 18대 선거를 부정선거로 규정하고 대통령의 하야

문제까지 제기하였다. 시민단체에 이어 대학생, 종교단체, 노동자, 교수 및 교육인들이 연이어 시국성명을 발표하고 촛불집회를 가졌다. 11월 11일에는 천주교 정의구현사제단 전주교구 사제들이 종교단체 최초로 대통령사퇴를 요구하고 나서자 불교, 개신교, 원불교 내부 조직에서도 대통령 사퇴를 요구하였고, 12월 4일에는 천주교 정의구현 전국사제단 명의로 대통령의 퇴진을 요구하기에 이르렀다.

2007년 남북정상회담 대화록 문제는 대선 당시 새누리당이 남북정상 대화록에 노무현 전 대통령이 NLL을 포기한다는 발언을 했다고 주장하여 시작된 것으로서, 대선 과정에서 여야 간에 뜨거운 공방과 함께 또 다른 안보논쟁으로 발전하였으며, 대화록 불법유출 문제를 야기하였다. 대선 후 6월 국회 법사위에서 국정원의 대선 개입사건을 논쟁하던 중 다시 회의록 문제가 튀어 나오자 결국 남재준 국정원장은 "국정원의 명예를 위하여"라는 이유로 국정원이 보관하고 있던 대화록을 국회에 제공하였고, 언론이 이를 전문 공개하기에 이르렀다. 이에 민주당은 국가기록원의 회의록 원본을 열람할 것을 제의하고 여야 국회의원들이 7월에 국가기록원을 방문하였으나 대화록을 발견하지 못하였다. 검찰이 8월부터 수사한 결과 국가기록원에는 대화록이 존재하지 않고, 다만 '봉하 이지원 시스템'에서 대화록이 삭제된 흔적을 찾아 복원하고 별도의 대화록도 추가로 찾아내었다. 참여정부 측 인사들은 초본은 수정본 생산 후 삭제되는 것이 당연할 일이며 수정본이 국가기록원에 미 이관된 것은 실수라고 주장했지만, 검찰은 참여정부가 의도적으로 삭제하고 이관하지 않았다고 결론 내리고 관련 인사들을 기소하였다.

남북정상회담 회의록 문제는 여야 및 국회, 검찰, 국정원 모두에게 잘못이 있는 것으로 보인다. 먼저 국정원이 보유하고 있던 대화록이 대통령기록물이냐 공공기록물이냐에 있다. 정상회담 대화록은 생산부서가 임의로 비밀 분류를 할 것이 아니라 대통령의 회담내용이라는 성격에서 대통령기록물로 15년간 비공개로 보관되어야 한다. 정상회담 대화록은 대부분 외교부에서 생산하고 때로 청와대에서 자체적으로 생산할 수도 있으나 남북정상회담의 경우에는 예외적으로 국정원에서 생산한 것이다. 같은 성격의 대화록이 생산부서에 따라 대통령기록물도 되고 공공기록물도 될 수 있겠는가. 둘째, 만약 민주당 주장대로 김무성 의원, 권영세 대사 등이 대화록을 유출했다면 대통령기록물 관리법 위반이다. 그러나 검찰은 이들에게 무혐의를 내릴 것으로 알려지고 있다. 셋째, 정상회담 회의록의 열람 및 공개다. 어떠한 경우이건 정상회담 회의록을 대외적으로 공개하지 않는다는 것은 확고하고도 보편화된 문명국가들 간의 외교적 관례이다. 예외적으로 양국 간에 합의가 있으면 공개할 수 있다. 정상 간에 교환된 서한도 의례적인 축전이나 조전 등이 아니면 똑같이 공개하지 않는다. 주권국가 최고 통치자들 간의 대화 내용을 보호해야 하기 때문이다. 결국 여야 간의 논쟁 때문에 또는 국정원 스스로의 명예를 위하여 국가이익에 반하는 잘못을 저지른 것이다. 민주당이 국가기록원 보관본을 들춰내자고 주장한 것도 잘못이었다. 이미 대화록이 언론에 공개된 후 여론조사는 'NLL 포기 아니다' 가 53% 'NLL 포기다' 가 23%로 나왔었다.

마지막으로 대화록이 국가기록원에 미 이관된 것은 실수이건 고의이건 간에 잘못이고 오해를 살만한 일이다. 그러나 녹취록으로 작성한 대화록 초본과 수정본이 다르고 초본이 삭제되었다는 것에는 의견들이 다를 수 있다. 조선시대의 사초를 이야기할 필요는 없다. 오늘 현재 대통령의 대화록을 어떻게 작성하느냐가 중요하다. 통상 정상회담 내용은 외교부의 해당 지역국에서 녹취를 하고 대화록을 작성한다. 작성 과정에서 녹취록을 그대로 옮기지는 않는다. 무슨 기침이나 웃음소리를 적지도 않는다. 편의상 또는 통일적으로 '나' '저'를 '본인'으로 바꾸기도 하고, "....하겠습니다."를 "하겠음." 처럼 끝말을 모두 줄이기도 한다. 또 대화중 어느 정상이건 실수로 단어나 어휘가 잘못 사용되거나 더듬고 반복되더라도 그대로 적지 않고 정상적으로 표기한다. 어차피 상대에게 전달되는 통역에서는 제대로 표현된다. 정상회담에 앞서 국가원수 간의 단독회담의 경우에는 양측에서 한 명씩 배석하고 기록자_note taker가 추가로 배석하여 대화 내용을 가록한다. 나도 과거 지역국장으로서 기록을 하였는데 녹취 없이 내 기록에 의존하여 대화록을 작성하였다. 모든 정상회담 대화록은 여러 차례의 수정과 손질을 거쳐 완성본을 만들며 그 과정의 초본 및 수정본들은 당연히 모두 폐기된다. 보통 완성본은 지역국장의 손에서 완성하여 청와대로 보내고, 외교부에서도 업무 편의상 한 부를 지역국에서 15년 비밀로 분류하여 보관한다. 결론적으로, 대화록의 본질이나 중심 용어를 고의적으로 고치지 않고 다만 '저'를 '나'로 수정하는 것 등은 있을 수 있는 일이나, 노무현 전 대통령이 이를 직접 수정토록 지시하였고, 또 이것은 북한 지도자 앞에서 비굴한 자세를 취한 것을 감추려했기 때문이라고 새누리당 측이 주장함으로써 결국 사안이 커지고 난처한 상황이 되고 말았다.

국정원 대선개입 사건 및 정상회담 대화록 유출 의혹 등으로 민주당은 "민주주의 회복과 국정원 개혁을 위하여 국민과 함께 나설 것"을 선언하면서 8월 1일 장외투쟁을 시작하고, 김한길 대표는 서울광장에 천막당사를 설치하여 노숙투쟁을 하기에 이르렀다. 민주당은 원내병행투쟁 원칙하에 매주 토요일에 '민주주의 회복 및 국정원 개혁 촉구 국민보고대회'를 열어 '남해박사'(남재준 해임, 박 대통령 사과)를 요구하였다. 또한 시민단체의 촛불집회에도 참여하고, 전국을 순회하며 국민결의대회를 열어 민주주의 회복을 위한 국민들의 결의와 참여를 호소하였다. 이러는 가운데 김한길 대표가 영수회담을 제의한지 45일 만인 9월 16일에 박 대통령은 황우여 새누리당 대표를 포함하여 3자회담을 개최하였다. 국정원 사건 등 정치 및 경제 현안에 관하여 의견교환을 가졌으나 아무런 결론을 내지 못하였고, 특검을 수용하지 않는 박 대통령의 원칙은 확고하였다. '무능'한 여당과 '무기력'한 야당의 대치는 계속되었다.

민주당이 전격적으로 11월 10일에 서울광장의 천막당사를 철거하였다. 국가기관 대선개입 의혹사건에 대응하기 위한 범야권 공동기구 출범에 맞춰 장외투쟁 단위를 당 중심에서 범야권으로 확대하고, 민생을 위한 입법 및 예산국회에 집중해야 할 때가 온 것이었다. 이에 앞서 국회의원 재보궐선거를 며칠 앞두고 10월 26일 김한길 대표와 상임고문단과의 만찬간담회가 있었다. 당시 나는 다음과 같은 요지로 발언을 하였다. "첫째, 일반 국민들은 민주주의 위기의식에 그리 심각치 않으며, 지난 3자회담이 열리기 전 소위 강남보수꼴통 아줌마들이 처음으로 '박 대통령 너무한다' 라는 일회성 반응이 있었음을 염두에 두고 우리 민주당의 향방을 정해야 한다. 둘째, 따라서 (1) 시청 앞 천막당사를 11월 중순께 공식 철수하고 원내에서 민생과 민주주의 회복을 위한 강력 투쟁을 전개하고, 꼭 필요한 민생법안은 통과시켜야 한다. (2) 당 외곽의 민주세력들이 연대하여 부정선거 규탄 등 민주회복투쟁을 전개하고 민주당 의원들이 개별적으로 이에 동참한다. (3) 박 대통령의 멋대로 정치에 이래서는 안 되겠다는 국민들의 생각이 보편화 되는 시기를 내년 지방선거 직전으로 맞추고 중간평가를 시도한다."

우리나라 교수들은 연례적으로 한 해를 보내면서 사자성어로 평가하여 왔다. 그들은 2013년을 조고각하_照顧脚下라고 규정하였다. 선가의 용어로서, "자기 발밑의 허물을 비춰보라"는 뜻이란다. 모든 사람들이 한 번쯤 깊이 생각해볼 말이다. 먼저 박근혜 대통령이 정부의 수장으로서 전 정권의 국가기관의 대선개입을 사과하고 철저한 진상규명과 책임자처벌 및 국정원개혁을 약속하였다면 일 년 내내 나라가 이렇게 시끄럽지는 않았을 것이다. 민주당도 대선불복 아니라고 표명했지 않는가. 또 원칙만 고집할 것이 아니라 국민과 국회와의 소통과 설득으로 상생과 통합의 정치를 이끌어 갔어야 하지 않았는가 반성해야 한다. 새누리당은 청와대 눈치만 보고 무능한 채로 불필요하게 야당을 압박하고 공격하지 않았는가. 한편 민주당은 일부 강경파들이 김 대표 리더십을 흔들고 대 정부 발목잡기라는 오해를 국민들로부터 받지 않았는가를 돌이켜 보아야 한다. 우리 국민들은 청년이건 노령 층이건 일자리와 생활 문제에 파묻혀 사회정의와 민주주의 그리고 국가발전 문제에 너무 소홀하지 않았는가를 국민의 한 사람으로서 되물어보아야 한다.

모든 국가는 자신의 국가 이익의 관점에서
정책을 결정한다는 사실을 우리는 깨달아야 한다 _ J. F. 케네디

대한민국 2014

신뢰 정책이 성공하려면

대선 때 신뢰와 원칙을 내세웠던 박근혜 대통령의 대북정책, 대외정책은 '신뢰 외교'에 그 기조를 두고 있다. 예서 '한반도 신뢰 프로세스', '동북아 평화협력 구상'이 탄생했다. 이는 동 · 서 유럽 간에 접촉과 교류를 통해 신뢰와 이해를 증진함으로써 가치를 공유하고 종국에는 탈냉전으로 갔던 과정을 모델로 삼은 것으로 보인다. 이 과정에서 '신뢰구축'이 핵심 의제였다. 아시아에서는 뒤늦게 탈냉전 후 유럽체제를 모델로 한 다자간 안보협력체를 출범시켰고, 아태 지역의 국가들 간에 각종 안보 대화가 유행처럼 퍼졌다. 신뢰구축을 위하여 먼저 '대화의 습관_habit of dialogue'부터 키우자며 정부 관리, 군인, 학자들이 어울렸다.

그런데 동북아에서는 예나 지금이나 그 갈등 구조가 개선되고 있지 않다.

작금에는 아시아 패러독스를 넘어 갈등의 판도라 상자가 열린 듯 하며, 북한 정세의 불가측성이 이에 부채질하고 있다. 박근혜 정부의 대북, 대외정책은 장기적으로는 바람직하다. 그러나 긴장이 고조되는 오늘의 역내 정세 속에서 다음과 같은 사항을 현실적으로 유념해야 할 것이다.

첫째, 신뢰는 상호적인 것이다. 프로크라테스의 침대처럼 어느 일방의 잣대로 타방의 신뢰도를 규정한다면 주권국가의 권위를 부정하는 결과를 초래할 것이다. 또한 신뢰구축은 단계적이다. 처음부터 어느 수준의 신뢰를 요구할 것이 아니라 서로 만나 낮은 수준부터 신뢰를 쌓아가는 과정이 필요하다. 행동이 요구되는 작업이다. 둘째, '한반도 신뢰 프로세스'를 성공시키려면 북핵문제와는 별도로 대화와 교류 · 협력의 축적을 통해 남북한 간에 신뢰의 형성이 가능하다는 전제에서 출발하여야 한다. 대결이나 기다림으로는 변화를 가져올 수 없다. 독일식 'Freikauf'는 아니더라도 소기의 투자를 하여야 한다. 셋째, 북핵문제 해결을 위한 6자회담을 재검토해야 한다. 설령 6자회담이 간헐적으로 열린다 한들 북한이 핵 폐기에 응할 것인지 의문이다. 북한은 아마도 개발한 핵무기의 현상동결과 비확산을 상호 거래하려 할 것이다. 미국이 북한과 수교하고 북한의 안전을 보장하며, 한국은 국제사회와 함께 대북 경제지원을 주도하고, 유엔이 평화협정 체결 과정을 지원하며, 북한은 완전히 핵을 폐기함과 동시에 NPT 체제에 복귀하는 통 큰 빅딜을 시도하는 것이 더 가능한 길일 수 있다. 그 후 북한사회의 변화를 기대해봄 직하지 않는가. 넷째, '동북아 평화협력 구상'은 새 정부의 정치 외교적 수사이다. 과거 20년 이상 미국 및 일본을 포함한 여러 국가들이 유사한 제안을 내놓았지만 그 구체적 결과는 없다. 관련국들 간에 메카니즘을 만들고 궁극적으로 북한이 참여하여야 하는 일이기 때문이다. 이러한 구상은 바람직한 내용의 장기적 비전 제시로 이해하면 된다. 그간 낭비된 시간을 뒤로 하고 한중일 간의 위기관리 시스템을 마련하는 것이 우선이다. 다섯째, 역사를 통해 오랜 동안 외교는 명분과 실리 사이에서 그리고 현실주의와 이상주의 사이에서 고민하여 왔다. 지금 우리는 실리추구를 도모해야 할 때다. 박 대통령과 국민이 믿는 대로 한미 동맹이 굳건하다면, 한국 외교의 명분 자체가 '실리외교'라는 말을 들을 정도로 실용적 길을 취해도 좋다. 환태평양경제동반자협정_TPP이건 작전권환수이건 간에 우리의 생존과 실익에 따라 선택해야 한다.

외교는 국내정치의 외연이다. 높은 국격과 국민의 통합된 힘이 발휘될 때 외교력도 제고된다. 과거 권위주의 시대의 한국 외교관들은 국내 인권과 민주주의 문제를 외국 정부에 해명하는데 애를 먹었다. 지금이야 옛날과 다르지만, 행여 주재국 정부에서 국내 종교인들의 시국선언과 대통령 퇴진 주장이 어찌된 일이냐고 물을 때 우리 외교관들은 어떻게 대처할 것인가. 끝없는 이념 논쟁으로 국론이 분열되고 정치가 비생산적인 정쟁에 계속 휩싸인다면 국력과 외교력이 충분히 발휘될 수 있겠는가.

민주사회에서 국론 분열을 모두 대통령에게 책임지울 수는 없지만, 대통령은 여러 계층의 다양한 번뇌를 함께 고뇌해야 할 책임이 있다. 자신을 지지한 사람들만을 바라보고 가는 것이 아니라 전 국민의 대통령으로서 신뢰와 통합을 이끌어 내야 한다. 한편 야당은 "야당답지 못하다. 투쟁력이 약하다"라는 주위의 비판에 유혹받지 않고 국민과 함께 갈 길을 가야 하지 않겠는가. 박근혜 정부가 대내외적으로 신뢰정책을 성공시키려면, 그 첫 단계로 다른 생각을 가진 사람끼리 만나서 대화하고 상호 배려와 존중으로 신뢰를 쌓아가는 학습이 필요하다.

새해를 맞아 1월 3일에 나는 광주. 전라남도 지방지 '무등일보' 오피니언 난에 특별 기고를 하였다. 대결과 기다림만으로는 남북한 간 변화를 가져올 수 없다는 것, 6자회담을 재검토해야 한다는 것, 동북아 평화협력 구상은 현실성 없는 외교 수사적이라는 것, 높은 국격과 국민의 통합된 힘이 발휘되어야 외교력도 높아진다는 것, 국민 전체의 대통령으로서 신뢰와 통합을 이끌어 내라는 것 등이 주로 내가 하고 싶은 말이었다.

박근혜 대통령의 기자회견이 1월 6일에 열렸다. 대통령 취임 후 처음 갖는 기자회견이라 국민 모두가 관심을 갖는 듯했다. 그간 불통이라고 비판받아온 터라 공식적으로 기자들을 통하여 국민과 소통할 수 있는 기회라서 의미 있는 자리였다. 요지는 국민행복시대를 만들기 위하여 경제혁신 3개년 계획과 한반도 통일시대 기반구축을 추진하겠다는 것이었다. 3년 후 4% 성장, 국민소득 3~4만 불, 고용률 70% 달성 목표를 제시했다. 주변국가와 협조하여 북핵문제를 해결하고 대북 인도적 지원을 할 것이며 금년 설에 이산가족상봉을 희망한다고 했다. 또한 "통일은 대박이다"라고 언급했다. 모두 발언 후 질의응답에서 기자들의 질문은 제한적이고 민감한 문제는 자제한 듯한 느낌이었고, 평소의 원칙과 소신 피력을 벗어나지 않아 보였다. 비록 국민들의 기대와 소통 희망을 충족시키지는 못하였더라도 이런 기회가 자주 있다면 소통의 질과 수준이 발전될 수 있을 것이다.

코리아 헤럴드지는 사설에서, 그간 박 대통령이 원칙에 충실함으로써 지지자들의 박수는 받았겠지만, 야당 지도자들과 협력관계를 맺지 못하여 경기회복과 민생증진을 도모할 수 없었다고 지적하였다. 따라서 박 대통령은 야권과 대화를 해야 한다고 제시하였다. 앞서 살펴보았지만, 지난 2013년은 정치적 갈등에 휩싸여 소기의 국정운영을 이루지 못하였다. 이는 야권의 발목잡기로 치부하기보다는 국가원수인 박 대통령이 소통과 협력정신을 간과한 채 원칙과 효율성에 고집스럽게 집착함으로써 자초한 결과로 볼 수 있다.

청와대는 2013년을 돌아보며 "박 대통령이 역대 정부와 비교해 국정운영의 패러다임을 크게 변화시킨 것은 분명하며 국민 행복 중심의 정책을 일관되게 추진해 온 것이 집권 첫 해의 주요 성과"라고 자평했다. 그러나 그 정책의 구체적 결과는 뚜렷한 것이 없었다는 것이 문제였다. 정치가 방황하는 가운데 국민 대통합은 실종되고, 경제 민주화는 경제 활성화와 일자리 창출에 자리를 내주었으며, 복지공약은 후퇴하였다.

우리나라는 OECD 국가 가운데 사회적 갈등 지수가 터키 다음으로 높고, 자살률 1위, 저출산율 1위, 고령화 1위 및 노인 빈곤율 1위 등을 기록했다.

세계경제포럼_WEF 발표에 의하면, 우리나라의 양성격차지수는 135개국 가운데 111위로 최하위권에 머물고 있다. 2013년 말 청년 고용률은

39.7%로 우리나라 통계가 작성된 1982년 이후 처음으로 40% 아래로 떨어졌다. 또한 청년 실업률은 8%대로 높아졌다. 전체 고용률은 지난 2012년보다 0.2% 높아진 64.4%를 보였으나 정부 목표에는 미치지 못했다. 2014년의 고용 사정 전망은 밝지 않다. 대기업들의 채용규모가 줄어들 전망이기 때문이다.

우리의 가계 및 비영리단체의 금융부채는 1,000조 원을 넘어섰는데, 2007년 말 GDP 대비 81.5%에서 지난 2013년 말 91%대로 높아졌다. 또 가계부채도 질적으로 악화되고 있는바, 은행권보다 금리가 높은 비은행권의 가계대출이 더 빠르게 늘어나고 있기 때문이다. 지난해 소비자 물가 상승률은 1.3%로 1999년 0.8% 이후 가장 낮은 수준이며 일본이나 미국보다 낮았다. 국제통화기금_IMF이 발표한 2014년 세계경제전망보고서는 지금의 저물가 상황이 자칫 디플레이션으로 악화될 수 있다고 경고하였는바, 우리 경제도 안심할 수 있는 상황이 아니다.

2013년 경제성장률은 2.8%로 여전히 세계 평균을 밑돌고 있다. 우리의 성장률은 2002년만 해도 7%대로 세계 평균 2.9%를 훨씬 넘어섰지만 2003년부터 역전하여 2009년과 2010년을 제외하고 지난해까지 계속 세계 평균을 하회하고 있는 것이다. 박 대통령은 2014년의 경제성장률을 3.8%로 잡고 이를 위한 내수 진작에 초점을 두었다. 내수 진작을 위해 고령화, 탈세, 취업난, 부동산시장 문제, 중소기업 및 상공인의 취약화, 가계부채 문제 등을 극복하여야 한다. 또 국제 경제 환경으로서 미국의 테이퍼링, 일본의 아베노믹스, 중국이 경제혁신과 유럽의 경제회복 등의 대외 불안 요소에 잘 대처해야 할 것이다.

박 대통령은 연두 기자회견에서 밝힌 '경제혁신 3개년 계획'을 구체화하여 2월 25일 기자회견에서 발표하였다. 2017년에 성장률 4%대, 고용률 70%, 1인당 국민소득 4만 불을 지향하는 소위 '474 정책'을 달성하기 위하여 3대 핵심 전략으로서 기초가 튼튼한 경제, 역동적인 혁신 경제로의 전환, 내수와 수출의 균형성장을 들고 그 구체적 내용을 제시하였다. 바람직한 경제 목표이기는 하나 모든 분야를 백화점식으로 나열하여 과연 실현 가능할 것인지 의심스러웠다. 대통령의 의욕은 좋으나 원칙과 효율성만 고집할 경우 행정부와 기업에 과부하를 줄 것으로 보였다. 또한 각종 사업을 우선순위를 정하여 단계적으로 추진해야 할 텐데 한꺼번에 나열 추진하면 과거 권위주의 시대처럼 실적주의, 전시행정, 형식주의 행태가 나타나지 않을까 심히 우려스러웠다.

IMF 및 OECD 등은 세계경제가 금융위기 이후 긴 침체에서 벗어나고 있다고 조심스레 평가하고 있지만, 한편으로는 디플레이션을 경고하고 신흥국의 금융위기를 예고하고 있다. 이러한 국제 경제 환경이 우리 경제에도 영향을 줄 것으로 보이는바, 2014년 대한민국은 시급히 국내 정세를 안정시키고 대북관계 정상화를 도모하면서 경제성장과 복지증진을 위한 법적, 제도적 개혁을 서둘러야 한다.

박 대통령에 대한 지지율은 국정 성과와는 다르게 비교적 높은 편이다. 박 대통령의 취임 1주년을 맞아 각종 여론조사는 60%를 상회하는 국정운영 지지도를 보였다. 한국일보가 발표한 바에 의하면 지지도 61.6% 부정적 평가 31.4%를 나타냈다. 지난 1년 동안 가장 잘한 분야는 대북 외교정책이며 반면 국내정치 분야는 잘 못했다는 평가이다. 대통령이 가장 잘 못한 일로는 고위직 인사, 공약 축소 및 후퇴, 소통부족의 순서였다. 향후 중점적으로 추진해야 할 국정운영 과제를 묻는 질문에는 경제살리기, 경제민주화를 포함한 양극화 해소, 국민통합 순서의 답변을 보였다. 박 대통령의 리더십에 대하여는 원칙과 소신이 있다는 평가와 함께 불통과 통합 상실이 항상 문제가 되었으며, 민주당에서는 3통 즉 불통, 불신, 불안의 대통령이라고 혹평하였다.

경향신문은 사설에서, "통합을 팽개치고 분열을 방치하고는 국정의 동력을 확보하기 어렵다. 집권 2년 차를 맞는 박 대통령에게 우선적으로 요구되는 것이 통합의 리더십인 이유다. 통합의 길은 독선을 버리고 국민의 소리를 경청하며, 정치적 반대세력과의 적극적 소통 노력에서 조성된다."라고 지적하였다. 조선일보는 집권 1년의 평가 여론조사를 분석하면서 "지난 1년이 만족할만한 성적은 아니었으나 앞으로 해결할 국정 현안들에 대한 기대치가 존재하는 것 같다"거나 "박 대통령의 리더십은 한복외교 또는 도덕성과 같은 개인 이미지를 통해 인식되고 있는 반면, 확고한 비전과 정책 제시 등을 통해 형성되고 있지 못하다."라는 교수들의 언급도 기사화하였다.

박 대통령의 외교에 대한 평가는 일반적으로 높았다. 특히 지지율이 하락하다가도 대통령이 외국 방문을 마치고 나면 지지율이 5% 정도는 다시 상승하는 효과를 보았다. 대통령이 아름다운 한복을 자랑하고 여성대통령으로서 환대를 받으며 영어, 프랑스어, 중국어로 연설하는 모습을 보면서 국민들은 우리 대통령을 자랑스럽게 생각했을 것이다. 실제로 박 대통령은 이로써 정상외교의 첫 번째 목표인 정상 간의 친선과 우의 증진을 달성하였다. 그러나 나는 국민들이 보는 것 이상으로 대통령이 방문하는 국가와 실질적인 관계와 현안사항들을 심도 있게 협의하여 가시적인 성과를 내놓기를 바랐다. 그런 뜻에서 2013년 11월 21일자 한겨레신문에 기고문 "정상외교의 허와 실"을 게재하였다.

정상외교의 허와 실

박근혜 대통령이 엘리자베스 여왕 부부와 함께 백마가 이끄는 황금마차를 타고 버킹엄궁으로 향하는 화려한 장면을 우리 국민들은 텔레비전 방송을 통해 자랑스럽게 지켜보았다. 민주주의를 낳고 꽃 피운 영국은 한편 독재자의 딸이 경제성장과 민주주의의 성공 사례인 한국에서 선거를 통하여 여성대통령이 되어 나타난데 대하여 흥미를 갖고 환영하였다. 추석 연휴 이후 지속적으로 하락세를 보였던 박 대통령의 지지율도 반등하였다. 최근에는 러시아의 푸틴 대통령이 주요 4국 중 처음으로 방한하였다. 그런데 푸틴의 정상회담 지각으로 외교적 결례니 아니니 하며 한때 화젯거리가 되기도 하였다.

20세기 들어서 교통과 통신의 발달은 정상외교를 중요한 외교수단으로 등장시키고 일반화하였다. 세계화와 국제협력의 증대에 따라 G-8, G-20, APEC 등 다자 정상외교도 정례화 되었다. 국가원수들은 정상외교를 선호한다. 화려한 의전으로 언론의 조명을 받고, 때로는 주요 현안의 극적 타결로 지지율도 올라가기 때문이다. 더군다나 골치 아픈 국내정치에서 벗어날 수도 있다. 가장 많은 정상외교를 펼친 클린턴 대통령은 "대외

정책이 더 재미있다. 왜냐하면 의회의 간섭이나 반대를 덜 받고 정책을 결정할 수 있기 때문이다"라고 하면서 재임 중 54회에 걸쳐 133개국을 방문하고, 229일을 해외에서 보냈다. 물론 최강국 대통령으로서의 역할이 요구되었을 것이다.

정상외교의 장점은 국가원수 간의 만남에 상징적 의미를 부여할 수 있고, 정상 간의 상호 이해와 신뢰 및 친선을 도모할 수 있다는 것이다. 또한 주요현안을 극적으로 통 크게 타결할 수 있다는 것이다. 미국 어느 대학의 국제정치학 교재는 한국전 이후 국제사회에서 가장 의미 있는 순간중 하나는 2000년 남북한 정상이 처음 만나는 순간이라고 기술했다. 만남 그 자체가 진전과 상호이해를 가져온 상징적이라는 것이다. 중소국가의 정상들이 미국, 중국 등 큰 나라를 의례적으로 방문하고 있는데, 이는 자신의 위상을 높이고 이들 정상들과 친선 및 우호를 도모하여 양국 간 관계를 증진하는 바탕으로 삼고자 하기 때문이다. 정상들이 만나 중요이슈나 난제들을 한칼에 해결하는 것이야말로 정상외교의 최대효과이다. 1978년 미국 카터 대통령, 이집트 사다트 대통령, 이스라엘 베긴 수상이 모여 캠프데이비드 협정을 체결함으로써 이집트와 이스라엘 간 관계정상화가 이루어진 것이 바로 그러한 사례이다.

그러나 정상외교가 항상 순작용만을 하는 것은 아니다. 정상회담은 외교의 최고 최후 수단이다. 정상은 자신의 언급을 쉽게 철회할 수 없다. 키신저는 "정상 간에 협상할 때에는 도피구가 없다"라고 지적했다. 정상회담 과정에서 서로 오해를 하거나 케미스트리가 맞지 않을 때 오는 결과도 만만치 않다. 1938년 8월 영국의 체임벌린 수상이 히틀러와 정상회담을 하였으나 히틀러의 속셈을 제대로 파악하지 못하여 결국에는 나치 독일의 체코 점령을 막지 못하였다. 정상회담에서 정상들은 국내여론을 의식함에 따라 유연성을 제약받고 심리적 부담도 크다. 실패했을 때의 타격도 커서 차라리 만나지 않음보다 못한 경우도 있다.

박근혜 대통령의 유럽순방은 과거 대통령들이 해왔던 세일즈외교에 추가하여 문화협력 분야로 정상외교의 지평을 넓히고, 러시아 대통령의 방한과 함께 취임 첫해 핵심 권역에 대한 외교를 마무리했다고 평가할 수 있다. 그러나 이 시점에서 박 대통령의 정상외교 가운데 지적해야 할 일들이 있다.

첫째, 정상외교의 기본 목표인 주요 정상과의 친선 우호를 증진하고 협력을 다짐했으나, 주요 현안문제에 관한 특별한 진전은 없었다. 이는 미국과 중국의 경우에서 더욱 그러하다. 둘째, 집권 첫해 내치에 역점을 두어야 함에도 그렇지 않음으로써 난마처럼 얽힌 국내정치와 민생을 외면한 셈이 되었다. 셋째, 대통령의 순방국 현지 교포와 유학생의 대통령 부정 시위는 전두환, 노태우 시대 이래 처음 발생한 것으로 보인다. 더군다나 수행한 어느 의원의 망발은 박정희 시대 동베를린사건 처리 망령을 떠올리게 한다. 넷째, 문민정부 이래 역대 대통령들은 모두 해외순방에서 환영을 받았으며, 특히 김대중 대통령은 민주투사와 노벨평화상 수상자로서 각별한 환대와 존경을 받았다. 다섯째, 푸틴 대통령의 지각은 우리 쪽 잘못도 아니고 또 지나갈 수 있는 일인데 청와대가 굳이 외교적 결례가 아니라고 해명했다는 것은 불필요한 일이다. 여섯째, 정상외교의 한계성을 인식하고, 지지율 상승의 재미에도 유혹받지 않으며, 기존의 정부 외교역량을 높여 각종 외교현안을 중견국의 위치에서 차분히 해결하도록 지원하여야 한다.

박 대통령은 영국 엘리자베스 1세 여왕을 롤모델로 삼는다 한다. 여왕은 후진국 영국을 유럽 최강국으로 만들고 문화의 황금시대를 이루었다. 내정에 성공하고 외교와 국방을 튼튼히 하여 세계로 진출하였다. 처녀왕으로서 백성을 사랑하고 의회를 존중하였다. 박 대통령도 먼저 국내정치와 민생문제에 집중하고, 국민과 소통하고 국회를 존중하며, 피와 땀으로 쟁취한 우리 민주주의를 후퇴시키지 않도록 앞장서야 한다. 외국에서 환대받으며 골치 아픈 국내정치에 대한 책임을 회피하는 국가원수가 되어서는 안 된다. 이승만 대통령처럼 "외교에는 귀신, 내정에는 등신"이란 말이 되풀이되어는 안 된다. 박근혜 대통령이 롤모델 여왕처럼 성공한 국가원수가 되기를 바란다.

우리나라의 2014년은 정치적으로 6월 4일 전국지방선거를 갖고 7월 30일에는 국회의원 재보궐선거를 갖는 해이다. 박근혜 정부의 집권 1년 차라 대선 승리의 여운이 아직 남아 있다 하지만 우리 민주당에 대한 국민의 지지는 돌아오지 않았다. 김한길 대표를 비롯하여 국회의원들이 각각 자기 분야에서 열심히 뛰었지만 그야말로 백약이 무효였다. 아마도 총선과 대선 두 차례나 좋은 기회를 놓친데 대한 지지자들의 실망과, 선거 패배 후 확실하게 반성하는 모습이 부족했다고 생각했기 때문인 것으로 보였다. 만약 이대로라면 다가오는 선거에서도 승리를 기대할 수 없었다. 돌이켜 보면 지난 대선에서는 패배할 수밖에 없는 여러 이유가 있었다.

무엇보다도 총선 이래 민주당은 국민의 신뢰를 얻지 못했다. 민주당은 말 바꾸기 정당이요 박근혜는 원칙과 약속을 지키는 사람이라는 선전이 그대로 유지되었다. 특히 '노무현 대통령이 NLL을 포기했다' 라는 의도적 선전 등 종북프레임은 민주당에 대한 불안과 함께 보수층의 결집을 강화시켰다. 대선 토론에서의 이정희 후보의 언행도 한 몫을 하였다. 정책에 있어서도 우리가 내세웠던 경제민주화, 복지, 평화 등을 박근혜 후보가 다 가져가 양측의 차이를 희석시키고 그들은 성장이나 안보 문제 등을 강조하였다.

다음으로 선거 구조와 외적 환경에 대응하지 못했다. 우선 지역주의와 세대차이의 벽을 극복하지 못했다. 특히 5060 세대가 2030 세대보다 수적으로 우세하고 그들이 변화보다는 안정을 원했으며, 우리가 과거처럼 2030 세대에 치중한 것도 큰 잘못이었다. 또한 편파적 언론환경이 한 몫을 하였다. 민주당의 종편 무시 입장은 결국 일방적인 보수 선전의 장을 방관한 결과를 보였을 뿐이다. 그러나 무엇보다도 국가기관의 대선 개입은 선거에 의미 있는 영향을 미쳤다. 국정원의 댓글 활동 그리고 이에 대한 경찰의 왜곡 수사발표는 대선 후 일부 여론 조사기관에 의하면 선거 결과를 바꾼 효과를 발휘했다고 한다. 민주 사회에서 있을 수 없는 일이다.

선거조직의 문제도 아주 큰 실패 원인 가운데 하나이다. 정권교체를 기치로 뽑은 당 대표와 원내대표를 친노프레임과 어설픈 새정치 흉내로 사퇴시키고, 문재인 후보를 당 대표 권한대행으로 하여 사령탑에 앉혔으니 이는 배우가 연출과 제작을 다 겸한 것이나 다름없어 후보에게 과부하는 물론 각종 상황에 대처하는 기동성을 거의 상실하였다. 공동위원장 체제도 업무의 사각지대를 표출하였다. 안철수와의 야권단일화 과정은 아름답지 못하였다. 우리 쪽이 완전한 새정치도 못하며 어정쩡 하는 동안 새누리당 쪽은 과거의 구태 선거 방식과 양태를 동원하였다.

3월 2일 오전 김한길 대표와 안철수 의원의 제 3지대 신당 창당 발표는 모두를 깜짝 놀라게 했다. 가장 바람직한 결과지만, 그간 안 의원 측이 신당 창당을 준비 중에 있었으며 야권연대도 없다고 강조해왔기 때문이었다. 양측은 '기초단체 무공천' 이라는 원칙을 지킨다는 공감대를 고리로 대박을 터뜨렸다. 이로써 지방선거 3자구도가 양자구도로 전환되면서 보다 강한 입장에서 여권을 상대하게 되었다. 물론 새누리 측이 무공천 약속을 끝내 지키지 않는다면 무공천 신당은 호남을 제외한 여러 곳에서 고전과 혼동을 겪지 않을 수 없을 것이다. 그날 밤 김 대표의 초청으로 열린 상임고문단 만찬 간담회에서 김 대표가 경과보고를 하자 모두들 잠시 숙연한 분위기를 자아냈다. 그러나 상임고문 들은 신당창당 결정을 환영하고 창당 과정에서 있을 수 있는 갈등과 문제점을 지혜롭게 해결할 것을 주문하였으며, 그 과정을 적극 지원하겠다고 화답하였다.

나는 3월 16일에 열린 창당 발기인대회에 참석하였다. 당명을 '새정치민주연합' 으로 정하고, 안철수와 김한길을 창당준비위원장으로 선출하였으며 창당 발기취지문을 채택하였다. 대회는 화기애애한 분위기로 순조롭게 진행되었다. 대회 후 나는 민주당 지인들에게 발기취지문의 시작 글을 휴대전화 문자로 보냈다. '우리는 새로운 정치를 열망하는 국민의 기대에 부응하여, 소득과 이념을 비롯한 사회전반에 만연된 격차의 악순환을 해소하고, 성찰적 진보와 합리적 보수를 아우르고 모든 국민을 통합해서 강하고 매력적인 대한민국을 만들기 위해 새정치민주연합을 창당합니다.'

이틀 후 3월 18일 저녁에 안철수 위원장은 우리 상임고문단을 만찬에 초청하였다. 일종의 상견례로 안 위원장은 앞으로 잘 부탁드린다고 인사하였다. 여러 고문들이 안 위원장과 친분이 있어 보였지만 나와는 처음 대면이었다. 권노갑 고문이 나를 짤막하게 안 위원장에게 소개하였다. 부탁과 다짐, 여러 주요 의제들에 대하여 자유스럽게 이야기가 있었지만 핫 이슈는 신당 강령의 내용이었다. 오늘 안철수 측과 민주당이 강령 초안을 내놓았는데, 안 측 초안에 6.15와 10.4 성명의 언급이 빠졌고 이것이 언론의 초점이 된 것이다. 기실 만찬장에 들어올 때 기다리던 취재기자들이 내게 '6.15와 10.4가 초안에 빠진 것을 어떻게 생각하느냐?' 고 물었었다. 그때 나는 가볍게 '그게 빠져야 할 특별한 이유가 있나요?' 라고 대꾸한 바 있었다. 임채정 등 상임고문 들은 6.15와 10.4는 야당의 정체성이고 역사라는 점을 들고 그 필요성을 논리적으로 주장하였다. 이에 안 위원장은 지금 막 초안에서 서로 상이점을 찾는 단계이며, 자신은 6.15와 10.4 정신을 계승하여야 한다고 답변하였다. 만찬 후 안 위원장은 이러한 입장을 직접 기자들에게 설명하였다.

안 위원장은 조용한 자세로 주로 의견들을 들었다. 그도 그럴 것이 나를 빼고는 모두 국회의원 몇 선 씩을 하고 당 대표나 국회의장을 지낸 원로들이 모여 있었다. 만찬 말미에 나는 기회를 얻어 발언하였다.

'몇 년 전 저는 작은 당을 이끌면서 이념과 지역을 넘어 제 3의 길을 가겠다고 나섰습니다. 아울러 모든 계층의 요구를 수용할 수 있는 유럽식 포괄정당_catch-all party을 표방하였습니다. 결과는 실패였습니다. 아이러닉하게도 현실적으로 지역적, 이념적 지지기반 없이 선거에서 이길 수 없었죠. 또한 거대 양당정치의 폐해를 불식시키겠다고 했지만 미약한 원내세력으로는 가능하지 않아 결국 극우 정당인 자유선진당과 원내교섭단체를 구성함으로써 야합이라는 비판을 면치 못했지요. 물론 이는 저 이전 문국현 대표 시절의 일입니다만. 이제 민주당과 새정치추진위가 신당을 만들었으므로 지역적, 이념적 지지기반 위에서 외연을 확대하고 새정치를 추진할 수 있게 되었습니다. 성공할 수 있습니다. 안 위원장께서 이러한 점들을 유념하여 신당을 잘 이끌어 가시기 바랍니다.'

고개를 끄덕이며 조용히 듣고 있던 안 위원장은 '네, 유념하겠습니다.' 라고 화답하였다.

안철수 위원장은 온화하고 조용한 분위기를 풍기는 사람이었다. 그러나 한편으로는 강한 눈매를 갖고 고개를 약간 쳐드는 자세는 그의 내면적 강인함과 자존심을 보여주는 것이라고 나는 생각했다. 소신과 추진력도 겸비했을 것이다. 국민적 인기와 함께 그는 정치인으로 성공할 수 있는 자질을 갖추었다고 느껴졌다. 그러나 정확한 현실의 파악과 판단력, 그리고 실현 가능한 비전이 전제되어야 할 것이다. 이를 위해서는 아직 정치적 현실과 조직 및 권력에 익숙지 않은 그에게 모든 상황을 정확히 알려주고 올바른 판단을 할 수 있도록 보좌를 잘 해주어야 할 것이다.

'하늘 아래 새로운 것은 없다.' 는 서양사회에서 자주 인용되는 성경 구절이다. 새정치란 갑자기 하늘에서 떨어지는 것이 아니다. 정치란 고대 아테네부터 시작하여 영국, 미국에서 꽃을 핀 민주정치에 이르기까지 최선의 법과 제도를 만들어 왔다. 정치는 사회질서를 유지하고 인류의 행복을 가져다주는 것이 변함없는 목적이다. 안철수의 새정치를 내 나름대로 정리하자면, 정치가 해야 할 일을 하는 것, 그리고 이를 위하여 국민과의 약속을 지키는 것이다. 그 약속은 선거공약이나 정강정책은 물론 기존의 법과 제도를 잘 지키는 것, 또는 잘못되고 불편한 법과 제도를 개선하여 운용하는 것을 포함한다.

외교관의 첫 번째 임무는 국가이익의 보호와 증진에 있다. 이를 위하여 확고한 애국심을 갖고 대화와 타협의 능력을 갖추어야 한다. 정치인은 국민의 이익(행복)을 보호하고 증진시켜야 한다. 이를 위하여 국민을 위한 약속을 지키고, 정치적, 사회적 갈등을 치유하는 조화와 화합의 능력을 발휘해야 한다. 대통령과 국민이 소통되지 않고 국회에서는 당리당략에 따라 대립하는 관행이 지속되며, 지방자치에서도 풀뿌리 민주주의가 제대로 실현되지 않는 오늘의 현실에서는 국민의 이익을 위한 대화와 타협의 정치가 어느 때보다 더 요구된다. 정의로운 사회를 위한 정치인의 모범적 노력이 배가되어야 한다.

PART 4
인생에 대하여

교육은 배운 것을 다 잊은 뒤에도
남는 것을 말한다_B. F. 스키너

아들 이야기

지금 인터넷 '구글'에 들어가 '보이란'을 클릭하면 "중학교 3학년 천재 소설작가의 처녀작, 국내에 판타지 소설바람이 일기 훨씬 전에 출간된 원조 판타지 소설, 아름다운 꿈과 용기, 손에 땀을 쥐게 하는 공포와 모험의 파노라마, 한글판 · 영문판이 따로 있다."라고 책 소개를 하고 있다.

"천재 소년작가의 어드벤쳐 판타지 보이란_BOYRAN.

중학생이 소설을 썼다구? 그것도 영어로? 뭐 별거 있겠어?

첫 페이지를 읽는 순간 당신의 생각은 바뀐다. 치밀한 심리묘사와 상황설정, 기성작가를 능가하는 뛰어난 스토리텔링에 당신은 경악한다. 지은이 송원세 군은 현재 가원중학교 3학년에 재학 중이며 한글판은 어머니 전혜성 씨가 직접 번역했다."

1993년 1월 13일 일간지에 게재된 출판 광고문이다. 다음날 1월 14일 토요일 KBS와 MBC TV는 정오부터 자막으로 저녁 뉴스 제목을 예고하고 9시 뉴스시간에 중학교 3학년 학생의 영문소설 출간과 인터뷰 등을 경쟁적으로 방영하였다. 1월 16일 중앙일보 사회면은 "중3생이 영문소설 출간"이라는 제하에 사진과 함께 다음과 같이 게재하였다.

> 열다섯 살짜리 중학생이 영문으로 장편소설을 쓰고 이를 어머니가 우리말로 번역해내 화제다. 화제의 주인공은 지난 주 영어판과 한국어판으로 동시에 출간된 'BOYRAN'의 저자 송원세와 어머니 전혜성 씨. 송 군이 영어로 소설을 쓰게 된 것은 외교관인 아버지를 따라 10여 년을 외국에서 생활하면서 우리말보다 영어에 더 익숙해졌기 때문이다. 어머니 전 씨는 이화여대 영문과를 졸업하고 미국 대사관에서 통역을 한 경력의 소유자다. "아들의 생각을 너무 잘 이해하고 있기 때문에 직접 번역을 하게 됐다"는 설명이다. 송 군이 2개월 만에 써낸 원고지 8백장 분량의 'BOYRAN'은 중학생이 썼다고 믿기지 않을 만큼 언어 사용 능력이나 상상력에서 천재적인 면모를 보여주고 있다. 'BOYRAN'은 지구에 나타난 외계종족과 지구인의 싸움을 가상한 환상 소설. 지구를 내습한 외계종족의 잔인한 살육 끝에 살아남은 소년 보이란을 포함한 다섯 명이 이들을 물리치는 과정이 이야기의 축을 이룬다. 이 소설의 매력은 '네버엔딩 스토리'처럼 끊임없이 작은 이야기들이 이어져 연쇄적으로 흥미를 유발시키면서도 시적 이미지들이 연관된 흐름을 유지시켜 주는데 있다…_중략
>
> 평소 생활을 묻는 질문에 "부모님이 강요하지 않기 때문에 공부는 하고

싶을 때 하고, 남는 시간에 소설을 쓰고 좋아하는 걸 한다."고 대답한다. 168cm, 68kg의 건장한 체격에 야구, 수영, 농구 등에 능한 스포츠맨이기도 한 송 군은 "앞으로도 소설을 쓰겠지만 직업적 작가가 되겠다는 생각은 아직 없다."며 "현재는 변호사가 되고 싶다."고 한다…_생략

소설이 화제가 되자 어머니 전혜성에 대한 인터뷰가 쇄도하였다. 어느 여성월간지는 4면을 할애해 "시험공부보다 인생을 가르치고 싶었습니다."는 제목으로 어머니의 교육법을 게재하였다. 그 가운데는 다음과 같은 구절도 있다.

"전혜성 씨가 교육문제에 갖고 있는 원칙이 있다면 '뭐든 강제로 시키지 않는다.' 는 것이다. 머리는 타고 나는 것이기 때문에 부모로서 해줘야 할 것은 아이에게 동기부여를 하는 일과 환경을 만들어 주는 역할이 전부라는 것이다. '아이를 키운다는 건 흰 종이에 그림을 그리는 것과 마찬가지예요. 그러나 그 그림은 부모가 그리는 게 아니라 아이 스스로 그리는 거죠. 이리 가라 저리 가라 이끌어주기 보다는 뒤에서 관심을 가지고 지켜봐주는 것이 낫다고 믿고 있어요. 중학교 입학 전까지는 아이가 하고 싶어 하는 일을 막지 않았습니다.' 간혹 아들이 원하는 일이 올바른 방향이 아니어도 그녀는 내버려둔다고 한다. 길이 끊어지고 웅덩이에 빠진 뒤에야 그 길이 잘못되었다는 것을 깨달을지라도 이런 교육법은 시간이 좀 걸리긴 하지만 효과가 있다고 전혜성 씨는 믿고 있다. 어차피 인생은 길고, 당장 남들과 조급하게 경쟁해서 이긴다 한들 그것이 인생의 전부는 아니기 때문입니다."

사람들은 화제의 인물이나 대학교 수석 합격 또는 고시 합격자들에 대한 부모 특히 어머니의 교육법에 대하여 관심을 갖는다. 어느 월간여성잡지는 그 해 서울대를 비롯한 명문대학 수석합격자들 어머니들의 교육체험담을 게재하였다.

“어릴 때는 아주 엄격하게 커서는 친구 같은 엄마로 지냈어요.”

“부작용 낳는 강요는 일체 피했고. 솔선수범으로 자율을 이끌었어요.”

“어려서 들인 독서 습관과 자주 갖는 모녀대화가 밑거름됐어요.”

“질서와 도덕을 알게 해주는 것이 가장 큰 선물이고 교육입니다.”

“편지쓰기 통한 흉금 없는 대화가 발판이 되었고, 정도 두터워졌죠.”

“가난 속의 모정으로 할 수 있었던 건 자식의 판단을 믿고 존중해준 것뿐이죠.”

모두가 올바르고 훌륭한 가르침이라고 생각된다. 나는 이러한 교육방침이 실제로 잘 반영되었을까 생각해 본다. 나는 또 이 수석합격자들이 지금은 무엇을 하고 어떤 인생을 살고 있을까 궁금하다. 결론적으로 내 아들 이야기를 하겠다. 내 아들은 희망했던 대로 미국 변호사가 되어 지금은 국내에 들어와 대형 법무법인에서 큰일들을 해내고 있다. 어머니와는 미국 로스쿨 때부터 갈등이 심해져 지금은 불편한 관계를 갖고 있다. 아버지로서 현 시점에서 평가한다면 절반은 성공을 거두었다 하겠다.

자신의 책을 출간하고 화제가 되었던 아들은 그해 여름 미국 보스톤 근처 앤도버에 있는 명문사립고교 ‘필립스 아카데미’ 에 입학하였다. 영어에 탁월하고 미국학교 사정을 잘 아는 아내가 아들의 책과 TV뉴스 테이프를 잘 활용하여 간단한 인터뷰로 아들을 미국 부시 대통령과 각계 지도층을 배출한 최고명문학교에 입학시킨 것이었다. 8월 말 입학식을 마친 후 우리 가족 셋은 뿔뿔이 흩어졌다. 아들은 기숙사에 들어갔고 나는 주독일 공사로 부임하던 길이라 본으로 출발하였으며 아내는 서울로 돌아갔다. 왜냐하면 지난해 1994년에 나와 아내는 혼인관계 20년을 종식시키는 협의이혼을 했기 때문이었다. 결혼 초부터 성격차이로 고생을 하고 시간이 가면서 끊임없이 갈등과 불화를 겪었으며 아들은 어린 시절부터 이 모든 과정을 어쩔 수 없이 지켜보았던 것이다. 사실 보스톤은 3년 전 우리 가족이 같이 살았던 마지막 장소나 다름없었다. 당시 하버드 국제문제연구소에 연수차 파견 나왔으며 아들은 중학교에 입학하였다. 아들은 초등학교 2학년과 6학년 두 해만을 한국에서 교육받고 유아교육부터 모두 외국학교에서 영어로 교육받았기 때문에 학교생활에는 지장이 없었다. 다만 한글 쓰기에는 어려움이 따랐다. 나는 공직생활 중 오랜만에 여유로운 시간을 갖게 되어 아들과 많은 시간을 같이 할 수 있었다. 아들이 좋아하는 강아지 '똘똘이'와 함께 셋이서 정원에서 뛰고 동네를 산책하였다. 근처 유적지를 방문하고 스키장에도 가고 아내와 셋이서 쇼핑도 다녔다. 학교교육은 아내가 돌보았지만 나는 아들에게 집중적으로 몇 가지를 지도하였다. 집에서는 우리 가족 모두가 우리말을 사용했기 때문에 아들은 말하는 데는 아무런 어려움이 없었으나 글을 쓰는 데는 그렇지 못했다. 나는 그에게 노트를 한 권 주고 매일 우리말로 일기를 쓰라고 하였다. 그런데 아들이 한참을 끙끙거리다 내놓은 일기는 단 두 줄이었으며 게다가 맞춤법이나 띄어쓰기가 제대로 되어 있지 않았다. 그가 일기를 쓰고 책상에 놓고 학교에 가면 나는 빨간 글씨로 맞춤법과 띄어쓰기를 교정하고 문장 구성에 대하여도 코멘트를 하였다. 처음 두 줄이 점점 늘어가더니 한 페이지가 되고 한 장이 되었을 때는 3개월 정도의 시간이 소요되었다. 이제 맞춤법이나 띄어쓰기도 제대로 되어가고 특히 문장 구성은 그가 영어로 에세이를 쓰듯 잘 짜지고 또 재미있게 전개를 하였다.

아들의 우리말 어휘 능력 향상에 도움을 준 것이 또 있었다. 그는 해태 타이거즈 팬으로서 선동열 투수를 좋아했는데, 매주 서울에서 보내온 경기 녹화 비디오테이프를 틈나는 대로 보고 또 보았다. 처음에는 못 알아듣던 야구 캐스터의 빠른 중계와 해설위원의 어려운 용어를 스스로 따라잡고 깨우쳤다. 투수, 포수, 유격수 등 우리말 명칭은 물론 '간발의 차로 세이브됐다.' 라든지 '오랜만에 선발로 나와 호투를 하고 있다.' 등의 말에 익숙해진 것이다. 한국에서 가져온 중학교 교과서를 틈틈이 읽어보는 것도 그에게 도움이 되었다. 나는 그의 영어 어휘와 논리적 문장 구성을 위하여 매주 주말판 '뉴욕타임즈' 의 사설과 특집기사를 오려 A4용지 반 페이지 또는 한 페이지로 요약하도록 하였다. 기사 요약은 어휘를 늘리고 서론 본론 결론 또는 기승전결을 잘 파악하여 나름대로의 논리적으로 문장을 재구성하는 작업이 되었다. 이웃집에 사는 친구아이가 놀러왔다가 아들이 끙끙거리며 기사를 요약하는 것을 보고 말했다.

"야, 너희 아빠는 왜 그런 불필요한 일을 시키냐?"

그러자 아들은 씩 웃으며 대답했다.

"그래, 나는 짐이 많단다_I'm overloaded"

아내는 아들에게 한자 교육을 따로 시키고 있었기 때문에 미국 아이들에 비해 해야 할 공부가 많았다. 그러나 아들은 학교수업과 아버지와 어머니가 지도하는 공부를 힘들지 않게 잘 해냈으며, '똘똘이' 와 시간을 많이 보내면서도 나와 스포츠를 즐겼다.

나는 아들이 받은 미국의 초등학교와 중학교 교육과정을 통하여 몇 가지 원칙을 찾을 수 있었다. 학교와 가정은 유아시절은 물론 초등학생들에게 두 가지 생각을 강하게 심어주었다. 첫째는 '너는 특별한 아이다_You are something special' 라고 아이를 추켜 주고 자신감을 부여해주는 것이다. 그렇게 함으로써 아이들이 열등감 없이 무슨 일이든지 적극적으로 참여토록 하였다. 또한 이는 수업과정에서도 선생님들의 질문에 대한 아이들의 대답이 다양함에도 각각의 답변에 대하여 인정함으로써 아이들의 상상력과 창의력이 끝없이 펼쳐지는 효과를 거두었다. 스티븐 스필버그의 상상력. 빌게이츠의 창의력과 도전이 바로 이런 교육에서 비롯된 것이 아닌가 생각되었다.

둘째는 '다른 사람에게 피해를 주지 말라_Do no harms to others' 고 동시에 가르치는 것이다. 이 원칙은 유아원 시절부터 엄격하게 선생님과 학부모에 의하여 생활화되었다. 이러한 원칙이 몸에 배 질서와 공중도덕을 지키고 법을 존중하는 사람이 되어간다. 학부모는 자기 자식들에게 "네가 최고다 제일 잘났다." 라고 사기를 북돋아 주는 동시에, 다른 아이들의 잘난 것도 인정하면서 다른 아이나 사람들에게 폐를 끼쳐서는 안 된다는 생각을 똑같이 심어주고 있었다. 일본에서도 비슷한데 특히 두 번째 원칙을 강조하는 것으로 들었다. 우리나라 부모들은 언제부터인지 자신들이 과거 억압적으로 받았던 교육에서 벗어나 귀한 자식들을 자유롭게 그리고 세상에서 가장 잘난 아이로 여기고 산다. 그래서 앞서의 두 번째 원칙을 소홀히 하거나 무시하는 경향이 있다는 것이다. 자기 자식이 밖에서 잘못하고 들어왔는데도 타이르고 가르칠 생각보다는 먼저 상대방 아이나 그 부모에게 대들고 학교 선생님한테 항의하다 못해 폭력과 폭언을 행사는 일이 신문지상에 부지기수로 나타나고 있다. 이렇게 길들여진 아이들은 결국 이기적이고 사회질서와 공중도덕을 무시한, 비정상적 어른으로 성장하는 것이다.

아동 교육학자들에 의하면 아이가 태아에서 시작하여 생후 1년 사이에 부모와의 정서적 유대관계, 즉 신뢰감이 형성되며 8세까지의 유아기에 거의 모든 인간발달 특히 인지발달의 80%가 형성된다고 한다. 따라서 이 시기의 교육의 중요성은 아무리 강조해도 부족함이 없을 것이다. 틴에이져 시기에는 능력계발과 인성이 완성되며, 성인이 되어서는 그 기초 위에 인격을 쌓고 능력을 발전시키는 일이 추가된다고 보아야 한다. 따라서 부모와 생활을 같이 하는 틴에이져 시기까지의 가정교육의 중요성이 강조된다. 내 생각으로는 교육의 우선순위는 가정교육, 학교교육, 정부의 교육 정책 순으로 정해져야 한다고 본다.

미국사회는 오래전부터 학교체벌이 금지되고 자기 자식들에 대한 체벌도 아동학대로 처벌되는 곳이다. 그러나 30여 년 전 뉴욕생활에서 내가 본 교육은 무조건 아이들을 놓아두고 회초리를 들지 않는 것은 아니었다. 아이들이나 초등학생들이 혼자서 어른처럼 사리분별을 하지 못하기 때문에 말을 듣지 않거나 잘못된 일을 저지를 경우에 부모가 대처하는 방법에는 세 가지 정도가 있었다. 첫째는 좋은 말로 잘 타이르는 것, 둘째는 매를 때리는 것, 셋째는 일시적으로 권익을 박탈하는 방법이다. 체벌을 하는 것도 집안에서 하는 것은 쉽지만 집 밖에서는 쉽지 않은 일이다. 아이들은 물론 유아들까지도 부모가 집밖에서 다른 사람들이 있는 곳에서는 매를 때리거나 화를 내지 못한다는 것을 알고 있다는 것이다.

그런데 미국 사람들 가운데 상당수가 이런 아이들의 잘못된 의식을 깨뜨리기 위하여 다른 사람들의 눈총을 외면하고 과감하게 체벌을 하고 있었다. 길을 가다가 어린 아이의 뺨을 치는 사람, 남의 집을 방문하였을 때 함부로 물건을 만지는 아이의 손잔등을 후려치는 사람, 많은 사람들이 모여 있는 식당이나 백화점에서 아이에게 큰 소리와 함께 뺨이나 엉덩이를 때리는 사람들을 가끔 볼 수 있었다. 아이들은 이런 경험을 한 두 차례 겪고 나면 달라진다는 것이다. 일시적 권익 박탈은 아이에게 약속한 사항을 취소하거나 보류하는 것이다. 한 두 차례 경고를 했음에도 잘못을 저질렀을 때, 예를 들어 생일 때 사주기로 한 좋은 장난감, 또는 주말에 가기로 한 놀이동산 소풍을 취소해 버리거나 외출을 금지시켜 버린다. 일종의 '그라운드' 조치를 취한 것이다. 이때 부모는 며칠이 지나 사랑하는 자식이 불쌍해져서 그 취소를 다시 취소하는 일이 결코 있어서는 안 된다는 것이다. 그들은 자녀교육을 위하여 부모의 따뜻한 사랑이 있어야 하지만 확고한 의지와 냉철함도 동반되어야 한다는 것을 잘 알고 또 이를 실천하고 있었다. 가정교육이 중요한 것은 아이들이 가장 가까이에 있는 가족으로부터 말과 행동, 생각 등을 따라하며 배우기 때문이다. 이것을 일반적으로 관찰학습_observational learning이라고 말한다. 여기에 성장단계별로 특정 성격의 형성과 발달이 이루어지는데 자신의 선택과 부모, 학교, 사회의 영향을 받는다. 이 가정교육은 유아기부터 시작되어 틴에이저 때까지 계속 되어야 하며, 갑자기 틴에이저나 성인이 된 후 가르치려 해서는 성과가 없다.

내가 잘 아는 전직 장관의 아들은 뒤늦게 40대 중반에 결혼하면서 결혼식장에서 부모에게 드리는 편지를 낭독했다. 아들은 자신이 어렸을 적부터 늘 아버지가 서재에서 책 읽는 모습을 보고 자라면서 자신도 책을 가까이 하고, 결국 교수가 되었으며 아버지를 존경한다고 밝혔다. 어느 기업인은 자녀들이 어렸을 때 약속을 지키지 않고 잘못을 저지르면 체벌을 하였다 한다. 예컨대 아들이든지 딸이든지 늦어도 밤 10시까지 귀가하는 원칙을 세우고 그 원칙을 지키지 않으면 그때마다 회초리로 손바닥을 때리며 엄격하게 교육을 시켰는데, 아이들이 장성하여 대학생이 되자 더 이상 회초리를 사용할 수 없었다. 그래서 회초리 대신 사용한 것이 연필이었다. 다 큰 자식들이 원칙을 어겼을 때 아버지는 그들의 손바닥을 연필로 때리는 시늉을 한 것이다. 자녀들에게 잘못을 깨닫고 반성시키는 의식을 치룬 것이다. 내 주위의 어떤 여교수는 초등학교 1학년인 아들이 어버이날에 빈손으로 집에 들어오자 선물을 요구하였다. 아이가 돈이 천 원밖에 없어서 선물을 사지 못하였다고 대답하자, 그 천 원어치로 할 수 있는 것을 해보라고 집밖으로 내보냈다. 잠시 후 아이는 카네이션 한 송이를 사가지고 왔단다. 그 후부터 아이는 매번 어버이날에는 부모에게 아주 작은 선물이라도 가져왔고, 장성하여 결혼한 후에도 어버이날과 부모생일을 잊지 않았으며 효자 노릇을 잘 하고 있다고 자랑한다. 그런가 하면 내가 아는 어떤 아주머니는 어렸을 때 부모님이 피아노를 사주며 피아노 연주 공부를 시켰는데, 자신이 소질이 있었음에도 이를 거부하였다며 지금 와서 후회하며 그때 왜 부모가 강제로라도 피아노 공부를 시키지 않았는지 원망된다고 푸념한다. 또 어떤 사람은 고등학교 때 공부하지 않고 딴 짓을 많이 하여 부모 속을 썩였는데 그때 왜 우리 부모님이 매를 때려서 강제로라도 공부시켜서 좋은 대학에 보내지 않았느냐고 지금도 가끔 어머니에게 하소연한다는 것이다.

오바마 미국 대통령은 한국 교육을 롤모델로 자주 언급하였다. 사람들은 입시경쟁과 인성교육의 소홀로 인한 문제를 안고 있는 우리 교육의 상황을 생각할 때 의아해했을 것이다. 오바마가 칭찬하는 것은 한국의 높은 교육열이다. 이로 인한 높은 고등교육 진학율과 국제학업성취도를 평가하는 것이다. 흑인 오바마는 흑인 가정의 교육환경을 누구보다도 잘 알고 있다. 한국의 중고등학교 중도 탈락률은 1% 미만인데 미국의 경우는 30%이다. 특히 흑인들은 40% 이상이 '드롭아웃_중도학업포기' 을 겪고 있는 실정이다. 자식의 교육을 위해서 논밭을 팔고 소를 팔아 자식의 대학 등록금을 지원하는 한국 부모의 열정이나 의무감은 찾아보기 쉽지 않다. 미국의 흑인들은 공부하기가 싫어 고등학교를 중퇴하는 학생들이 너무 많아서 한국 교육을 '어메이징' 하게 바라본다.

그러나 우리의 교육내부 사정은 어떤가? 학교 폭력과 교권 추락 그리고 입시경쟁으로 인하여 아이들의 인성과 건강이 심각하게 피폐해지고 있다. 우리 사회는 학생들 간의 폭력에 더해 학부모들의 교사폭력까지도 심각하게 대두되고 있다. 최근 APEC 교육장관회의에 참석한 미국 교육차관이 "미국에는 학부모가 교사들을 위협하거나 때리는 경우는 거의 없다."라고 말했는데, 우리는 '군사부일체', '선생님 그림자도 밟지 않는다' 는 등 스승을 존경하는 유교문화의 전통을 지닌 우리가 혼합의 문화국가 미국보다 못하단 말인가. 우리는 학생인권 조례뿐만 아니라 교사인권 조례도 만들어야 하며, 학교폭력을 일으킨 학부모와 학생에 대한 법적 강제조치를 취해야 한다. 한편 NGO 등 시민단체들이 정부와 공조를 취하여 학교폭력제거와 인성교육에 적극 참여해야 할 것이다. 이에 관한 입법 조치와 정부의 예산 지원이 필요하다.

'필립스 아카데미' 는 1778년에 세워진 미국 최고의 명문 보딩스쿨로 알려져 있다. 아이비리그대학 진학률이 가장 높다고 하였다. 입학 때 둘러본 학교는 여느 대학을 능가하는 규모였다. 120만 평의 캠퍼스에 160여 개의 건물이 펼쳐 있으며 고고학 박물관, 미술관 등이 볼만하였다. 학교는 "내 이웃이 없으면 나 자신도 없다_Non Sibi"를 모토로 내걸었다. 엄격한 행동 수칙과 학사관리 그리고 엄청난 학습량과 수준으로 학생들을 거의 초주검되도록 공부시킨다고 알려졌다. 입학하는 것도 어렵지만 졸업하는 것도 어려웠다. 학업성적이 부족하다든지 학생 수칙을 어겨 퇴교당하는 사례가 많았다. 아들은 학업을 잘 따라갔다. 그런데 수칙을 두 차례 어겨 하마터면 졸업을 못할 뻔 했다. 첫 번째는 학교 내 합창 그룹의 일원으로서 영국 여행을 갔는데, 늦은 밤 아들 방에서 애들이 모여 놀다가 맥주를 마셨는데 이것이 발각되어 징계를 받았다. 두 번째는 졸업이 가까운 어느 주말, 뉴욕에서 한국 친구들과 노래방에 갔었는데 학교에서는 술집에 간 것으로 알고 징계를 받을 찰나였으나 겨우 해명을 하여 경징계를 받고 살아난 것이다. 중징계 두 차례면 바로 퇴교를 당하는 엄격한 학교였다.

사실 아들은 필립스에서의 생활은 어려웠을 것이다. 학습량은 어마어마하고 미국 아이들과 똑같이 경쟁하여야 하는 상황에서 처음으로 부모와 떨어져 기숙사 생활을 해야 했다. 더군다나 감수성이 풍부하고 착한 심성을 가진 아들에게 충격을 안겨준 것은 부모가 이혼했다는 사실이었다. 아주 나중에 알게 된 사실이지만 책 보느라 잠을 오래 자지도 못하는데, 계속 깊은 잠을 못 이루고 자주 눈을 뜨곤 하였다는 것이다. 의학적으로 충분하고 깊은 잠을 자야 성장호르몬이 활발히 분비되어 키가 자란다는데 아들은 그것을 놓친 것이다. 중학교 때까지만 해도 큰 키에 속했던 아니가 다 자랐을 때에는 만족할만한 신장이 아니었다. 나는 이것이 아들에게 가장 미안하다. 확실치는 않지만 부모의 이혼이 아들의 잠을 그르치고 성장에 지장을 주었다면 얼마나 마음 아픈 일인가!

아들은 졸업 후 버지니아주 샬로츠빌에 있는 주립대학 '버지니아대학_UVA' 으로 진학하여 경영학과 국제정치를 전공하였다. 가까운 아이비리그대학에 못 가고 보스톤에서 몇 시간 떨어져 있는 곳으로 갔지만 나는 개의치 않았다. 어렸을 때부터 나는 아들에게는 "너 일등 절대 하지 말아라. 이등은 괜찮다."라고 말하곤 했다. 일등을 하기 위한 노력과 시간 그리고 이를 지키기 위한 스트레스에서 벗어나 책도 읽고 운동도 하라는 뜻이었다. 다만 자신이 속한 학교와 그룹에서 상위층을 벗어나지만 않으면 나는 만족이었다. 물론 버지니아대학교도 명문대학에 속했다. 미국 대통령 토마스 제퍼슨이 설립하였으며 UC버클리나 UCLA와 함께 소위 퍼블릭아이비리그 중 하나이다. 윌슨 대통령과 케네디 대통령의 두 동생 케네디, 애드거 앨런포와 여러 노벨상 수상자들을 배출하였으며, 지금도 부유층 학생들과 정치가, 외교관 자녀들이 많이 재학 중인 학교이다.

아들은 대학 4년을 잘 마치고 귀국하여 곧바로 육군사병으로 입대하였다. 대한민국 젊은이로서 국방의 의무를 수행하는 것이지만 고위 공직자인 나로서는 아들이 대견하고 고마웠다. 아들은 휴전선 인접 부대에서 잠깐 복무하던 중 이라크 파병부대에 자원하였다. 부대 임무의 성격상 그 답답함이 싫었던 모양이다. 의료부대인 제마부대의 통역병으로 선발되어 나갔지만 정부가 6개월 전에 파병을 시작했던지라 모두들 안심되지 않는 시기였다. 마침 나는 주 이탈리아 대사로서 로마에 있었던지라 이라크 아르빌에서 복무중인 아들과 통화를 어렵지 않게 할 수 있었다. 날씨는 견딜만하고 부대 내에서 주로 현지인들을 치료하는데 통역하고 있어 치안도 괜찮으며 무엇보다도 한국에서의 답답함을 벗어나서 좋다고까지 말하였다. 아들이 대견스러웠다.

아들은 군 복무를 마치자 미국으로 돌아가 로스쿨에 입학하였다. 미국의 유명한 대법원장 '칼도조' 의 이름을 따서 만든 유대인계 '칼도조' 로스쿨로서 뉴욕 맨하탄 남쪽 가운데 위치하고 있다. 그때 마침 나는 은퇴한 직후라 휴식도 취하고 골절 수술한 다리 진료도 할 겸 친구 부부 두 쌍과 함께 미국 서부에서 동부로 가는 자동차횡단여행을 갔다. 당초 계획한 대로 여행 중간쯤 나는 뉴욕으로 날아가 아들의 입학식에 참석하였다. 사실 미국에서 로스쿨 입학식은 오리엔테이션이나 다름없어서 학부형들이 전혀 참석하지 않는다. 그러나 학교 측에서 나의 참석을 기꺼이 받아주어 뒷좌석에 앉아 참관하였지만 학부형은 덜렁 나 혼자 뿐인 입학식이었다. 총장이 축사를 하였는데 또 다른 실무 오리엔테이션이었다. 그 중 한 가지 귀담아 들은 말은 있다.

"여러분은 이제 법률가가 되기 위한 전문적 공부를 시작합니다. 여러분은 오늘부터 평생 법률가로서의 윤리의식을 분명히 가져주기 바랍니다."

입학식 후 열린 칵테일 리셉션에서 나는 총장과 악수를 나누고 난 후, 내 아들을 부탁하고 몇 마디 대화를 나누었다. 아들은 학교 근처에서 원룸을 렌트해서 살았다. 아침에 학교 나가면 자정까지 도서관에서 공부를 한 후 귀가하였다. 나는 아들과 같이 지낸 2주일이 너무나 행복하고 뜻 깊었다. 아들이 26살이니까 12년 만에 처음 있는 일이었다. 그 동안에는 아들이 방학을 해서 귀국하면 몇 차례 정도 식사 한 끼 하는 시간만 주어졌었다. 둘이서 지낸 2주가 끝나갈 쯤 아들은 처음으로 내게 속내를 털어놓았다.

"나는 가족이 없어!"

짧은 그 한마디가 모든 것을 대변하였다. 나는 한동안 아무말도 할 수 없었다. 가슴이 어리고 목이 메었다. 나에 대한 불만은 물론 어머니와의 갈등과 불화도 점점 심화되고 있었다. 그동안 아들은 많이 변했다. 더 이상 옛날 착하고 귀여운 아이가 아니었다. 나는 귀국하기 전날 아들과 마주 앉았다. 그리고 아들에게 가족이 없게 된 것에 대한 미안함과 혼자서 마음 고생하며 살게 한 것을 진심으로 사과하며 당부하였다. 가족이 없다는 현실을 극복하고 또 어머니와 잘 지내려는 노력을 하라! 나중에 네가 결혼하면 제대로 가정을 이루며 잘 살아라! '욕하며 배운다' 는 속담이 있는데 배우지 말고 그것을 거울삼아 바른 길로 가도록 하라 등등….

그리고 그간 가끔 아들을 만났을 때 구두로 이야기했던 말들을 적어 소위 '아버지의 10계명' 이라면서 아들 손에 쥐어주었다. 첫째, 새로운 사람들을 만나고 사귀는 것을 두려워하지 말라. 이미 알았던 사람들과의 관계를 계속 잘 유지하라. 둘째, 이웃을 배려하고 어려운 사람을 도와주라. 셋째, 다투지 말라. 더군다나 사소한 일에 네 명예나 목숨을 걸지 말라. 넷째, 타인을 의심하지 말라. 의심할 일이 생기더라도 확인하기 전에는 상대방에게 어떠한 조치나 행동을 취하지 말라. 다섯째, 만사에 감사하라. 타인의 도움이 성과를 내지 못했더라고 그 노력과 성의에 진심으로 감사할 줄 알라. 여섯째, 법과 질서를 존중하고 공중도덕을 잘 지켜라. 특권의식이나 우월의식을 갖지 말라. 일곱째, 주위 사람들에게 인사를 잘 하고 예절 있게 행동하라. 여덟째, 건강에 유념하라. 운동하며 규칙적이고 절제 있는 생활을 하라. 아홉째, 좋은 음식을 섭취하고 규칙적인 식사를 하라. 야채와 과일을 많이 먹어라. 열째, 종교를 가져라.

이러한 내용은 보통 일상생활에서 우리가 가져야 할 덕목이며 흔한 생활 수칙이다. 하지만 내가 아들에게 준 것은 특별한 의미가 있었다. 내가 볼 때 세상의 부모들은 자녀들을 양육시키는 과정에서 자율과 강요 가운데 하나를 선택할 필요가 없다. 적절한 지도와 자율의 조화를 통하여 책임감과 독립심을 갖고 자라게 하는 것이다. 이혼한 가정의 부모들은 특별한 경우를 제외하고는 자녀들이 헤어져 있는 아버지, 어머니와 자유롭게 만나고 소통할 기회를 주어야 하며, 또한 그를 존경하게 함으로써 가족의 개념을 깨뜨리지 않고 결손의 느낌을 갖지 않도록 해야 한다. 이혼 가정의 자녀들은 세상의 수많은 결손 가정의 자녀들이 씩씩하게 성장해가고 있다는 사실을 상기하고 자신만의 상처와 외로움 속에 갇혀 지내지 않도록 노력해야 한다.

아들은 불규칙적인 시간에 주로 간이식품으로 끼니를 때워가며 열심히 공부하여 2년 반 만에 학점을 다 취득하고 졸업하였다. 2008년 햇빛이 반짝반짝 빛나는 5월 어느 날 뉴욕의 매디슨스퀘어가든에서 열린 졸업식에 우리 가족 셋이 다시 모였다. 석사모를 쓴 잘생긴 아들이 정말 대견스러웠다. 그러나 졸업식의 즐거움은 한순간에 지나갔고, 곧 이어진 가족 오찬에서 어머니와 아들 간의 갈등의 모습을 적나라하게 목격하였다. 오래전부터 생긴 모자간의 대립이 터지기 일보직전이었다. 두 사람 간의 골은 아들이 사귀던 여자 친구를 어머니가 인정하지 않았기 때문에 더욱 깊어졌다. 여자 친구는 서울의 명문대학을 졸업한 재원으로서 예쁘고 착해서 아들이 원하는 스타일이었다. 그러나 어머니는 만나보는 것조차 거부했다. 아들은 심한 스트레스를 받아 침샘에서 침이 나오지 않아 입속과 입술이 건조한 병을 앓게 되었다. 아들은 미국뿐만 아니라 한국의 수많은 병원을 전전하였다. 정확한 원인규명을 위하여 각종 실험과 조사를 받았으나 뚜렷한 결과를 얻지 못하고 많은 시간과 돈을 쏟아 부었다. 이런 상황에서 아들은 졸업을 하게 되었고 여자 친구의 졸업식 참석도 거절당한 것이다.

아들은 졸업 후 뉴욕, 뉴저지, 워싱턴 D.C. 등 주요 지역의 변호사 시험에 합격하고 뉴욕 소재 로펌에 취직하였다. 그 후 결국 여자 친구는 아들과 헤어질 수밖에 없었다. 다음 해 5월 아들은 귀국하여 대형 로펌에 미국 변호사로 취직하였다. 귀국 직후 아들은 어머니에게는 알리지도 않고 내게로 와서 몇 달 동안 같이 살았다. 중학교 2학년 때 떨어져 산 이후 16년 만의 일이었다. 나에게는 소중한 나날이었지만 어머니로서는 아들에게 배신당했다고 생각되는 일이었다.

심성이 착한 아들은 이듬해 초 어머니를 찾아갔고 모자간의 교류가 이루어졌다. 그러나 그 교류도 오래 지속되지 않았다. 모자간의 애증과 갈등이 소용돌이쳤기 때문이다. 나는 좀 더 시간이 흐르면 이들의 관계가 다시 복원되리라 믿는다. 아들은 지금 건강을 회복하고 자유롭게 법조인 생활을 하고 있다. 나는 아들이 내가 쥐어준 '10계명' 을 유념하면서 가까운 장래에 자신의 가정을 이루어 마음의 상처를 잊고 행복하게 살기를 바랄 뿐이다. 나는 아들을 진심으로 사랑한다.

사람들은 종교적 확신에서 악행을 저지를 때
가장 철저히, 가장 기꺼이 저지른다 _ 파스칼

종교에 대하여

스리랑카에서 대사로 재임할 당시 나는 혼자 살았기 때문에 막내 이모가 따라와서 관저 살림을 돌봐주었다. 이모는 장성한 자녀들이 미국에 살고 있어서 혼자 한국에 남아 있다가 당시 이민 비자를 신청하고 대기 중인 상태라 나를 도와줄 수 있었다. 이모는 오랫동안 한국에서 혼자 살면서 독실한 기독교 신자로서 신앙생활에 몰두했으며, 콜롬보에 와서도 한국 교회에 열심히 나갔다. 관저에서 살림을 총괄하고 하인들을 감독하면서도 하루 종일 성경을 옆에 놓고 살았다. 내가 혼자 성경공부를 제대로 시작한 곳은 이곳 콜롬보였으며, 그것도 이모 때문이었다. 이모의 감화를 받아서가 아니라 이모가 극단적 기독교로 치우치고 성경도 그렇게 이해하고 있는 것으로 보여 이모의 생각이 옳지 않다고 반론을 펼치기 위해서였다.

매일 밤 나는 서재에서 자정이 넘어서까지 두 가지 일을 했다. 하나는 다음날 행사에서 쓸 연설문을 가다듬고 외우며 연습하는 것이요, 둘은 성경책을 들여다보며 이모의 성경이론에 반박할 성경구절을 찾는 일이었다. 이모와 대화를 나누거나 논쟁을 할 시간은 주로 식사할 때, 일요일에 교회 다녀올 때 자동차 안에서였다. 이모는 첫째, 성경은 도덕책이 아니며 구원은 하나님에 대한 믿음으로 받는 것이지 선행 때문에 얻는 것이 아니라는 것이었다. 우리는 구체적으로 에베소서_Ephesians 2장을 놓고 논쟁하였다. 이모는 "너희가 믿음으로 말미암아 구원을 얻었나니… 행위에서 난 것이 아니니…"를 강조하여 선행과는 관계없이 오로지 진실한 믿음만이 구원을 얻게 한다고 주장하였다. 이에 대하여 나는 "우리는 예수 그리스도 안에서 선한 일을 위하여 지으심을 받은 자니…" 부분을 강조하였다. 또한 바울 사도의 "우리는 선한 행위로 구원받은 것이 아니라 선한 행위를 위해 구원받은 것이다."라는 해석을 들이대며 믿음과 동시에 선행이 반드시 동반하여야 한다고 주장하였다. 또한 야고보서_James 2장의 "믿음이 행위와 함께 가고 믿음은 행위로 인해 온전케 되었느니라."라는 구절도 강조하였다. 또한 성경 곳곳에 공동체 안에서의 생활지침, 즉 부부관계, 남녀관계, 부모와 자식과의 관계를 제시하고 일상생활에서의 지켜야 할 일, 해서는 안 될 일 등을 수없이 열거했음을 지적하고, 성경은 율법을 넘어서 도덕과 윤리문제까지를 관장한 것이라고 이모를 설득하였다.

둘째는 하느님에 대한 사랑에 관하여 논박하였다. 이모는 마태복음_Matthew 22장 가운데 "예수께서 가라사대 네 마음을 다하고 목숨을 다하고 뜻을 다하여 주 너의 하느님을 사랑하라. 이것이 크고 첫째 되는 계명이요"를 강조하였다. 나는 "둘째는 그와 같으니 네 이웃을 네 몸과 같이 사랑하라 하셨으니…"도 동시에 강조하였다. 나는 한국 교회가 급속도로 성장하는 이유 가운데 하나는 첫 번째 계명만을 강조하여 사람들의 죄를 사하고 구원을 약속함으로써 보다 많은 신도를 확보하고 전도할 수 있었으며, 자기희생과 고충이 따르는 두 번째 계명의 실천에는 소홀히 하였다고 평가하였다. 물론 최근의 한국 교회는 사회봉사활동과 인도적 지원, 해외선교활동 등 다양한 이웃 사랑을 실천하지만, 정작 신도 개개인의 일상생활에서 과연 얼마만큼 이웃사랑을 하는지에 관하여 나는 회의적이었다. 그래서 콜롬보의 교회 두 곳에서 나에게 특별히 연설의 기회를 주었을 때 "기독교인은 왜 나쁜가?"라는 역설적 제목으로 일상생활에서 기독교인들이 교회에서 죄 사함을 위한 반성만 할 것이 아니라 하느님의 말씀에 따라 실천하는 신앙생활을 할 것을 요구하였다. 내가 이런 연설을 할 때마다 이모는 아주 못마땅해 했다.

셋째는 기독교와 다른 종교와의 관계였다. 이모는 물론 다른 종교를 모두 부정하였다. 따라서 교황이 이슬람, 그리스정교, 불교 등 다른 종교 지도자들과 만나고 악수하는 것이 아주 잘못된 것이라고 비난하였다. 나는 이에 대하여 성경에도 도처에 하느님을 '신 가운데 신_God of gods'이라고 지칭한 것은 설령 하느님을 유일신이라 믿는다 할지라도 다른 이방인들의 신이 존재한다는 것을 인지하고 있음이며, 바울 사도 이래로 이방인들에 대한 기독교의 전파가 이루어져 오늘날 세계 속의 기독교가 되었고, 우리 한국인들도 열성적인 신자가 되었지 않느냐고 설명하였다. 나는 따라서 다른 종교와 신앙을 인정하면서도 예수그리스도를 유일하게 믿으며 신앙생활 할 수 있지 않느냐고 설득하고자 노력하였다. 그러나 이모는 막무가내였다. 모든 다른 종교는 사탄이고 이 불교의 나라 스리랑카에 기독교의 복음을 전파하고 기독교인으로 개종시켜야 한다고 주장하였다. 그런데 문제는 꽤 많은 사람들이 정도의 차이는 있지만 이모와 비슷한 생각을 갖고 있다는 것이다. 우선 콜롬보 교회의 목사는 다른 여느 목사들처럼 북한주민을 포함한 모든 계층을 위하여 기도를 하고 마지막에 불교국가 스리랑카 전역에 기독교가 전파되고 변화시켜 달라고 기도하였다. 그런가 하면 대표기도를 하는 신도들은 불교를 믿는 스리랑카를 '사탄의 국가' 라고 지칭하고 이들을 바꿔달라고 기도하였다. 나는 이 기도를 듣고 깜짝 놀랐다. 나도 몰래 주위를 살필 정도였다. 그렇지 않아도 이곳에 부임하여 종교장관을 만났을 때, 한국기독교인의 위장 투자 행각으로 한국교회에 대한 스리랑카의 시선이 곱지 않다는 것을 귀띔해준 바 있었기 때문에 나는 이를 그냥 지나칠 수 없었다.

어느 날 나는 두 곳 교회의 목사들을 오찬에 초청하여 상대방 종교와 문화에 대한 이해와 존중 속에서 선교활동을 해야 한다는 일반적 생각을 표명하였다. 또한 나는 정중하고도 강력하게 '사탄의 국가' 류의 기도는 종교장관의 우려를 고려할 때 우리 교회의 스리랑카 내 존립여부에까지 영향을 줄 것이라고 언급하였다. 다행히도 두 목사들도 나의 우려를 잘 이해하였고 그 이후로 극단적 표현의 기도는 사라졌다. 내가 스리랑카 대사로 부임한 후 한국 불교계의 도움을 받아 스리랑카의 유명한 국찰인 불치사에 우리나라의 부처상을 기증하였다는 이야기는 이미 언급한 바 있다. 이때에도 이모는 이교도 우상을 기독교인인 내가 직접 절에 받친다고 무척이나 걱정을 하고 나를 비난하였다. 나는 불상기증은 우리 정부대표로서 하는 것이지 개인 자격으로 하는 것이 아니라고 설명하였지만 이모는 마음속으로 납득할 리 없었다. 그렇다면 불상기증으로 인해 결과적으로 스리랑카 정부 및 국민이 한국 교회에 대한 의심과 우려의 눈초리를 걷어 들이고 스리랑카 내 한국 교회의 발전에 긍정적 영향을 주었다는 사실에 대하여는 어떻게 받아들일 것인가!

종교는 인류의 문화양식의 하나이다. 종교는 인간이 삶속에서 추구하고 열망하는 정신적 존재와의 관계에서 태어났다. 따라서 삶의 배경과 문화적 양상에 따라 각각 다른 종교가 생성되었으며 인류의 보편적 가치와 이상을 실현시킬 수 있느냐 여부에 따라 기독교, 불교, 이슬람교 같은 개방종교와 힌두교 같은 부족 종교가 되었는지를 구분해 볼 수 있겠다. 또한 시대적 배경도 종교의 형성과 전파에 중요한 역할을 하였다. 불교, 기독교, 이슬람 3대 세계 종교의 창시자들이 살았던 시대는 백성들이 압박받고 가난에 시달리며 사회가 타락하고 불안하였고 환경은 척박하였다. 이러한 시대적 배경과 환경이 바로 고통받는 백성들에게 희망을 주는 예언가 또는 지도자를 무의식중에 기대하고 있었을지 모른다. 당시 사람들에게 지도자란 정신적 뿐만 아니라 정치적 권력을 행사하는 특별한 사람으로 여겨졌을 것이다. 예수의 탄생을 "유대왕이 탄생하였다."라고 기록하였고, 그를 "왕 중의 왕"이라고 지칭하였다. 모하메드는 한 손에 코란을 다른 손에 칼을 쥐고 아라비아 반도를 무력으로 통일하고 올바른 삶을 가르친 정치적, 정신적 지도자 역할을 하였다. 부처는 왕의 자격을 가진 정신적 지도자였다. 이들은 모두 평등사상을 펼쳤기 때문에 많은 사람들로부터 호응을 얻고 그들의 가르침을 널리 전파할 수 있었다.

세계적 종교 가운데 가장 먼저 탄생한 불교의 시조는 부처이다. 그는 기원전 560년 경 히말라야 남쪽 기슭 현재의 네팔과 인도의 국경 부근에 살고 있는 사키야족의 소국 카필라 왕국의 태자로 태어났다. 당시의 인도는 몇 개의 국가가 군웅할거하고 있었는데 이들은 상대국의 틈을 노려 국왕을 죽이거나 백성들의 반란이 생기면 즉시 침략을 시도하는 등 정복전쟁이 끊임없는 불안한 시대였다. 부처의 국가 역시 인접한 대국 코실라의 세력에 항상 안보적 위협은 받고 있었다. 또한 백성들은 기아 속에 살고 있었다. 왕자로서 부족함 없는 생활 속에 학문에 몰두하던 왕자는 성 밖에서 길가에 누운 채 움직이지 못하는 사람들과 굶어 죽은 시체 등 비참한 광경을 직접 보면서 이 불쌍한 사람들을 어떻게 구제할 수 있는가를 생각하게 되었다.

이슬람교의 창시자 마호메드는 서기 570년 홍해 근처 아라비아 사막의 황폐한 암석 계곡에 위치한 도시 메카에서 명문 부족의 집안에서 태어났다. 당시 아랍 부족 간에는 도박과 주벽과 난혼 및 우상 숭배가 휩쓰는 타락한 세태였다. 여자는 매매나 물물교환 하는 물건이었고, 부자는 많은 노예를 소유하고 그들의 생사여탈을 마음대로 할 수 있었다. 각 부족 간에는 반목과 질시가 끊이지 않았고 유혈전도 빈번하였다. 메카는 다신교 신앙이 유행해서 많은 신전이 있었고 신자들이 자주 방문하는 종교도시였다. 또한 대상무역의 중계지점으로 상업도시로서 번성하고 있었다. 사람과 물건과 돈이 모이는 도시로서 빈부의 격차는 점점 심해져가고 있었다. 일찍 고아가 되어 가난하고 배우지 못하며 성장했지만 마호메드는 이런 것들을 보면서 인간을 사랑하고 동정심 많고 관대하며 약자에 대한 도움을 주는 생활을 갖게 되었다. 이슬람의 신앙은 유일신 알라에 대한 절대적 복종에 있다. 모하메드는 인간의 평등과 선행을 강조하였다.

예수가 태어났을 때 이스라엘은 기원전 63년부터 로마제국의 식민지로서 헤롯왕의 통치를 받고 있었다. 헤롯왕은 유대인의 종교나 풍습을 가능한 존중해주면서 유대인 상류층을 적절히 이용하는 한편 반로마 운동에 대해서는 잔인한 폭정을 실시하였다. 바리새파를 중심으로 한 유대 집권층은 타락하고 부패하였으며 율법학자들은 형식적인 율법논리에 얽매여 있었다. 이들은 따라서 자신들을 부정하고 하느님의 주권만을 믿는 철저한 신앙 중심의 그룹에 대하여 배타적이고 박해를 가하였다. 예수의 가르침의 핵심은 사랑과 복음 전달에 있다. 기독교는 유일신 종교이다. 하느님 외의 다른 신의 존재를 인정하지 않으며 다른 종교도 인정하지 않았다. 기독교는 로마의 국교가 되어 전 유럽으로 퍼져나갔으며 중세시대까지 계속 성장하였고 유럽의 근대 사상의 기조를 이루었다.

종교는 정신적으로 편안하고 올바르게 사는 법을 가르치고 희망을 주는 역할을 하는 것이 공통점이다. 모든 종교는 가정, 사회 그리고 국가와의 관계에서 어떻게 하는 것이 올바르고 행복한 것인지를 가르친다. 올바르게 사는 법에 대한 가르침을 예컨대 불교에서는 다르마_Dharma라고 부르고, 기독교는 복음_Gospel, 이슬람교는 코란_Koran, 힌두교는 요가_Yoga, 도교는 도_道라고 부른다고 한다. 종교는 또한 사람들에게 희망을 주는 역할을 한다. 지금 겪고 있는 현실이 어렵고 고통스럽지만 보이지 않는 신 또는 존재에 믿음을 갖고 올바른 길을 걷는다면 장래 또는 내세에 목적한 바를 이루고 평안한 곳에 이른다는 희망을 주고 있다. 따라서 종교가 추구하고 사람들에게 하는 역할은 같은 것이라 하겠다. 모든 사람들이 평등하게 사막 저 건너 오아시스를 향하여 또는 산 너머 행복한 마을을 향하여 올바른 길을 선택하여 지금의 어려움을 극복하고 전진하도록 종교가 길을 밝혀 주는 것이다. 다만 이 종교들의 차이점은 그 목적지가 현세에 나타나는지 내세에 나타나는지에 있고, 길을 밝혀주는 신이 따로 존재하는지 그렇지 않은지, 또 신이 있다면 오직 하나의 신인지 아니면 신이 여럿 있는지 등의 관점에 있다. 그런데 어떤 종교는 자신이 밝히는 길만이 목적지에 도달할 수 있다고 다른 종교의 길을 부정하고 배척하는 것이 문제를 일으키고 있다. 이러한 배타성은 종교 간에 그리고 민족 간에 분쟁과 전쟁을 일으키고 심지어 같은 종교 내부에서도 종파 간에 끝없는 분쟁을 일으키고 있다. 우리는 과거의 역사에서 평화를 지향하는 종교가 얼마나 많은 분쟁으로 끊임없이 평화를 파괴하여 왔는지를 잘 알고 있다.

인류역사는 전쟁의 요인인 인종, 민족, 종교, 영토, 기아 가운데 종교에 의한 전쟁이 가장 빈번히 발생하였다는 것을 말해주고 있다. 현재도 세계 각처에서 일어나고 있는 분쟁들은 주로 종교 때문에 생긴 것들이다. 현재 세계의 화약고 중동분쟁의 핵심은 이스라엘과 팔레스타인의 분쟁으로 유대교와 이슬람교의 종교분쟁이다. 싸이프러스 분쟁은 정교회 그리스인과 이슬람교 터키인과의 싸움이다. 코스보 유혈사태는 세르비아인과 알바니아인의 대립이지만 정교회와 이슬람교의 분쟁이다. 인도와 피키스탄 간의 카슈미르 분쟁은 근본적으로 힌두교와 이슬람교의 분쟁이다. 종교분쟁은 같은 국가 같은 민족 간의 분쟁으로도 나타나고 있다. 북아일랜드에서는 가톨릭과 성공회 간의 동족분쟁이며, 수단에서는 무슬람 아랍인 중심의 정부와 그리스도인으로 구성된 수단 인민해방군이 전투 중에 있다. 소말리아 내전은 같은 종교 이슬람교의 무함마드파와 아이디드파 간의 종파싸움이다. 아랍국가 간에는 순니와 시아파 간의 피비린내 나는 동족상잔의 사례가 많다. 스리랑카 내전은 힌두교 타밀족에 의한 불교 싱할라족 주도 정부로부터의 독립 투쟁이었으며 무참한 동족상잔의 비극을 남기고 끝났다.

역사가 시작된 이래 인류는 서로 다른 신을 숭배하는 종족 간의 피비린내 나는 투쟁으로 살아왔다. 가장 극명하고 오래 계속되었던 전쟁은 11세기 말부터 13세기까지 지속된 십자군 전쟁으로서 가톨릭과 이슬람 간의 성지탈환 전쟁이다. 그리고 16세기부터 17세기 중반까지 벌어진 유럽의 종교전쟁이다. 종교개혁 이후 가톨릭과 프로테스탄트 간의 대립은 국가까지 끌어들인 국제적 종교전쟁으로 확대되어 수많은 인명을 빼앗아 갔다. 16세기 후반의 위그노 전쟁은 프랑스 칼뱅파 신교도와 가톨릭 간의 대립으로서 신교도 측 독일, 네덜란드와 가톨릭 측 로마 교황 및 스페인이 개입하여 싸운 전쟁이다. 네덜란드 독립전쟁은 구교도인 스페인에 대항하여 네덜란드 신교파가 일어선 전쟁이다. 독일의 30년 전쟁은 신교와 구교 간의 싸움으로 덴마크, 스웨덴, 프랑스가 한 쪽에 다른 한 쪽은 스페인이 지원하여 계속된 전쟁이다. 영국의 청교도 혁명도 결국 구교의 국왕에 대한 청교도들의 혁명적 성공의 역사였다.

하버드 대학의 새무엘 헌팅턴 교수는 탈냉전 및 21세기 분쟁은 이념이나 경제문제보다는 문명 간의 충돌에 있으며, 무슬림과 중국의 힘이 서양문명에 대한 대칭으로 나타날 것이라고 전망하고 문명 간의 대화와 공존의 필요성을 강조하였다. 튀빙겐 대학의 신학자 한스 큉_Hans Kueng은 "종교 간의 평화 없이는 세계 평화는 있을 수 없고 종교 간의 대화 없이는 종교 간의 평화도 없다."고 설파하였다. 유엔도 문명의 충돌과 종교전쟁의 불가피성을 주요 의제로 다루고 유엔 총회결의안 "종교 신앙에 근거한 비타협력 태도와 차별제거에 관한 선언_1981"을 채택하여 유엔회원국과 국제 시민사회단체들이 세계 종교 간 평화와 상호존중, 협력, 대화, 소통을 강력히 촉구하여 왔다. 유엔은 또한 2010년에 "세계 종교화합주간_World Interfaith Harmony Week"을 제정한바 있다.

오늘날 인류가 자신들의 문화적 우월성을 주장하면서 서로 다른 문화를 인정하고 교류를 필요로 하듯이 각 종교 간의 차별성을 인정하면서 타종교에 대한 이해와 대화가 요구된다. 그렇지 않고는 종교 간의 평화가 없고 결국 종교 간의 분쟁이 지속될 것이다. 그런데 이러한 종교 간의 대화를 가로막는 주된 세력은 그리스도교 때문이라는 비판이 종교지도자들 간에 지배적이다. 왜냐하면 그리스도교가 스스로 우월하고 규범적이며 절대적이라고 이해하고 있기 때문이라는 것이다. 또한 그리스도교는 다른 종교들이 모두 그들의 특수한 문화적 배경에 사로잡혀 있어서 인류의 보편적 가치를 실현하기에 부족하다고 보았다는 것이다. 실제로 그리스도교는 자신들의 우월적 신앙의식을 다른 종교 다른 문화에 적극적 공격적으로 전파시키려 하였으며 그러한 과정에서 많은 종교적, 문화적 분쟁을 일으켰다.

우리 한국 기독교도 마찬가지이다. 세계에서 미국 다음으로 많은 선교사를 해외에 파견하고 있는 우리 개신교는 기독교의 중심이 한국에 있다는 착각 속에서 열정을 가지고 전 세계에서 공격적이고 희생적인 선교활동을 전개하고 있다. 그런데 문제는 선교 대상지역과 사람들의 문화와 생활관습을 무시한 채 일방적이고 배타적인 선교활동을 함으로써 곳곳에서 크고 작은 문제들을 일으키고 있음은 안타까운 일이다. 2007년에 있었던 아프가니스탄에 파견된 선교 봉사단원들이 탈레반 무장 세력에 납치되어 두 명이나 살해되었던 비극은 정말 안타까운 일이지만 우리 선교활동의 무모한 일면을 보여준 사건이었다. 선교활동은 현지 생활관습과 문화를 이해하면서 문화적 접근을 통해야 한다는 것을 명확히 가르쳐준 셈이다. 아직도 세계 도처에서 그리고 국내에서도 종교 간에 서로를 비방하고 폄하하는 행위들이 계속 일어나 종교 간의 긴장과 분쟁으로 발전하기도 한다. 미국의 목사가 코란 화형식을 한다거나 모스크에 낙서를 하는 일도 자주 발생하고, 국내에서는 특히 기독교 신도들이 사찰에서 예배를 본다든지 심지어 불상을 훼손하는 일들이 심심찮게 발생한다. 일부 기독교인들의 맹목성과 무식함을 보여줄 뿐이다. 그러나 오늘날 많은 종교학자들과 종교지도자들에 의하면 모든 위대한 종교들은 모두 어느 특수문화권에 제약되어 있고 그래서 종교의 우월성을 객관적으로 내세우기란 어렵다고 본다_《종교 간의 대화_윤병상》.

오랫동안 종교 역사를 미루어 볼 때 가장 배타적이고 우월적 신앙의식을 갖고 있는 기독교가 다른 종교와의 대화와 교류를 주도하는 것이 종교

간의 대화를 발전시킬 수 있는 효율적인 접근이라 하겠다. 다행히도 개신교가 1948년 암스테르담에 모여 세계교회협의회_WCC를 창설하여, 다른 종교와의 대화를 추진하기도 하고 이웃의 문화나 인간성을 이해하고 그들의 특수한 종교적 신앙에 대하여 존중하며 대화하고자 노력하고 있다. 우리나라에서는 대종단협의체인 한국종교인평화회의_KCRP가 주도적으로 종교 간의 대화를 추진하고 있다고 한다. 종교 간의 대화를 충실히 진행한다면 그 과정에서 자신의 종교에 대한 냉철한 반성과 자각을 하게 되고 다른 종교의 장점과 가르침을 통해 자신의 신앙을 더욱 발전시킬 수 있을 것이다. 많은 종교들이 타종교와의 갈등은 물론 자신의 종교 내부에서의 갈등, 부정과 타락에 대하여도 반성하여야 할 것이다. 인간은 자신의 걱정을 종교에 의존해 왔고 종교는 인간사, 세상사를 걱정하여야 하는데 요즘은 세상이 사람들이 종교를 걱정해야 하는 상황에 이르고 있다.

나는 이탈리아에서 귀국하여 집 근처 많은 교회 가운데 꽤 역사가 있는 중앙교회에 나가 일요예배를 보았다. 목사는 소리쳐가면서 열정적으로 설교를 하였고, 나는 정확하게 예배 5분 전에 도착했다가 예배 종료하자마자 자리를 뜨곤 하였다. 그러던 어느 날 가보니 담임목사는 보이지 않고 대신 부목사가 설교를 하였다. 그리고 그 다음 주에 가보니 강단에서 담임목사가 설교를 하려하는데 장로 등 신도회 대표들이 이를 저지하면서 몸싸움을 하였다. 그리고 유인물이 배포되었는데 담임목사가 부정을 저질러서 교회에서 추방한다는 것이었다. 그간 교회의 예산집행 등은 모두 신도협회에서 맡아왔는데 담임목사의 요청에 의해 방과 후 교실 운영과 재정은 목사에게 독자적으로 맡겼다. 그런데 담임목사가 아들과 공모하여 학생 수를 구청에 허위 보고하여 보조금을 횡령한 사실이 구청 감사에 의하여 적발되었다는 것이다. 그런데도 뻔뻔하게 담임목사는 자신의 다음 거취가 결정될 때까지 그냥 남아있겠다고 고집부린다는 것이다. 나는 한 두 차례 더 교회에 나갔지만 문제가 당장 해결될 것 같지도 않고 또 평소에 설교가 만족스러웠던 것도 아니었기 때문에 교회를 바꾸었다.

새로 나가게 된 교회는 설립한 지 100년이 넘었고 꽤 이름 있고 큰 교회였다. 담임목사의 설교는 여러 분야의 책을 읽고 묵상에 잠겨 성의 있게 준비한 것으로 느껴졌다. 열정적이기보다는 차분하고 내용 있는 설교였다. 얼마간 다니다가 갑자기 알아차린 것은 나와 교회 간에 인연이 얼마간 있다는 것이었다. 이 교회는 해외선교를 내가 대사로 근무하였던 나라에 집중하고 있었는데, 그곳에 벌써 교회를 여럿 세우고 지원하고 있다는 것이다. 한편 내 뒷좌석에는 원로 목사 부부가 예배를 보았는데, 나중에 알고 보니 2001년에 그 분이 담임목사로서 의료봉사단을 이끌고 콜롬보에 왔으며 그때 나는 봉사단의 의료기기 및 약품의 면세통관을 도와주었던 인연이 있었던 것이다. 나는 스리랑카 장로교회에서 세례를 받았지만 이 교회는 감리교회였다. 나는 이를 개의치 않았다. 그런데 나중 또 알게 된 것은 2008년 감리교의 수장인 감독회장 선출 과정에서 문제가 발생하여 두 사람의 회장이 서로 적법성을 다투고 사법기관까지 개입되었으며, 감리교회 지도부의 파행이 지금도 계속되고 있다는 것이다. 내가 나가는 이 교회 자체는 건실하게 잘 운영되고 있지만 결국 내가 귀국하여 나간 두 곳 교회에서 모두 큰 문제점을 보게 된 셈이다. 그 뿐인가. 한때 내가 출 · 퇴근하면서 지나치는 여의도 대형교회의 승계를 둘러싼 시끄러움, 대통령을 배출한 교회에서의 성직자 폭행 및 고발사건 등등. 다른 종교에서의 문제도 크게 다르지 않을 것으로 보이지만 나는 구체적으로 알고 있지 못한다. 불교의 사찰주도권 싸움과 도박, 불륜 등 개인적 비리, 이슬람교의 기업거래문제 등등….

"절이 싫으면 중이 떠나라." 종교자체에 문제가 있는 것이 아니라 신앙을 갖는 사람들이 문제라는 뜻일 것이다. 나는 비록 장로교회에서 세례를 받았지만 감리교회에 나가는 것에 아무런 거리낌이 없다. 가끔 가톨릭 성당에서 결혼식 또는 장례식 예배를 참여할 때 나는 경건하면서도 평안한 마음을 갖게 된다. 해외 출장 중 호텔 근처에 성당이 있을 경우에 그 곳에서 예배를 참여한 경험도 갖고 있다. 어렸을 때 나는 불경도 여러 권 읽었고 그 철학적 가치에 빠지기도 하였다. 사찰에서의 행사뿐만 아니라 관광으로서 큰 사찰을 방문하게 될 경우에 나는 법당 앞에서 합장을 한다. 나의 동행자는 우상숭배라고 나를 책망하지만 나는 불상에 대한 우상숭배가 아니라 다른 종교에 대한 경의를 표하는 것이다. 스님을 만났을 때 합장으로 인사하는 것은 로마에 가면 로마법을 따르라는 것과 다를 것 없다. 언젠가 중동지역의 유명한 모스크를 방문했을 때 관광한다는 생각으로 모슬렘들과 함께 머리를 땅에 대고 경배를 드린 적도 있었다. 신발을 벗고 대리석 바닥에 엎드리는 불편함은 있었지만, 속으로 이것도 세계적으로 번창하는 종교의 한 부분이구나 하는 생각을 가졌다.

하루는 테레사 수녀가 마을 주민으로부터 인근에 8명의 자녀를 둔 힌두교도 가족이 굶고 있다는 말을 듣고 찾아가 쌀을 제공하였다고 한다. 그러자 이 힌두교도는 곧바로 받은 쌀의 절반을 싸가지고 나가더니 옆집에 사는 또 다른 8명의 자녀를 둔 이슬람교도 가족에게 주고 돌아왔다는 일화가 있다. 종교 이전에 인간의 선의가 어떻게 움직이고 있는가를 잘 보여주고 있다. 이 착한 인간의 본성을 의도적으로 종교의 틀로 구분하고 제어한다면 과연 종교는 무엇을 하고 누구를 위한 것이란 말인가! 세계가 좁혀져가고 있는 이 시대에 문화와 종교와 사람이 다양하게 접촉하게 된다. 이 가운데 우리가 갈등과 분쟁을 피하고 평화롭게 공존하는 길은 서로 대화하고 교류하는 길밖에 없다. 종교지도자는 물론 각각의 신앙을 갖고 있는 사람들이 이를 몸소 실천하여야 할 것이다.

"모든 종교는 타종교를 존중해야 합니다. 용서와 화해만이 새천년의 세계 평화를 약속할 수 있습니다. 그리고 가정은 부모가 자녀에게 올바른 윤리관을 심어주어야 하는 작은 터전입니다."

1999년 10월 28일 바티칸의 바오로 6세 기념관에 모인 225명의 전 세계 종교인 대표들이 채택한 공동선언문이다.

고통은 사람을 생각하게 만들고 생각은 사람을 지혜롭게 만들며
지혜는 인생을 견딜 만한 것으로 만든다 _ 존 패트릭

인생에 대하여

"지금에야 깨닫게 된 것들을 암에 걸리기 전에 미리 알았더라면 얼마나 좋았을까. 다만 그것이 아쉬울 뿐이다. 그랬더라면 내 삶을 더 행복한 것들로 가득 채울 수 있을 텐데. 그래도 나는 삶의 끝에 와서 많은 것들을 알게 되었고 그래서 더 많이 즐겁고 행복할 수 있었다. 괴로운 게 있다면 여전히 받은 게 너무 많다는 것, 그것을 받은 만큼 돌려주지 못하고 떠나야 한다는 것이다."

서른 살에 세계 1백대 대학이라는 상하이 푸단대학의 교수가 된 위지안이 인생의 정점에서 날개를 펼치는 순간 말기암 판정을 받았다. 그리고 그녀는 세속적 출세를 위하여 유명대학의 교수직을 따내기 위하여 갓난아이를 친정어머니한테 맡기고 남편에게 소홀히 하며 앞만 보고 전속력으로 달려온 인생이 순간순간의 소소한 사랑과 수없이 많은 값진 일을 지나쳐

버린 한갓 신기루였다는 것을 갑자기 깨닫게 되었다. 그녀는 절망과 분노를 딛고 일어나 인생의 마지막 언저리에 와서야 깨닫게 된 것들을 '오늘 내가 살아갈 이유' 로 적어 그 책이 베스트셀러가 되었다. 그녀가 세상을 떠나기 전 남긴 마지막 글은 "좋은 삶이었고, 이 세상은 어지러울 정도로 아름다웠다. 후회 없이, 화내지 않고 떠날 수 있어 참 좋다." 이었다.

"인생은 생각할수록 아름답고 역사는 앞으로 발전한다(2009년 1월 7일)." 고 김대중 전 대통령의 마지막 일기에서 발표된 내용 가운데 하나이다.

죽음 앞에 직면하면 과연 인생은 아름답게 보일까? 얼마나 많은 사람들이 인생을 아름다웠다고 회상하며 이승을 떠날 수 있을까? 고통으로 점철된 삶도 그렇게 말할 수 있을까? 지나온 저 자갈밭 험난했던 길이 멀리 와서 바라보면 평평하게 보이는 것처럼 지내온 인생도 그렇게 보일까? 살기가 너무 힘들어 스스로 삶을 포기한 사람들은 어떨까? 알 수 없는 일이다.

외교관 생활 34년을 돌이켜 보면 가치도 있고 보람도 있었지만 시간을 낭비한 경우도 참 많았다. 대학을 졸업하고 바로 외무고시를 거쳐 외무부에 들어가 일했다. 외교관이란 것이 내 직업임과 동시에 나라를 위하는 일이기 때문에 만족도도 높았다. 하는 일이 궁극적으로 국가이익의 보호와 증진에 기여하고, 특히 외교교섭은 국가이익에 직결하는 것이므로 항상 긴장하고 열과 성을 다했다. 시간이 가면서 승진과 보직으로 일에 대한 보답이 돌아왔고 외교관의 정점인 대사로까지 올라갔다. 물론 그 과정에 세월이 많이 소요되었고, 힘들고 고통스러웠던 순간들도 많았다. 아프리카에서 풍토병으로 인한 원초적 생명의 위협을 느끼고, 내전과 폭탄테러가 난무하는 곳에서 늘 위험을 느끼고 살기도 했다. 외교관이란 19세기 궁정외교에서는 최우선적으로 보호받는 특권 계급이었으나 20세기 후반부터는 정치적 테러와 인질 대상의 제 1순위에 속하게 되었다. 주공_周公의 "일반삼토 일목삼착_一飯三吐 一沐三捉"은 아니더라도 나를 위해 나라를 위해 바쁘게 살았는데, 한편으로는 시간과 돈의 낭비를 한 것도 사실이다. 인생을 임시로 살았다 할까?

외교관은 매 2~3년마다 국내와 국외를 번갈아 또는 국외에서 다른 외국으로 임지를 옮긴다. 따라서 국내이건 국외이건 간에 한 장소에서 영구적으로 살 것이라는 생각을 갖지 않는다. 한 곳에서 정착하고 익숙해질 때쯤이면 다음 장소로 이사해야 할 준비를 하게 된다. 외교관 생활을 은퇴하고 나면 이삿짐센터를 차릴 수 있을 만큼 이삿짐을 싸고 운반하는데 전문가가 된다. 이삿짐은 항상 간편하게 만들어야 한다. 일생동안 비싸거나 영구적인 가구는 장만하지 않는다. 이사 비용을 많이 지불해가며 구태여 가구들을 지니고 다닐 필요가 없기 때문이다. 그래서 실용적이고 값싼 옷장, 침대, 식탁, 소파 등을 사용하고 이사 갈 때는 헐값으로 팔거나 다른 사람에게 그냥 주고 가는 경우가 많다. 그러니 외교관 부부는 인생의 황금기인 30여년을 임시로 꾸민 집에서 살게 되는 셈이다. 자칫하면 생활 자체가 임시로 보내질 수도 있다. 장기적 시간을 요하는 일이나 활동을 계획할 수 없고 단기적이거나 임시적인 일에 관심을 갖게 된다. 국내에서의 생활도 마찬가지이다. 그간 못 만났던 친척, 친구와 지인, 선후배, 이웃사람들을 찾아보고 따뜻한 인간관계를 유지해야 하는데 당장 눈앞의 급한 일들과 일상생활에 급급하다가 소소한 즐거움과 감사의 기회를 놓치곤 한다. 보직이 오를수록 국내에서 2년 이상을 지내기가 어려워져 감사와 사랑의 표현을 마음속에만 담아두고 있다가 결국 보여주지 못하고 떠나게 된다.

이렇게 세월을 보내다보니 주위로부터 나에게 보내준 도움과 사랑에 대한 보답을 하지 못한 채 일생을 살아왔다. 후회막급이다. 아버지가 나로 인해 돌아가셨고 어머니를 잘 모시지 못했으며, 이로 인해 형제자매들은 어려움을 겪었다. 일가친척들의 삶에도 들여다보지 못했다. 나에게 따뜻한 말과 도움을 준 친구와 선후배 그리고 상사나 지인들에게 보답하지 못했다. 그때그때 이유는 많다. 나랏일에 바쁘다. 내가 몸이 불편하거나 아프다. 승진에 떨어져서 창피하다. 다음에 성공해서 찾아뵙겠다. 이혼을 해서 나서기가 떳떳치 못하다 등. 이혼으로 나는 엄청난 고통과 희생을 겪었지만 상대방의 고통과 상처도 나의 것보다 결코 작지는 않을 것이다. 아들에게도 상처를 남겼다. 모두 마음 아프게 생각한다. 또 내가 일방적으로 외교부를 일찍 그만둠으로써 나를 따르는 동료나 후배들에게도 실망을 안겨 주었다. 나는 인생의 대부분을 사랑과 명예를 좇으며 살아왔다. 그 과정에서 자신에게 충실하다보니 남에 대한 배려나 희생이 부족하고 결과적으로 이기적인 삶을 살아온 것이다.

지난 몇 년의 삶도 크게 다르지는 않았다. 군소정당의 대표로 이념과 지역을 초월한 제 3의 길을 가겠다고 고군분투했으나 내부 갈등으로 당은 쪼개지고 한동안 법적 다툼에 휩싸였다. 시간 나는 대로 헬스클럽에 나가

창밖 대학 캠퍼스에 철따라 바뀌는 나뭇잎을 바라보며 몸과 마음을 닦았으나 때로는 병원 신세도 지고 투병도 했다. 이런 가운데 민주통합당 그리고 또 새정치민주연합의 출범에 참여하고 상임고문으로서 활동하는 한편 다행이도 나는 독서와 석학들과의 정기적 대화를 통하여 지적 활성화를 도모할 수 있었다. 일종의 브레인스토밍으로서 철학부터 시작하여 수학 및 과학 이야기, 문학과 예술, 역사와 한 · 중 · 일 외교 그리고 정치적 이슈를 논하며 살아왔다.

이제 예순의 중반에서 나는 새로운 제 3의 인생을 시작하려고 한다. 수 년 전부터 내가 좋아해온 성경 구절을 생각해 본다. 송년의 밤에 교회 바구니에 손을 집어넣어 2년 연속 무작위로 뽑은 것이다. "나 여호와가 의로 너를 불렀은즉 내가 네 손을 잡아 너를 보호하며 너를 세워 백성의 언약과 이방의 빛이 되게 하리니_이사야 42장 6절" 한때는 내가 사람들의 앞장에 서서 이끌려고만 했으나 이제는 뒤에서 밀어주는 역할도 해야겠다고 생각한다. 다행이도 나는 "몸은 늙었지만 마음은 이팔청춘이다."라는 말을 좋아하지 않는다. 사람은 자신의 나이에 상응하게 생각하고 언어를 사용하며 그에 맞게 행동해야 한다. 그리고 나는 주위 사람들에게 감사와 고마움을 표시하고 그들과 더불어 소소한 즐거움과 행복과 사랑의 시간을 많이 가져야겠다. 그리고 이제 고향을 위하여 봉사하는 일에도 나서야겠다.

과거 아들의 성장과정에서 나는 '아버지의 십계명' 을 주었었다. 이제 우선 아들과 그 또래들에게 '아버지의 부탁' 을 전해주고 싶다. 이는 모리 슈워츠_Morrie Schwartz 교수의 삶의 마지막 메시지도 아니고 인생을 관조하는 철학적 가르침도 아니다. 그저 세상을 살아가는 지혜이다. 누구나 생각하는 세속적이고 보편적인 지침일 수 있지만 나로서는 내 삶에서 추출한 진솔한 외침이다. 물론 인간이란 책과 선생님을 통한 간접 체험이나 부모의 교육을 통하여 쉽고 빠르게 얻을 수 있는 것을 본인 스스로 땀과 시간을 지불한 후에야 제대로 습득하게 되는 부족함을 갖고 있기는 하지만.

첫째, 순간에 충실하라. 인생이 쓰고 고통스러운 것은 아직 죽음과는 멀리 떨어져 있기 때문이다. 그 순간을 고맙게 받아들이고 순간을 의식하며 살자는 것이다. 늘 그렇게 살지 않아도 어쩔 수 없다. 가끔이라도 순간의 심각성을 떠올리고 마음을 다잡으면 상관없다. 게으름을 피우거나, 바빠서 지금 이 순간에 못하면 평생 바빠서 못할 것이다. 바쁘지 않아 시간이 날 때면 이미 그 일은 할 필요가 없게 된 뒷일 것이다. 은퇴한 후에야 젊은 시절의 시간 낭비를 후회하고 위지안 교수처럼 죽음을 선고받고야 지나쳐버린 일상의 즐거움을 아쉬워하는 것이 인간이다. 그러나 순간순간이 나의 하루가 되고 그 하루가 나의 인생사, 나의 역사의 한 페이지를 만든다는 엄연한 사실을 미리 느낄 수 있다면 얼마나 좋겠는가.

둘째, 꿈을 갖고 최선을 다하라. 꿈을 계속 간직하고 있으면 반드시 실현할 때가 온다. 괴테의 말이다. 목표를 갖고 행동하면 그 방향으로 에너지를 집중하므로 그 목표를 실현할 가능성이 있으나, 목표를 갖지 않을 경우 에너지가 분산되고 자신이 무엇을 하고 있는지를 모를 경우가 많다.

젊은이들이 최선을 다하지 않고 허술하게_loose 처신하는 경우를 많이 본다. 옛말 "모로 가도 한양에만 가면 된다"는 요즘 시대에 어울리지 않는다. 최적의 최단거리의 길을 택한 사람에게 뒤쳐지는 것이기 때문이다. 또는 경쟁하는 게임이 아니더라도 스스로 시간과 정력과 돈을 더 많이 소비해야 한다. 어느 날 아침 일찍 지방 출장을 위하여 김포공항으로 차를 몰고 간다고 하자. 급히 서둘다 보니 주민등록증을 빠뜨리고 나와 다시 돌아가 서랍 속에서 찾아서 나온다. 시간을 그만큼 빼앗겼으니 전 속력을 내서 강변북로를 달린다. 너무 달리다 보니 김포공항 출구 표지판을 놓쳐 다음 출구로 나가 일산쪽 자유로를 한참 달리다 불법 유턴을 하여 겨우 공항에 도착한다. 주차를 하고 헐레벌떡 뛰어 가까스로 탑승에 성공한다. 어쨌든 제 시간에 비행기를 탔으니 그것으로 만족하고 또 그런 식으로 살 것인가? 목적은 달성했지만 시간과 정력 그리고 돈_가스을 낭비했으며, 과속과 불법유턴으로 범칙금 용지가 날아올지도 모른다. 또 만약에 비행기를 놓쳤으면 그래서 중요한 계약의 기회를 잃었으면 어찌할 것인가? 또 그것이 인천공항이었으면, 아니 더 큰 일이었으면?

셋째, 네 자신이 직접 나서라. 나타나야 할 장소에 안 나타나거나 찾아보아야 할 사람을 찾아가지 않는 경우가 있다. 내가 지금 직장이 없어서, 동창들에 비해 성공을 못해서, 이번 승진에 떨어져서, 내가 잘못해서 신문에 나거나 감옥에 다녀와서 등등 여러 가지 이유로 내가 낯을 들 수가 없거나 또는 자존심이 허락하지 않아 나타나지 않는 것이다. 그러나 명심하라. 이 지구는 당신 중심으로 돌고 있지 않는다는 것을! 당신의 동료나 지인 가운데서도 당신이 승진에 떨어졌는지 당신이 이혼을 했는지를 아는 사람들은 당신이 생각했던 것보다 엄청나게 적다는 것을 알아야 한다. 또 그 사실들을 알게 된 경우에도 당신이 생각한 만큼 마음에 담아두지 않는다. 당신이 무슨 큰 잘못을 했더라도 몇 차례 흉을 보고 시간이 지나면 다른 일에 관심을 돌린다. 따라서 당신이 나타나야 할 곳에 또는 만나야 할 사람 앞에 보이지 않으면 당신은 당신의 사유와는 전혀 관계없이 예의가 없거나 소심하거나 성의가 없는 사람으로 남아 있을 것이다. 또 직접 나서라는 것은 당신의 일을 타인을 통해 부탁하지 말고 직접 부딪쳐서 해결하라는 것이다. 자신의 일을 또는 신상문제를 권력자나 영향력 있는 사람 등 타인을 통하여 부탁하는 경우 그 성공률은 그리 높지 않다. "웃는 낯에 침 못 뱉는다"까지는 아니더라도 직접 대면했을 경우 덜 쉽게 거절을 당하거나 최소한 성패를 빨리 그리고 확실하게 가늠할 수 있다. 물론 여기에는 용기가 필요하다.

넷째, 감사와 사랑을 표현하라. 표현하지 않는 사랑은 진정한 사랑이 아니다. 세익스피어의 말이다. 우리 사람들은 예부터 유교적인 관습으로 희로애락의 표현을 삼가고 "침묵은 금이다"라는 말을 금과옥조로 여기는 경우가 많았다. "그 사람이 마음은 다시 없다"라는 옛말은 어떤 필요한 행동을 못한데 대하여 마음은 그 행동을 하는 것과 다름없이 강하다라고 변명하는 표현이다. 그렇지만 모두가 바삐 움직이는 오늘날 언어로 표현되지 않는 마음, 행동으로 옮겨지지 않은 말을 어찌 알아차리고 믿으라는 말인가. 부부간에 "사랑한다"는 말은 마음으로만 갖고 있는 것보다 훨씬 낫다. 물론 그 사랑한다는 표현은 행동으로도 옮겨져야 진정한 사랑이 된다. 헐벗은 아이나 가난한 이웃을 보고 안타까워하면서도 실제로 이들을 돕거나 기부 또는 봉사행위를 하지 않는다면 결과적으로 안타까워하거나 안타까워하지 않는 사람과 무슨 차이가 있겠는가. 기실 공자도 제자 자공에게 "군자는 할 말을 먼저 실행하고 난 뒤에 말하느니라_先行其言 而後從之" 고 행동의 중요성을 강조했다.

다섯째, 작은 일에 목숨을 걸지 말라. 모르는 사람이 자신을 흘겨봤다고 시비가 붙어 사람을 죽인 경우, 폭주족들이 간발의 승리를 위해 목숨을 버리는 일, 주부들 간에 경쟁으로 자식을 잃거나 그르치게 되는 사례, 직장에서 사회에서 사소한 일에 대한 오기와 자존심 때문에 인생을 그르치게 되는 경우가 너무도 많다. "내가 돈이 얼마가 들더라도 이것만은 절대 뺏길 수 없다" 식의 말을 주위에서 듣는다. "오기에 쥐 잡는다"는 표현은 쓸데없는 오기를 부리다가 낭패를 보는 것을 비유적으로 이르는 말이다. 자존심은 애국심처럼 팬티와 같은 것이다. 팬티는 누구나 다 입어야 하는 것인데 그것을 입었다고 남에게 자랑할 일은 아니다. 사소한 일에 목숨을 걸어 중요한 본질을 놓치는 우를 범해서는 안 된다.

여섯째, 교양을 쌓고 겸손하라. 젊은이들이 남보다 더 튀고 독특한 일들로 성공하고자 하는 경우가 많다. 그러나 그것이 겸손함과 배치되는 것은 결코 아니다. 진정으로 자기 자신을 믿고 용기 있는 사람만이 겸손할 수 있다. 교양과 실력을 갖춘 자의 겸손은 무서운 힘을 발산하고 궁극적으로 자신을 높이 세우는 결과를 가져온다. 교양을 결여한 자의 세속적 성공은 오래가지 못하거나 사상누각이 될 수도 있다. 사람을 칭찬하는 것도 겸손의 표현일 수 있다. "칭찬은 고래도 춤추게 한다"는데 남의 장점만 생각하고 늘 칭찬하는 것도 쉽지는 않다. 세속적으로 칭찬에도 기교가 필요하다. 타임지 편집장 스텐겔이나 커뮤니케이션 전문가 로운드도 "그 사람이 없는 곳에서 칭찬하라. 풍문으로 칭찬하라." 고 제시했다.

일곱째, 도움을 주라. 당신의 가정, 직장, 사회, 국가에서 기여하는 사람이 되고, 이들에게 의존하거나 도움을 받는 처지가 되지 말라는 것이다. 말하자면 모범적이고 앞서가는 사람이 되라는 것이다. 그렇게 되도록 노력해야 한다. 또 약자와 가난한 사람들에게 베풀고 살아야 한다는 것이다. '노블리스 오블리쥬' 정신의 실천은 당연하다. 이 세상에는 도움을 받아야 할 사람이 자신보다 더 어려운 사람을 도와주는 경우도 많다.

예부터 수많은 사람들이 인생을 이야기했다. 성현이나 철학자를 비롯하여 주위의 필부 장삼이사_張三李四까지. 그 가운데 인생을 가장 넓고 깊게 이해한 표현으로 나는 테레사 수녀의 다음 글귀를 꼽고 싶다.

삶은 기회입니다, 이를 통하여 은혜를 받으십시오

Life is an opportunity, benefit from it

삶은 아름다움입니다, 이 아름다움을 찬미하십시오

Life is a beauty, admire it

삶은 기쁨입니다, 이 기쁨을 맛보십시오

Life is bliss, taste it

삶은 꿈입니다, 이 꿈을 실현하십시오

Life is a dream, realize it

삶은 도전입니다, 이 도전에 맞서십시오

Life is a challenge, meet it

삶은 의무입니다, 이 의무를 완수하십시오

Life is a duty, complete it

삶은 놀이입니다, 이 놀이를 행하십시오

Life is a game, play it

삶은 값어치가 있습니다, 그러니 소중히 대하십시오

Life is costly, care for it

삶은 풍요롭습니다, 그 풍요로움을 지키십시오

Life is wealth, keep it

삶은 사랑입니다, 그 사랑을 만끽하십시오

Life is love, enjoy it

삶은 신비입니다, 이 신비를 깨달으십시오

Life is mystery, know it

삶은 약속입니다, 이 약속을 지키십시오

Life is a promise, fulfill it

삶은 슬픔입니다, 이 슬픔을 극복하십시오

Life is sorrow, overcome it

삶은 노래입니다, 삶의 노래를 부르십시오

Life is a song, sing it

삶은 투쟁입니다, 이 투쟁을 받아들이십시오

Life is a struggle, accept it

삶은 비극입니다, 이 비극을 대적하십시오

Life is a tragedy, confront it

삶은 모험입니다, 담대하게 대하십시오

Life is an adventure, dare it

삶은 행운입니다, 이 삶을 행운으로 만드십시오

Life is luck, make it

삶은 너무나 소중한 것이니, 파괴하지 마십시오

Life is too precious, do not destory it

삶은 삶이니, 이 삶을 싸워내십시오

Life is life, fight for it

사랑은 달콤하나 아픔과 외로움이 있다. 명예는 반짝이나 상처와 그림자가 있다. 인생은 쓰고 고통스럽다. 그러나 잘 보살피고 관리하면 건강할 것이다. 뒤돌아볼 때 가치 있고 아름다워질 것으로 믿는다.

참고문헌

● 국문

강유원, 2010, *인문고전강의*, 서울 : 라티오출판사

강봉재 역, 2007, *위대한 결정*(Alan Axelrod), 서울 : 북스코프

김경수, 1990, *제3세계와 강대국정치*, 서울 : 일신사

김계동 외, 2007, *현대 외교정책론*, 서울 : 명인문화사

김대중, 2010, *김대중 자서전(1,2)*, 서울 : 삼인

김문환, 2004, *문화외교론*, 서울 : 도서출판소학사

김석희 역, 2007, *로마인이야기*(시오노나나미), 경기도 파주시 : 한길사

김순규, 1993, *신국제기구론*, 서울 : 박영사

김용구, 2006, *세계외교사*, 서울 : 서울대학교출판부

노시평 외, 2006, *정책학의 이해*, 서울 : 비. 앤. 엠. 북스

박일봉 역, 1985, 논어, 서울 : 육문사

박재영, 2003, *국제관계와 NGO*, 서울 : 법문사

서울대학교 정치학과교수, 2008, *정치학의 이해*, 서울 : 박영사

송은주외 역, 2010, *로마제국쇠망사*(Edward Gibbon), 서울 : 민음사

신명순, 2009, *비교정치*, 서울 : 박영사

신영복, 2005, *강의*, 경기도 파주시: 돌베개

외교통상부, 2000, *현대국제법*, 서울 : 박영사
윤병상, 2001, *종교간의 대화*, 연세대학교출판부
이상우 외, 2003, *현대국제정치학*, 서울 : 나남출판
이춘근 역, 2004, *강대국 국제정치의 비극*(John Mearsheimer), 서울 : 나남 출판
이호재 역, 1989, *현대국제정치론*(Hans Morgenthau), 서울 : 법문사
이해영, 2004, *정책학신론*, 서울 : 학현사
이현아 역, 2011, 오늘 *내가 살아갈 이유*(위지안), 서울 : 예담
임희완, 2007, *20세기의 역사철학자들*, 건국대학교 출판부
장하준, 2010, 그들이 *말하지않는 23가지*, 서울 : 부키
전득주 외, 2007, *대외정책론*, 서울 : 박영사
정철현, 2004, *문화정책론*, 서울 : 서울경제경영
최종기 저, 2000, *신국제관계론*, 서울 : 박영사
한국정치연구회 사상분과 편, 1992, *현대민주주의론 II*, 서울 : 창작과비평사
허인, 2005, *이탈리아사*, 서울 : 대한교과서
계간사상, 1998, 봄호 특집 : *동양과 서양*, 사회과학원
계간사상, 1998, 여름호 특집 : *경제발전과 민주주의*, 사회과학원

● 영문

Baldwin, David A., 1993, *Neorealism and Neoliberalism : The Comparative Debate*, New York : Colombia University Press

Bandura, A. & Walters, R. H., 1963, *Social Learning Personality Development*, New York : Holt, Reinhart & Winston

Barzini, Liigi, 1964, *The Italians*, London: Hamish Hamilton Ltd.

Bennett, A. Leory, 1981, *International Organization*, Englewood Cliffs, N.J.: Prentice-Hall , Inc.

Burns, E. M. & Lerner, R. & Meacham S., 1984, *Western Civilizations*, New York : W. W. Norton & Company

Camps, Arnulf, 1983, *Partners in Dialogue : Christinanity and other World Religions*, New York : Orbis Books

Cannon, Teresa & Davis, Peter, 1995, Aliya : *Stories of the Elephants of Sri Lanka, Victoria, Australia* : Airavata Press

Carr, E. H., 1964, *What is History?*, London : Penguin Books

Chemerinsky, Erwin, 2002, *Constitutional Law-Principles and Policies*, New York : Aspen Publishers

Commision on Global Governance, 1992, *Our Common*

Neighbourhood, Oxford : Oxford University Press

Cooper, Robert, 2003, *The Breaking of Nations*, New York: Gorve Press

Davis Cross, Mai'a K., 2007, *The European Diplomatic Corps*, New York : Palgrave MacMillan

Deutsch, Karl W., 1953, *Nationalism and Social Communication*, New York : John Wiley and Sons

Deutsch, Karl W. 1980, *Politics and Government*, Boston : Houghton Mifflin Company

Duchaceh, Ivo D, 1967, *Conflict and Cooperation Among Nations*, New York: Holt Rinehart and Winston

Eban, Abba, 1983, *The New Diplomacy*, New York: Random House

Eban, Abba, 1998, *Diplomacy for the Next Century*, Yale University

Eric, J. Sharpe, 1975, *Comparative Religion*, London : Gerald Duckworth & Co.

Erikson, E. E., 1963, *Children and Society*, New York : Norton

Frank, Leonard Roy, 1999, *Random House Webster's Quotationary*, New York: Random House

Frischauer, Paul, 1974, *Knaurs Sittengeschicte der Welt*, Ascona : Verlag Schoeller & Co.

Goldstein S. Joshua & Pevehouse C. Jon, 2006, *International Relations*, New York: Pearson Longman

Huntington, P. Samuel, *The Third Wave*, Oklahoma : the University of Oklahoma Press

Huntington, P. Samuel, 1996, *The Clash of Civilizations and the Remaking of World Order*, New York : Simon & Schuster

Kagan, Robert, 2008, *The Return of History*, New York: Alfred A. Knopf

Kaplan, A., 1961, *The New World of Philosophy*, New York : Vintage Books

Keane J., 1989, *Democracy and Civil Sciety*, New York : Verso

Kennedy, Paul, 1993, *Preparing for the Twenty-first Century*, New York : Random House

Keohane, R. & Nye, Joseph, 1977, *Power and Independence : World Politics in Transition*, Boston : Little Brown

Kissinger, A. Henry, 2003, *Crisis*, New York: Simon & Schuster

Krugman, P. & Obstfeld, M., 1994, *International Economics* : Theory and Policy, Ner York : Harper Collins

LaFeber, Walter, 1994, *The American Age, London*: W. W. Norton & Company Ltd.

Lederer J. William & Burdick Eugene, 1958, *The Ugly American*, New York: W. W. Norton & Company, Inc.

Lowndes, Leil, 2003, *How to talk to Anyone*, New York: McGraw-Hill

MacArthur, Brian, 1999, *The Penguin Book of Twentieth-Century Speeches*, London: Penguin Books Ltd.

McCaffree, Mary Jane & Innis, Pauline, 1997, *Protocol*, Washington D.C.: Devon Publishing Company, Inc.

Morgenthau, Hans J., 1978, *Politics among Nations*, New York : Alfred A. Knopf, INc.

Nicolson, Harold, 1969, *Diplomacy*, London: Oxford University Press

Nye, S. Joseph, 1991, *International Conflicts in the Modern World*(Fall 1991 Reading Sourcebook Vol.I)

Nye, S. Joseph, 1991, *International Conflicts in the Modern*

World(Fall 1991 Reading Sourcebook Vol.II)

Pankratz, D. B. & Moris, V. B., 1990, *The Future of the Art*, New York : Praeger

Rourke, T. John & Boyer, A. Mark, 2008, *Internarional Politics on the World Stage*, New York: The Mcgraw-Hill Company Inc.

Salisbury, E. Harrison, 1992, *The New Emperors*, London: Harper Collins Publishers

Schwanitz, Dietrich, 1999, *Bildung*, Frankfurt : Eichborn Ag.

Seligman, Adaam, 1992, *The Idea of Civil Society*, New York : The Free Press

Strauss, Leo & Joseph Corpsey, 1973, *History of Political Philosophy*, Chicago : The University of Chicago Press

Toynbee, A., 1976, *Mankind and Mother Earth*, London : Oxford University Press

Velani, Livia, 2000, *Rome, Florence, Italy* : Scala Group

Lippmann, Walter, 1995, *The Public Philosophy*, New York : The New American Library

Waltz, K. N., 1959, *Man, the State, and War, New York* : Colombia

University Press

Weber, Max, 1980, *Gesammelte Politische Shriften*, Toebingen : J. C. B. Mohr

Zakaria, Fareed, 2008, *The Post-American World*, New York : W. W. Norton & Company INc.